中国当代散曲丛书
梁伯华 主编

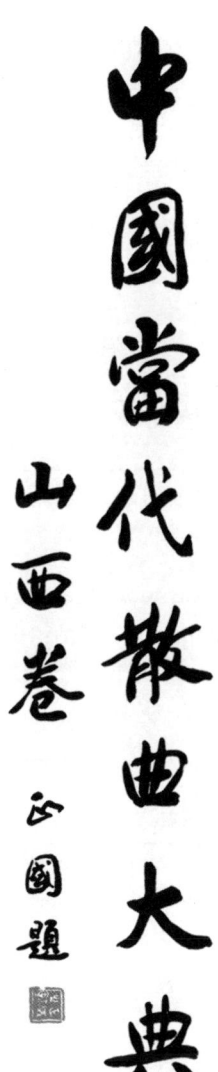

中國當代散曲大典 山西卷 正国题

山西出版传媒集团 山西人民出版社

图书在版编目（CIP）数据

中国当代散曲大典.山西卷/梁伯华主编.— 太原：山西人民出版社，2020.5

（中国当代散曲丛书）

ISBN 978-7-203-11207-5

Ⅰ.①中… Ⅱ.①梁… Ⅲ.①散曲－作品集－中国－当代 Ⅳ.①I227.9

中国版本图书馆CIP数据核字（2020）第018861号

中国当代散曲大典.山西卷

主　　编：	梁伯华
责任编辑：	吕绘元
复　　审：	刘小玲
终　　审：	梁晋华
装帧设计：	张镤尹
出 版 者：	山西出版传媒集团·山西人民出版社
地　　址：	太原市建设南路21号
邮　　编：	030012
发行营销：	0351—4922220　4955996　4956039　4922127（传真）
天猫官网：	https://sxrmcbs.tmall.com　电话：0351—4922159
E—mail：	sxskcb@163.com　发行部
	sxskcb@126.com　总编室
网　　址：	www.sxskcb.com
经 销 者：	山西出版传媒集团·山西人民出版社
承 印 厂：	山西省教育学院印刷厂
开　　本：	787mm×1092mm　　1/16
印　　张：	38.75
字　　数：	560千字
印　　数：	1—1500套
版　　次：	2020年5月　第1版
印　　次：	2020年5月　第1次印刷
书　　号：	ISBN 978-7-203-11207-5
定　　价：	149.00元（全二册）

如有印装质量问题请与本社联系调换

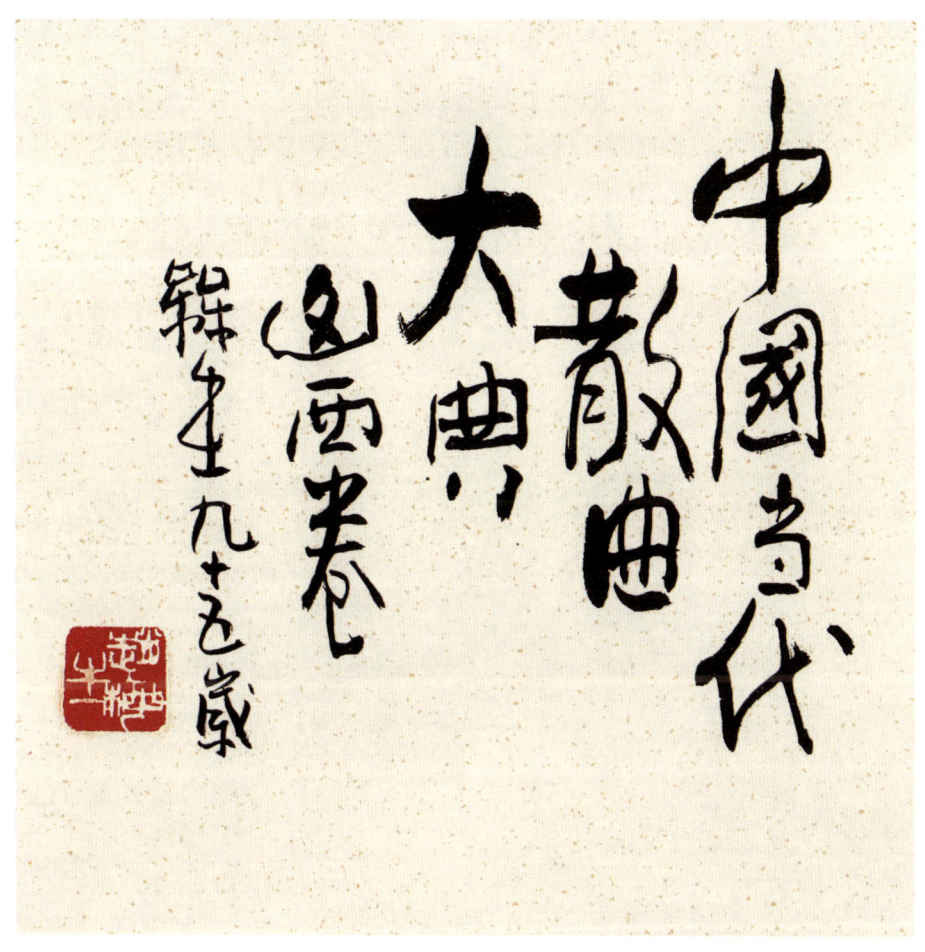

中国当代散曲大典山西卷
梅生九十五岁

  赵梅生　1925年生，山西闻喜人，当代著名画家、美术教育家，中国美协会员，中国画学会创会理事，太原画院名誉院长，太原学院终身教授，太原市委、市政府特聘专家。

  从教、从艺70余年，1988年被山西省人民政府授予山西省特级教师称号；1989年被评为全国教育系统劳动模范并荣获人民教师奖章；2005年被国家科学技术奖励大会科学与艺术专项授予优秀人民艺术家奖牌；2009年被中国文联授予从事新中国文艺60年证书和奖章。

林鹏　字翮凤,号蒙斋、东园翁等,1928年生,河北易县人。曾任中国人民解放军65军军报代理主编,山西省人事局秘书,山西省轻工业厅科技处处长、人事劳资处处长,中国书协山西分会主席,现任山西书协名誉主席、太原师范学院名誉教授、山西师范大学书画文化研究所顾问。书界称"南北二林":南有林散之,北有林鹏,又与沈鹏并称"草书二鹏。"

著有《蒙斋读书记》《蒙斋文录》《咸阳宫》《东园翁记》《丹崖书论》《丹崖阁记研究》,其中《丹崖书论》《丹崖阁记研究》为傅山书法研究的扛鼎之作。

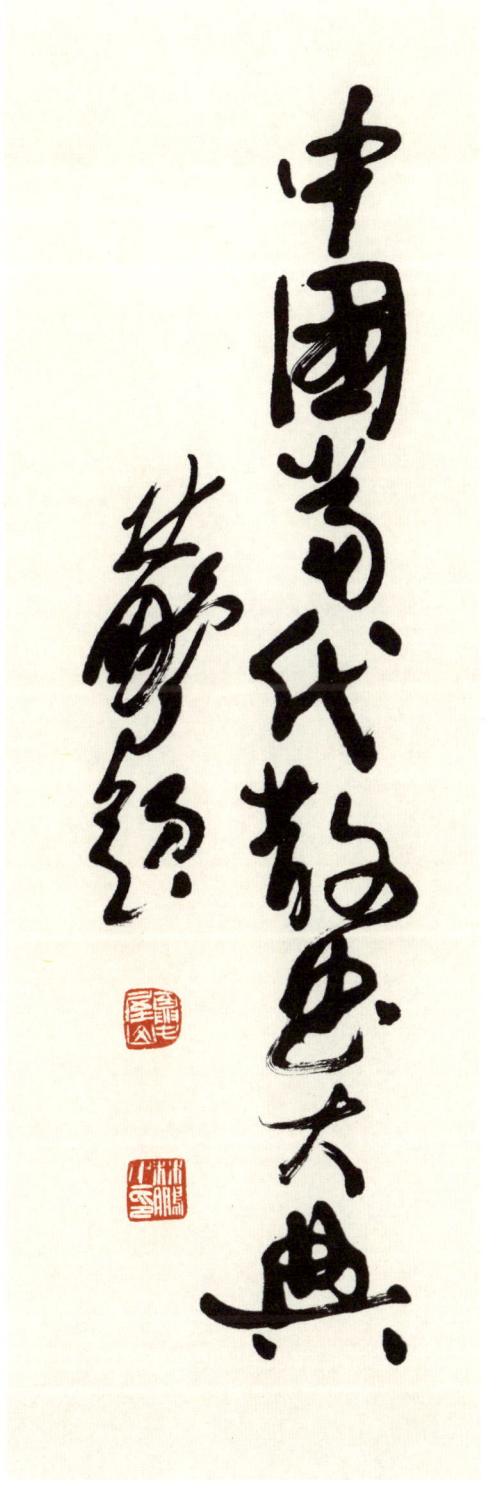

中国当代散曲大典

林鹏题

刘毓庆　生于1954年，山西洪洞人，曾任山西大学中国古代文学研究所所长、文学院院长、国学研究院院长，莫中书院院长，山西古典文学学会会长，中国诗经学会副会长，中国屈原学会常务理事等。

著有《古朴的文学》《朦胧的文学》《泽畔悲吟——屈原：历史峡谷的永恒回响》《雅颂新考》《诗经图注》《从经学到文学》《从文学到经学》《图腾神话与中国传统人生》《历代诗经著述考》《诗义稽考》《上党神农氏传说与华夏文明起源》等30多种。

中国当代散曲大典山西卷

刘毓庆署

《中国当代散曲大典·山西卷》

顾问委员会

首席顾问　武正国　李旦初　常箴吾　尹昶发　刘毓庆
顾　　问　阎凤梧　时　新　张铁锁　牛贵琥　杜肇昆　高履成
　　　　　　黄文辛　史文山　朱天运　郭翔臣　张志中

法律顾问委员会

主任·总顾问　李玉臻
副主任·副总顾问　路　庆　刘硕才
委　　员　刘永飞　陈荣克　张健农　田志勇　王成万　田树勇
　　　　　　周雪松　张　松　孙向荣　张福平　刘三娃　杨效熙
　　　　　　王　晋　杨江海　张拖有

编审委员会

主　审　梁伯华
编　审　尹昶发　王拴喜　刘宪奇　常永生　马蕴丽
　　　　　李娴娴　吕荣健（特邀）

编辑委员会

主　编　梁伯华
副主编　田同旭　张梅琴　常永生　折殿川
编　辑　田同旭　张梅琴　常永生　王云飞　岳贵春　马柳枚
　　　　　孙爱晶　郭翔臣　刘　琼

出版说明

一、《中国当代散曲大典·山西卷》是2016年度国家社会科学基金项目《中国当代散曲大典》的阶段性成果。

二、本书所录作品始于1949年10月1日，止于2019年12月31日。

三、本书所录作者，包括山西籍人，或在山西出生、生活、工作，或以山西为题材的非山西籍人。

四、本书共分《社团与刊物》《活动与采风》《专集与合集》《研究者与成果》《创作者与作品》《元乐新令》《逸闻轶事》七部分，力求较全面地反映散曲这一韵文学在山西复苏与发展各个方面的状况。

五、本书所录作品包括小令、带过曲、套曲和中华新散曲。

六、本书所录作品，北曲依郑骞《北曲新谱》及徐沁君《元北曲谱简编》；南曲依纽少雅《南曲九宫正始》及汪经昌《南北曲小令谱》；对韵部则依《中原音韵》及《中华新韵（十四韵）韵字表》。

七、本书所录作品，由于时间跨度长、涉及人数多，写作水平难免有所参差，故在审定时对其曲律和韵部问题较多而又难以及时调整者，仅保留一至数首，对其曲作质量较高者则在数量上有所增加。

编者
2019年12月31日

序一

门岿

《中国当代散曲大典·山西卷》是《中国当代散曲大典》的一部地方分卷。《中国当代散曲大典》是全国哲学社会科学规划办批准设立的一个科研项目，旨在总结中华人民共和国成立以来当代散曲研究和创作的总体状况，为以后散曲的发展为当代新诗体的创立，提供充分的资料和依据。各省地分卷既可以看成是《中国当代散曲大典》的一个组成部分，又堪称独立的地方文化大典。实际编撰则是以散曲作为基点，对每个地方的散曲研究者和创作者的所有研究成果和创作成就进行全面介绍，这无疑就是从散曲的视角出发对当代地方文化的全面评述和介绍。《中国当代散曲大典·山西卷》就是反映了从1949年到而今，70年来山西散曲的发展面貌。

习近平总书记在文艺座谈会上的讲话中曾经指出，实现中华民族伟大复兴需要中华文化繁荣兴盛。中华民族之所以在世界上有地位、有影响，不是靠穷兵黩武，不是靠对外扩张，而是靠中华文化的强大感召力和吸引力。中华民族是一个具有千年诗歌文化的民族，诗词曲是中华文化的重要组成部分。唐诗、宋词、元曲是中国古代诗歌发展历程的三座高峰。随着时代变化，我们先人总是在持续创造，不断变革，使诗歌内容到形式都与时俱进。当今在改革开放的年代，人们在创作道路上又在探索新的发展。正如习近平总书记所说，历史和现实都证明，中华民族有着强大的文化创造力。每到重大历史关头，文化都能感国运之变化、立时代之潮头、发时代之先声，为亿万人民、为伟大祖国鼓与呼。中华文化既坚守本根又不断与时俱进，使中华民族保持了坚定的民族自信和强大的修复能力，培育了共同的情感和价值、共同的理想和精神。《中国当代散曲大典》正是响应习近平总书记讲话，为传承和弘扬我们中华民族文化而进行的一项大工程，山西卷是这个大工程的一部分。

山西是中华民族发祥地之一，有文字记载的历史就有3000多年，向来被誉为"华夏文明的摇篮"。在中国诗歌史上人们一向说："一部唐诗半三晋，十分元曲六河东。"不说诗词在这块土地上有怎样的成就，就说散曲，山西乃是散曲的发源地，散曲在这里孕育、诞生，并发展成为与唐诗、宋词并立的文化巅峰。元明以来不少散曲大家、名家都产生在这里，至今他们的名字和成就还被人们津津乐道，他们的著作还被当今的人们作为文化经典来膜拜学习。当代山西散曲研究和创作可以说仍然走在全国前列，有一批散曲研究者和创作者，他们的研究成果和散曲作品以及他们建立的散曲社团和组织的多种多样的相互交流的活动，都在全国产生了很大影响。当今山西诗词学会提出"通过打散曲牌，振兴山西诗词文化"的决策已经收到明显效果，通过山西卷把山西文化的这些成果展示给全国、全世界，并传递给子孙后代，应该说是很令人振奋和欢欣的事情。

在改革开放的大好形势下，山西的散曲创作者继承了先辈爱好诗词曲的传统，在全国率先成立了黄河散曲社，组成了一支强大的创作队伍。他们彼此交流创作心得，经常组织创作研讨活动，进一步推动了全省的诗词曲创作和研究的发展。同时，在黄河散曲社的带动下，山西不少地县都成立了散曲社团，如清徐白石散曲社、榆社漳源散曲社、阳泉诗词曲学会、普天乐散曲学会、晋阳工人散曲社、退休工人散曲社、原平农民散曲社等，这种"遍地开花"的现象对全国影响很大，其他省地纷纷相继成立了散曲创研社团。山西的散曲创作者一不闭门造车，二不关门谢客。他们都能做到"请进来，走出去"，与全国各地的同仁互相切磋，山西散曲的创研成果为天下所知，原平喜获"山西散曲之乡"，之后又被中华诗词学会授予"中华散曲之乡"。另外，山西的散曲刊物在全国影响也是巨大。以"继承元代散曲精华，创新当代散曲形式"为宗旨的《当代散曲》，可以说是全国第一本散曲专业刊物。《曲韵新吟》《阳泉诗词曲》《农民散曲》《中国当代散曲》等一系列刊物，不仅刊载了山西人的散曲创研成果，而且也成为全国散曲创研成果展示的园地。

"诗文随世运，无日不趋新。"创新是文艺的生命。文艺创作是观念和手段相结合、内容和形式相融合的深度创新，是各种艺术要素和技术要素的集成，是胸怀和创意的对接。要把创新精神贯穿于文艺创作生产的全过程，增强文艺原创能力。已故中国散曲研究会顾问王季思教授曾说："我们今天研究散曲的一个重要目的，就是为了开拓创新，借鉴古代散曲的艺术传统，丰富我们的散曲创作。"著名诗人丁芒曾讲："散曲是旧诗走向新诗的桥梁。"古代的诗词曲，是中国文学宝库中的璀璨明珠，是中华文化的精粹，但随着白话文的普及、汉语语音的变化，一贯严格讲究旧有格律的诗词曲，严重地影响了传承。山西散曲创作者正是大步走在创新之路上，他们以当代写新曲的大家赵朴初为榜样，创作出一批自度曲，也叫自由曲，我们称之为新散曲，在全国大赛中屡获大奖。

古来散曲大多在民间流传，如果没有人刻意地去收集、整理、研究，它们会随着时代的消失而泯灭，那将是民族文化遗产的巨大损失。山西卷的编写人员在缺乏资金、场所的困难条件下开展工作，在梁伯华主编的多方奔走及社会各界的支持下，才使《中国当代散曲大典·山西卷》能及时刊印出版。本书基本涵盖了山西70年来对散曲研究和创作的全貌，清晰地勾勒出山西散曲活动的实况，让人耳目一新，可圈可点。从中可以看出其创作队伍阵营强大，作品异彩纷呈。特别值得一提的是，我书我曲，曲书交辉，这也是一个绝无仅有的崭新尝试。山西卷给人一个总的感觉是有特点、亮点，有深度、广度，有质量、分量。

今年是中华人民共和国成立70周年，《中国当代散曲大典·山西卷》的出版发行是对70华诞的献礼。山西卷全体编写人员这种为繁荣中华文化，为中华民族复兴，不计报酬、不辞辛劳、不计名利的工作精神，值得我们学习和尊敬，在此我对他们表示感谢，因为他们为中华文化的发展做了一件具有重大意义的事情。

（作者系《中国当代散曲大典》主编）

序二

李太阳

传中华文化魅力，承三晋诗乐精粹。《中国当代散曲大典·山西卷》是一部记录中华人民共和国成立至今70年来山西散曲事业演变轨迹的典籍型著作，全面记录了几代山西散曲创作者与研究者的精神创造和智慧结晶，生动展示了创作与评论比翼齐飞、艺术与技术互补生辉的蓬勃气象。它的编纂出版，是山西省文艺发展史上的一项可贵成就，也是盘点山西散曲艺术琳琅硕果、感知未来创作生机脉动的重要读物。

近代著名学者王国维在揭示中国历代文学的兴替时指出："凡一代有一代之文学：楚之骚，汉之赋，六代之骈语，唐之诗，宋之词，元之曲，皆所谓一代之文学，而后世莫能继焉者也。"中国诗歌的壮丽风光可谓千岩竞秀、百舸争流，而散曲作为中国古代诗歌发展史上的第三座高峰，由金元历明清以至现当代，创作者、研究者不绝如缕，代不乏人，杰作迭出，在中国文学发展史上形成了又一道绮丽的景观。散曲自元代兴盛之始，血脉中就带有浓郁鲜活的市民文化印记，其俗美明朗、直率清丽、诙谐幽默、言浅意深的艺术特质，一直深受人民群众的喜爱，至今仍焕发着旺盛的生命力。

三晋大地向来与散曲有缘。山西作为中华民族发祥地之一，被誉为"华夏文明的摇篮"，可谓物华天宝诗风盛，人杰地灵文脉长。几千年来，山西人民手胼足胝，在这块美丽富饶的土地上创造了丰富的物质文明和精神文明，在文学艺术方面，如同璀璨明珠，愈经岁月淘洗愈显其光彩夺目。"一部唐诗半三晋，十分元曲六河东。"散曲作为生于斯、兴于斯的文学样式，更是为山西生机盎然的文艺百花园平添了动人的春色。在这里，孕育了首创诸宫调的民间艺术家孔三传和散曲的开山鼻祖元好问，孕育了元曲四大家中的三位即关汉卿、白朴、郑光祖，孕育了与张可久并称"曲中李杜"的散曲大家乔吉。古代散曲文化的深厚积淀，使山西成为散曲创作持续发展的一块得天独厚的沃土。改革开放以后，随着中华诗词文化的逐渐复兴，散曲复苏的第一声啼鸣首先在山西奏响，一大批勤于创作、思维活跃、风格突出的散曲艺术家蜂起辈出，一大批脍炙人口、美刺兼备、生动活泼的散曲佳作也不断涌现。2016年，山西原平被中华诗词学会授予全国首个"中华散曲之乡"的称号，正是山西散曲事业蓬勃发展、欣欣向荣的力证。散曲创作与研究在三晋大地上已经形成了一股恣肆奔腾的洪流。

"求木之长者，必固其根本；欲流之远者，必浚其泉源。"习近平总书记在文艺工作座谈会上强调，中华优秀传统文化是中华民族的精神命脉，是涵养社会主义核心价值观的重要源泉，也是我们在世界文化激荡中站稳脚跟的坚实根基。我们要坚守中华文化立场，传承中华文化基因，展现中华审美风范。散曲作为中国古典诗歌的晚晖，是中华文化传承中浓墨重彩的一笔，具有永不褪色的价值。因此将当代散曲研究与创作全貌真实地记录下来，编纂一部全面展示山西散曲艺术成果的专题典籍，不仅是新时代弘扬优秀传统文化的要求，也是当代文艺工作者义不容辞的责任。

《中国当代散曲大典·山西卷》基于山西本省的地域情况，整体勾勒了散曲艺术在山西的基本脉络与发展面貌，也全面记载了半个多世纪以来几代山西散曲家的个体成就与杰出贡献。本书收录的内容主要分为两部分：一是山西当代散曲的创作成果，其中无论是按传统曲牌写的小令、套曲和带曲，还是不严格按照传统曲律写的新散曲，都以独具个性、锐意创新的艺术手法，反映了现代人在现代社会的思潮涌动；二是山西当代散曲的研究成果，多角度、多层次地探讨了散曲演变和创新的艺术规律，印证翔实，有理有据，其中不乏独具慧眼的品论见解，具备较高的理论价值。全书收录了散曲研究者、创作者、散曲社团及组织，并集有各种题材的散曲作品，可谓洋洋大观。如此浩大的工程，在缺少经费的条件下仍能高效率、高质量地完成，既得益于散曲界的倾情参与和社会各界的鼎力支持，也得益于主编梁伯华同志的热心倡导和无私付出，还得益于全体编写人员的辛劳工作和智慧才干。

  坚定文化自信，讲好中国故事，是党的十九大上习近平总书记对繁荣社会主义文艺提出的明确要求。《中国当代散曲大典·山西卷》的编辑出版是贯彻落实习近平新时代中国特色社会主义思想的重要举措，不仅丰富了我们山西散曲艺术资料宝库，为中国散曲文化研究提供了重要的学术研究支撑，同时对提升山西文化软实力、推动文化强省建设也将产生积极而深远的影响。回首过去，精神振奋；展望未来，信心倍增。在新征程即将开启的重要时刻，衷心希望广大散曲艺术家伴随着人民创造历史的脚步，高擎民族精神火炬，吹响时代前进的号角，以更多展现人民奋斗、陶冶高尚情操的优秀文艺作品，为人民彰显美好前景，为民族描绘光明未来。

（作者系山西省文学艺术界联合会原党组书记）

目录

社团与刊物 /001

 社团 /003

 刊物 /006

活动与采风 /011

 活动 /013

 采风 /020

专集与合集 /025

 专集 /027

 合集 /030

研究者与成果

 (以出生年月为序) /041

  姚奠中 /043

  窦　楷 /043

  赵景瑜 /044

  杜肇昆 /044

  孟繁仁 /045

  冯俊杰 /045

  姚玉光 /046

  田同旭 /046

  李小强 /047

  狄宝心 /047

  王建堂 /048

  张继红 /048

  车文明 /048

  延保全 /049

  吕文丽 /050

  边咏梅 /050

  赵　敏 /051

创作者与作品

 (以出生年月为序) /053

 创作者·小令·套曲 /055

  李心耕 /055

  戴云蒸 /055

  董　方 /056

  萧自熙 /056

  任锦翚 /059

  蔡德湖 /059

  段　铁 /063

  智先才 /064

  温　祥 /066

  陈美德 /068

宋天有 /070

焦　琛 /070

张志中 /071

翟生祥 /073

张宝山 /074

王文才 /075

梁希仁 /076

李旦初 /079

赵景瑜 /080

景昆俊 /081

张立波 /082

赵鼎新 /083

吴定命 /084

曹效法 /087

常箴吾 /089

李有夫 /094

赵　愚 /095

温新钦 /096

郭齐文 /098

焦树志 /100

徐保德 /100

尹昶发 /102

姚润生 /103

要守铭 /104

王春和 /106

王　泉 /106

任凤柱 /106

张志远 /106

赵威龙 /107

傅安才 /110

王海洲 /112

武正国 /112

王文奎 /115

贾效文 /119

李金玉 /120

郭　魁 /122

赵　仁 /123

何计万 /124

邢俊山 /124

郭晓轩 /124

黄文辛 /127

杜肇昆 /128

王茂华 /130

常玉生 /131

王天文 /131

王官庆 /131

高履成 /132

王保玉 /134

桑仁桥 /134

王生宁 /135

王玉民 /135

史文山 /137

朱生和 /138

王银川 /139

邢登科 /139

宋高柱 /140

尚成千 /142

段存明 /142

郭成喜 /142	韩志清 /168
马贵峰 /143	孙玉芳 /169
吕荣健 /143	马　凯 /169
张绍民 /144	孟润生 /170
王默然 /145	李文德 /170
陈　锋 /146	褚杰生 /173
庞励刚 /146	弓香然 /173
赵黄龙 /148	王树中 /174
刘江平 /148	赵贵午 /174
常成儒 /151	张六金 /174
贾清贤 /151	郑欣淼 /176
郭申龙 /152	折殿川 /177
高中昌 /152	边新民 /180
王俊成 /154	王银川 /180
梁志宏 /154	王文厚 /181
马蕴丽 /155	王保升 /182
陈福深 /156	刘开元 /182
郭翔臣 /158	赵富槐 /182
啜希忱 /160	刘小云 /184
石履山 /160	解贞玲 /184
林　充 /161	刘宪奇 /186
梁　耿 /162	樊积旺 /188
何然然 /162	李彦斌 /190
张玉云 /163	侯承璧 /192
朱天运 /163	吴玉莲 /193
廉宗颇 /166	王拴喜 /194
张锁金 /166	常保玉 /196
贾前明 /167	申戍科 /198
刘兆鹏 /167	张胜利 /200

贾金田 /200	冀祥申 /221
贾润高 /201	王敬仁 /221
张全堂 /201	赵义山 /222
陈并芳 /201	刘博如 /224
张福有 /202	刘文波 /227
魏淑菊 /202	段召然 /227
韩海莲 /204	刘真孝 /227
邢　晨 /204	许凤姣 /228
李治旺 /206	孙文才 /229
李千里 /208	闫云霞 /230
王玉莲 /208	宋玉萍 /232
任进才 /209	杨吉宽 /233
张柱柱 /209	田改建 /234
郑田红 /209	朱佳和 /236
郑怀田 /210	郝金梁 /237
王有仁 /210	孙英才 /238
翟存爱 /210	王焕玲 /240
孙爱晶 /212	余昌文 /240
张卯春 /216	梁伯华 /241
王劳婵 /216	张梅琴 /243
任尚礼 /217	王建民 /246
段自然 /218	李天才 /246
柴建民 /218	聂香生 /246
费自平 /218	郭玉恩 /248
陈桂花 /219	赵增明 /248
曾宪纪 /219	郜桂英 /249
李雁红 /220	周宏玮 /250
王高顺 /220	李润开 /252
杨素华 /220	董威威 /254

赵彩英 /256	邢和连 /278
李荣辉 /257	赵玉兰 /278
王粉戎 /258	马柳枚 /280
邢俊秀 /258	雷秀华 /282
杨子炜 /259	牛宝生 /284
刘　红 /259	田晓珍 /284
郑福太 /260	段翠林 /285
胡凤琴 /260	赵淑娴 /285
牛爱科 /262	韩守江 /285
赵文英 /262	梁大智 /286
曲长江 /262	张甫营 /288
张春艳 /264	赵美萍 /289
岳贵春 /264	王兰琴 /290
赵美林 /267	岳芳珍 /290
贾文明 /267	李永红 /290
栗文政 /268	张华兴 /290
祁　石 /268	李凯丽 /292
刘增川 /269	赵生明 /293
郭秀云 /270	胡　宁 /294
赵小平 /270	魏耀鲜 /297
王德珍 /270	蔡松君 /298
王晓丽 /272	李建刚 /299
张秀林 /273	詹彩梅 /299
常永生 /275	杨爱英 /300
弓海亮 /276	赵春林 /300
李增田 /277	管仲卫 /301
陈龙宝 /277	周丽萍 /301
王妙峰 /277	李俊峰 /302
刘莲云 /278	邸梅兰 /304

吴雅慧 /305	师红儒 /330
张玉武 /306	王美英 /331
马荃芬 /307	张秀青 /331
苏宝银 /307	王泽平 /332
韩文元 /308	杨明丽 /332
李向荣 /309	韩俊红 /333
张新丽 /310	韩鲜芬 /336
李　忠 /312	王金梅 /337
何美星 /312	赵慧林 /337
唐　玲 /313	宋明生 /337
王　芬 /313	朱恒芹 /338
刘文英 /314	刘果林 /338
李心刚 /315	李林军 /339
常立英 /317	陶爱平 /339
王云飞 /317	赵斌田 /340
张见素 /321	杨冬亮 /342
王润宝 /321	刘小云 /344
李武卿 /322	赵艳丽 /345
张爱莲 /322	何培婵 /346
张效忠 /323	樊丽萍 /346
庞继红 /323	李娴娴 /347
丁　梦 /324	何美江 /350
王建珠 /325	傅　莉 /350
何桂英 /326	弓志芳 /350
张月丽 /326	张新宇 /351
农　宇 /326	付晓霞 /351
李瑞利 /328	吴鹏程 /352
张月英 /329	刘　琼 /352
牛保林 /329	孔长河 /354

晁金泉 /355
徐明华 /355
王美玉 /355
马卯连 /358
王妙川 /358
王凤英 /359
王武川 /359
王鹏程 /359
王鹏慧 /359
申勤学 /359
邓心泉 /360
何春然 /360
何美坚 /361
何春娥 /361
闫培和 /361
李文龙 /361
李增荣 /361
陈美平 /362
陈绪根 /362
赵凤英 /362
赵宏斌 /362
傅秀莲 /362
孙　凯 /363
段岐山 /363
郭双文 /363
郭爱云 /363
郭新兰 /363
张　宁 /364
阎红平 /364

李　桃 /364

创作者·新散曲 /367

温　祥 /367
武应基 /367
赵鼎新 /367
曹效法 /368
王文才 /368
武正国 /369
尹昶发 /369
朱　萍 /373
王东满 /373
李金玉 /374
赵　愚 /374
高履成 /374
岳中先 /376
史文山 /378
石履山 /378
啜希忱 /378
郭翔臣 /379
郭　魁 /380
王忠武 /380
折殿川 /380
梁伯华 /381
朱天运 /381
高爱辰 /382
李泰来 /382
张卯春 /382
张梅琴 /382
徐　实 /384

姚润生 /384

金　兰 /385

魏淑菊 /385

于建军 /385

陈美德 /386

刘毓庆 /386

王拴喜 /387

陈桂花 /388

马柳枚 /388

李娴娴 /388

孙俊平 /390

徐中诚 /390

元乐新令 /391

梁伯华 /393

尹昶发 /394

张梅琴 /395

史文山 /397

马柳枚 /399

常箴吾 /400

折殿川 /401

刘宪奇 /402

刘博如 /403

胡　宁 /404

余昌文 /405

徐人健 /407

闫云霞 /408

李娴娴 /409

王拴喜 /410

刘　琼 /411

逸闻轶事 /413

书法作品索引

赵梅生 /061

林　鹏 /069

李旦初 /077

陈学中 /085

吴定命 /093

郭齐文 /101

尹昶发 /109

张世荣 /117

曹中厚 /125

高金生 /133

朱生和 /141

章心农 /149

周天明 /157

赵秀芳 /165

李顺通 /175

刘宪奇 /183

姚二云 /191

王拴喜 /199

何桂森 /207

郭存魁 /215

牛贵琥 /223

罗士琦 /231

徐树文 /239

刘毓庆 /247

张铁锁 /255

梁伯华 /263

郭清平 /271

赵国柱 /279

安 兴 /287

刘建朝 /295

赵 炜 /303

朱建华 /311

王作忠 /319

常永生 /327

徐晓梅 /335

王志刚 /343

冀卫东 /349

赵学文 /357

刘 刚 /365

熊 晋 /371

刘奇林 /377

袁建谊 /383

荆霄鹏 /389

后记 /432

社团与刊物

社团

1. 黄河散曲社

黄河散曲社于2004年9月23日在山西太原成立,内设学术部、编辑部、创联部。名誉社长武正国,社长李旦初,副社长常箴吾(常务)、时新、高履成。社刊《当代散曲》,主编常箴吾。

2010年1月15日组织机构进行了部分调整,名誉社长武正国,社长李旦初,副社长常箴吾、时新、张四喜、郭述鲁、张梅琴、高履成、田承顺,秘书长田承顺。《当代散曲》主编李旦初,副主编常箴吾、尹昶发、史文山、黄文辛、郭翔臣,主编助理原振华。

2015年4月14日组织机构又进行了部分调整,增加了理事会。理事长李玉平,副社长增加了原振华、刘江平、邢晨(时新、常箴吾、高履成、田承顺离退),秘书长原振华(兼)。《当代散曲》主编李旦初,副主编增加了张四喜、郭述鲁、师红儒、原振华(常务)。

2018年11月13日组织机构再次进行调整,名誉社长武正国、李旦初、李雁红,社长李玉平,副社长原振华、刘江平、邢晨、常永生、孙爱晶、韩志清、王亚涛,秘书长原振华(兼)。《当代散曲》名誉主编李旦初,主编原振华,副主编刘江平、朱天运、邢晨、张华兴、野泉。

散曲社的宗旨为:广泛联络全国各地的名家曲友,在继承中华传统散曲的基础上,紧贴时代,深入生活,探索和开拓新时期散曲创作的新路子;挖掘蕴藏在群众生活中富有时代精神的文学艺术精华;为继承和发展我国传统散曲而努力,为我国物质文明和精神文明建设做出应有的贡献!

2. 清徐白石散曲社

清徐白石散曲社成立于 2005 年 5 月,取清徐县境内的白石河为社名。

社员石履山、牛保林、李永红、张月英、焦树志、焦琛、高中昌、王保玉、徐保德、温新钦、张卯春、姚润生、赵威龙、张志远、啜希忱、牛宝生等。

3. 山西散曲研究会

山西散曲研究会成立于 2005 年 12 月 22 日。

顾问姚奠中、钟树梁、霍松林、李修生、罗康烈、吴新雷、黄天骥、李平、赵义山、于海洲、张成德、郭士星、李建荣、马斗全,会长赵景瑜,副会长高履成(常务)、孟繁仁、杜改俊、钮宇大、朱生和、孟金双,秘书长高履成(兼),副秘书长焦中栋、王颖。

4. 榆社漳源散曲社

榆社漳源散曲社成立于 2008 年春,曲社社员由当初的 5 人发展到目前的 31 人。

社长岳贵春,副社长张效忠、陈并芳、常保玉、王跃东,秘书长王芬,副秘书长田晓珍、韩鲜芬。

5. 阳泉诗词曲学会

阳泉诗词曲学会成立于 2008 年 6 月 25 日,会员 200 余人。

会长杜肇昆,副会长马玉隆(常务)、郑恩田、高巨海、杨静波、仁美福、郭晓瑞、王惠卿、郝千文,秘书长王惠卿(兼)。

学会以弘扬传统文化为宗旨,以诗词曲创作及理论研究为目标。

6. 原平农民散曲社

原平农民散曲社成立于 2008 年 8 月 7 日,当时社员 30 人,现有社员 304 人,分布于全市 18 个乡镇的 103 个村庄社区;年龄最大者 85 岁,最小者 20 岁;全市共成立 23 个分社。

顾问王文奎，社长邢晨。

社刊《农民散曲》。

2014年，原平农民散曲社成功举办"曲咏原平"全国农民散曲大赛。2016年12月，原平被中华诗词学会授予"中华散曲之乡"的称号。2017年11月，被中华诗词学会授予全国诗教先进单位。

7. 中国传统文化促进会散曲创作室

中国传统文化促进会散曲创作室成立于2010年8月28日。

顾问赵义山、门岿、杨丽丽、张弛、杨凤生、常箴吾等，主任余昌文，执行主任罗斯卡、刘博如，副主任折殿川、梁伯华（兼法律顾问）。

会刊《中国当代散曲》。

8. 普天乐散曲学会

普天乐散曲学会成立于2012年2月23日，会员20余人。

会长梁伯华，副会长王拴喜、马柳枚、郭晓轩等。

会刊《普天乐散曲》，为不定期刊物。

9. 晋阳工人散曲社

晋阳工人散曲社于2014年12月7日在山西太原成立，为黄河散曲社的工人分社，现有社员50余人。

名誉社长李旦初，社长刘江平，副社长白存环、吕灵芝、郐桂英、李彦斌、阴丽娟，秘书长刘文英。

10. 山西瀚海散曲书画院

山西瀚海散曲书画院2018年6月成立于山西太原，内设秘书处、散曲创作室、书法研习社、瀚海画苑、瀚海印社、满庭芳装裱行，现有成员30余人。

名誉院长姚二云，法定代表人兼院长梁伯华，副院长王拴喜、常永生、野世捷、罗士琦，秘书长郭清平，副秘书长李娴娴。

刊物

1. 专刊

（1）《当代散曲》

《当代散曲》（半年刊）为山西诗词学会会刊《难老泉声》的分刊、黄河散曲社社刊，创刊于2005年5月，至2017年12月，共出刊23期。创刊初期为32开，后改为16开；每期印数1000册，全国发行。

创刊主编常箴吾（2005.5—2009.10），共10期；第二任主编李旦初（2010.10—2017），共10期；第三任名誉主编李旦初，主编原振华（2017—）。

刊物曾不定期设有《九州曲榭》《三晋歌台》《古曲今赏》《当代妙曲》《黄河曲话》《曲径通幽》《曲园杂谈》《曲林寻踪》《金河曲花》《画廊题曲》《曲进乡村》《曲韵情歌》《自由曲苑》等栏目，散曲与音乐结合专页，插页及封二、封三、封底配有散曲内容的书画、篆刻等。

2005年《当代散曲》的创刊，在全国引起了强烈的反响。中国散曲研究会常务副会长兼秘书长赵义山说，这是"中华散曲第一刊"，"从此，从事理论研究和从事散曲创作的两支队伍走到了一起,理论研究和创作实践结合在了一起。这件事情的意义不可小看,我预料着,这必将对中国散曲研究和创作发生重要的影响"。著名诗人、中华诗词学会顾问丁芒先生说,"你们是第一声鸡啼","你们能出版一个曲的刊物,这又是全国的第一家。……你们此举,一定会在全国产生重大影响","这是惊天动地之举,是历史性的动作"。

《中华诗词》2005年第3期刊登了创刊主编常箴吾的《美哉,散曲》一文,专发了《让曲与诗词并茂》的卷首语,希望有更多的当代诗人在钟情创作诗词的同时,也积极从事曲的创作,写出心系民族兴衰、反映民生苦乐的佳作,使这一民族奇葩更加光彩夺目。

《当代散曲》编辑部加强理论探讨与研究,先后刊登了常箴吾撰写的《明代散曲概论:兼议当代散曲发展之路》《散曲美学初探》《散曲创作概论》等专论。利用现代网络与中华诗词网站将每期内容全文上传并开设《曲苑论坛》栏目,更广泛地吸引网友参与散曲的创作和点评。坚持当代散曲的探索之路,深入山西原平农村和清徐中学试点,开创了散曲入村入校、与更广大群众结合、培养后继人才的新路子。同时,积极参与婚寿庆典等活动,践行移风易俗,抵制奢靡之风,提高文化品位。

《当代散曲》的创刊,填补了我国现当代文学史上散曲刊物的空白,为散曲的复兴,开创了新世纪的先河,使散曲重新登上了历史舞台。经过10多年的努力,散曲之花已开遍中华大地。

(2)《中华散曲》

《中华散曲》由山西散曲研究会主办,2006年创刊,32开,后停刊。

创刊主编高履成。

刊物设有《曲海新珠》《曲坛新话》《曲苑新论》等栏目。

（3）《农民散曲》

《农民散曲》由原平农民散曲社主办，创刊于2008年，32开，共出版5期。

创刊主编王文奎，第二任主编邢晨。

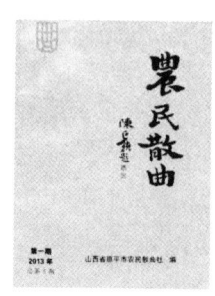

2. 合刊

（1）《难老泉声》

《难老泉声》（季刊）为山西诗词学会会刊，创刊于1984年。

历任主编马斗全、陈璎、时新、刘毓庆，副主编魏红、韩海莲、张四喜、郭述鲁、赵美萍、常永生、郭鹏、张立荣。

刊物设有《言志抒情》《嘤鸣酬唱》《乡村之声》《诗社撷英》《山西诗家》《他山之石》《乡邦风物》《诗词点评》《诗论丛谈》等栏目。

（2）《唐槐吟苑》

《唐槐吟苑》为唐槐诗社社刊，创刊于2004年，已出刊35期。

名誉主编温祥、王东满，首任主编戴云蒸，第二任主编黄文辛，第三任主编赵黄龙，第四任主编郝金梁。

（3）《唐风新韵》

《唐风新韵》为唐风诗社社刊，创刊于2004年8月。

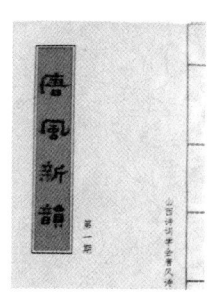

首任主编郭述鲁，第二任主编王忠武。

该刊设四个栏目，第三个栏目为散曲。另有《唐风新韵：唐风诗社十周年专辑》问世。

（4）《唐明诗苑》

《唐明诗苑》为唐明诗社社刊，创刊于2004年11月，已出刊21期。

创刊总编朱生和,主编蔡德湖,执行主编刘江平。

另有《唐明诗苑:纪念改革开放三十周年专辑》问世。

(5)《诗踪曲渊》《唐踪拾萃》

《诗踪曲渊》和《唐踪拾萃》均为唐踪诗社社刊,《诗踪曲渊》创刊于2005年9月,2014年后改刊为《唐踪拾萃》。

《诗踪曲渊》创刊主编蔡德湖。《唐踪拾萃》主编张春义,执行主编王敬仁。

(6)《唐渊诗画》

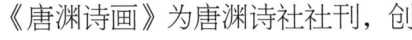

《唐渊诗画》为唐渊诗社社刊,创刊于2005年。

创刊主编任锦翚,第二任主编郝敦明、刘曙光。

(7)《杏花诗卉》

《杏花诗卉》由杏花诗社主办,创刊于2010年,已出刊5期。

主编张梅琴。

（8）《并州诗汇》

《并州诗汇》为太原诗词学会会刊，创刊于2011年。

主编梁志宏。

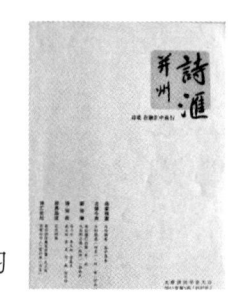

该刊设有10余个栏目，其中《诗词曲》栏目每期均刊有散曲作品。

（9）《来福诗选》

《来福诗选》由来福集团来福诗社（原朝阳诗社）主办，创刊于2013年12月。

主编栗文政。

（10）《心声》

《心声》为新南诗社社刊，创刊于2014年下半年，已出刊5期。2016年11月又创办了微刊，已出刊13期。

历任主编赵仁、曹永胜、张桂香。

刊物设有《时代新声》《社区之声》《推介评声》《诗友吟声》《新南诗声》《翰墨书声》等栏目，每期均有散曲作品。

（11）《马邑诗词曲》

《马邑诗词曲》由朔州市朔城区文联主办，创刊于2014年1月，已出刊22期。

主编师红儒。

活动与采风

活动

1. 国际黄峨学术研讨会暨第八届中国散曲研讨会

2005年10月15日至10月18日，中国散曲研究会在四川遂宁举办国际黄峨学术研讨会暨第八届中国散曲研讨会，时任黄河散曲社常务副社长、《当代散曲》主编常箴吾与折殿川、郭翔臣参会，常箴吾的论文《让历史的辉煌再度辉煌》引起了大会的关注。

常箴吾、折殿川、郭翔臣特意为大会带来了由山西曲学同仁创办的《当代散曲》，并向与会者介绍了黄河散曲社和《当代散曲》的有关情况。从此，山西的散曲创作及散曲这朵奇葩的芳香传向五湖四海。

2. 夜访散曲大家萧自熙

2005年10月16日，常箴吾、折殿川、郭翔臣代表山西赴四川遂宁参加国际黄峨学术研讨会暨第八届中国散曲研讨会。途中，拜访了当代著名散曲大家萧自熙。

随后萧自熙被特聘为《当代散曲》顾问。

3. 开设《中华散曲论坛》

2006年11月12日，《当代散曲》编辑部与中华诗词网共同开设了《曲苑论坛》，后更名为《中华散曲论坛》，为散曲爱好者开辟了一个更加广阔的网络园地。

首创论坛开版版主折殿川，曾任版主有马柳枚、史文山、雷秀花、郭翔臣等。

4. 散曲入婚礼

2007年4月28日,梁伯华儿子娶妻,山西散曲作者有8人参加了婚礼,写婚礼贺曲8首。

这一活动引起了《太原日报》的高度重视,2007年5月21日,副主编徐大为以《也是婚礼》为题,并加了编者按报道了这场婚礼。

5. 榆林诗词学会成立大会

2007年6月8日,榆林诗词学会成立,常箴吾与折殿川受邀参会。

常箴吾在大会发言时介绍了山西散曲创作和赴中国散曲研究会参加活动的情况,并提出了散曲创新,走与民歌相结合之路的提议。

6. 第九届中国散曲暨相关文体学术研讨会

2007年7月26日至7月29日,中国散曲研究会在陕西汉中召开第九届中国散曲暨相关文体学术研讨会,常箴吾、郭翔臣、折殿川参会。常箴吾以《珍惜散曲遗产　重振山西雄风》为题做了发言。此次常箴吾担任了中国散曲研究会理事,并接受了大会安排的有关任务。

会上,时任中国散曲研究会常务副会长兼秘书长赵义山说:"理论研究和散曲创作是两个翅膀,缺一不可,我们将越飞越高。"

与会期间,与香港、台湾学者广泛交流,当代散曲创作的影响扩展到港台地区。

7. "太白山杯"全国诗词曲大赛颁奖大会

2007年10月11日,陕西举办"太白山杯"全国诗词曲大赛颁奖大会,黄河散曲社常箴吾、折殿川受邀赴太白山参会。

8. 当代散曲创作与陕北民歌研讨会

2008年4月15日,陕西榆林举办当代散曲创作与陕北民歌研讨会,常箴吾、折殿川、马靖宇受邀参会。

9. 第十届中国散曲暨陕北民歌学术研讨会

2008年8月23日至8月26日，中国散曲研究会在陕西榆林召开第十届中国散曲暨陕北民歌学术研讨会，常箴吾与田同旭、杜肇昆、折殿川、梁伯华、张六金等参会。常箴吾的论文《散曲审美概论》参与了大会的交流研讨。

本次会议进一步使散曲创作人员扩大到陕西、黑龙江、江苏、江西、湖南等地。

10. 陕西散曲学会成立大会

2009年9月25日，陕西散曲学会成立大会在西安举行，常箴吾与折殿川受邀赴会。

11. 第十一届中国散曲学术研讨会

2010年4月8日至4月11日，中国散曲研究会在湖南长沙召开第十一届中国散曲学术研讨会，田同旭、常箴吾、折殿川参会。常箴吾的论文《民国散曲概论》受到与会学者的好评。

12. 常箴吾赴原平农民散曲社授课

2010年8月7日，受原平农民散曲社社长王文奎再次邀请，常箴吾为该社社员讲授散曲的欣赏与创作。

13. 山西诗词学会和吕梁学院联合举办"中国吕梁首届当代散曲创作学术论坛"

2012年5月18日至5月20日，山西诗词学会和吕梁学院联袂举办的"中国吕梁首届当代散曲创作学术论坛"在吕梁市召开，来自全国各地的散曲专家、学者、代表和当地有关领导80余人欢聚一堂，畅谈当代散曲的创作和发展。中华诗词学会副会长张福有，《中华诗词》编辑部主任宋彩霞，中华诗词学会顾问、中华诗词研究院顾问丁芒，时任中国散曲研究会常务副会长兼秘书长赵义山，山西诗词学会会长武正国，吕梁市副市长成锡锋，吕梁学院院长杨迎平,陕西、湖北、湖南、广西、贵州、河南等地代表参加了这次论坛。会议由山西诗词学会副会长、黄河散曲社社长李旦初主持。

本次论坛围绕山西古今散曲的地位和影响及自由曲的创作现状和发展两个主题做了深入的研讨,不仅推动了散曲理论的深入研究,而且也使当代散曲的创作在全国范围内更进一步普及推广。

14. 姚奠中先生百岁贺寿活动

2012年5月,普天乐散曲学会在梁伯华会长的带领下,参加了由山西省委、省政府有关方面在晋祠宾馆组织的"庆祝姚奠中先生百岁华诞暨东亚经学高端论坛"的活动。

姚奠中先生是著名国学大师章太炎先生的弟子,是享誉世界的国学大家。该会会员除自己创作祝寿曲外,还积极联系外省曲人为姚先生作曲祝寿,创作祝寿曲50余首,并刊载于《国学新声》和《中国当代散曲》。这些祝寿曲填补了为姚先生贺寿形式的空白。

15. 第十二届中国散曲暨相关文体学术研讨会

2012年11月23日至11月26日,中国散曲研究会在四川成都召开第十二届中国散曲暨相关文体学术研讨会,常箴吾、杜肇昆、折殿川、张四喜、郭翔臣等参会。

常箴吾的论文《散曲创作概论》入选研讨会论文集。

16. 为我国著名国画大家赵梅生先生贺寿

2013年1月23日(壬辰年腊月十二),是我国著名画家赵梅生先生米寿日,普天乐散曲学会组织全国部分曲友为其贺寿。

此次贺寿活动共有58人参与,创作贺寿曲共93首,为当代贺寿曲数量之最。

17. 中华散曲座谈会

2013年4月26日,山西诗词学会中华散曲座谈会在太原召开,来自北京、江苏、湖南、河南的曲友参加了会议。

山西诗词学会对此很重视，会长武正国及山西省文联主席李才旺、山西省文化厅原副厅长郭士星都在会上做了发言。

18. 太原、榆次诗曲联谊会

2013年6月16日，榆次区机关事务管理局邀请普天乐散曲学会赴榆次，与该局的部分诗词作者举办了一场别开生面的诗曲联谊会。

会上，双方与会者各自吟诵了近期创作的诗曲作品。

19. 第十三届中国散曲研讨会暨《门岿文集》发布会

2014年5月4日至5月5日，由中国韵文学会、中国散曲研究会、天津社会科学院联合召开的第十三届中国散曲研讨会暨《门岿文集》发布会在天津召开。田同旭、折殿川、杜肇昆、梁伯华、王拴喜、张四喜、原振华、郭翔臣、邢晨、王云飞等应邀参会。会上，梁伯华介绍了普天乐散曲学会的活动创作情况，邢晨介绍了原平农民散曲社的发展情况。

郭翔臣的《元代文人的无奈及意外收获：兼论马致远散曲小令的意象根源》，田同旭、张进德的《元明散曲的同相异质及价值刍议》，邢晨的《从散曲繁荣看"曲进农村"的现实意义》，梁伯华的《普天乐散曲学会活动情况汇报》，狄宝心的《"变宋词为散曲始于遗山"之考察》，黄河散曲社的《澎湃出重关：浅析山西黄河散曲十年脉络》，杜肇昆的《元代散曲的艺术特色及表现形式》入选研讨会论文集。

20. 中国（西安）第二届当代散曲创作学术论坛暨"曲咏太白山"散曲吟诵会

2014年8月28日至8月31日，陕西散曲学会和陕西诗词学会在西安东方大酒店召开中国（西安）第二届当代散曲创作学术论坛暨"曲咏太白山"散曲吟诵会。梁伯华、折殿川、张四喜、原振华、刘江平、张六金、邢晨应邀参会，梁伯华、原振华、刘江平等参加了〔般涉调·耍孩儿〕太白山采风的多人联套的套曲创作和朗诵。

21. 农民散曲创作培训会

2015年4月25日,由原平市委宣传部、原平市文联和原平农民散曲社共同举办的2015年农民散曲创作培训会在原平农校培训中心举行。

中国散曲研究会会长、四川师范大学教授赵义山和《中国当代散曲》副主编折殿川及山西省、忻州市的专家学者出席培训会,为原平的散曲创作者讲授散曲创作的相关知识。

22. 第三届中国乡村文明发展论坛

2015年11月1日至11月2日,作为中国10个乡村文化发展故事之一的原平农民散曲社,登上第三届中国乡村文明发展论坛。

原平农民散曲社社长邢晨以《"曲进乡村"的现实意义与乡村文明发展的践行者》为题,在发展论坛上讲述了原平农民散曲创作的故事。

23. 第十四届中国散曲与西域作家词曲创作研讨会暨词曲创作天山笔会

2016年8月24日至8月27日,中国散曲研究会在新疆石河子大学召开第十四届中国散曲与西域作家词曲创作学术研讨会暨词曲创作天山笔会,田同旭、折殿川受邀参会。

本次会议第一次在议程中安排了有关创作的议题。赵义山带头创作小令9首,折殿川创作13首。大会共收到全国22人创作的59首(套)作品。

24. 晋曲沙龙散曲练笔活动

黄河散曲社晋曲沙龙2016年11月开启了散曲练笔活动,并持续至今。

第一次参与人数达80余人,创作新作300余首。作品风格不同,表达了曲友们对当代散曲创作的积极参与和支持之情。

25.《中国当代散曲大典》编写座谈会

2017年2月25日,《中国当代散曲大典》主编门岿先生在湖北武汉组织召开了《中国当代散曲大典》编写座谈会。

梁伯华受山西诗词学会代理会长李雁红委托参加了该座谈会,同去参会的还有田同旭、折殿川。

26. 原平"中华散曲之乡"授牌仪式

全国第一个"中华散曲之乡"授牌仪式于2017年4月21日在山西原平市政府举行,400多人参加了会议。

中华诗词学会会长郑欣淼向原平授牌并做重要讲话,中华诗词学会副会长赵永生宣读该会关于授予原平散曲之乡的决定,原平有关领导致欢迎辞并介绍了原平农民散曲发展的历史和现状。

27.《中国当代散曲大典·山西卷》编审会议

2018年5月6日、6月15日、8月3日,《中国当代散曲大典·山西卷》主编梁伯华分别主持召开了编审工作会议。参会人员有尹昶发、田同旭、马柳枚、折殿川、张梅琴、常永生、孙爱晶、郭翔臣、王拴喜、岳贵春、王云飞、李娴娴、刘琼。

会上,梁伯华就散曲作品及相关内容的质量要求、分工审查、寄还修改、复审等相关事宜做了具体安排。

采风

1. 拜谒元好问墓

2006年8月23日，忻州有关部门举办元好问专题座谈会。黄河散曲社20余人在常箴吾的带领下赴元好问故里，拜谒元好问墓，瞻仰元好问当年编写史料的野史亭，缅怀先贤遗迹，并参加了元好问专题座谈会。

会上，常箴吾就当代散曲的组织、创作和复兴做了专题发言，积极鼓励忻州成立散曲组织。

2. 玄中寺采风

玄中寺创建于北魏延兴二年（472），因佛教净土宗昙鸾等3位祖师曾先后于此弘扬佛法，被尊为净土圣地；又因日本净土宗、净土真宗承此一脉，亦被日本4500万信徒尊为净土祖庭。

从1954年起，国家对整座寺院进行了大规模的修缮，重建了大雄宝殿、七佛殿、千佛殿和祖师堂等殿堂，重修了天王殿、山门、钟鼓楼、碑廊、东峰白塔等建筑。1983年，玄中寺被国务院列为汉族地区佛教全国重点寺院。净土宗在中国的出现是佛教发展史上一个颇具革命性的大事件，它使博大精深的佛学理论简化到人人可以理解、操作的程度。净土宗是佛教中国化和佛教世俗化的重要里程碑。

2007年8月，《当代散曲》编辑部一行20余人，在常箴吾的带领下去玄中寺进行采风，创作散曲30余首。

3. 瞻仰百团大战纪念碑

2007年6月28日,应时任阳泉市人大常委会副主任杜肇昆之邀,黄河散曲社、《当代散曲》编辑部一行15人,瞻仰了百团大战纪念碑。

在百团大战胜利67周年之际,曲人创作散曲以示纪念。

4. 藏山采风

2007年6月28日,应杜肇昆之邀,黄河散曲社、《当代散曲》编辑部一行15人,赴藏山采风。

在藏山创作以"家国情怀"为主题的散曲,为当地旅游景点的宣传增添了些许文化内涵。

5. 全国曲友通过网络对山西吕梁地区进行采风

2010年8月8日至8月31日,《中华散曲论坛》与中华诗词网、《吕梁日报》,为传承国粹散曲,以山西吕梁的历史名人、文化古迹、旅游景点为主要内容,开展了一次网络采风活动。

此次共涉及全国19个省市自治区的49人参加了采风活动,共创作散曲102首(套)。2011年5月4日和5月7日《吕梁日报》登载了这些作品,开网络采风、结合报刊宣传之先河。

6. 拜谒马致远故居

2010年8月29日,常箴吾、折殿川和北京曲友刘博如、李乃富、南广勋、杨兴才、王重生等共赴北京门头沟马致远故居,瞻仰遗迹。

7. 广西采风

2010年10月29日至11月6日,中国传统文化促进会散曲创作室应广西散曲学会会长余昌文先生之邀,常箴吾等一行9人赴广西采风并参加广西散曲学会成立大会。

本次活动行程2500余公里,沿广西高速公路30余个景点采风,共创作散曲 113 首。

8. 大同会馆采风

2012 年 2 月 23 日，普天乐散曲学会成立的当天，在会长梁伯华的带领下，20 余名会员首赴山西宏盛大同会馆采风。

此举是普天乐散曲学会精心安排的一次采风，创作了 10 余首以山西雁北地区特色饮食为内容的散曲，意在推动散曲与餐饮相结合，扩大散曲的知名度和宣传范围。

9. 田庄盛林园采风

2012 年 6 月 28 日上午，普天乐散曲学会部分会员在会长梁伯华的带领下，赴太原小店西温庄乡田庄盛林园采风，同行的还有刘毓庆教授。

几位书家书兴盎然，为盛林园留下多幅书法作品，并创作 10 余首散曲。

10. 乌金山采风

2013 年 6 月 16 日，应榆次区机关事务管理局邀请，普天乐散曲学会部分会员梁伯华、折殿川、张志中、史文山、郭晓轩、马柳枚、王拴喜、董威威、赵仁、刘文波、刘琼，游览了当地名胜乌金山国家森林公园，并创作散曲 10 余首。

11. 云簇湖采风

2015 年春，榆社漳源散曲社组织社员在云簇湖采风。

12. 野史亭采风

2015 年 5 月 26 日，原平农民散曲社在忻州韩岩村元好问故里野史亭采风。

13. 纪念李林诞辰 100 周年采风

2015 年 7 月 14 日至 7 月 17 日，黄河散曲社李玉平、郭翔臣、原振华、师红儒赴朔州参加纪念李林诞辰 100 周年采风。

14. 同川梨乡采风

2016年4月,原平农民散曲社部分社员在同川梨乡采风。

15. 忻口战役遗址采风

2016年4月20日,原平农民散曲社为纪念抗战胜利70周年献礼,各分社社长一行到忻口战役遗址采风。

16. 续范亭故居采风

2016年5月17日,原平农民散曲社部分社员到续范亭故居采风。

17. 凤凰山庄采风

2017年6月4日,原平农民散曲社与山西诗词学会组联部在定襄凤凰山庄采风。

专集与合集

专集

1.《晚晴吟曲》

王文奎著,中华诗词出版社 2007 年 11 月出版。

本书收录了作者的散曲作品 200 余首。

2.《当代散曲论文选集》

王文奎主编,天马图书有限公司(香港)2013 年 8 月出版。

本书分两部分:第一部分为评析原平农民散曲,第二部分为曲论、曲评、曲话,共收集论文 23 篇。

3.《头白思走云深处》

郭翔臣著,2009 年编印。

本书收录了作者 2004 年至 2009 年创作的律曲 104 首(套)、新散曲 18 首、散曲文章 6 篇。

4.《拾霓集》

由山西散曲研究会、《诗踪曲渊》编辑部 2010 年 7 月编印。

本书系一部散曲专辑,共收录了 10 位作者 2004 年至 2010 年的散曲作品 541 首,其中王文才 45 首、郝庆椿 93 首、蔡德湖 38 首、尹昶发 44 首、韩志清 59 首、吴玉莲 54 首、黄文辛 54 首、郭翔臣 41 首、常成儒 48 首、常永生 65 首。

5.《常箴吾散曲集》

常箴吾著,北岳文艺出版社 2011 年 6 月出版。

本书分四部分：第一部分为散曲作品，第二部分为对古今散曲作品的点评，第三部分为对散曲活动的感悟和小结，第四部分为散曲论文。

6.《旧蕊新花集：自由曲集一百首》

温祥著，2011年7月编印。

本书收录了作者20世纪90年代初至2011年的散曲作品100首。

7.《王文才散曲选》

王文才著，山西散曲研究会2012年印制。

8.《抗战散曲选》

王文才选编，山西散曲研究会、唐踪诗社2015年8月编印。

本书分上下篇。

9.《声曲集》

朱生和著，2012年5月印制。

本书分《继承篇》《求新篇》《探索篇》和《声诗篇》。

10.《山西古今散曲选》

李旦初主编，2012年编印。

本书为黄河散曲社《当代散曲》增刊，第一部分所选山西古代名家的散曲作品，体现了散曲作为继诗词之后兴起的一种新诗体的文体风格、艺术特征和审美趣味；第二、三部分所选当代散曲作品，初步展示了山西当代散曲创作群体的创作实绩；第四部分精选了全国107位作者发表于《当代散曲》的佳作，以见证当代散曲由山西发端以至于风靡全国、蓬勃发展的可喜景象；第五部分为散曲评论文章，大都从山西散曲创作的历史和现状出发，提高到诗学理论高度，阐发真知灼见。

11.《王兴曲集》

王兴著，2014年4月编印。

本书收录了作者的散曲作品 500 余首。

12.《一水斋散曲吟稿》

折殿川著，中国文联出版社 2015 年 3 月出版。

本书收录了作者 2004 年至 2012 年的散曲作品近 400 首。

13.《冰梦集》

马蕴丽著，中国文化发展出版社（香港）2016 年 4 月出版。

本书收录了作者 2007 年至 2015 年的近 600 首散曲作品。

14.《原平农民散曲选》

邢晨主编，三晋出版社 2017 年 5 月出版。

本书收录了 105 位作者的 1412 首散曲作品。

15.《父母情》

张四喜主编，中国文化出版社（香港）2017 年 6 月出版。

本书收录了 262 位作者的 591 首散曲作品。

16.《舒啸堂曲稿》

梁伯华著，山西人民出版社 2019 年 8 月出版。

本书收录了作者 2005 年以来创作的散曲 150 首及部分书法作品。

17.《普天乐散曲》

梁伯华主编，2019 年 10 月编印。

本书收录了普天乐散曲学会自 2012 年以来的会员散曲作品及部分书法作品和乐曲。

合集

1.《李心耕诗词集》

李心耕著。

本书辑录了作者革命战争年代及社会主义建设时期的作品,其中有一定数量的散曲。

2.《赵鼎新诗词选》

赵鼎新著,国际炎黄文化出版社(香港)2003年12月出版。

本书分七部分,其中第六部分为散曲。

3.《历代诗人咏临汾(上下卷)》

翟耀文编著,2005年5月编印。

本书收录有一定数量的散曲作品。

4.《桃园南北二人集》

温祥、陈锋合著,2005年9月编印。

书中收录作品有四分之一为散曲。

5.《温祥诗存》

温祥著,中国文化出版社(香港)2006年8月出版。

本书分三部分,其中第二部分为散曲,共17首。

6.《师友扬鞭促奋蹄》

温祥著,2007年7月编印。

本书主要收录了作者为诗友、曲友作序之文章,其中收录散曲 20 余首。

7.《辛卯壬辰:诗曲集》

温祥著,2013 年 7 月编印。

本书收录了作者创作的散曲作品 218 首。

8.《朵梅集》

张梅琴著,作家出版社 2006 年 1 月编印。

本书收录了作者 2005 年前创作的作品,包括诗词曲联共 240 首(副)。

9.《唐槐吟苑作品选》

戴云蒸主编,2006 年 11 月编印。

本书共收录作者创作的散曲作品 26 首。

10.《常永生诗词选》

常永生著,中华文化出版社(香港)2006 年 9 月出版。

本书分八部分,其中第七部分为散曲。

11.《远偏庐吟草》

高爱辰著,黑龙江人民出版社 2006 年 12 月出版。

本书作品主要为诗词文,有部分散曲。

12.《解贞玲诗书选萃》

解贞玲著,国际统一出版社(香港)2007 年 3 月出版。

本书分三部分,包括书法、诗词曲、散文,其中散曲 12 首。

13.《清风斋咏怀》

解贞玲著,中国文化出版社(香港)2010 年 4 月出版。

本书为散曲与诗词合集,收录了作者的 413 首诗词曲作品,其中散曲 115 首。

14.《贞玲文集》

解贞玲著,山西人民出版社2013年1月出版。

本书为诗词曲评论文集,其中散曲专论主要有《曲魂:常箴吾先生的散曲情怀》等。

15.《皖文集》

解贞玲著,大众文艺出版社2013年10月出版。

本书为作者的诗词曲文评论集,其中散曲评论主要有《现代曲苑的一朵奇葩:读〈农民散曲〉有感》。

16.《友声集》

解贞玲编著,中华诗词出版社2017年3月出版。

本书收录了全国各地300多位当代诗人、曲家与编著者互赠唱和的诗词曲联以及书法作品1000余首(副),其中散曲50多首。

17.《子翊诗曲》

郭翔臣著,山西省内部图书准印证(2007)字第121号2007年6月出版。

本书收录了作者创作的诗122首、词5首、散曲66首(套曲5套),涉曲文章7篇、散曲记录稿2篇。

该书将时任中国散曲研究会常务副会长兼秘书长赵义山在国际黄峨学术研讨会暨第八届中国散曲研讨会期间与黄河散曲社代表的谈话记录,以及著名诗人丁芒亲赴太原与黄河散曲社社员座谈讲话的记录留存了下来,为珍贵的历史资料。

18.《诗词曲入门读本》

郭翔臣著,中国工人出版社2017年6月出版。

本书共九章,其中第五、六章为散曲。

19.《诗词入门捷径》

郭翔臣著,山西人民出版社 2011 年 7 月出版。

本书其中一部分讲到了散曲写作的要求与技巧。

20.《咏晋源》

太原市晋源区文联、晋阳文化民间研究会编,编印时间不详。

本书收录有散曲作品。

21.《拾暇近咏》

高中昌著,中华诗词出版社 2007 年 11 月出版。

本书分三部分,其中第二部分为词曲,散曲占词曲部分的六分之五。

22.《高中昌诗文集》

高中昌著,北岳文艺出版社 2011 年出版。

本书共收录诗词曲联作品千余首(副),其中有一定数量的散曲。

23.《春催桃李:丁芒师生诗词曲选集》

张四喜、郭述鲁编著,中华诗词出版社 2008 年 2 月出版。

本书共收录了 67 人的作品,其中部分为散曲。

24.《张宝山诗集》

张宝山著,山西省内部图书准印证(2008)字第 47 号 2008 年 3 月出版。

本书分五部分,其中第四部分为散曲。

25.《郇风庐诗存》

尹昶发著,山西人民出版社 2008 年 4 月出版。

本书收录了 300 余首诗词作品,其中散曲 38 首。

26.《东华门随吟》

尹昶发著,三晋出版社 2017 年 6 月出版。

本书收录了 400 余首诗词曲作品和 9 篇文赋，其中有 50 余首散曲。

27.《履迹诗痕》

郭述鲁著，中华诗词出版社 2008 年 7 月出版。

本书收录了散曲作品 28 首。

28.《拾枫集》

高履成主编，2008 年 8 月编印。

本书为晋阳 10 位诗人词客曲家的作品合集，收录有散曲若干。

29.《拾萃集》

高履成主编，2008 年 9 月编印。

本书为晋阳 10 位诗人词客曲家的作品合集，收录有散曲若干。

30.《从洛杉矶到北京：中国奥运冠军风采录》

武正国、苏雅君主编，2008 年 10 月编印。

本书收录了散曲作品若干。

31.《卧风楼诗稿》

黄文辛著，2008 年 10 月编印。

本书以作者军旅时期及从教职业诗词作品为主，其中收录了论曲文章《试析诗文化中的自由曲现象》。

32.《诗书茶禅》

黄文辛著，2017 年 5 月编印。

本书收录了散曲作品百余首（套）。

33.《金声玉韵：北京奥运中国金牌榜》

太原市万柏林区宣传部、太原市万柏林区文联、唐踪诗社合编，2008 年 10 月编印。

本书多为诗词，录有部分散曲。

34.《稼余吟稿》

樊积旺著，中华诗词出版社 2008 年 12 月出版。

本书收录了散曲作品 3 首。

35.《李金玉诗文选》

李金玉著，中国文化出版社（香港）2008 年 12 月出版。

本书分《诗词曲卷》和《读诗札记卷》两册，收录诗词曲作品近 600 首、诗词曲札记 50 篇。

36.《濮风斋诗草》

梁希仁著，中华诗词出版社 2008 年 12 月出版。

本书分三部分，其中第三部为散曲。

37.《军旅情》

梁希仁主编，中华诗词出版社 2011 年 4 月出版。

本书收录了 35 位作者的诗词曲作品，其中散曲 17 首。

38.《知新集》

吴定命著，中华诗词出版社 2009 年 4 月出版。

本书分八部分，其中第七部分为散曲。

39.《南桥余韵》

曹效法著，中华诗词出版社 2009 年 7 月出版。

本书分三部分，其中第三部分为散曲。

40.《多彩人生》

贾效文著，大众文艺出版社 2009 年 10 月出版。

本书为诗词曲合集，其中散曲作品 75 首。

41.《诗词曲韵案》

杜肇昆编著,华艺出版社 2009 年 11 月出版。

本书为中国古典文学音韵研究专著。

42.《四部韵集》

杜肇昆编著,阳泉诗词曲学会 2014 年 4 月编印。

本书介绍了历史上公认的几部好的韵种,同时介绍并评价了现代音韵产生的背景及现实意义,其中《中原音韵》《中华新韵》为散曲创作提供了便捷、快速的案头查询工具。

43.《大数据观察下的宋词与元曲》

杜肇昆编著,山西人民出版社 2018 年 1 月出版。

本书是一部运用大数据思维,观察、解析、还原历史文化的论文集,共收集论文 17 篇,其中曲学论文 14 篇,附录收存散曲作品 21 首。运用大数据统计研究元散曲著作,在国内尚属首例。

44.《迟熟的银杏》

王银川著,天马图书有限公司(香港)2010 年 5 月出版。

本书收录有若干散曲。

45.《卉芥集》

赵愚著,中国文化出版社(香港)2010 年 7 月出版。

本书收录了作者 2004 年至 2009 年诗词曲作品 700 余首,分五部分,其中第五部分为散曲。

46.《岁月留踪》

赵愚著,中国文化出版社(香港)2012 年 10 月出版。

本书为诗词曲作品集,其中收录散曲 40 首。

47.《皓首吟笺》

赵愚著，中国文化出版社（香港）2015 年 10 月出版。

本书收录了作者 2012 年至 2015 年的诗词曲作品近 700 首，其中散曲 30 首。

48.《梅心集》

宋玉萍著，京华出版社 2010 年 7 月出版。

《梅心集》共两集，收录了作者 2004 年至 2009 年的诗词曲作品 1011 首，其中散曲若干。

49.《海梦集》

韩海莲著，大众文艺出版社 2011 年 9 月出版。

本书收录了作者 1968 年至 2011 年精选的诗词作品 350 首，其中散曲若干。

50.《性灵屋吟稿》

张六金著，2012 年 9 月编印。

本书收录了作者 2003 年至 2011 年的诗词曲作品 300 余首，分两部分，其中第二部分为词曲。

51.《甲辛集》

武正国著，山西人民出版社 2012 年 11 月出版。

本书收录了作者 2004 年至 2011 年的诗词曲作品近 800 首。

52.《棠棣诗花》

黄文辛、黄文中、黄文华著，中华诗词出版社 2012 年 10 月出版。

本书系黄氏三兄弟诗词曲作品集，其中散曲 19 首。

53.《井人诗钞》

王敬仁著，2012 年 11 月编印。

本书收录了作者的 400 余首诗词曲作品。

54.《杏花岭集》

赵黄龙著,山西人民出版社 2013 年 8 月出版。

本书是一部诗词曲联以及论文合集,收录了作者 2005 年至 2012 年的千余首(副、篇)作品。

55.《局促结》

蔡德湖著。

本书分诗词曲三部分,其中收录散曲作品若干。

56.《唐槐诗选》

尹昶发、黄文辛主编,山西人民出版社 2013 年 11 月出版。

本书收录了 83 位作者的诗词曲作品 572 首。

57.《田园诗草》

王云飞著,原平今日印刷社 2014 年 5 月编印。

本书收录作品中三分之一多为散曲。

58.《河汾吟梦集》

李旦初主编,三晋出版社 2014 年 10 月出版。

本书为纪念山西诗词学会成立 30 周年而编,作者均为山西诗词学会会员。全书分七部分,其中第四部分《当代散曲》收录了 43 位作者的 72 首(套)散曲作品。

59.《篱边学吟》

王拴喜著,紫云轩艺术研究院 2014 年 12 月出版。

本书收录了作者 2012 年至 2014 年的诗词曲作品 365 首,其中散曲 287 首。

60.《筑梦之歌》

郭新民主编,山西人民出版社 2015 年 5 月出版。

本书收录了散曲作品 30 余首(套)。

61.《铁血丰碑》

邢晨主编，2015 年 9 月编印。

本书收录有原平农民散曲社社员的散曲作品。

62.《诗人笔下的生态庄园》

王晓丽主编，2015 年 10 月编印。

本书以诗词居多，有散曲若干。

63.《诗光闪耀》

梁志宏主编，太原诗词学会 2016 年 3 月编印。

本书收录了太原诗词学会近百位会员的 380 多首新诗和旧体诗作品，其中有部分散曲。

64.《凭轩吟诵》

郭晓轩著，2017 年 1 月编印。

本书系曲诗合编，收录了作者的 176 首作品，其中散曲 107 首。

65.《秋山吟草》

庞励刚著，紫云轩艺术研究院 2018 年 1 月编印。

本书收录了作者的 300 余首诗词曲作品，其中散曲 25 首。

研究者与成果（以出生年月为序）

姚奠中

本名豫泰，别署丁中、樗庐，1913年生，山西稷山人。

早年师从民主革命家、国学大师章太炎先生研究国学，是章太炎先生晚年所收7名研究生之一。抗战全面爆发后，辗转江苏、安徽、四川、贵州、云南等地各高校任教。1951年到山西大学中文系任教，曾兼系主任、研究所所长多年，是全国优秀教师和享受国务院政府特殊津贴专家。2009年荣获中国书法最高奖——第三届兰亭奖终身成就奖。2013年荣获中国文联颁发的第十一届造型艺术成就奖。全国政协第六、七届委员，政协山西省第五、六届副主席，曾任九三学社中央委员，山西省委主委、名誉主委，中华诗词学会和中国韵文学会顾问，山西古典文学会、全国元好问学会会长，中国书协理事及指导委员会委员，山西书协名誉主席等。

先后发表有关中国古代文史哲论文130余篇，出版专著（含主编高校教材）23种，其中6种获得国家奖励。所著《中国文学史》《姚奠中讲习文集》等，对古代散曲有综合论述。

2005年、2006年稷山县和山西大学先后成立了姚奠中艺术馆。为了弘扬国学，推动国学研究和教育，姚奠中率先捐款100万元，于2010年发起成立了山西省姚奠中国学教育基金会。

2013年12月27日，姚奠中逝世，享年101岁，党和国家领导人表示了悼念和慰问。

窦　楷

1928年生，山西平定人。

1950年考入北京辅仁大学中文系，1952年院系调整并入北京师范大学，选修中国戏曲。1953年中国戏曲学校任教。1979年任《山西师范学院学报》编辑。1984年山西师范大学戏曲文物研究所成立，任该所《中华戏曲》刊物副主编。1990年为该所硕士生导师，1993年被评为享受国务院政府特殊津贴专家。退休后，仍兼任山西师范大学戏曲文物研究所顾问，中国散曲研究会、中国傩戏学研究会、中国戏曲家协会山西分会理事等职。

先后发表了《元代散曲的剧化倾向和戏曲的形成》《王骥德〈曲律〉之散曲理论探微》《马致远和他的散曲》等论文，与他人合著《宋金元戏曲文物图论》获国家出版一等奖、山西优秀科研成果一等奖。1995年出版元杂剧《气英布》《破窑记》《柳毅传书》校注本。2002年出版《六十种曲评注》中的《玉镜台》及《戏曲论文集》和《晚晴集》《撷芬集》《岁寒集》等散文集。

赵景瑜

1935年生，山西汾阳人。

1957年毕业于山西大学中文系，留校任教40年，致力于元明清古典小说和戏曲的教学研究。山西大学中文系教授、硕士生导师，传统文化与现代化研究中心主任，兼山西社科联委员，山西戏剧家协会副主席，山西红楼梦学会副会长兼秘书长，山西古典文学学会常务理事，山西散曲研究会会长，中国红楼梦学会、北京元代文学学会理事等职。

1961年以来共发表150多篇论文和近300首诗词曲，主要著作有《孙子译注》（合著）、《中国古代文学作品选》（合著）、《仙龙斋论剧》、《赵景瑜文集》（《红楼梦面面观（上下）》《当代青年的红学观》《本色当行论》《仙龙斋散曲选》《论现当代诗人及诗歌流派》）。散曲研究方面，主要为《元明散曲鉴赏集》（合著）、《仙龙斋散曲选》。

杜肇昆

1941年生，吉林长春人。

1967年毕业于吉林工业大学。曾任山西省阳泉市科委主任，盂县县委副书记、县长，阳泉市第十、十一届人大常委会副主任等职，现为阳泉市职业经理人协会总顾问、专家委员会主任，山西诗词学会常务理事，《中国当代散曲》杂志顾问，阳泉诗词曲学会会长。

发表词曲作品200余首、词曲研究论文20余篇，出版专著《仇犹词草》

《填词探要》《历代词对句精粹》《诗词曲韵案》《大宋之韵》《大数据观察下的宋词与元曲》，编印韵书《四部韵集》。

孟繁仁

1942年生，山西清徐人。

1958年入山西大学中文系读书，1965年毕业分配到榆次农业学校，1969年调入太原西山矿务局选煤厂学校。1980年录为中国社会科学院研究人员，调整进入山西省社会科学院文学研究所任研究员。曾任民盟山西省委第七、八届委员，政协山西省委第七、八届委员，兼任中国管理科学院终身研究员，山西古典文学学会副会长，中国古代散曲学会、中国元好问学会、三晋文化研究会理事等职。

发表《关于散曲〈上高监司〉》《刘时中评传》《元散曲家刘时中的生平仕历》《刘时中生卒时间笺证》等文，其中《关于散曲〈上高监司〉》被收入《中国古典小说、戏曲研究》文集，《刘时中评传》被收入《中国古代文学家评传》第三集。

冯俊杰

祖籍山东昌邑，1943年生于黑龙江牡丹江。

1982年毕业于山西师范学院中文系古典文学专业，获山西大学文学硕士学位。此后一直在山西师范大学任教，曾任山西师范大学戏曲文物研究所所长、教授、博士生导师，现为中国戏曲学会、中国古典戏曲学会常务理事，《中华戏曲》主编。

于《文艺研究》、《戏剧》、《戏曲研究》、《中华戏曲》、《艺术百家》、《艺术学界》、台湾《民俗曲艺》等学刊，发表戏曲文物论文数十篇。主要著作有《郑光祖集》(编辑、校注)、《六十种曲评注》(与黄竹三合编)、《山西神庙剧场考》、《古戏台与神系神庙研究》、《山西省志·古戏台志》等。此外，参编《诗词曲赋名作鉴赏大辞典》《明清传奇鉴赏辞典》。

姚玉光

笔名宇光、秋韵等，1950年生，山西洪洞人。

1982年毕业于山西师范学院，获文学学士学位。1988年南京大学古代文学硕士课程结业。山西师范大学文学院教授、硕士生导师、古代文学硕士点负责人、古代文学教研室主任，古代文学省级精品课程负责人，山西省教学名师，山西省"科教兴晋"突出贡献奖获得者，中国古代戏曲研究会会员。

研究散曲的论文《〈滑稽余韵〉：职业病人性丑的艺术把握》考订明代陈铎散曲集《滑稽余韵》141篇，纠正了136篇的传统观点，对《滑稽余韵》的思想意蕴和讽刺艺术进行了深入独到的论述。出版专著《元杂剧平阳戏剧圈研究》等。

田同旭

1950年生，山西沁水人。

山西大学教授，兼任中国古代戏曲学会、古代散曲学会、元代文学学会理事等职。

主要从事中国古代文学的教学与研究，主讲元明清文学，致力于古代戏曲研究，以古代戏曲与民族文化融合为基本研究课题，同时关注山西地方文化研究。

先后发表《论草原文化对元曲的影响》《论古代戏曲的自觉》等论文80余篇，参编《全元曲》《元曲通融》《元曲鉴赏辞典》《古本散曲大典》《中国当代散曲大典》等，出版《中国古代小说通论》《元杂剧通论》《沁水史话纵横》《郝经集校勘笺注》《曲二百首》等各类著作20余种。其中《沁水历代文存（附沁水史话纵横）》2006年5月获山西省社科联2005年度"百部（篇）工程"一等奖。《元杂剧通论》2008年8月入选国家新闻出版总署第二届"三个一百"原创图书工程，2009年9月获全国高等学校科学研究（人文社会科学）优秀成果三等奖，2010年1月获山西省第六次社科优秀成果一等奖。

李小强

1951年生，河北涞源人。

1970年12月以文艺特长入职于装甲兵某团，擅长多种乐器、指挥与绘画，1978年9月退伍后就职于山西省图书馆，历任馆员、副馆长、馆长。

多年来，在繁忙的工作之余，注重业务学习与知识更新，发表《试论窑洞的起源时代：兼谈我国早期生土建筑的发展序列》《"信息高速公路"中的公共图书馆战略》等数篇论文，先后出版《西厢记方言俗语注释》（该注释对《西厢记》中运用大量的山西蒲州地区的方言俗语进行了注释，并对前人注释中出现的错误或有悖于原意之处给予点明或指出）、《太原竹枝词注释》、《百家诗词精粹》、《张瑞玑文集》等著作。

狄宝心

1953年生，忻州师范学院元好问研究所所长、教授，古代文学省重点扶持学科元好问与辽金文学研究方向学术带头人，山西大学兼职教授，中国元好问学会会长，中国辽金文学学会副会长，中国元代文学学会常务理事。

参与完成北京市重点社科"九五"规划项目《二十世纪中国文学研究·辽金元文学研究》、全国高校古委会重点项目《全辽金文·元好问文》、国家古籍整理出版"十一五"规划重点项目《元遗山金元史述类编》。在《文学遗产》《民族文学研究》《文艺理论研究》等刊物发表元好问及金代文学研究论文60余篇，参与主编《文科文献检索教程》《唐诗鉴赏辞典》《中学生课外必读推荐丛书》。出版专著《元好问年谱新编》《元好问诗编年校注》《元好问文编年校注》《元好问诗词选》等5部，其中《元遗山作品新证九则》获山西省社科联1995年度"百部（篇）工程"优秀成果奖，《金元之际文坛领袖元好问对中原传统文化的维护整合》获忻州师范学院2000年科研优秀成果一等奖，《元好问年谱新编》2002年获第三次山西省高校优秀成果专著类一等奖，《元好问诗编年校注》2014年获第八次山西省社科优秀成果二等奖，《元好问文编年校注》2016年获第九次山西省社科优秀成果二等奖。

王建堂

1955年生，山西长子人。

长治学院中文系古代文学教授，从事中国古代文学教学35年，以中国古代文学、国学、地方文化为研究方向，主讲先秦两汉、魏晋、南北朝、唐文学。

曾在省级以上报刊发表学术论文数百篇，其中《诺贝尔奖与中华古籍》被《新华文摘》全文转载，《〈周易〉流行语及文化层面》《常伦诗曲创作叙论》被《人大报刊复印资料》全文复印，发表在《光明日报·理论版》的《孔子两极思辨中的和谐论》一文被多家报刊全文转载。参编《小说艺术与艺术鉴赏》《神话寻源》《中国文学发展概貌及作品赏析训练》，出版专著《上党钩沉》《〈周易〉花絮飘上党》。

张继红

1960年生，山西原平人。

1983年毕业于山西大学中文系，分配至中国人民解放军石家庄步兵学校。期间进入山西师范大学戏曲文物研究所读书，1991年毕业，获艺术学硕士学位。1993年进入山西人民出版社古籍部从事古籍编辑工作。1994年山西古籍出版社成立，2008年更名三晋出版社，任社长兼总编，同时兼任山西师范大学戏曲文物研究所硕士生导师。

1993年重新整理出版《吴昌龄刘唐卿于伯渊集》，1996年参编中州古籍出版社张月中、王纲主编的《全元曲》（简本），具体承担吴昌龄、张国宾、刘唐卿、杨景贤、李寿卿、于伯渊、汤舜民等元曲家的杂剧、散曲的点校、注释工作。在此基础上，1998年又参编河北教育出版社张月中主编的《全元曲》（综合本），除以上元曲家的杂剧、散曲外，增加了谷子敬、郏仲谊、李唐宾的杂剧、散曲整理。

车文明

1961年生，山西山阴人。

1984年考入雁北师专中文系，1986年中期选拔到山西师范大学中文系，1988年毕业留校，在戏曲文物研究所工作。1993年至1996年师从黄竹三在职攻读硕士学位。1997年考入华东师范大学文学院，师从齐森华攻读博士学位；2000年7月毕业，获文学博士学位。2001年破格由讲师晋升为教授。2002年10月至2004年11月，在上海师范大学人文学院博士后流动站工作。2005年11月至2006年1月，在日本京都大学人间环境研究科研修。现任山西师范大学副校长、戏曲文物研究所所长、教授、博士生导师，系山西省高等学校青年学术带头人、中国戏曲学会常务理事、中国傩戏学研究会顾问、山西省戏剧研究会副会长、山西省第十一届政协委员，享受国务院特殊津贴。

论文主要有《也释词曲小说中之"划的"》《"务头"浅说》《也谈金元杂剧》《"务头"再探》《诸宫调创始人孔三传新解》等，主要著作有《二十世纪戏曲文物的发现与曲学研究》《六十种曲评注·义侠记评注》《六十种曲评注·灌园记评注》，其中《六十种曲评注》（25册）获第十三届中国图书奖。

延保全

1964年生，山西昔阳人。

1985年山西师范大学中文系毕业，留校戏曲文物研究所工作。1988年至1991年，在职攻读硕士学位，师从黄竹三，专攻中国古代戏曲。2003年任山西师范大学戏曲文物研究所副所长，晋升为教授。2006年获山西师范大学戏曲文物研究所首批博士生导师，并担任《中华戏曲》副主编。2010年任山西师范大学文学院院长，现任戏剧与影视学院党委书记、院长，兼任中国傩戏学研究会副会长、中国俗文学学会常务理事等职。

主讲戏曲文物研究、古典建筑学、戏曲评论、民俗文物与宗教祭祀、戏曲民俗学、戏曲文学与戏曲理论专题研究、唐诗鉴赏等课程。2002年完成山西省社科规划项目《山西庙会文化研究》，2000年至2005年完成全国哲学社会科学规划重点项目《金代文物与金代文学研究》，2011年至2014年完成全国哲学社会科学艺术科学规划项目《中国古代演艺史的文物实证：戏曲绘画与戏曲雕刻的考察与研究》。

在《文艺研究》《民族文学研究》《戏剧》《戏剧艺术》等刊物发表论文60余篇，参编《中国曲学大辞典》《全元曲校注》《元曲大辞典》《元曲鉴赏辞典》《山西戏曲碑刻辑考》，点校《全元曲》，出版《李行道孔文卿罗贯中集校注》、《六十种曲评注·鸣凤记评注》、《戏曲文物通论》（台湾）、《中国戏曲文物通论》等专著。其中《中国戏曲文物通论》，2014年获山西省第八次社科优秀成果一等奖。

吕文丽

1968年生，山西临汾人。

1991年山西师范大学中文系毕业，留校工作。1994年至1997年在山西师范大学戏曲文物研究所攻读硕士学位，师从冯俊杰，专攻中国古代戏曲。2000年至2004年在中国艺术研究院研究生院攻读博士学位，师从孙崇涛，专攻戏曲史方向。现为山西师范大学戏剧与影视学院副教授、硕士研究生导师，《中华戏曲》编辑部主任，中国傩戏学研究会会员。

参与并完成车文明主持的国家社科基金资助项目《中国戏曲文物志》，主持并完成2010年山西省高校社科基地重点项目《宋金河东戏曲文化与戏曲形成研究》等。

在《戏曲研究》《中华戏曲》等刊物发表论文10余篇，参编《昆曲大典》《戏曲鉴赏》等，出版专著《诸宫调与中国戏曲形成》《六十种曲评注·浣纱记评注》《中国戏曲文物志·戏画抄刻本卷》等。

边咏梅

1977年生，山西忻州人。

2001年毕业于陕西师范大学中文系，获文学学士学位。2005年考入陕西师范大学文学院攻读硕士学位，于 2008 年获得文学硕士学位。现任教于忻州师范学院中文系，讲师。

主要从事中国古代文学的教学和科研，并致力于元明清散曲研究。近几年主要侧重于元散曲丰富的人文意蕴研究以及散曲女作家研究。

发表关于元散曲研究的论文《元代隐逸散曲再认识》《元散曲中的"窝"意象及其文化意蕴》。

赵　敏

1980 年生，山东东平人。

2003 年毕业于山西师范大学文学院，2012 年在山西大学攻读中国古代文学硕士，师从刘毓庆。2015 年毕业，入大同大学任教，从事中国古代文学教学与研究。

发表论文《从〈曲律〉看王骥德曲学思想》。

创作者与作品_{（以出生年月为序）}

创作者·小令·套曲

李心耕 生于1912年,卒于2007年,河北人,山西省总工会原宣教部部长。

著有《李心耕诗词集》。

〔越调·小桃红〕体坛健儿雅典荣归

五环旗下笑开颜,还了多年愿。一跃身轻似飞燕,箭离弦,英姿飒爽谁曾见。煌煌雅典,歌声飘遍,大笔著新篇。

戴云蒸 生于1925年,卒于2007年,河北荣城人,曾任职于山西省人民政府省直机关,总经济师,中华诗词学会会员、山西诗词学会顾问、唐槐诗社社长。

著有《云蒸诗集》。

〔正宫·醉太平〕西湖访盖叫天故居燕南寄庐

高阳苦娃,沪上奇葩。英雄粉墨盖群华,梨园大家。景阳冈上曾把那大虫打,快活林曾把那恶神罚。燕南庐舍常和那高朋共品茶,幽园似画。

〔仙吕·醉扶归〕唐槐诗社成立周年感怀

八十诗痴叟,俯首老黄牛。陋室电话不停,新朋旧友稠。秉笔精神抖,卷卷诗书不离手,骑车轻快但笑老夫肚大难行走。

〔双调·水仙子〕赞杂交水稻之父袁隆平(二首)

神州亿万食为天,大地苍茫咒逝川。一从水稻惊人举,大师美名儿四海传。泥田烈日攻关三十年，清贫守，为人先，科技神功敢擎天。

神农香火越千年，华夏儿孙称大贤。今朝袁氏献神种，敢问何大仙？"我非圣也非仙，输肝胆，献赤丹，旗展峰巅。"

董　方　生于 1930 年，卒于 2016 年，山西介休人，中学高级教师，山西诗词学会会员。

〔仙吕·一半儿〕中秋赏月

新朋旧友集桥东，桂魄汤圆独照空，盛世民安歌太平。月明中，一半儿星星一半儿灯。

〔双调·沉醉东风〕回头望柏龙

翠柏悬崖倒倚，张牙舞爪期飞。云雾中，轻摇尾，峥嵘双角雨中戏。夜静更深月影移，长栏十里图画里。

〔双调·驻马听〕云峰寺听佛乐

雪调冰弦，黑管银箫人玉洁。琵琶肠断，有江州司马吁嗟。弄梅花坠满台阶，余音飞绕空梁掠。星夜解，一声吹落云峰月。

〔正宫·醉太平〕寒食

花飞春嫩寒，只手卷窗帘。九层楼顶望绵山，有何方禁烟？凄风苦雨愁无限，几时介子精神现。文明建设我家园，钱财不贪。

萧自熙　字剑岚，笔名磐石剑岚，别号风光富有翁、不漏天蜗居主人、负行窝先生、舔笔叟，生于 1931 年，卒于 2008 年，当代散曲家，《当代散曲》特聘顾问、四川大学副教授、四川作协会员。

发表论文《元人散曲对仗纲目提要》《多向发展的元人小令借对》《全方位拓宽的元人散曲隔句对》《散曲絮语》等 60 余篇，出版散曲专集《蜗居散曲》《磐石剑岚小令》《负行窝散曲》《风光富有散曲选》《萧自熙散曲全集》《萧自熙散曲格律》《萧自熙散曲集外集》。

〔双调·秋风第一枝〕当代散曲风光

疑不能再现风光，复谁知独秀奇花，百种幽香？你听那三晋歌台，九州曲榭，绝唱悠扬。声绕梁咿呀呀清新味长，珠落盘叮当当玉润铿锵。我眉间锁顿时开赏弦索辉煌，他心中结忽地解谢瑰宝灵光。最乐的七五磐石，险化作十八萧郎。

〔黄钟·红锦袍〕夜访儒丐

三老子访蜗居遇老瘸，当一回忍饥挨饿客，听一番苦心圆梦诀。向床顶搪瓷盆把雨接，摄等身月饼匣当书箧。采得儒士风光，将着丐家元曲，步鸡鸣踏蟾影归去也。

〔仙吕·寄生草〕听当代散曲

知邪正，明是非。箫声儿牵引春潮春潮沸，笛韵儿留住霞云霞云醉，弦索儿清唱民家民家瑞。当代曲当行本色妙花生，土气息香香脆脆泥滋味。

〔正宫·塞鸿秋〕道情

独眼儿难看细小须明大，独耳朵难听隐秘须知骂，独脚儿不游宦海无惊怕，独居叟不缘鹊路无牵挂。为人处世真，当讲实情话，休学那巫婆弄鬼装神诈！

〔双调·燕引雏〕赋半塘师

八旬翁，银须白发不龙钟。馒头开水防肠痛，忍苦专攻。这词曲声诗戏弄鹏，是何时扔进鸡瓮？喜春来幸解寒冰冻。鹏飞泰斗，泰斗飞鹏。

〔仙吕·哪吒令〕创增句、并句、竹节韵体，回归自然

画则画多彩的山花野花，挂则挂似锦的朝霞晚霞，架则架速长的冬瓜苦瓜，剐则剐如蜕的黄麻苎麻，诧则诧扬己的井蛙雨蛙。我教他词曲联诗书画，

他教咱捉鳖蟹捞鱼虾。

〔黄钟·刮地风〕喜赋半边曲天①

灵秀晶睛个个娇,醉煞樱桃。群鹂翠柳喉间调,唱醒风骚。春兰儿闹,夏莲儿俏,秋菊儿欢,蜡梅儿笑。方一载三娇变九娇,再十年增添似涨潮,比潮优涨后复难消。

①独酌,酒半酣,似觉曲榭九女来我曲中,遂停杯疾书,成就此曲。

〔双调·小妇孩儿〕风光富有三

自解炎凉,空调无份又何妨!有酸菜汤麻辣酱添食量,时换新腔。纵然是儒身乞丐装,无碍这笛眼诗情荡,镇日里妙曲清歌唱。①倒惹得风光笑了,采风光富了萧郎。②

①五六七句"装"与"荡""唱"不相对,借"装入"之"装"义与"荡""唱"对则为工对,此为借义对。

②末二句"风光笑了"对"富了萧郎"为错综对。

〔南吕·四块玉〕《当代散曲》改版赞

刊换装,褒声朗,可笑咱家小儿郎!学时尚语追时尚:真,天籁声,韵腔美,多彩红,翠黄善,拿手酥脆香。

〔南吕·四块玉〕刘灵芝

本是弦索姑,共个云山媪。毽舞婆娑毽儿娇,转身曲岭勤修道。当行曲,才艺高,本色语,情趣饶,灵教灵芝灵又巧!

〔仙吕·哪吒令〕和常箴吾老先生竹节韵对体哪吒令曲

浩水岸想常山剑关,思人幻梦风帆海湾,性强悍佩雕鞍玉环,经历惯闯词坛曲滩,有板眼笑波寒浪翻。蓦然间弦索弹苦办刊丹青染齐操翰,直乐得秋光灿灿淡淡浅浅春花烂烂绿绿丹丹。

任锦翚 生于1931年,卒年不详,山西介休人,曾供职于太原市建筑总公司,山西诗词学会会员。

〔中吕·十二月带尧民歌〕山西诗词学会20年庆凑句

平日里频翻玉卷,只盼个早沾诗边。清梦中吟哦苦练,有心人感动真仙。墨艺苑内忽生新面,结下了三晋吟缘。

〔带〕常听说醒狮添翼易飞天,真想要猛虎腾云好登巅。两年诗作数源源,几篇词曲意绵绵。流连复流连,一杯美酒敬诸贤,总算称了痴心愿。

〔黄钟·节节高〕黄河散曲社成立得喜

天刚亮话铃声啸,打碎了老夫新觉。原来是高履成老调,送给俺一顶曲苑小帽。乐得俺蹦蹦跳,喜得俺偷偷笑,差点儿惊醒了俺家老赵,忘却了查询俺做哪个角。

〔双调·胡十八〕曲人乐(三首)

黄河曲人真叫好,无名无利整天跑。喝口开水自己倒,回家老嫂总想咬,常听她没完没了地瞎叨叨。傻帽!傻帽!俺假装听不到,她抿嘴脸堆笑。

黄河曲人心眼好,勒着裤带写书稿。一字一句仔细瞧,遇着访客耐心教,回家累得俺叫老伴捶一捶腿来揉一揉腰。别叫!别叫!尽管她随便挠,乐得俺哄堂笑。

曲人爱哼黄土调,走路还唱抬花轿。经常是手舞足蹈,偶尔也连蹦带跳,回家来演一段平贵还窑。老伴儿喊老闹!老闹!俺虽不慌不忙把扇摇,她已叮叮当当把茶泡。

蔡德湖 生于1931年,卒于2015年,江西上饶人,曾任太原化工厂主任工程师,中华诗词学会、山西诗词学会会员,唐风诗社社长。

著有《局促结》《散曲入门》等。

〔中吕·十二月带尧民歌〕纪念乔吉

谁当得时时醉仙，应可算处处诗禅。半生来仍然布衣，朝暮会时尚名贤。求甚的蜗角涓涓，却自然有流水溅溅。

〔带〕杭州梧叶儿百余篇，浪激钱塘艳春天。扬州梦携两世姻缘，调笑风流世间传。今天太原曲苑有渊源，总算称了乔老平生愿。

〔越调·黄蔷薇带庆元贞〕黄河曲社5周年庆

黄河情意惓，倏忽五周年。弹演清词丽卷，响遍江南曲苑。

〔带〕几年来月夜付红笺，金樽檀板悉心研，篇无舛误始轩然。无边，无边览大千，曲曲展献曲人前。

〔黄钟·昼夜乐〕普救寺

城克还须善心萌，赓赓，赓赓地普救生灵。改寺名困名得拯，西厢记城乡互传盛，说的红娘咄咄有名声。寺中情，待弄分明，应好运成个旅游景。

〔幺〕梨花，梨花深院迥。少顷，难宁，难宁地意乱神惊。真个是三星望落再三升，终盼得红娘救了命，莫教人落得个话柄无凭。蟾塔争鸣，蟾塔争鸣，顿生情又把拜月亭儿进。

〔黄钟·昼夜乐〕元宵汾湖抒情曲

风送梅香满小船，绵绵，绵绵地飘舞湖渊。泛涟漪透明舒展，细捉摸流光多情转，胜龙宫玉润珠圆。动心怜，桨橹轻掀，休惊破水底天一片。

〔幺〕湖烟，湖烟缭绕远。当前，翩跹，翩跹地亚似神仙。抛去了荣枯偃蹇，收满囊绿意春笺，情丝织梦忆魂牵。摁笛抚弦，摁笛抚弦，好个人山人海灯月绚。

〔正宫·学士吟〕天石

寻常宇宙边缘转，飞碟飞船相与共周旋。一圈圈翻滚无边，浩瀚地人烟

玉簪金菊露凝秋，
酿出西园秀。

贺中国当代散曲大典山西卷付梓，戊戌秋月梅生时年95岁

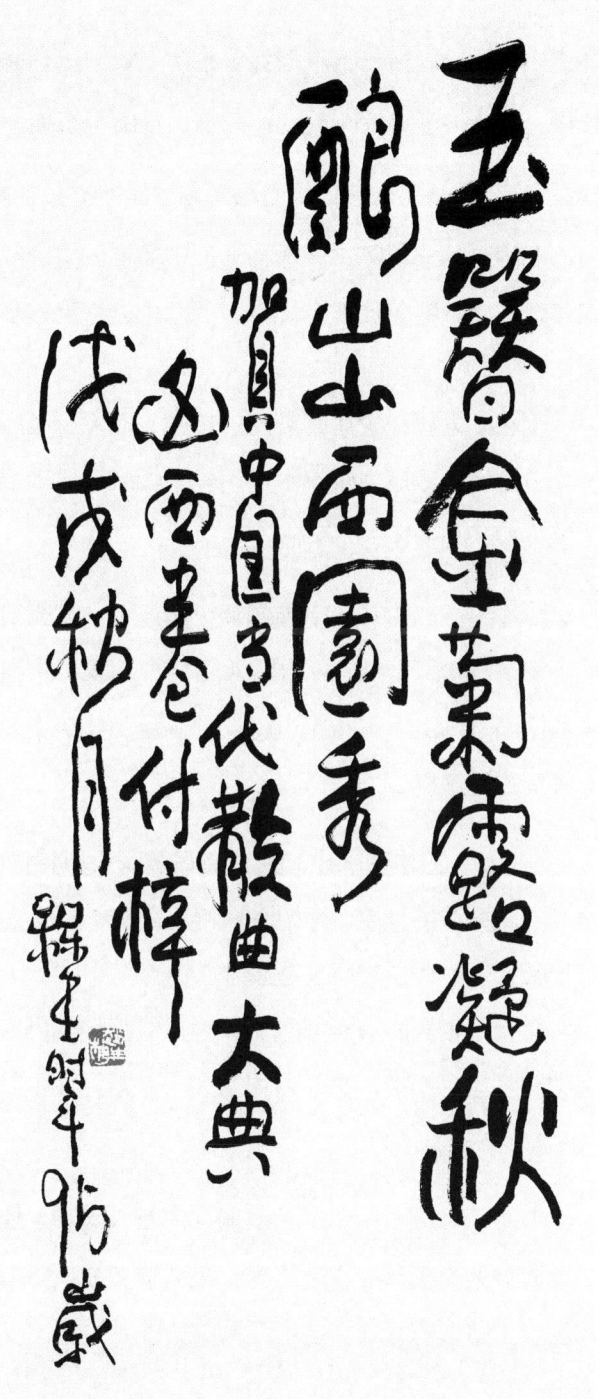

稀罕见。

〔幺〕忆当年，女娲携我来补天，算抖擞精神殷勤献。思凡心还是未了情缘念，贬下尘寰抽断灵魂伴凡石，重新再修炼。

〔黄钟·昼夜乐〕常家大院

北派园林起苍茫，洋洋，洋洋地儒道同堂。高处转将全景赏，大观园引人长瞻仰，貌厚重灵秀有规章。阁贴山，庭院长廊，庭院长廊，且歇脚轩中饮诗和唱。

〔幺〕宏居，宏居曾梦想。东厢，西厢，西厢里乍有个艳丽红装。直恁地吟诗流畅，琴声中张郎水远山长，顿教人灵魂飘逸恍蹈长江。急浪难翔，急浪难翔，心神定念不可流连往。

〔南越调·黑麻令〕龙光别墅

窗前睨尘低市低，平台顾人归鸟归，苹果香千回万回。渡小桥泉泛依依，一心探山奇水奇。　晋武陵曾疑不疑，伴鸿儒诗斐道斐。缘分赐半世勾留，会神悟玄机理机。

〔中吕·十二月带尧民歌〕山西诗词学会20年庆

一旗撑诗帘舒展，涵如许肺腑真言。好一派清风翦翦，正花季五彩翩翩。乍谛听弦丝线线，却原来是泉水潺潺。

〔带〕累周旋分身亦周旋，说投缘豁地就投缘。小河沟汇大河川，新词曲续旧词篇。拳拳，拳拳参禅悟大千，戴月披星二十年。一字儿道破真诠，称了痴心恋。

〔双调·河西六娘子〕蜂

尘世独交花草缘，衔清露，染骄喧，惯入重园挹翠宁算是把花恋。采粉扇回旋，酿蜜苦缠绵，憾不任风雨黄昏月下翩。

〔双调·水仙子〕仙人掌

既不如群星捧月万花红，自忖是绵里藏针独貌庸。素妆黛裹情深重，差如翁仲俑，少青睐沉默园中。一阵倾盆风雨猛，四厢袭圃叶花空，合生受分外葱茏。

〔南越调·黑麻令〕唐槐苑

炫珠玉唐槐市槐，深根底枝谐叶谐，抹云烟情栽意栽。共风雨携伴依依，醉硕果诗裁韵裁。眷年时深擘浅擘，聚如许文才俊才。一篙探三晋繁华，层楼上霞开月开。

〔中吕·十二月带尧民歌〕文源楼

重建后百里清川囊收一袖，更有那千顷涟漪舟泛悠游。见碧柳青荷平添锦绣，喜鸟鸣鱼跃弄尽风流。扶画栿空凌云岫，觇城厢丽影凝眸。

〔带〕一鹤引此处飞来黄鹤楼，开文运凭栏神聘共绸缪。细合计月宫书信可人邮，常观瞻新神舟继旧神舟。悠悠，雄风醋业讴，盛世豪情镂。

段　铁　生于1932年，卒年不详，山西清徐人。创作散曲作品50余首。

〔双调·骤雨打新荷〕读《当代散曲》和温祥、常箴吾、折殿川先生

情系山河，唱元明美韵，雅骏犹多。长流写意，玑珠洒金波。荟贤牵头崛起，得四海高朋相和。喜龙城，看千秋盛迹，开道鸣锣。　　沉睡经年寻梦，继开山鼻祖，再画新荷。散曲悠悠，谈笑泛轻舟。尝尽酸甜苦辣，效先贤曼语轻歌。诵真情，任他鬓染银霜，更唱黄河。

〔双调·风入松〕步新疆张莲凤女士

吴空岩洗月如弦，流云似尘烟。春风唤醒犁云梦，驭马横笛奋扬鞭。皓首童心依在，兴发曲河吟莲。

〔双调·骤雨打新荷〕漫话徐沟

古城徐沟，誉文化灵地，俊杰维多。须眉英子，亢唱摇清罗。耄耋携孙训咏，争风采红颜随和。风云题骤，一度沉疴，几番淹跛。　　岁月若流，人生几何，念晨红夕翠。一梦初过，更待我辈苦张罗。尽邀贤师益友，对芳樽？曲论歌。争朝夕，任他雪发夕照，壮我徐沟呵。

〔南吕·四块玉〕和诤友校曲

他细心斟，我耐心校，信他斟任我校眉开眼笑。只因他吟趣儿纯博得我曲兴儿闹，似这般愚曲友痴歌侣，恐人间稀少。

〔中吕·山坡羊〕行亦欢笑

行亦欢笑，止也欢笑，春风吹落冯唐帽。乐陶陶，不嗟老，吟坛偏爱元明调，俗到风流身自俏。身，童化了；心，陶醉了。

〔双调·沉醉东风〕和萌锐先生

翰墨香心满意足，吟韵谐眼笑眉舒。一个忘了餐眠，一个不介寒暑。池畔讴案累相顾，是两个皓发霜鬓的农夫，坦胸襟笑呵呵谈曲论书。

〔仙吕·游四门〕妙曲唱名城

淹蹇檀板又重摇，新曲领风骚。文馨袭人龙城好，雅韵儿醉冶春潮。娇，野史亭风采九州飘。

智先才　生于1932年，山西定襄人，曾任中学教师，中华诗词学会、山西诗词学会会员，唐槐诗社社员。

作品散见于《中华诗词》《难老泉声》《唐槐吟苑》《陕西诗词》《诗词月刊》《中国当代散曲》《当代散曲》等刊物。

〔正宫·叨叨令〕春耕曲

春风吹过冰凌渡，柳眉舒展沱桥路，平田拢堰惊眠兔，夕阳西下乌栖树。

耙好地也么哥，耙好地也么哥，春浇莫把时光误！

〔黄钟·人月圆〕杏花赞

杏花如雪蜂琴奏，袅袅悦明眸。叶翁行赏，一枝春色，浓郁情幽。

〔幺〕蕊鲜神秀，芳容嫣唇，体态温柔。青灯深夜，蟾光泼洒，倩影娇羞。

〔黄钟·人月圆〕榴花咏

榴花似火人人慕，韶艳似娇姝。碧桃相伴，疏翠流韵，雀啭廊庑。

〔幺〕芳馨庭院，月光波涌，影碎风舒。金杯浅酌，诚邀明月，共品诗书。

〔黄钟·人月圆〕菊花吟

霜侵百卉谁娇媚，黄菊溢芳菲。蓬门娟秀，峦冈写意，华屋瑰绮。

〔幺〕当年钟爱，陶公寄意，采菊东篱。而今珍重，清廉俊雅，战地花奇。

〔黄钟·人月圆〕梅花赋

幽香清雅疏枝俏，月下体娇娆。枝斜香冷，悬冰靥笑，傲雪尤姣。

〔幺〕常思和靖，孤山笃好，子鹤逍遥。尤其感激，毛公妙笔，说尽侬娇。

〔中吕·十二月带尧民歌〕瓜田小调

瓜田豆荚，渠堰鲜花。送郎曲幽幽断肠，牧羊歌情洒天涯。仰面瞭炊烟落霞，嘎嘎叫翠柳归鸦。

〔带〕夫妻急急去摘瓜，漫地馨香醉商家。芳名远播客频夸，蓦见装车女娇娃。摩挲，潇洒一枝花，哼着小调描新画。

〔仙吕·青哥儿〕铁大姐周竞①

红歌红旗雏凤，风云洗礼娇容，虎穴贼窝立战功。军号东山唤英雄，悲歌颂。

①周竞：山西定襄人，共产党员，同丈夫齐平在太原做地下工作。1947年被叛徒出卖，次年遇害。

〔南吕·骂玉郎带感皇恩采茶歌〕棉田秋

棉桃垂挂花残坠,粉蝶总相追,河桥笛韵情歌脆。只见她扬柳眉,颊面绯,堤塍倚。

〔带〕夕照霞飞,蝉咏沱湄。柳依依,风戏水,日偏西,蛩鸣暮色鳞跃萍漪。戴月辉,穿簇杞,对歌嬉。

〔带〕开门扉,亮灯霓,空中夜校讲新知。夫妇钻研棉植技,鼠标共点种棉题。

〔双调·夜行船〕初夏滹沱河行吟(套曲)

晓曙黄鹂鸣柳影,清流镜绮丽浮萍。杜宇争鸣,晨曦温情,望校院红歌声声。

〔乔木查〕忆洪流势猛,淹没了林木民房盆甑,多少良田碱化。眺荒原,瞻仆碑,满腹忧情。

〔庆宣和〕广济渠开清水冷,碧绿莹莹。一代英豪庶黎倾,恒咏,恒咏。

〔落梅风〕滹沱激,波浪惊,望丛蒙碧霄风静。系周山一抹嫣墨景,故园美稼禾丰盛。

〔风入松〕朝阳熠熠玉俏横,陂柳绿莺鸣,漫飞絮点点柔情。酹酒悠悠沱水,一曲清歌盛赞和平。

〔拨不断〕望青莹,赞英灵,为民喋血史书彪炳。紫砚狼毫浓墨馨,倾情书尽千秋梦,继成名盛。

〔鸳鸯煞〕你听那蛟龙绚彩喧银磬,更仰瞻性灵嘉瑞敷金鼎。兴尽赏流云,趣阅牡丹英。畅道吟诵遗山,哀情雁冢,毋忘怀圣阜山中披蓑影。抒发闲情,杯酒酬答助诗兴。

温 祥 笔名竺裹仁,生于1932年,卒于2014年,四川长宁人,曾供职于山西省委办公厅,中国作协会员,山西诗词学会第二任会长、名誉会长。

著有《寸心集》《片羽集》《滴水集》《云朵集》《五情吟草》等。

〔中吕·山坡羊〕峨眉月夜

金风渐骤,黄花微瘦,层林溪壑清凉透。鸟倦游,云归岫,静寂群山孕灵秀,人间天上两依旧。仰,半轮秋;俯,一江酒。

〔中吕·山坡羊〕漓江春晨

柔光破雾,寒波引路,扁舟一叶连烟树。万象苏,染画图,螺峰倒影神仙处,眼底迎来心上舞。景,朝胜暮;情,今胜古。

〔仙吕·醉扶归〕悼萧兄

接萧公子电话,得知我未能谋面的神交、著名散曲家萧自熙不幸病故。闻此噩耗,急仿其名作《力气歌》为曲悼念,以托哀思。

未识神交面,尊驾返西天。曲苑鸣琴巧弄弦,名著齐身献。许我来生梦圆,还我今生愿。

〔中吕·山坡羊〕襟怀

当年老九,今天长寿,同窗同届多优秀。喜重逢,惊翘首,阳光普照风雨后,笑看神州和谐构。和,只记恩;谐,不记仇。

〔中吕·山坡羊〕无题感事

听说因改正错漏,《当代散曲》创刊号将重印。这种负责任的态度,值得赞许,急就此曲以志。

金鸡一报,首刊跟到,美哉散曲呱呱叫。错漏多,知得早,不许粗疏贻人笑,重排重印似公告。破,改原貌;立,换新貌。

〔越调·小桃红〕和丁芒老《元旦抒怀》(二首)

老桃红

敬君憨厚老来红,表里都信共。笔诛口伐管屁用,苦熬过了邪恶风,诗文七卷欣圆梦。任彼的唆哄,随他的嘲弄,可都难奈我丁翁。

回眸

效君四愿数重头:衣食平常有,重组家庭互增寿,少生忧,交了几个知心友。诗神常佑,老伴苦守,秃笔还在写春秋。

〔双调·骤雨打新荷〕读《当代散曲》创刊号

盛世龙城,看汾河曲苑,香溢花多。几番邀会,更几多奔波。晋友牵头咏唱,得全国高朋相和。创刊出,佳篇叠见,开道鸣锣。　诗海词山厚爱,共曲林美景,笑抚沉疴。传承发展,俱进莫蹉跎。命笔试呈小愿,效前贤慢拍低歌。献真情,任他腿瘫鬓白,长恋黄河!

〔越调·天净沙〕春

读马致远"枯藤老树昏鸦",沿其韵,反其意写故乡川南春景。

疏篱烟雨桃花,小溪垂柳娇娃,浅草池塘戏鸭。远山如画,晚归人戴红霞。

〔越调·天净沙〕秋

读马致远"枯藤老树昏鸦",沿其韵,反其意写故乡川南秋景。

流泉深涧鸣蛙,竹篱茅舍黄花,老圃长藤肥蚱。清江水滑,天边雁落平沙。

〔中吕·山坡羊〕为何畏兄剪纸画《红了樱桃绿了芭蕉》写意

蜂疲蝶累,花醒花睡,良辰美景群芳会。苦寒溃,挽春回,和风暖雨春油贵,何事流连竟忘归?扶,樱桃醉;捧,蕉滴翠。

陈美德　生于1932年,山西霍州人,曾任中学教师,山西诗词学会、太原诗词学会会员,桃园诗社顾问。

〔仙吕·一半儿〕叹高分

高分拼命去追求,求得高分还是忧,学费差额何处凑。快帮筹,一半儿喜来一半儿愁。

钟鼎文,玉箸篆,盘丝屈铁,力透陈宜。行草书,蛟龙现。笔底风雷惊寒雁,似飞瀑雪浪滔天!气吞岱岳,雾遮涧壑,霞蔚雄关。

梁伯华散曲一首,林鹏书

〔中吕·山坡羊〕孝为大德

乌鸦反哺,羔羊跪乳,人若不孝不如畜。姓枉呼,度虚无,多行不义天惩处,恶报恶行神怒恕。心,休犯糊;行,莫误途。

〔仙吕·一半儿〕无题

婊子堆笑伤贤良,无赖朵颐充富商,鼻孔插葱装大象!细端详,一半儿阴来一半儿阳。

宋天有 生于1932年,山西原平人,原平农民散曲社社员。

著有《夕阳正红》《夕照书香》。

〔正宫·叨叨令〕陆台三通

洪洞供仰国槐树,根深叶茂春风渡。血浓于水衷情诉,赵钱孙李千家富。你有情也么哥,我有缘也么哥,陆台两岸同根睦。

〔正宫·叨叨令〕切磋

农民曲社春风沐,鸿来雁去村村赋。切磋研讨深情注,推敲细品求真悟。贺出书也么哥,贺出书也么哥,一枝红杏难关住。

焦　琛 生于1933年,山西清徐人,曾任中学教师,中国三国演义研究会会员。

发表作品《县城南关罗氏家族考》《评杨立仁〈罗氏家谱〉》《浅议〈三国演义〉的艺术特色》《梗阳志考》等。

〔中吕·山坡羊〕赏葡萄长廊

文源楼旁,怡园神畅,长廊小憩青眸望。走葡廊,是葡乡,抬头似有凉纱帐,火热夏天清又爽。人,好运享;天,好亮敞。

〔中吕·山坡羊〕紫林养生醋立方

碧波微漾，游船轻荡，湖边绿柳花鸟像。上楼房，亮厅堂，临窗泡脚观湖象，熏腿看湖诗意赏。瞧，脚硬朗；摸，腿更强。

张志中 笔名讷言、张望，生于1933年，山西太原人，历任清徐县委宣传部部长，山西省纪委政研室副主任、副秘书长，驻山西省商业厅纪检组组长（党组成员）兼厅直属党委书记等职，山西作协会员，《山西商报》《火花》《大家赵树理》《九州诗文》编辑、副主编、文学顾问、执行主编，现任《中国当代散曲》编委，新南诗社社长。

20世纪50年代开始，在省内外报刊发表散文、随笔、诗词曲、书法作品，屡次获奖，作品被选入《新中国航天题贺艺术大典》《中华百年国粹》《红旗漫卷复兴路》《中国宋词大典》《中国草书选集》《姚奠中先生百岁华诞贺岁作品集》等，著有《往旅寻踪》《姚巨货传奇人生》《姚巨货的梨园情结》《岁月回想》《新的丰碑》《漫步人生》《醋圣王来福》等。

〔越调·黄蔷薇带庆元贞〕小溪随想

暖春流径缓，逢冻伴严寒。一任前行不返，诉尽衷肠泪眼。

〔带〕我曾游荡在荒滩，也曾梦想做港湾。虽经磨难响潺潺，休言我等闲，我造福人间。

〔南吕·骂玉郎带感皇恩采茶歌〕清明

清明节下天争气，圆圆脸眼眯眯，风平浪静红天地。松柏苍，杨柳青，鲜花丽。

〔带〕车过河西，一路崎岖。牧童笛，山妹曲，鸟儿啼。停车谷底，爬上坟墟。抚残碑，行墓祭，叹今昔。

〔带〕对天祈，表心迹，躬身暗对伟人鞠。悼念人民周总理，一腔热火永难熄。

〔中吕·普天乐〕普天乐散曲学会成立致贺

雪已残，年余味，曲人虽瘦，笔动情随。邀大家，重聚会，恭贺开张盅盅醉，普天学曲似春雷。群山振荡，江河奔泻，玉溅珠飞。

〔双调·沉醉东风〕回老家

才离了都市楼窗碧纱，早来到柴门窑洞人家。山村遇一位老妈妈，多少相思话。忆儿时戴红花扮过家家，今儿个缺门牙有啥子羞羞答答，笑盈盈对晚霞各自拢满头白发。

〔双调·春归怨〕与曲友登秋容塔①

阵雨初收，坡斜壁陡。秋容塔上话春秋，清风缕缕群山秀。身退休，与世无求，禅悟到心头。

①秋容塔：位于山西交城玄中寺内。

〔正宫·塞鸿秋〕傅山爱山不喜平

傅山爱山，有诗"为愿青山做主人"，故名山。又诗曰"既是为山平不得，我来添尔一峰青"，所以取字青主。名号还有臣山、侨山、侨黄山、真山等多种，可见他对山情有独钟。傅山故里在平川西村，生前除了游历，常住崛围山，在此写就了《霜红龛集》等巨著，死后又葬于崛围山顶马头水村四家角。马头水是笔者的故乡，在傅山先生诞辰400周年之际，度曲一首以纪念。

抬头佛塔擎天柱，低头远看汾河渡。苍松暗了羊肠路，霜红亮了读书处。高坡献百花，云扫先生墓，傅山爱在西山住。

〔中吕·齐天乐带红衫儿〕观晋剧《傅山进京》

乾隆降旨传呼，青干何听摆布。匆匆夫全输，慢腾腾如初，坐轿改为骑驴。进京路可是前途？悬乎。不进牢笼，也粘糨糊。入彀其中，我不成奴！圣上频邀，龙心微怒：真难见的一代鸿儒！

〔带〕殿试何曾顾，官职何曾慕。乞望归间继医术，不愿高官厚禄，但求拥诗书穿朱服。帝笑无言送一字：福。

〔双调·水仙子〕登藏山怀古

群山隐寺树丛丛,崖下幽幽另有宫,纯天然造就了藏孤洞。伴苍松度过了春夏秋冬,扶孤救赵扬名。千年事,传始终,四海沐清风。

〔双调·大德歌〕读《柳河东集》依韵和箴吾兄《柳江吟》

看柳州,读柳州[①],不忘河东有柳侯。清明多种柳,柳情儿异样稠。柳侯文集深而秀,汾柳合江流。

①柳州:指柳宗元,因曾被贬柳州,世称柳柳州。

〔双调·鱼游春水〕依韵和箴吾兄《漓江游记》

远山青,近水盈,群峰玉立更婷婷。留一册漓江美影,添几许深情。曲人无捷径,诗怀像挂屏。

翟生祥 笔名力迅,生于1933年,卒于2015年,山西翼城人,中央人民广播电台山西记者站原站长,中国作协、中华诗词学会会员,山西诗词学会常务理事。

著有《灿烂的原野》《小溪欢歌》《山乡新吟》等。

〔仙吕·摘调天下乐〕赠农民女诗人路玉香

一缕诗花香满天,占先,再向前。山高涧深有万千,莫停留,再急攀,天涯路尚远。

〔仙吕·青哥儿〕致农民诗人冯有庆

文明风无价,豪情妙笔生花,一曲守岗最是他。符册村中那人家,真情洒。

〔仙吕·醉中天〕看农民画家芦泽梅花展

疑是悲鸿在,才是芦娃来。一轴梅花费疑猜,精细端详事,正乃风流匠才。审视娇态,农家子弟真乖。

张宝山 生于1934年，卒于2008年，山西洪洞人，高级经济师，曾任山西省委组织部干事、经委办公室主任、食品工业办公室主任，中华诗词学会、山西诗词学会会员，唐槐诗社副社长。

著有《张宝山诗集》。

〔正宫·塞鸿秋〕丰碑

太行绝壁铜墙铸，黄崖峡谷山花树，青松相伴忠魂墓，当年枪炮声如故。精神代代传，战地游人慕，丰碑照亮儿孙步。

〔正宫·塞鸿秋〕十字岭

丰碑十字高高竖，将军左帅英名注，犹闻决战枪声述，无名烈士千秋树。年年组织瞻，岁岁重温故，诗书画印篇篇著。

〔正宫·塞鸿秋〕麻田星光

麻田万点星光炬，军民团结长城御，英雄奋战冲锋去，当年日寇魂飞惧。今时改革潮，烈士英灵育，承传辈辈红旗炬。

〔中吕·山坡羊〕再上层楼

鸡鸣辞旧，新春传狗，国民经济欢歌奏。再回眸，大丰收，今年任务都拟就，发展势头牛市走。谋，重上楼；讴，重上楼。

〔仙吕·一半儿〕家乡秋景三咏

地头村外草棚搭，蔬菜畦畦伴野花，水井旁边抓蚧蟆。菜农家，一半儿番茄一半儿瓜。

村中槐树百年霞，树下休闲开话匣，老少争先都善拉。品着茶，一半儿真言一半儿夸。

院中桃树伴山楂，小隅窗前锦带花，辣椒砖墙钉上搭。小人家，一半儿园林一半儿家。

〔黄钟·昼夜乐〕老板乐极生悲

踏舞翩翩满地旋，旋旋，旋旋转得鬼魂颠。亲亲小娟，你比天上嫦娥更艳，时时常在我身边。我出钱，买座新园，买座新园，每日里可疯狂恋。

〔幺〕二奶乐情真爱献，娇妍，情绵，情绵日夜不空闲。天长露馅，家老妻闹得山崩地陷，一贪二贿总牵连。火燎熏烟，火燎熏烟，最后是监牢里受熬煎。

〔中吕·卖花声〕回首

苍颜回首歌无数，苦辣酸甜一部书，春夏秋冬入画图。青春老去，诗情如故，写曲儿写满天涯路。

〔正宫·塞鸿秋〕扫墓

清明时节情何诉，望天思念无言处，携家共扫双亲墓，残年染病难徒步。儿孙一片情，化作人情赋，中华美德常青树。

〔越调·寨儿令〕武正国会长拜年

正月正，会诗朋，东舍出手西舍叮。握手心声，友谊长青，诗界聚精英。老树根新枝茂盛，少壮苗好个峥嵘。诗词和散曲，无处不含情。听，大吕洪钟鸣！

王文才 曾用名王文彩，生于1934年，山东潍坊人，中华诗词学会、山西诗词学会、山西作协会员，山西散曲研究会、唐踪诗社顾问。

出版《烙印存稿》《王文才散曲选》《抗战散曲选》。

〔中吕·山坡羊〕养蜂人

寻芳何处，迎风追去，赶春走遍天涯路。影相扶，伴花居，都知食蜜甜芬馥，谁解养蜂飘荡苦。身，虫共舞；心，虫共语。

〔黄钟·昼夜乐〕塞上绿洲

盛世太平西口游,悠悠,悠悠地登上城楼。脚踩杀虎口,望南山万亩林园秀,北梁上草盖沙丘,河边树影稠。绿醉方休,绿醉方休,这景色没看够。

〔幺〕右玉精神含义厚,民讴,长留,长留让后代无忧。人常换绿波依旧,十八届领班甘做牛,群英碑永立心头。功载千秋,功载千秋,接力赛朝前走。

〔中吕·十二月带尧民歌〕伤痕

漂泊者思归痛稳,倚门人望眼晨昏。有根线绵长曼韧,有颗心故里牵魂。谁能化解这乡愁苦闷,何时报养育之恩。

〔带〕椿萱病榻未躬亲,愧悔迟归泪销魂。春晖不报惭为人,寸草空留掩啼痕。伤痕,伤痕,真言奉劝君,孝行莫待余晖尽。

〔双调·折桂令〕埃及金字塔

尼罗河千古涛喧,漫天大漠茫茫,立地金字连连。一座座金山屹立沙丘,一束束金光射向平地,一柄柄金锷刺破青天。奴隶们舍身智献,只为那几个法老长眠。尘封近五千年,神秘悠悠,留下多少圈。

梁希仁 生于1934年,河南清丰人,曾任解放军某部正团级处长,山西诗词学会会员。

主编《军旅情》,著有《濮风斋诗草》。

〔南吕·四块玉〕闲情(三首)

老结诗,寻球乐,练舞习拳唱新歌,花荫对弈闲愁破。解甲身自轻,营造安乐窝,桑榆闲快活。

庭树荫,围同伙,论古谈今口悬河,稚童戏耍膝前跃。枝头莺唱歌,花间蝶舞翩,蓬莱没这欢乐多。

秦关汉月胡笳,葡萄美酒琵琶,战鼓金戈铁马。丝绸路滑,驼铃唱响天涯。

越调天净沙玉门怀古,李旦初并书

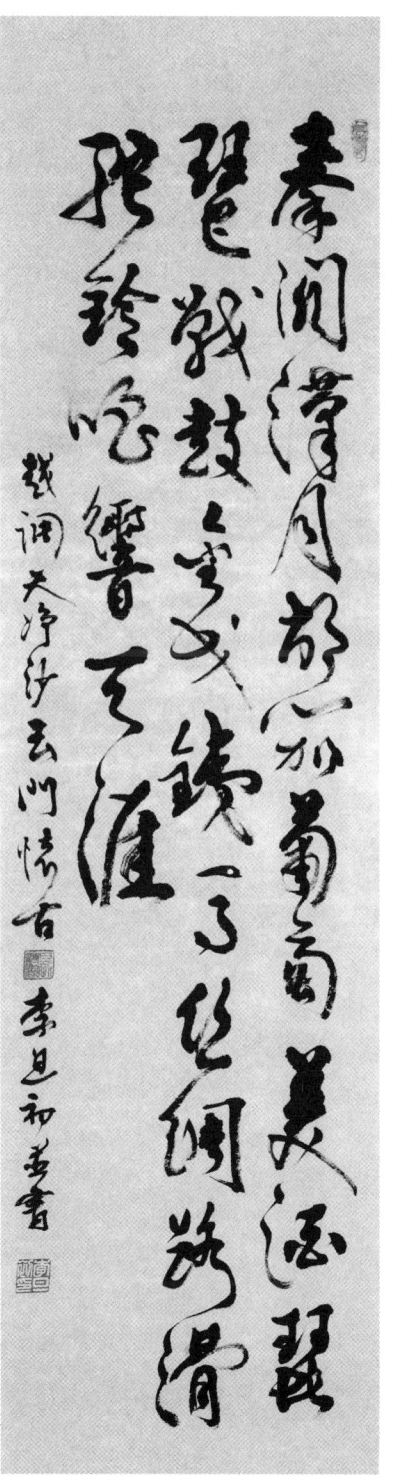

酒备齐，肴装好，脚踏车飞到南郊，围着篝火欢歌跳。孙女辫子飘，老翁胡子翘，炊烟冲九霄。

〔双调·梅花酒〕古稀奋笔

年纪虽届古稀，暮景也堪怡，壮志也难移，诗意也痴迷。高歌人间欢乐嬉，吁呼四海绝寒饥，勤奋笔，赋民期。

〔黄钟·者刺古〕黄河曲社感赋

解甲从文自称乐翁，加入曲社再做新兵。效既往向前冲练硬功，看今朝新拓路光明。名家指点，高朋引领；树帜出征，传薪彪炳。艰难险阻奋力攻，紧跟时代唱大风。

〔双调·拨不断〕四时咏

春

燕回归，鹊追飞，莺啼暖树畦流碧，蝶舞花间蜂竞嬉，童歌幽径鹦模拟，满庭春意。

夏

院青葱，夜朦胧，溪中望月波光动，林吐清凉闷气通，花驱暑热香风送，鼓琴人把弦音弄。

秋

开窗纱，看黄花，狂风漫卷沙尘下，频拭书房把水洒，戏哼小曲将风骂，老腔沙哑。

冬

望冰窗，见朝阳，火球挂在东天上，晨练翁媪意气扬，踏枝鸦雀鸣声怆，壮身心把严寒荡。

〔双调·骤雨打新荷〕秋游荷塘

干叶风拖，遍塘摇万柯，远唱清歌。莲蓬初绽，嫩籽正挣脱。藕出污泥不染，看船家摆渡装箩。盼来年，政通庶富，雨打新菏。

〔幺〕人生百年苦短，趁丰收美景，且享欢乐。追求奉献，老更喜张罗。携友邀朋吟唱，忆往时日奋金戈。且图强，待他暮年岁月，直至眸合。

李旦初 生于1935年，湖南安化人，历任吕梁师专校长，山西大学常务副校长、教授，享受国务院政府特殊津贴，中国作协、中华诗词学会会员，中国散曲研究会、中华诗词学会散曲工委、山西瀚海散曲书画院顾问，黄河散曲社名誉社长，《当代散曲》名誉主编。

著有《李旦初文集》12卷。

〔中吕·快活三带朝天子〕爱国将领吉鸿昌

天生硬骨头，热血写春秋。横刀立马断江流，威震张家口。

〔带〕小楼，大猷，呼起风雷骤。山河破碎恨悠悠，聚众驱倭寇。恨只恨祸起萧墙，同根萁豆，相煎志未酬。此羞，此头，换我山河秀。

〔仙吕·一半儿〕题织锦小袋

回文织锦寄相思，素手穿针引彩丝，红泪凝成千首诗。教他知，一半儿机灵一半儿痴。

〔仙吕·一半儿〕王昭君

画图难毁美娇容，出塞和亲别汉宫，千载琵琶诉苦衷。叹孤鸿，一半儿沙尘一半儿风。

〔南越调·黑麻令〕咏花

春季里桃花杏花，夏季里菱花藕花，秋季里黄花桂花，冬季里梅花雪花。不如咱诗花曲花，常相伴灯花泪花。绽开那心花梦花，千万支妙笔生花，为人生添花绣花。

〔越调·天净沙〕玉门怀古

秦关汉月胡笳，葡萄美酒琵琶，战鼓金戈铁马。丝绸路滑，驼铃唱响天涯。

〔南吕·一枝花〕散曲申遗抒怀

梨园不谢花,曲苑常青树。花开红宝石,树结夜明珠,天价难沽。和氏家中缺,隋侯府上无。静听时雅韵悠悠,摩挲处清香缕缕。

〔梁州第七〕打开那千年宝库,探访那旷代蜗庐,琳琅满目如棋布。东篱瘦马,乔吉肥鱼,烟波钓叟,野径樵夫。大蝴蝶翅扇狂徒,铜豌豆声震天都。一个个精雕出神韵徐徐,一个个细琢成风情栩栩,一个个刻镂得意态舒舒。不似琼琚,胜似琼琚。玲珑剔透神仙服,妙技靠神悟。金灿灿国宝家珍万卷书,亮晶晶光耀前途。

〔尾声〕家珍国宝同心护,弟子三千醉一壶。即便是把黄河当酒酤,醉倒也不糊涂。醉里也画宏图,算珍奇代代相传梦里还擂三通鼓。

赵景瑜

〔中吕·山坡羊〕贺山西老年大学

青松拔峭,夕阳高照,芳容更比年时少。看苍雕,听喧嚣,胸怀壮志何昏耄?三晋开拓山岙宝。身,仍在蹈;心,不怕老。

〔般涉调·哨遍〕一个女骗子和三个大贪官(套曲)

〔哨遍〕天生一对好眉眼,俺的名儿叫银香。虽为农妇容貌不俗气,大大的额头赛则天,圆圆的脸蛋儿不太胖,弯弯的蜂腰像飞燕,西施的肤色东施的裳,都说是,活脱脱一个贵妃杨。樱桃小口一点点,说起话来巧如簧。挤眉弄眼微微笑,笑得男人心发慌,浑身里外直痒痒。

〔耍孩儿〕怕怕怕俺就怕上有公婆下有儿郎,美美美俺就日夜美在赌场上,哈哈哈有钱不花忒傻瓜,找个钱袋子是银行。今儿在酒楼打杂工,明儿在歌厅陪上床,后儿在街上觅情郎,一夜便赚五千元,畅好是一些些官僚对象。

〔五煞〕心生一计俺是私生女不称谎,寻知己远走他乡,逢人便说生父是中央某首长。他身患难以开口的病,想到县城来医疮。为尽孝东挪西借五十万，骗得那农行干部、个体老板、男女同乡，一个个都上了当。

〔四煞〕五十万元俺轻松入囊，姐们儿哥们儿来保护，公安局几进几出又何妨？！一个是经侦大队副队长，对我的花言巧语肃然张扬，一个是包养小蜜的公安局长，更有那堂堂的市委书记，卖官鬻爵比俺更肮脏！

〔三煞〕那警花说一不二挺聪颖，办案也可彰彰，就怕俺软硬兼施她怅怅。她竟有二百万元小金库，追回的案款不入仓。俺与女警官，称姊道妹结同帮，招摇过市横冲撞。

〔二煞〕那局长身材高大好飒爽，收受贿金把小蜜养，玩妓还嫖娼。俺和他为度一个销魂夜，出差公干赴南昌。瞧瞧瞧搂搂抱抱翻作浪，掷赠礼金上万元，非分性福安然享。

〔一煞〕那书记招财进宝有独创，钱权交易提干部，你主任来我局长。一壁厢强插手基建工程，一壁厢教儿子烟酒贿金稳掌。俺和他管什么抱怨不抱怨，他他他一言九鼎，有谁敢违抗？！

〔尾声〕一个女骗子牵出仨巨贪，多行不义必自毙的毒瘴！哪管他先进性妄挂颈项，玷污了伟大的共产党！

景昆俊 生于1935年，山西芮城人，曾从事戏曲编导、舞台美术、史志编纂等工作，编审，中华诗词学会、中国剧协、中国国画家协会会员，芮城诗书画学会会长。

〔中吕·山坡羊〕贺友人诗集刊行

金风凉透，川原如绣，砚田耕稼摘瓜豆。念民愁，解国忧，夕耕暮霭晨耕露，竹菊品高才八斗。人，洁如藕；诗，醇如酒。

〔正宫·叨叨令〕大学生打工蹬三轮

穿街过巷一溜儿串，足蹬疾驰展翅如飞雁。栉风沐雨全身儿汗，娇哥儿嫌弃咱们干。兀的不喜煞人也么哥，兀的不喜煞人也么哥，大学生挑头改变陈观念。

张立波 生于1935年，卒年不详，山西芮城人，山西省发展研究中心研究员。

著有《立波诗词集》。

〔双调·水仙子〕两岸包机直飞

银鹰跨海破云飞，台海通航时代碑。北京台北双飞对，送台商春节回，越长空瞬息家归。节日千杯醉，团圆喜笑眉，两岸生辉。

〔正宫·叨叨令〕喜免农业税

国家竟把皇粮废，如今全免农田税。农民减负身无累，脱贫致富心增倍。笑展眉也么哥，笑展眉也么哥，历朝历代今朝醉。

〔双调·水仙子〕欧盟

西欧各国抱成团，广结同盟撤界关。通行统一欧圆券，乘长风没阻拦，经济资源市场同联。世界风云变，共写协作篇，携手同前。

〔双调·水仙子〕荷兰

荷兰河畔转风车，草地羊群对野花。天然水国园林化，牧场渔寨水洼。城市观景泛浮槎，满眼高楼厦。船头漫品茶，游向仙涯。

〔正宫·双鸳鸯〕慕尼黑啤酒节（二首）

你干杯，我干杯，慕尼黑城酒令摧。阿尔卑斯山下醉，共欢同舞任歌飞。

鼓乐吹，酒歌飞，靓女彪男相互追。不夜城中啤酒会，游行庆祝彩旗挥。

〔正宫·醉太平〕瑞士四森林州湖

湖蓝水长，云鹤游翔。四周山绕绿苍苍，天高气爽。游船鹅鸭波光漾，岸边林密莺歌唱。花团锦簇似仙乡，令人慕仰。

〔仙吕·摘调油葫芦〕巴黎逛市场

渡海闲来逛市场,遇老乡,远经商。华人店里货琳琅,西装多是温州产。中华服饰洋人赏,款色庄,品质良。东方模特儿西方样,二度郑和下西洋。

〔正宫·鹦鹉曲〕德国科隆大教堂

莱茵河畔茵茵路,哥特伟伟教堂古。顶尖尖,石砌奇殊,上帝神宫今睹。〔幺〕圣经楼画圣经图,倾倒世人无数。科隆壁上耶稣,说遍了人间宠辱。

〔双调·水仙子〕三晋散曲名家元好问

忻州升起曲坛星,广照人间一片明。新荷雨洒描新景,凭栏野史亭。开山鼻祖先行,元人继,诗国兴,青史芳名。

〔双调·水仙子〕三晋散曲名家白朴

河东马乱正兵荒,掠母抄家欲断肠。遗山相救恩难忘,终生染曲香。梧桐细雨寒窗,东墙上,写满华章,四海名扬。

〔双调·水仙子〕三晋散曲名家乔吉

并州才子下杭州,浪迹江湖四十秋。多情满纸歌千首,香消一片愁。姻缘两世悠悠,品来犹是山西杏花酒,饮不休,美曲儿飞上高楼。

赵鼎新 生于1935年,卒于2005年,山西襄汾人,中华诗词学会会员、山西诗词学会理事。

著有《赵鼎新诗词选》。

〔双调·拨不断〕棉农苦衷

种棉花,把虫抓,把杈芽抹了油条打,要买药无钱高利赊,棉铃虫不死高声骂。白辛劳,误了俺春秋夏。

〔正宫·塞鸿秋〕某官之死

时来运至官星照,春风得意花枝俏,夤缘攀附寻依靠,今天画了惊叹号。

无人说可惜，却道终须报。只落得，街头巷尾人嗤笑。

〔仙吕·摘调穿窗月〕秋雨途中

暮雨潇潇，落叶飘飘，走泥途，过短桥，炊烟一缕迷荒草。孤村远，野花娇，无声缩颈枝头鸟。

〔正宫·塞鸿秋〕退休

勤勤恳恳争优秀，轰轰烈烈随人斗，安安稳稳求无咎，庸庸碌碌甘居后。今朝我退休，世事都参透，但恨这苍颜白发无成就。

〔中吕·十二月带尧民歌〕纪事

财迷得晕头转向，恨不得挣破私囊。见钱物心神荡漾，伸黑手眼放馋光。叹这回居然落网，弄不好真要遭殃。

〔带〕不惊慌怎地不惊慌，欲猖狂无计再猖狂。求哥们仗义给帮忙，彼此都冠冕又堂皇。亲娘！休教咱露本相，现出俺贼模样。

〔中吕·十二月带尧民歌〕生朝示诸女

转眼间生辰又到，过生日格外无聊。添许多喧嚣吵闹，听多少怨气牢骚。说什么青松不老，倒真是在劫难逃。

〔带〕怕咆哮就是要咆哮，厌唠叨偏是爱唠叨，欲逃跑无处可逃跑，说糟糕实在太糟糕。难熬，年年阻尔曹，可惜都无效。

吴定命 生于1936年，山西太原人，唐槐诗社副社长，《唐槐吟苑》副主编、特邀编审，中华诗词文化研究所研究员，中华诗词学会、山西诗词学会、山西书协、东方书画家协会会员。

创作诗词曲800余首，作品散见于《中华诗词》《难老泉声》《榆林诗刊》《山西文学》《黄河》《山西日报》《太原日报》等报刊，著有《知新集》。

原生态，归去来，清流湿了一双鞋。奇峰绿了苗家寨，书斋怎比张家界。云梯送我过千阶，曲儿更在天门外。

常箴吾仙吕寄生草觅曲张家界，丁酉腊月陈学中

陈学中　1936年生，山西代县人，历任山西大学副校长等职，系中国书协会员、特级书画师。曾应邀赴韩国、法国、巴西、日本等国参展，在国内外大赛中荣获金奖30余项，数百幅精品被海内外收藏，作品入编《中国书法选集》等典籍。

〔正宫·塞鸿秋〕雨后夕阳

乌云带雨东山去,夕阳没入又重露。溪流漫漫池中注,千花万树黄金镀。学童跳将来,夫妇欢相顾,好墒送给咱庄户。

〔仙吕·一半儿〕手术前

病床母卧与儿谋,明日开刀除巨瘤,攒下的那点钱人家接受。但结果会如何,一半儿轻松一半儿忧。

〔仙吕·一半儿〕乡情

连年来遍地丰收,做娘的娶个儿媳没盼头,因打工姑娘外流。别忽悠,一半儿高兴一半儿愁。

〔双调·殿前欢〕玄中寺

望峰台,玄中宝刹共徘徊。风清气爽殿堂外,千古兴怀。钟声依旧喈,明度今何在,石壁殷红败。游人如织,净土宗开。

〔正宫·塞鸿秋〕访玄中寺

跨汾踏路交城度,穿云破雾西行路。烟飞峭壁森林步,桥横鸟道楼台柱。俨然净土前,犹似洗魂处,佛家引我红尘悟。

〔中吕·普天乐〕国庆节

彩云飞,和风畅,千山簇锦,大地生香。龙虎吟,烟花壮,扭着秧歌频频唱,看今朝五八春芳。红旗漫漫,群星灿灿,踏上康庄。

〔正宫·醉太平〕金狗玉言

狗年降临,本宠双赢。十多年夜夜丢魂,才盼来鸡飞我尊,再加上保安荣称。悲则悲祖宗心笨,咬伤过吕氏仙君,至今忌问。

〔中吕·满庭芳〕贺《中华散曲》创刊

龙城日艳,鸟鸣花绽,古调新弹。中华散曲才开瓣,香溢回栏。文儿秀歌声几番，河东根三晋荣繁神州灿。更待耘人万千，硕果满河山。

〔双调·骤雨打新荷〕龙潭映雪

好个龙潭，半时辰未到，琼岸银波。粉帘潇洒，玉树影婆娑。放眼回廊尽处，数玩雪儿童颠卧。古鼎下，有姚公①翰墨，锦绣斑驳。　　人生几多坎坷，念悲欢迥异，心放平和。穷通前定，皆自找啰唆。亘古神仙勿靠，哪家不个人张罗？且努力，怀揣信心，生气勃勃。

①姚公：指姚奠中，春秋大鼎旁边石上有姚奠中先生的诗文墨迹。

〔正宫·塞鸿秋〕滨河公园

绿茵如幔清幽罩，汾河如练金鳞跳，百花如面牵情笑，蝶儿如线追人绕。新楼起玉山，石后顽童闹，龙城今日翻新貌。

曹效法　生于1936年，卒于2015年，山西汾阳人，曾任内蒙古军区独立师政治部副主任，太原市人大常委会委员，太原市人大科教文卫委员会主任委员，太原书协、山西诗词学会会员，《唐踪曲渊》副主编。

著有《南桥余韵》《南桥续韵》等。

〔正宫·醉太平〕曲之恋

学一个墙头马上，仿一回待月西厢，只因为识得了情真意蕴美娇娘，好教人心迷神往。爱她山花艳色多明亮，喜她清纯豪辣村姑样，恋她率真俊俏风韵长，日夜里和鸣共赏。

〔南越调·黑麻令〕闲步太原盆景公园

眊一眼红槐绿槐，看一回桃开杏开，怕惊动蜂来蝶来，讨人嫌败絮重霾。游客靓男偕女偕，闲逸兴登阶数阶，欣此日舒怀畅怀。忘却他幽怨烦哀，且听这莺喈燕喈。

〔双调·水仙子〕读梅心竹韵曲

见淑媛队里站头排,看芳草园中艳丽开,教文人圈里须眉慨。吟风儿来凤台,遍吹了诗苑词海。心灵巧,任剪裁,好教人爱煞斯才。

〔双调·大德歌〕哭送萧自熙老

老君忧,玉皇愁,少个曲师无处求。遍察人间秀,召回萧老叟。曲人哭送升天柩,难舍此风流。

〔南吕·一枝花〕纪念元好问逝世750年汾河公园访雁丘

因诗人一问奇,教骚客千般叹。吊丘寻旧梦,度曲说新颜,起伏波澜。一任那八百春秋去,却早就天翻地覆间。辟湖园,教鸟侣们欢鸣;勒石记,让游人咏叹。

〔梁州〕高望眼,崛围暮色;低回首,汾水微寒,雁丘吊访行来晚。斜阳落照,晚渡扶栏;新松似阵,丘垒如坛。落晖中,见几个游客蹒跚;翠柏间,藏一对情侣相攀。长街阔,车水流湍;横桥架,人流比肩;高楼耸,暮霭萦环。远观,近看,雁丘儿静卧幽林间,万古守汾岸,墨绕香丘三回返,好教人暗自怜潸。

〔尾声〕诗人别世千秋念,汾岸遗情万古澜,思绪缠绵百般乱。觉些儿晚寒,日头儿枕山,吊古方酣恨天晚。

〔双调·雁儿落带得胜令〕闲步南内环桥上

闲来桥上游,放眼河园数,旧河换丽容,新景流光秀。

〔带〕改革谱华章,发展涌大流。三晋舞霓裳,龙城歌放喉。莫犹,前进号甬奏;深谋,担当领率头①。

①担当领率头:省里要求太原经济率先发展。

〔越调·天净沙〕庆祝中华人民共和国成立60周年(二首)

天安门广场

飞鸽礼炮雄兵,旗林人海花坪,妙舞轻歌漫咏。欢声同庆,共和花甲峥嵘。

天安门之夜

靓哥丽姐俏翁,华灯焰火明空,树辉楼亮月溶。游龙飞凤,金桥永夜流虹。

〔中吕·喜春来〕黄河散曲社成立

黄河立社新朋荟,曲梦重圆众志归,共期曲苑绽芳菲。应举杯,曲径沐春晖。

〔仙吕·一半儿〕上元观灯(三首)

上元街夜月如霜,趋景人流汇大洋,迤逦穿行笑脸扬。好熙攘,一半儿纷来一半儿往。

谈谈笑笑走慌忙,靓靓丽丽满街香,扮扮装装显小康。众姐郎,一半儿阔来一半儿爽。

华灯万盏样儿鲜,光电形声动静全,赏景从容射虎难。看眉尖,一半儿舒来一半儿展。

常箴吾 生于1937,山西清徐人,曾任小学、中学教师,清徐县政协委员、文联主席,黄河散曲社建社常务副社长,《当代散曲》创刊主编,中国散曲研究会理事,中国传统文化促进会散曲创作室、山西瀚海散曲书画院顾问,《中国当代散曲》创刊总编。

创作散曲300余首,《美哉,散曲》《明代散曲概论:兼议当代散曲发展之路》《民国散曲概论》《散曲创作概论》等20余篇论文收录或发表于中国散曲研究会论文集及报刊,著有《常箴吾散曲集》。

《当代散曲》和《中国当代散曲》杂志填补了我国现代文学史上的空白。

〔黄钟·红锦袍〕题杜甫草堂

访先贤过了古桥,柴门儿那样小,屋檐儿都是草。冷飕飕秋风把落叶扫,兴冲冲览胜一片荒郊。厦广楼高，三吏们都住了，怪哉乎这草堂飘摇诗未老。

〔南吕·凌波曲〕《印象刘三姐》之印象

2010年11月7日夜，赴漓江山水实景剧场，观张艺谋以大写意笔法创作的大视野巨制《印象刘三姐》。惊叹之余，乃涂写意〔凌波曲〕一首，以记其浪漫印象。

歌台画里有无中，船影摇来十二峰。流光写意梅花弄，凌波南吕宫，妙曲儿浪漫清风。神仙梦，山水融，烟雨朦胧。

〔中吕·普天乐〕普天乐散曲学会成立贺曲

散曲学会以曲牌名名之，点子出得好。与昔日懒画眉先生倡导曲人以曲名挂牌，似有异曲同工之妙。今顺其思路，作串嵌曲名之〔普天乐〕小曲，恭贺普天乐散曲学会成立。

宴蟠桃，园林好，共唱诸宫调，天上歌谣。节节高，花含笑，闲坐瑶池垂丝钓，普天同乐乐逍遥。一阵金鸡叫，东风醉了，香了念奴娇。

〔仙吕·寄生草〕觅曲张家界①

原生态，归去来，清流湿了一双鞋②。奇峰绿了苗家寨，书斋怎比张家界。云梯送我过千阶③，曲儿更在天门外。

① 界：读作gǎi。

② 鞋：读作hāi。

③ 阶：读作gǎi。

〔仙吕·醉中天〕登黄鹤楼

翠竹蛇山秀，芳草绿沙洲，黄鹤长思黄鹤楼。凭了雕栏俯首，望不断一座长桥两岸楼；三城锦绣，看不尽长江滚滚向东流。

〔仙吕·六幺遍〕醋园采曲

采曲清香远，醉了红梁苑。红梁一片，一片诗天。风情万千，天然曲园，五湖四海都香遍。翩翩，风骚独领数百年。　　酸溜溜不是葡萄酒，香滴滴染了长衫袖。肥鱼儿依旧，美味儿长留。全凭那糖连醋勾，引得侬忘了忧愁，抱葫芦吃削面最是销魂时候。悠悠，轻柔柔一曲到五洲。

〔双调·水仙子〕题广胜寺戏曲壁画

《广胜寺明应王殿元代戏曲壁画》彩绘于1324年，余久珍藏其复制品于菊花斋。然未曾想到，会于2004年秋，在洪洞县亲见其真迹。余与黄河散曲社曲人，共集画前，仰视杰作，680年前之曲韵悠然再起。欣喜之余，作曲而和之。

阿谁画画画高墙，退了丹青不退香。人不散梨园戏散山泉唱，生儿旦儿净儿丑儿粉妆儿亮相又到台前谢老乡，青童儿掀开帘幕窥华堂，鼓掌声声声似那角羽宫商。难相忘，北国腔，元曲儿长流，才到黄河又到长江。

〔双调·折桂令〕纪念散曲大家乔吉720年诞辰

乔吉，山西太原人。其貌甚美，其曲清丽，而身世飘零，后旅居杭州，故自称"江湖状元"。现存戏曲有《两世姻缘》《金钱记》《扬州梦》等。其散曲作品甚丰，名噪元明清三代。与张可久并称元散曲两大家，且誉为"曲中李杜"。时值乔吉诞辰720年之际，读其大作乃填曲怀之。

哗啦啦汾河流水山前，韵悠悠难老琴弦，好一个散曲家园。歌美如泉，人美如仙，酒盅儿里湖海如烟。扬州梦，西子愿，映三潭风流万千。批风抹月几多年，胜似那李杜诗篇。笔尖儿冷了金钱，砚池儿融了千载姻缘。

〔双调·骤雨打新荷〕谒元好问墓

散曲鼻祖元好问，首创千古绝唱《骤雨打新荷》。余于元翁诞辰810年时，至秀容（今山西忻州）谒其墓地，沉默良久，思绪万千，并依其原谱为曲，以书散曲兴衰之咏叹，歌散曲复苏之宏愿，告慰长眠于野史亭下的元好问。

山作长屏，看垣墙绕了一座荒陵。四边寂静，八百载凋零。野草谁人顾问，兀的是曲家幽境？骤雨过，珍珠乱撒，几代枯荣。　　凉亭隐居野史，念新荷美景，何日花明？黄河东去，大吕洪钟鸣。三晋群莺弄语，对荷塘绿叶婷婷。面山林，写他两轮日月，几许星星。

〔中吕·十二月带尧民歌〕听文怀沙先生谈诗

美髯儿飞霜满鬓，细沙儿抱海无垠。一开口秦风入晋，两三声楚韵销魂。眉宇间铮铮骨气，谈笑中字字惊人。

〔带〕盼逢春兀的又逢春，念文君真的见文君。诗花点点碧林中，难老泉歌难老人。殷殷，殷殷一杯老白汾，醉了桃花阵！

〔双调·庆东原〕东湖诗社30周年祝酒歌

人怀旧，史诗留，酿成了陈年新韵葡萄酒。东湖会友，西山情厚，贯中故里话春秋。举杯儿更上层楼，且醉饮暗香盈袖。

〔黄钟·人月圆〕题潘建业国画《王昭君》汉宫秋月

汉宫月挂黄花院，亮了九州天。佳人何怨，琵琶梦里，月绕丝弦。

〔幺〕曲儿韵远，和声传遍，都是诗篇。胡笳含愿，北飞南雁，人伴月儿圆。

〔双调·天香引〕曲赠学者孟繁仁先生

山西社科院研究员孟繁仁先生，生活清苦而著述颇丰。若干自选课题，诸如蔺相如、白居易、关汉卿、罗贯中的籍贯考证，《三国演义》《水浒传》《白蛇传》《花木兰》乃至女娲、貂蝉的深入探讨，均获得突破性研究成果，引起海内外学术界的广泛关注。余每造访求教，先生必独隐昏暗书屋，劳作不息。有感于斯，难以文述，乃作〔天香引〕赠之。

忽喇喇孟先先画了个圆圈，圈外金钱，圈内科研。面风沙历史漫尘烟，刮在天边，绕在身前。哪管他故纸堆中受熬煎，哪管他荒山野外苦周旋。笔尖儿没个休眠，字行儿无限情篇。不是诗篇，甚是诗篇？

〔双调·折桂令〕访广西巴马长寿之乡

意连连长寿山前，想一片南天，见一片南天；水涓涓长寿河边，梦一次

丁酉冬月

诗兄曲弟痴情妹,桥通百级相搀累,春山摄得桃花魅,仙翁给寿乡媪醉。寻声问古风,唱得新歌脆,飘红领系人人会。

郭翔臣曲正宫塞鸿秋春游方山,定命书

群仙，会一次群仙。树相牵花相恋，走一遍桃源，画一遍桃源；韵翩翩巴马琴弦，这一世情缘，下一世情缘。

李有夫 生于1937年，山西襄汾人，副教授。现存散曲100多首，著有《辍耕集》。

〔黄钟·人月圆〕早春情思

一元复始心情好，郊外觅逍遥。艳阳高照，田园泛绿，河水冰消。

〔幺〕猝然想到，神州百姓，日益富饶。如同莴蕾，园丁照料，香气四飘。

〔越调·天净沙〕春节速描

舞狮舞凤舞龙，管弦鞭炮歌声，饺子酒香视影。神州大地，和谐气氛丰盈。

〔仙吕·摘调赏花时〕春感

送走梅花娟丽姿，接见迎春金色衣。浓艳恰相宜，催人奋起，切莫误良机。

〔仙吕·摘调赏花时〕重上庐山

幽洞仙人无迹寻，奇树青松依旧存。何以诱游人？非独高峻，险境也销魂。

〔越调·天净沙〕北京奥运有感

北京奥运神奇，五十一个第一，中外人民狂喜。为何如此？请君仔细评析。

〔越调·天净沙〕为温哥华冬奥中国速滑女队喝彩

巾帼短道速滑，宛如五朵金花，年少雄心壮大。金牌四块，光荣包揽回家。

〔仙吕·鹊踏枝〕春日回故乡

麦苗黄，菜花香，离去省城，回到家乡。人照旧住房变样，听喜鹊树梢高翔。

〔正宫·塞鸿秋〕老伴吟

让她和我居城市，她嫌城里真闲气。郊村院内三分地，春耕夏长依农技。秋天硕果丰，拎着回城去，菜鲜蔬嫩欢心意。

赵　愚　本名赵日林,生于1937,山西汾阳人,曾任教师,中华诗词学会、山西诗词学会、中国散曲研究会会员,唐槐诗社副社长,《唐槐吟苑》副主编。著有《磨砺集》《耕耘集》《卉芥集》《岁月留踪》《皓首吟笺》。

〔仙吕·一半儿〕给某煤老板画像（三首）

昔年贷款建煤仓,设备齐全倒卖香,赔本无方逃外乡。债难偿,一半儿丢人一半儿爽。

私囊饱带任挥扬,海北天南游逛王,倚翠嫖红玩二娘。够荒唐,一半儿悄悄一半儿狂!

离妻抛母泡京津,另建新家淫欲熏,丧尽灵魂不是人。脑发昏,一半儿聪明一半儿蠢!

〔南吕·四块玉〕缅怀慈母（三首）

早岁遥,儿年小,慈母天天伴辛劳,为儿为女饥寒泡。苦自挑,累自熬,功自晓。

日寇刀,卢沟挑,严父回汾猎沟壕,母亲抱我逃山坳。钻暗窑,装傻狍,凭智巧。

弟妹夭,孙甥扰,含泪扶植育根苗,一生和善烛光照。夜梦缭,泪滚滔,仙逝早。

〔正宫·塞鸿秋〕藏山行

藏山风景宜吟眺,悬崖峭壁涵凭吊,义林隐蔽背孤道,寒泉倒映忠臣貌。梳妆上九霄,承继传三教,史书神话寻高妙。

〔仙吕·醉中天〕古都西安印象

醉倒西安盛,堪赞大唐风;雁塔钟楼相映宏,李杜诗称颂。更有前朝景象,帝王陵喙冢,气冲牛斗天惊!

〔仙吕·后庭花〕大唐芙蓉园

碧湖曲港湾,丽人皇帝园;水映亭台笑,烟浮宫殿欢。乐游玩,紫云楼看,丹青秀可餐。

温新钦 生于1937年,卒于2010年,山西清徐人,曾任教师。创作散曲百余首,作品散见于《清徐报》《山西老年》《当代散曲》等报刊。

〔双调·碧玉箫〕庆贺中华人民共和国成立60周年（二首）

己丑年娇,盛世数今朝。饮宴琼肴,小康路上尽风骚。看田畴彩笔描,望山河巧手雕。喜锣鼓动地敲,鞭炮震云霄,舞唱达通宵,曲味儿伴奏笙箫。骄!岁岁年年花枝俏!

己丑娇饶,锦绣画中描。满苑桃夭,遍地是金桥。仰长城信步遥,俯江河逐浪高。九州庆似海潮,唱跳醉魂销,戏剧演当朝,曲味儿叠韵横箫。瞧!水笑山欢风光妙!

〔越调·小桃红〕寄友人

友人者,常箴吾先生也。彼精通曲事,熟谙曲韵,曲作脍炙人口,堪为吾师,遂以〔小桃红〕寄之。

朝夕挚友曲才高,高作行云俏。俏语连珠好歌调,调多娇,娇妍花朵朝天笑。笑颜似桃,桃红堪妙,妙手绘今朝。

〔中吕·十二月带尧民歌〕早春喜雪

春来早阳光普照,柳丝抽旱了田苗;数九日冬雪甚少,庄稼人好不心焦。盼天际云盘雾绕,望星空雨顺风调。

〔带〕看雪飘抽棉扯絮喜雪飘，唱春宵银装素裹度春宵。珍珠琼玉润今宵，翡翠甘霖映明朝。今宵，明朝，欢欣步锦桥，万里山河俏。

〔中吕·十二月带尧民歌〕奥运邀朋三晋来

台山上文殊坐镇，云冈行塑像雕辰，晋祠景难泉涌奔，在中堂满挂红鳞，绵山顶子推命烬，皇城村帝赐殊勋。

〔带〕举祥云奥运圣火点祥云，慕龙城五洲朋友到汾滨。邀游三晋走河汾，北往南来好宜春。心诚，情深，和谐步履匀，牵手依依阵。

〔中吕·山坡羊〕奥运火炬耀珠峰

珠峰高峭，云盘霞罩，登山队伍华姿俏。意攀高，步逍遥，祥云艳艳当空照，阵阵笑声云雾绕。山，喜问好；天，点亮了。

〔中吕·十二月带尧民歌〕故乡情怀

望故土云蒸雾霭，儿时趣嬉笑犹乖。田野里羊鞭直甩，谷场上马转枷拍。风雨路全凭众伯，汾河水有梦难猜。

〔带〕想明白改革开放才明白，想新宅辛劳致富住新宅。楼前宽敞轿车开，满院鲜花巧手栽。悠哉，悠哉，鬓霜又老态，不改家乡爱。

〔双调·骤雨打新荷〕常箴吾先生70寿敬贺

首聚龙城，见常君品貌，众里风神。箴言入耳，句句是真论。又见文联任上，吾仰慕躬亲勇奋。路漫漫，前程美锦，柳翠花芬。　　今贺寿辰共勉，揣文章锦绣，写尽寰尘。曲坛魁首，品韵味绝伦。醉酒欢歌喜庆，对乾坤咏唱低吟。莫悔叹，管他坎坷路程，再铸诗魂。

〔越调·小桃红〕故乡归

衣食父母盼儿归，归日风和丽。丽景庄禾吐花穗，穗飞菲，菲香送我宅楼醉。醉床梦微，微行园聚，聚众话丰衣。

〔双调·骤雨打新荷〕梦游徐沟天禄堂

徐沟天禄堂之主人,是晋商之佼佼者王启恩。天禄堂建筑群,位于徐沟西南坊,有主体庭院、大型花园、戏楼院,总占地面积达5.5万平方米。1900年10月,八国联军入侵北京之前,慈禧、光绪率皇家千余人逃离紫禁城,辗转到达徐沟,天禄堂为之寝宫,现此寝宫已不复存在。

梦里魂飘,赴徐沟探考,不事逍遥。深宅几进,广袤领风骚。幢幢层楼栉比,如紫禁云旋雾绕。好气派,看豪华盛景,梦断金桥。　天禄美堂贵宝,忆王商笑傲,一代天骄。西逃帝后,曾摆驾度秋宵。可叹辉煌去早,惋当初远胜渠乔①。翘首望,眼下云消旧貌,痛煞今朝。

①渠乔:指祁县渠家大院、乔家大院。

郭齐文　字奎井,号半痴,或署吟香书屋主人,生于1937年,山西榆次人,曾任晋中市史志研究院副院长、编审,中国书协、中华诗词学会会员,中国商业史学会、山西诗词学会常务理事,山西省文史馆馆员,山西大学书法艺术研究所特聘研究员,晋商诗书画研究院院长,2009年中国书协"当代书坛名家系统工程"70岁以上百位老书家之一。

著有《书法家赵铁山》《楷书行书技法要领》《兰草集》《兰台续吟》《兰韵夕拾》《郭齐文论书诗墨稿》《郭齐文书法艺术》《晋商诗书画艺术》《晋商楹联宝典》《铁笔松风赵铁山》《砚边探艺》等。

〔双调·水仙子〕笔中趣

解衫儿开了砚一田,蘸水儿研得云黛旋,顺风儿铺个生宣绢。莹神时笔似椽,满桌飞腾晋山烟。天姥洞中景,五峰青主篇,一气儿情牵。

〔双调·清江引〕笔中情

笔底兴来云雾起,大地任书意。写来一个春,淘出三才第,岁月无情情未已。

〔中吕·山坡羊〕果老山庄吟唱

山庄仙阆,青峰云虹,一群骚客驱车上。品汾浆,唱梆腔,浩歌狂啸群山荡,又沐好风清送爽。留,不怕忙;行,不必忙。

〔双调·蟾宫曲〕草兴

兴来泼墨西厢,情动笔娘,潮涌钱塘。管下神旋,桌前鬼戏,气挟云章。饮八仙竹林寻酒,啜一池老墨充肠。恒岳兴风,壶口飞觞。不是颠张,胜似颠张。

〔中吕·朝天子〕写竹

挑芽,划杈,笔尖小心儿大。枝枝叶叶总牵咱,一任老夫描画。墨雨随心来,全然是玩罢。管什么乘与除减和加,且任咱笔底下种瓜,心田里放花,玩他个西天挽云霞。

〔中吕·卖花声〕四体墨戏

真书

金丹有法碑炉炼,超逸雄强借气圆,道于微聿幻三元。夕阳红遍,晨光弥漫,走过来一条山汉。

草情

烟云万里公孙剑,使转腾挪一竟牵,黄河远上白云间。飞流天半,长虹呈艳,张长史遂了心愿。

隶意

褒斜偏作石门恋,悟得八分意忘筌,无心巢垒燕飞还。闲云飘幔,神仙消散,悠悠然鹤来相伴。

篆品

毛公散氏金不换,鸟兽鱼虫笔底旋,陶陶情越一层天。云蒸龙变,神和于线,刹那间浑然一片。

〔正宫·醉太平〕晨曲

腾挪使转,自在悠闲。无为有像太极拳,浩气体中旋。柳梢儿风送殷勤梳长辫，路边儿人牵狗戏几多闲，草坪儿绿女红男舞姿翩，好个太平年！

焦树志 别名丁丑生，生于1937年，山西清徐人，曾供职于新华社山西分社、山西电影制片厂、《山西地质报》编辑部、清徐中学、清徐县教育局、中国民主促进会、山西三晋文化研究会、形意拳研究会、山西诗词学会会员，清徐诗词楹联协会顾问。

〔中吕·十二月带尧民歌〕央视巡礼

北京城高楼似林，央视台鹤立鸡群。楼台接千山万岭，脉搏连中外神经。访民情寒听暖问，探幽微去伪存真。

〔带〕送亲情日日送亲情，暖人心处处暖人心。此新闻又彼新闻，这新春更那新春。新春，联播报早晨，曲满春风韵。

〔双调·驻马听〕农妇

素面清颜，不施粉黛自娇妍；心中怀爱，无人不通半边天。危难困厄从无怨，家事国事挑看人间，农家地里春风面。

〔越调·天净沙〕山村夕照

驴车碾碎斜阳，林莺啼尽春光，似见白云慢晃。空山鞭响，秧歌一曲悠扬。

〔越调·天净沙〕六段地寻友

窗明几净新房，排排窑洞朝阳，梨花院落飞香。伊人在望，惊闻犬吠咩羊。

徐保德 生于1937年，山西清徐人，曾任清徐文联秘书长、文艺创作室副主任，清徐诗词楹联协会、东湖诗社顾问。

著有《三国人物传奇》等。

〔正宫·塞鸿秋〕记史

文革造反群窝斗，功臣开国几批臭。妖人眼望唐僧肉，自标左派真极右。

半窗幽梦微茫,歌罢钱塘,赋罢高唐。风入罗帏,爽入疏棂,月照纱窗。缥缈见梨花淡妆,依稀闻兰麝余香。唤起思量,待不思量,怎不思量。

元郑光祖双调蟾宫曲梦中作,丁酉小寒之节于晋乡仰山堂八旬翁齐文四人挡道横，女怪为魔咎，佞奸倒了欢歌奏。

尹昶发 生于1938年，山西临猗人，副研究员，三级警监，曾任唐槐诗社社长，中华诗词学会、山西作协会员，山西诗词学会、山西瀚海散曲书画院顾问，虹巢书画院副院长，《当代散曲》副主编。

主编《唐槐诗选》《法苑撷英》《综治文选》等，著有《山西监狱史话》《郇风庐诗存》《东华门随吟》。

〔正宫·塞鸿秋〕娄烦行（四首）

高君宇故居

青山凸现苍龙相，瓦房庭院重檐亮。虔心几度瞻铜像，回肠千转逐沧浪。年华二九龄，展翼青云上，佐孙辅李豪情壮。

高石①情

痴男怨女才华绚，梅心剑胆情无限。有缘枉教无缘叹，花落星殒成虚幻。人生短暂时，莫负春光艳，陶然亭上空怜念。

①高石：指高君宇、石评梅。

汾河水库

溯源汾水知何处，娄烦古国寻归路。碧波溮溮群鹅聚，春光冉冉鱼虾住。跻身画艇游，逐浪逍遥步，一年好景今朝度。

云顶山景区

驱车百里重霄上，青纱绿毯丝云帐。蓝天翠岭娇莺唱，黄牛白马高坡放。打开摄像机，美景留心上，都夸这风光照片张张棒。

〔正宫·叨叨令〕农民散曲赞

滹沱水暖银波泛，云中岭畔山花绽。一群写曲的农家汉，纷纷考进了翰林院。眼熬困也么哥，脸熬瘦也么哥，为的是弘扬国粹都把才华献。

〔双调·摘调梅花酒〕赵梅生先生画梅

入梅林，觅花魂。笔健情亦真，画奇意犹深。云水共氤氲，寄豪情且把樽。任泼洒绘三春，五百年来第一人。

〔黄钟·节节高〕赵梅生老85大寿

梅开八五，鹤鸣九野。人歌上寿，得劲艺社。聚亲朋，会师友，光庐舍，快哉乐乎醉也。

〔商调·秦楼月〕雪

腊冬雪，详详洒洒降天阙。降天阙，瑶姬弄水，姮娥倚月。

〔幺〕天兵百万舞刀钺，玉龙摆尾戏鱼鳖。戏鱼鳖，虾兵蟹将，魂飞胆裂。

〔中吕·山坡羊带青哥儿〕老年大学

皤皤白发，张张书画，琳琅满目墙头挂。迎朝霞，送落霞，一枝一叶细描画，遑论春秋和冬夏。忙，也潇洒；闲，也潇洒。

〔带〕蓦然接到电话，老年画展有咱。画的一幅蜡梅花，你也夸来他也夸，直把人喜煞。

〔中吕·山坡羊〕谒西村傅山园

光凝庭院，香溢楼殿，牌坊座座诗书绚。转朱阁，跨幽栏，入门似见先生面，敛气躬身忙觐见。人，似座山；笔，戳破天。

〔中吕·山坡羊〕汾河湾花境

河湾侧畔，郁金香绽，千枝万朵红艳艳。北美牵，西欧联，洋花移到汾河岸，中外名花三晋现。天，也灿烂；地，也灿烂。

姚润生 生于1938，山西清徐人，曾在清徐县检察院、法院工作，历任清徐县检察院科长、检察委员会委员、办公室主任、党组成员等。

作品散见于《太原晚报》《中华国粹年鉴》等报刊。

〔越调·寨儿令〕养花

只养草花，不种庄稼，妪翁古稀闲品茶。春末发芽，夏始栽花，转眼百花华。听蜜蜂细语呀呀，看蝴蝶飞舞纱纱。紫藤悬喇叭，绿叶伴红花。哇！小孩别摘她。

〔正宫·塞鸿秋〕诚毁

棋牌馆所遮街树，吏官老板常光顾。微城倾筑无穷数，输赢难测实无助。赢不能聚财，输可要难度，腥风血雨何时住。

〔正宫·塞鸿秋〕魂殇

粮行不卖厅堂售，衣裙只隐勾魂肉。包销整买能零购，只图钱满腰围瘦。的车载客来，宝马只能候，灵魂人品何能售。

〔双调·折桂令〕地震①

忆当年地震凶狂，地暗天苍，楼倒人伤。铁轨扭成麻花，车厢路旁掀倒，旅客滞留他乡。三昼夜缺喝断粮，一千人忍饿疗伤。有难同当，无食可尝，同战死神，共盼朝阳。

①地震：1976 年 40 次列车进京，在唐山郊外遇震。

要守铭 生于 1938 年，山西榆次人，曾任中学教师。

〔中吕·十二月带尧民歌〕师生聚会天龙山

抬眼处千山隐隐，俯身时万壑深深，云天外松涛滚滚，亭台前绿草茵茵，石窟内香风阵阵，画卷中人影群群。

〔带〕念良辰今日遇良辰，说销魂实在是销魂。蟠龙绕处共流云，百鸟鸣时伴素琴。开心，开心，师生石上蹲，松下听新韵。

〔越调·小桃红〕鸿门宴

观电视剧《县委书记》有感。

红灯绿酒对银盘,香透轻纱幔,销得馋官梦魂断。碰杯欢,何言赴了鸿门宴。昏厅婧馆,舞旋歌漫,忘了百姓辛酸。

〔中吕·十二月带尧民歌〕观《千手观音》致张继纲先生

亮晶晶星光乱倾,静悄悄仙乐声轻,舞飘飘飞天倩影,细纤纤千手拂经神,一阵阵掌声雷动,袅婷婷淑女含情。

〔带〕觅春风满眼尽春风,叹人生今又探人生。谁家哑女几多灵,编导张郎也明星。明星,明星耀碧空,圆了人间梦。

〔双调·步步娇〕纪念《当代散曲》创刊周年

又是一年春风到,当代风光俏。天未老,有雪飘又竞天高。路遥遥,更唱遗山调。

〔双调·殿前欢〕访乔家大院

乘沙舟,渡沙丘,风沙迷漫到芳洲。乔家一片风光秀,院院竞风流。东南舞彩绸,西北飘丝袖,茶品清秋后。红灯亮了,高挂门楼。

〔越调·天净沙〕为某官写生

办公枉法图财,检查酒醉楼台,别墅藏娇二奶。歪心不改,乐极难免生哀。

〔南吕·四块玉〕和马柳枚女士

园里梅,河边柳,续遍春风步芳州。曲坛又出一新秀,学箫声不莫诌,借东风不是偷,柳绿梅红有甚羞。

〔中吕·山坡羊〕题电视剧《爱了散了》

琴声初断,余音难限,隔山思念心神乱。信儿捎,心儿盼,阳婆婆落了灯红叹,道是爱了偏要散?坐,心也烦;卧,心也酸。

〔双调·骤雨打新荷〕普陀山游

　　心向宁波,任飞似箭,俯视普陀。江南春色,确是美山河。松竹波涛庙宇,倾倒了芸芸游客。双手合,焚香跪礼,寄语福多。　　南海苍天遥望,仰观音欲语:再度祥和!群碑刻遍,句句尽金科。唤起千年公德,迎来百姓长歌。卷曲波,碧泉秀美,汇入黄河。

王春和　生于1938年,山西原平人,原平农民散曲社社员。

〔越调·天净沙〕秋风

秋风飒飒黄花,穰穰五谷农家,流水高山最雅。何人涂画?风儿吹散晨霞。

王　泉　生于1938年,山西原平人,原平农民散曲社社员。

〔仙吕·一半儿〕正四风

　　八条规定漫天呼,四海狂风扫秽污,岂怕你的腰腿粗。大清除,一半儿苍蝇一半儿虎。

任凤柱　生于1939年,山西榆社人,榆社诗词学会会员。
著有《庄稼人打坷垃:实话实说》。

〔正宫·塞鸿秋〕农家便饭

　　面条小米山药蛋,农家户户和和饭。南瓜白菜均匀伴,油盐酱醋加葱蒜。人人都爱吃,老少同称赞,神仙羡煞咱家饭。

张志远　生于1939年,山西清徐人,曾任清徐县委宣传部调研员。1978年同啜希忱等组织发起东湖诗社,任东湖诗社秘书长。
作品散见于《文汇报》《清徐报》《清徐老年》等报刊,著有《随笔诗文》。

〔正宫·叨叨令〕黑矿主

私开滥采谁陶醉,黑心偏被钱为祟。一人快活千人泪,法何无力官何愧?尔杀人也么哥,尔杀人也么哥,怨声载道谁之罪。

赵威龙 生于1939年,山西清徐人,曾任太原市戏剧研究所副所长、赵家堡暖气片总公司总经理等职。

改编有传统戏《打金枝》、现代戏《丹凤朝阳》、广播戏《喜铃》等,著有剧作《齐王拉马》《寇准外传》《丁果仙》。

〔黄钟·摘调滴滴金〕昭君怨

含冤饮恨辞宫殿,汉苑秦川乡关远,胡天燕塞蓬蒿旋。宝马儿烦,香车儿厌,伊人儿不堪回首,心胸儿愤懑肝肠断。身形儿和番,心灵儿匡汉。

〔般涉调·耍孩儿〕复兴梨园(套曲)

南北为邻东西畔,中原要地表里河山。文明晋史五千年,尤誉戏曲摇篮。曲踪诗词多才彦,元好问首开先端。太原三星①灿,曲窝子平阳萃七仙②,四大家关郑白马③有前三。

〔二煞〕明传清继民国后趟,瓦肆勾栏花部乱弹。争先恐后买戏券,碰上公演省下钱。层层叠叠排排座座满满,没奈何爬上墙墙垛垛房尖尖。名角个个红艳艳,轰动了城城寨寨家家院院,迷住了男男女女老老少少万万千。

〔三煞〕财神庙唱毛毛旦,大腕儿齐来搭大班。咱咱咱为把好戏看,蹀蹀蹀三十里地不嫌远。瞧瞧瞧撂下营生撂下饭,看看看不洗锅碗不洗盘。喏喏喏忙中常出乱,紧迫迫庄稼汉跑丢了新鞭鞋,急匆匆俏婆姨穿错了男人粗布衫。呀呀呀乐极偏生险,糟糟糟栏杆挤断茅厕陷,惨惨惨踩踏坏几多衰老稚男!

〔四煞〕高台教化功可见,歌颂忠贤咒骂邪奸。香莲喊冤包公断,窦娥感地动天,蛇仙竟把法海漫,杨家将血洒金沙滩。后生们死命儿喊,姑娘们看傻了眼，钢骨汉暗抛泪蛋蛋，软心肠浸湿花衫衫。轮回报应真灵验，有情人到了总团圆。戏把人来劝，少了些娼女盗男，多了些父严子孝姑嫂贤；世人行良善，少了些抽赌蒙骗，多了些政勤官廉民安然。

〔五煞〕暑去寒来星斗转，卅年河北卅年河南。黑帮黑道武斗片，淫歌淫舞色电。轻操遥控随意儿按，心娱身舒不用钱。戏场人罕见，请上台班主递好烟攀认演员，全不顾元宵碗托杂割摊。

〔六煞〕大戏背时招人厌，既因客观也因主观。旧折子常换戏不换，旧人还看旧面。看了又看，双官诰加十五贯；演了又演，下河东再走雪山。避也避不开，空教金芦清打算④；躲也躲不转，拉挡点杀斩二三⑤。听得人耳朵长厚茧，看得人眼倦心腻烦。喜新戏献演，偏又讨人嫌：戏事儿怪玄，台词儿空泛，标签儿遍粘，口号儿喊惯，假气儿呛眼，曲味儿寡淡。倒不如翻翻报刊收收动漫，再不就广场转转瞧瞧盲人宣传。

〔七煞〕神六巡天平安返，百业日新盛世空前。文艺须开新局面，锦上宜把花添。国学传统掘经典，古艺逢春换新颜。艺命唯新鲜，废抄捡雷同拆怪圈，锐意儿标新异复兴梨园。

〔八煞〕新纪新元新手段，新关白⑥新编新演新戏篇。众志成城归一念：曲味儿至醇至鲜，密韵儿顺得人人念，叠词儿俏得人人恋，衬字儿逗得人人欢，增句儿唱尽人情冷暖恩和怨，直语儿说尽地方天圆忠与奸，俗话儿聊遍美丑恶善家长共里短，对仗儿诱得雅士左味右玩废眠忘饭，幽趣儿勾得俚夫心痴神散魂销魄不还。

〔煞尾〕新戏新演人争看，忘却了目困腰酸。似这般召唤回新客故友千千万，瞻梨园缤纷胜当年。

①太原三星：指乔吉、李寿卿、刘唐卿。

②平阳萃七仙：指狄君厚、石君宝、于伯渊、赵文卿、李行甫、张择、孔文卿。

③关郑白马：指关汉卿、郑光祖、白朴、马致远，前三人皆晋籍。

④空教金芦清打算：指《空城计》《教子》《金水桥》《芦花》《清风亭》《打金枝》

光凝庭院，香溢楼殿，牌坊座座诗书绚。转朱阁，跨幽栏，入门似见先生面，敛气躬身忙觐见。人，似座山；笔，戳破天。

中吕山坡羊谒西村傅山园，丁酉冬月河东尹昶发并书

《算粮》。

⑤拉挡点杀斩二三：指《拉马》《挡马》《点帅》《杀惜》《斩子》《二进宫》《三岔口》。

⑥新关白：如关汉卿、白朴等现代新秀。

〔越调·天净沙〕自嘲

不嫌命舛福单，不忧身老年残，不羡豪门贵显。虽难无怨，安居敬业桃园。

〔双调·骤雨打新荷〕游开封清明上河园

寒暑倏忽，见影坛逐鹿，曲苑凄芜。勾栏明亮，证券所常租。剧社蘑菇沁雨，登场人面颜皆含苦。细检数，演员拥榭台，台下好人疏。　舞场歌厅忒俗，驾青云雨雾，雷吼风呼，搜狐弄鼠，却眼展眉舒。雀斗鸡牛斗虎，轰隆隆园毁梨枯。上苍懑，兴吾曲都，再展黎图。

傅安才　字静之，笔名潜墨，号王屋山人、积跬斋主，生于1939年，河南济源人，中华诗词学会、山西诗词学会、中国楹联学会、山西楹联协会、太原楹联协会、山西书协、山西作协、山西民间艺术家协会会员，三晋文化研究会理事，唐明诗社副社长。

著有《国手赞》《嵌名联墨献奥运》《山西名胜诗联》《山西旅游名胜诗联图集》。

〔黄钟·昼夜乐〕谒元好问墓怀古

好问诗人一代骄，萧萧，萧萧地游历荒郊，写野史搜罗去了。亲劳胼胝采撷轶闻钓，曲折疲顿不辞劳，逐鬼哮。称赞声高，称赞声高，大业未蒇身倒。〔幺〕黎民，黎民皆泣啕。遗山功鳌，功鳌勋绩世崇褒。卓荦荦超群慧矫，想传教授道才华翘，魁星落魄断魂销。痛失文豪，彦士泪珠儿抛。

〔黄钟·昼夜乐〕纪念傅山诞辰400周年

青主朱衣道长骄，豪豪，豪豪地游历诗涛。练字觅碑书道矫，除魔疾送寻良药,话桑麻与众亲聊,绘画鳌。啧啧声高,啧啧声高,口口互传称道。

〔幺〕康熙,康熙强诏朝。傅山,咆哮!刚阿以死拒官袍,铁骨铮铮嘲笑貌。凛然大义讥当朝,强权无奈世歌操。一代神医,一代文豪,雪雨助苗儿俏。

〔黄钟·昼夜乐〕日月生辉千秋照

阅遍了春秋境界高,辛劳,辛劳地游说路迢迢。传王道,西风不小。播箴言善语精诚貌,天天求仕苦心操,被困荒郊马萧萧。世道糟糕,世道糟糕,峰回路转东归道。

〔幺〕路转峰回风景好,香飘,香飘,香飘千里杏坛娇。学子三千不少,书声儿胜过了东海潮,诗篇三百伴笙箫。礼也风骚,义也风骚,日月生辉千秋照。

〔正宫·白鹤子〕神舟七号凯旋

看神舟七号穿重重雾障,袅绕在天堂。探秘任翱翔,终圆了禹甸千年梦。

〔幺〕遨游昊天飞一秒,大地喜癫狂。骚人即兴写诗章,争贺三士满载归,国誉环球长。

〔南吕·玉娇枝〕龙观构建好

阿谁看个够?坐拥龙脉耸居晋阳东岭头。龙城俯看真通透,饱览山川情意投。花香鸟语谁运筹?小桥水榭楼台秀。欧典风情人被诱,树人文会富有。

〔双调·沉醉东风〕醉居龙观

欧式楼房鸿猷小巧,帘洞仙居瑶殿魂飘,眸凝挹秀远市嚣,武陵源内花枝俏,龙观绝境笔难拓。佰晟芳园档次高,住户有缘齐赞好。

〔南越调·黑麻令〕龙观天

看龙观情投意投,天然水泉优井优。中西合龙楼凤楼,绕别墅遍布烟岚,靓庭苑池幽竹幽。　千亩园瀛洲绿洲,武陵源消愁去愁。感受那鸟海花香洲,呼友朋晨游夜游。

〔南越调·黑麻令〕谒元好问墓

寓古墓陵珍冢珍，石虎羊凝神韵神，墓志铭图文祭文，野史亭手稿储存，独树帜新军异军。　诗名播惊人震人，流徙中风吞雨吞，业未竟逝世归阴，人痛惜销魂断魂。

〔南越调·黑麻令〕阳泉物丰名天下

看阳泉山幽谷幽，天然水泉优井优，煤铀铁名悠质悠，沟壑崿矿遍群丘，水晶石川流谷流。　煤海城瀛洲绿洲，铝矾销欧洲美洲，美日德抢购藏留，招友朋今游翌游。

王海洲　生于1939年，山西原平人，原平农民散曲社社员。

〔仙吕·一半儿〕老来乐

枯桐老树又生芽，招凤舒枝疏弄花，落日余晖迎丽霞。醉春华，一半儿真情一半儿耍。

〔仙吕·一半儿〕刻匾

承接庙上木雕匾，细刻精描三四天，手困腰酸难入眠。俺心甘，一半儿描来一半儿染。

武正国　生于1940年，山西交城人，研究员，曾任中华诗词学会副会长、山西诗词学会会长，现为中华诗词学会、山西瀚海散曲书画院顾问，山西诗词学会名誉会长，中国作协会员。

著有诗集多部，其中《甲辛集》为诗词曲集。

〔正宫·塞鸿秋〕柳林三交镇

黄河古渡春花嫩，红军东进民心振。志丹洒血波涛忿，恩来挥臂妖魔遁[①]。英雄唱大风，时代谱新韵，中国红枣头一镇[②]。

①志丹洒血波涛怨,恩来挥臂妖魔遁:1936年春,红军东渡黄河开辟山西根据地。周恩来、刘志丹在三交镇创建山西第一个苏维埃红色政权,后来刘志丹在三交不幸牺牲。

②中国红枣头一镇:农业部命名三交镇为"中国红枣第一镇"。

〔仙吕·一半儿〕秋游酒都杏花村

餐桌把盏品国优,花苑观光赏菊秋,落日催归人忘休。是何由?一半儿因花一半儿酒。

〔越调·天净沙〕读《地狱之门》一书

争名争位争权,贪杯贪色贪钱,结派拉帮耍奸。奈何桥断,呜呼饮恨黄泉。

〔越调·天净沙〕华门灯火节

尧都尧庙尧陵,华门华表花灯,胜地胜迹胜景。烟花飞迸,倾城一片欢腾。

〔仙吕·一半儿〕初冬

公园沉寂百花凋,雪片稀疏触地消,鸟去林空枝乱摇。叶儿飘,一半儿因风一半儿老。

〔仙吕·一半儿〕兰花

温馨香气送春来,柔嫩枝头粉蝶排,惊叹花工精巧栽。好生乖,一半儿含苞一半儿开。

〔仙吕·一半儿〕钓翁

耳根清净目中空,唯见水漂摇曳红,明钓游鱼暗练功。坐朝东,一半儿童颜一半儿钟。

〔仙吕·一半儿〕愁后事

生前房价窜高枝,身后墓穴花巨资,费用脱缰野马驰。没钱时,一半儿愁生一半儿愁死。

〔正宫·塞鸿秋〕捞外快

银行明里营存贷,有人暗地心肠坏。客留身份详情在,搜来捆绑成批卖。歪风恣肆刮,百姓听闻骇。不知不觉,竟然成了他人下酒盘中菜!

〔中吕·山坡羊〕赞伦敦奥运中国羽毛球队

群英携艺,伦敦开戏,夺杯一路谈何易。臂灵挥,羽神飞,攻防转换多精辟,万众欢呼怀敬意。输,有骨气;赢,有霸气。

〔越调·天净沙〕海思

阳光云朵蓝天,椰林海水沙滩,溪水青山酒馆。轻吟诗赋,飘然梦里成仙。

〔黄钟·人月圆〕初夏

风吹杨叶轻声笑,垂柳自逍遥。离窝雏燕,枝柔腿抖,嘴笨虫逃。

〔幺〕天开日出,云舒彩带,湖起虹桥。鸳鸯戏水,成双小巧,结对风骚。

〔双调·风入松〕五指山中(二首)

峰峦层叠罩青纱,老树绽新花。巨榕枝叶将天罩,椰高矗,果硕如瓜。腰软藤萝胆大,生来善附能爬。

清河微笑水哗哗,点缀两三蛙。前方怎把悬崖跨?化成瀑,溅起虹霞。石道兜弯上下,鹅声深处人家。

〔越调·天净沙〕贺黄河散曲社成立10周年

年年夏夏春春,天天秒秒分分,事事勤勤恳恳。声声韵韵,甘甘苦苦辛辛。

〔双调·折桂令〕思乡

初出门曾惦家乡,渐忘家乡,老又思乡。西巷桃园,东街小学,北口祠堂。昨夜里梦回旧房,趴炕头呼唤爹娘。爹点炉膛,娘坦胸膛,暖我寒躯,饱我饥肠。

〔正宫·塞鸿秋〕扫墓

清明祭扫双亲墓,轿车开进山间路。远瞻高耸蓝天处,近前肃穆青松处。感恩土一抔,跪地香三炷,悠悠寸草阳光护。

〔正宫·塞鸿秋〕回老屋

家中老屋租新户,主人成客敲门入。泥坯土炕出生处,小孩问我来何路。爹妈遗印痕,兄弟留花絮,而今能看不能住。

〔中吕·山坡羊〕怀念父亲

当年家父,全家支柱,沉沉重担双肩负。盼收成,躲交租,忙完衣食忙房住,戴月披星寒到暑。身,劳累苦;心,忧虑苦。

〔中吕·山坡羊〕贺原平被评为散曲之乡

民情高涨,民声洪亮,村村吟诵人人创。惹花香,惹蜂忙,回旋田野生机旺,闯入文坛名上榜。原,梨果乡;评,散曲乡。

王文奎 生于1940年,卒于2014年,山西原平人,山西作协、中华诗词学会、山西诗词学会会员,黄河散曲社社员,原平诗词联研究会会长,原平农民诗社顾问,原平农民散曲社社长,创刊《农民散曲》。

主编《当代散曲论文选集》,著有《晚晴吟薮》《晚晴吟笺》《晚晴吟曲》等。

〔越调·天净沙〕矿山怨(二首)

遍山洞洞坑坑,坑坑隐隐森森,车队飞飞奔奔。驻足凭问,何人如此威风?

开山奋奋拥拥,小河咽咽浑浑,草木蔫蔫悻悻。叩山凭问,这儿富了几人?

〔双调·落梅风〕赞民歌体曲

民歌体,曲式裁,放声一吼人人爱,原汁原味原生态。呀!咱百姓也把风流卖。

〔双调·落梅风〕美哉散曲

曲坛兴，曲味鲜，春风化雨曲花绽，农民乐把曲筝弹。唱一曲，美哉散曲①那一段。

①美哉散曲：2005年3月，常箴吾先生的《美哉，散曲》在《中华诗词》刊发，同期该刊卷首语发表了《让曲与诗词并茂》的文章。

〔正宫·塞鸿秋〕贺《曲进乡村》

有萧老蜀州救曲廿年酿，有东北海洲曲苑肥黑壤。且看这汾河岸畔箴吾将，扶荒拾调登台唱。举幡辟曲疆，敢把风流漾，农民壮胆把曲门儿撞。

〔双调·折桂令〕偕友登天涯山

正春深柳吐烟花，重上天涯，共忆韶华。昔日同窗，书房梦景，田野寻蛙。话声里离情似画，莞尔间诗意如霞。爱也天涯，恨也天涯；近也天涯，远也天涯。

〔正宫·塞鸿秋〕昭君出塞

振作起汉家娉女英姿气，咽下那酸甜苦辣泫然涕，挑起这安邦靖境和亲意，一腔爱终生愿付他乡地。鼓鼙阵阵急，纵有姻盟会，留下了千歌万曲人间戏。

〔仙吕·一半儿〕给农民讲散曲

人多笑我太荒唐，半斗胡麻开榨房，竟敢登堂把元曲讲。卖油郎，一半儿钟情一半儿狂。

〔双调·天香引〕农村小康

咱农民辛苦耕田，图个丰年，盼个平安，好梦今圆。赞不尽新农村高楼大院，赏不尽生态文明绿色家园，夸不够件件都是爱民胜卷，听不厌村村的鼓奏锣喧。人也欢颜，水也欢颜，山也欢颜。

为满庭芳数年出版春夏秋冬四部诗集特制散曲小令一首

这壁厢四季芬芳，勾我淹留，任我徜徉。那诗儿浸我心田，词儿开我情智，曲儿润我枯肠。撷古今中外异香，酿秋冬春夏华章。汝步摩诘，伊续稼轩，俺慕菊庄！

梁伯华先生《双调·天香引》张世荣书之

张世荣（杨山） 1939年生，祖籍山西闻喜，毕业于山西矿业学院，曾任中国煤矿书协理事、副主席，山西书协培训中心常务副主任，山西煤矿书协副主席、兰青书画院常务副院长，现为太原理工大学教授，中国书协会员，山西书协理事，山西省政府文史研究馆馆员，三晋文化研究会特聘专家，山西省教化研究会专职顾问。

著有《张世荣书法作品展》等个人书法专集10余部。

〔中吕·十二月带尧民歌〕喜读《中国当代散曲》

赞曲人怀揣着一腔悃诚，苦耕耘六载拼争。结曲朋忠心耿耿，迎来了菊绽芃芃。免不了生些冷讽，且听这曲韵声声。

〔带〕一刊面世好峥嵘，塞北江南漾清风。三花并茂颂华龙，重任担肩最光荣。光荣，光荣，堪为济世功，乐把筝琶弄。

〔仙吕·点绛唇〕大美铜川（套曲）

好一个锦绣铜川，大西部一朵奇葩争艳。果真是祥云灿，画境连天，怪不得骚客赋曲咏诗赞。

〔混江龙〕忍不住激情抒掞，叨叨段药王山，花迎丽日，药草能言。建庙刻石民意愿，立碑塑像祭先贤。长思念，千金要方流万载，翼方济世数千年。

〔油葫芦〕胜水奇山燕语喧，柳戏烟，人文焕彩古今传。煜煜煌煌的唐三彩神工撰，崔嵬宋塔披云缦。瑰宝奇，称大观，那柳公墨宝香弥漫，瞻墓悟真传。

〔天下乐〕文物古迹一件一宗奔眼前，真玄，韵意含，缤纷神气动诗弦。玉华宫燕语关关，姜女祠痴意娟娟，大香山佛雨绵绵。

〔哪吒令〕处处景观，流霞醉燃；郁郁岭间，苍松奕然；芊芊草滩，葳蕤茂然。娇滴滴的仙境炫，亮闪闪的新观念，看风生水起的大铜川。

〔鹊踏枝〕满坡坡羊儿似云团，牛鞭儿甩出几分憨。这儿的畜牧起了山，百姓把希望搂心田。喜滋滋秦腔唱远，笑盈盈再鼓风帆。

〔寄生草〕小康梦，今日圆，高楼大厦礼花绚，条条公路城乡贯。繁荣文化村村绽，流光写意蝶翩翩，凌波仙吕一长串。

〔金盏儿〕赏果园，逛桃园，芳香喷溢诗情泛，秋光彩印画屏燃。葡萄牵戏蝶，红枣诱鹎鹍，朱樱呈特色，富士进国宴。

〔赚煞〕曲声酣，诗花溅，心带情缘意带甜。若问旅游何处看？美铜川花彩联翩，富铜川生态绵延，发展转型锦绣添。幽犹阆苑，靓如珠闪，书成佳构萃铜川。

贾效文 生于1940年，卒于2013年，山西榆社人，中级主管技师，中国延安文艺学会、山西诗词学会、榆社作协会员，石勒研究会理事。

创作散曲100余首，著有《多彩人生》。

〔越调·小桃红〕习诗

沧桑日月岁悠悠，不忆烦心回。半日读书半闲遛，解心愁。寻词觅句情浇透，推敲会友。语争优逗，挥笔写风流。

〔中吕·山坡羊〕自乐

无愁欢笑，身闲胡闹，退休焕发新风貌。种葡萄，意逍遥，今生喜唱耕耘调，爱上诗词老来俏。心，无烦恼；身，更棒了。

〔双调·骤雨打新荷〕救救孩子

据央视12频道报道，全国有400万青少年沉迷网吧，走向毁灭之路，有800万父母为此撕心裂肺。孩子是家庭的希望、国家的未来，挽救这些孩子，就是挽救未来的国家。今日言之，以尽匹夫之责。

网患阴森，是魔窟陷阱，学生进如河。怪物争斗，拼杀色情罗，打造精品误区，套年少日夜掺和。视屏前，闯关晋级，浪打青荷。　　歧途傻子，痛牵心父母，噩梦中过。精明商户，撒大网搜罗。玩家沉迷虚拟，叹跳楼尽是悲歌。定法规，盼强整厘此患，力猛如梭。

〔南吕·四块玉〕关汉卿（四首）

长解州，才八斗，杂剧开篇艺一流，南游晚度杭州后。编剧优，导戏优，演更优。

痴迷求，多能手，善舞能歌演才牛，吹拉弹奏烟花秀。二虎拉，加九牛，一犟头。

不服休，喜广收，散曲林园第一流，后人几世出其右。七百秋，梦寐求，曲泰斗。

犟老头，花百首，你哪知来甚缘由？偏偏爱上铜豌豆。六六秋，纸上游，不害羞。

〔双调·骤雨打新荷〕榆社①怀古

浊漳源头，是太谷武乡叠嶂，怀包榆州。暑长寒酷，雷恶浊旋流。势若千军万马，有湍急浪淹芳洲。壮景观，似龙腾凤舞，虎斗狮殴。　　开天尚早，有八世炎帝，榆社名由。箕子鼓操，洪范义赠周。避楚廉颇思赵，幸运韩王②两朝优。数风流，看揭竿石勒称帝，彪炳千秋。

①榆社：八世炎帝榆罔祭社，在榆社社城村，名曰榆社，后为榆社县名。

②韩王：即王建立，五代人，后唐为宰相，封榆社故里为将相坊；后晋时封为韩王，示荣乡里。

〔中吕·山坡羊〕岩良梨花诗会游云簇湖

湖光似画，周边度假，清波递送诗家话。赏梨花，钓鱼虾，观山看水如三亚，景美心舒适宜耍。我，游兴雅；友，游兴雅。

〔正宫·叨叨令〕嘱咐

出门在外多防备，为人处事和为贵，工头主管莫得罪，吃喝注意关心胃。想你也幺哥，想你也幺哥，家中有你小娇妹。

〔正宫·小梁州〕榆邑之春

柳绿花红竞吐香，满目春光。飞翔小燕唱芬芳，天蓝亮，大雁两三行。〔幺〕文峰塔顶高高望，长街小巷尽楼房。看水塘，鱼肥壮。城乡开放，榆社步康庄。

李金玉　号玉泉山人，生于1940，山西太原人，中华诗词学会会员，山西诗词学会理事，唐槐诗社、唐明诗社副社长。

著有《玉泉集》《李金玉诗文选》《玉桥集》等。

〔仙吕·摘调赏花时〕晋祠菊花展（三首）

金灿灿泉边菊盛期，重叠叠山前掩翠微，喜煞那游客绕花飞。好似那群蜂儿勤采蜜，不肯见花回。

这搭搭本是桐封晋水湄，又是那李氏轰隆隆发祥地，好一个龙气化虹霓。映照着今时儿菊花蕊，谁怕历霜欺？

开放后老醢儿逢好期，图治时似花儿放锦辉，气昂昂吐气又扬眉。喜看这菊桐儿摇滴翠，引得凤凰归。

〔中吕·山坡羊〕难忘昨时（三首）

春寒

花葩初绽，风云突变，千红雨打蜂飞散。叶虽残，志犹坚，何须惴惴声声怨？青帝心忧群力挽。春，芳更鲜；秋，果更甜。

春暖

长街呼啸，银车闪耀，骤然空气凝如爆。抗阴枭，救贫姣，白衣热血春来到，挥汗西风情未了。颜，一弯新月皎；心，一轮红日晓！

春健

花林朝焕，汾园晨练，羽球毽子双飞燕。笑连连，舞翩翩，穿杨绕径何英健，岂惧风云多变脸！今，梦岳泰山；明，激浪海天！

〔正宫·双鸳鸯〕神州梦游（四首）

武昌游，大桥游，黄鹤辉煌上宇楼。一览楚天云彩下，江轮远去见飞鸥。

楚山游，楚林游，叠翠飞红仙境幽。李白高扬庐瀑壮，不知九寨美难求。

乐山游，夜山游，灯火丛楼微雨秋。车去车来如闪电，伞帷老伴语声柔。

岭间游，雾中游，路转峰回彩叠秋。刚上云头争拍照，镜中黄果瀑飞流。

郭　魁　生于1940年，山西太原人。

〔正宫·双鸳鸯〕无题

野瓜秧，野根香，野菜荒年顶饭粮。苦笑孙儿胡乱想：那时爷也厌膏粱？

〔黄钟·人月圆〕忆昔

贼来不怕亲来怕，家无隔夜粮茶！贼来偷啥？戚来吃啥？愁白须发。

〔幺〕盼来暑夏，野坪绿染，湖荡荷葩。祈天雨顺，梦苗茁壮，一家人眼望巴巴。

〔正宫·叨叨令〕忧天

打工青壮城中鹜，病残老弱村中住。良田大片高楼树，庄稼播种寻何处？闷煞人也幺哥，闷煞人也幺哥，将来用啥填饥肚。

〔双调·折桂令〕《中国当代散曲》创刊志贺

见文坛喜事连连，北曲南歌，曲舞婵娟。曲唱新天，歌传四海，乐了山川。望海中航帆正悬，看岸边笑菊开妍。雨润桑田，树饰鸣蝉。曲苑雕轩，广聚诗仙。

〔中吕·普天乐〕贺《当代散曲》创刊5周年

曲叟欢，骚客笑，五年辛苦，数载精雕。小令丰，重头茂，散曲喜逢韶光照。曲园里，姹紫妖娆，曲花艳娇，曲声缭绕，曲韵如箫。

〔越调·寨儿令〕汾畔春早

黄柳丝，绿松枝，春来靓妆汾水滋。远望群鸥，近看鹭鸶，飞落展娇姿。纸鸢高低参差，花船前后张弛。沃土栽玉芝，汾水养红栀。耶！春色润新茨。

赵 仁 笔名方正,生于1940年,山西太原人,高级经济师,《九州诗文》副主编兼编辑部主任,山西诗词学会、太原诗词学会理事,新南诗社常务副社长,《心声》诗刊主编,中华诗词学会、山西老年书画家研究会、太原老年书画家研究会会员。

〔仙吕·一半儿〕啄木鸟

全心治病做医生,乐去开刀除害虫,保证森林永远青。涌深情,一半儿才能一半儿灵!

〔正宫·摘调滚绣球〕赞良师

多感知,用好词,励精图治,曲坛兴为友当师;君主持,大力支,折凭才智,付艰辛方展雄姿。书当至宝三生爱,心作良田一世滋,永远奔驰!

〔越调·天净沙〕咏新南微刊主编

山清水秀人诚,激情充满心声,盼望微刊步顶。卫玲多梦,争光享誉荣升!

〔正宫·叨叨令〕贺新婚

春风送暖鲜花绽,阿哥阿妹林中转。两人情愿终身伴,生儿育女完心愿。共举杯也么哥,共举杯也么哥,天长地久无遗憾!

〔双调·落梅风〕曲风

春光亮,散曲香,望山河燕歌莺唱。南萧北常兴醉狂,喜神州韵飘才降。

〔双调·折桂令〕非凡

振兴壮丽河山,建设家园,开拓新源。广筑文坛,多修艺苑,力步高端。大树人民典范,猛攻科技难关。祖国平安,佳绩非凡,格外心欢!

〔中吕·山坡羊〕并州新貌

文明营造,容光多俏,花红树碧山河笑。展风骚,涌情操,转型升级更新貌,绿化城乡生态好。瞧,民众豪;聊,声誉高。

何计万 生于1940年，山西原平人，黄河散曲社社员、原平农民散曲社永兴分社社长。

〔正宫·塞鸿秋〕夜思

月光满室白如练，恶蚊乱扰音如线。驱除睡意思如电，忽来诗绪如飞燕。床头舞笔杆，腹内波涛见，诗弦曲调遂人愿。

〔越调·凭栏人〕追肥

晨起追肥野地行，趁雨挥扬尿素精。雨水浇老农，老农心愈宁。

〔正宫·塞鸿秋〕春耕下种

引阳牵月一天路，腰酸腿困难开步。春风卷土浑身处，汗流湿透衫和裤。和衣就倒床，喘气才停住，鼾声伴着浓香粟。

邢俊山 生于1940，山西原平人，原平农民散曲社社员。

〔正宫·叨叨令〕回忆往事

求学进取曾经过，成功理想怀揣过，酸甜苦辣都尝过，难圆好梦心烦过。怪不得也么哥，怪不得也么哥，如烟世事随他过。

〔仙吕·一半儿〕农民诗赛

诗歌大赛建平台，众友展襟抒畅怀，歌颂百花齐盛开。载歌来，一半儿欢愉一半儿慨。

郭晓轩 又名郭小轩，生于1940年，山西太原人，曾任教师，普天乐散曲学会副会长。

作品发表于《中国当代散曲》，著有《凭轩吟诵》。

春山暖日和风，阑干阁楼(楼阁)帘栊，杨柳秋千院中。啼莺舞燕，小桥流水飞红。

元白朴天净沙春，戊戌春月曹中厚

曹中厚　1941年生，太原市原市长、市人大常委会原主任，中国书协会员，山西书协顾问，太原市书协名誉主席，山西老年书画家研究会常务副主席，山西扶贫书画院院长，太原市老年书画家协会主席。

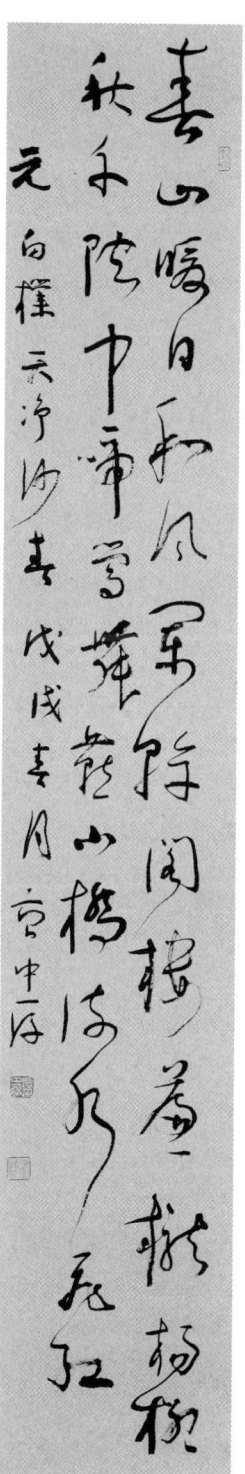

〔中吕··满庭芳〕钓叟

源源草坪,翩翩竹影,尽在神形。善良可解千般病,心境平平。荣辱竞迷人眼睛,是非清教我心明。从今后,糊涂钓鲆,钓的是豪情。

〔越调·寨儿令〕教师生涯

晋冀边,太行间,山穷水浊非等闲。早迎朝霞,晚送婵娟,刹那四十年。贪黑起早文华殿,呕心沥血画堂前。桃李硕累累,蜡炬泪涟涟。安,苦也倍觉甜。

〔双调·十棒鼓〕棋如人生

奇玄未已,不让须臾。黑先白后,需讲棋理。能围多少目,占了多大地,平心比气,最难取舍和算计。人生如棋,棋如人生,输赢靠实力。生活意义,快乐常随我和你,熊掌兼鱼!

〔双调·殿前喜带播海令大喜人心〕贺姚奠中先生百年寿诞

才高八斗不自矜,艺高德尤重,学富五车更勉勤。诗入经,言镌印,经史子集皆贯通,金石书画精。

〔带〕做园丁,育贤能,步难停。桃李谁能数尽?樗庐居黄发人。姚公乃鸿儒翁,道老庄德从孔孟,华夏不老松。

〔带〕先生先生名当今,大师大师誉三晋。有群贤齐贺庆,贺百岁老寿星。

〔正宫·叨叨令〕百善孝为先

马知垂缰险无数,犬能湿草报恩处,反哺跪乳情堪妒,为人岂可全不顾!你怎么不孝也么哥,你怎么不孝也么哥,来生不怕转牲畜?

〔双调·水仙子带折桂令〕赏姚奠中、张晗、林鹏书画展

壬辰岁末,赴山西博物馆参加由山西省委宣传部主办的姚奠中、张晗、林鹏书画展开展仪式,收获颇丰,感慨良多,遂作一曲以记之。

急匆匆走进厅堂,喜盈盈步入书廊,群贤毕至人流长。轻移寸步忙,潜

心品味芬芳。细端详暗思量，净是华章。

〔带〕凭谁荡气回肠，近看龙飞，远瞭凤翔。三老鸿儒，挥洒彩墨，起舞霓裳。字字珠玉流霞闪光，件件瑰宝酣畅名扬。爽了二王，醉了杜康。少晓师良，老愿痴狂。

〔双调·折桂令〕赏赵梅生画展

见颖颖芳草青青，绿水粼粼，白练亭亭，崇岭莘莘，松柏苍劲，怪石嶙峋。看不厌奇花诱人，听不烦异鸟争鸣。焕了精神，净了心灵。看过精品，谢过梅英。

〔中吕·山坡羊〕赏《常箴吾散曲集》

诗词曲赋，耕耘呵护，殚精竭虑成文库。步征途，涉江湖，披荆斩棘全不顾，件件精品无其数。吟，今胜古；歌，今越古。

〔双调·殿前欢〕公交自行车赞

快些眊，来来往往净公交，男男女女骑车笑，乐也陶陶！持卡快意挑，随心要，百姓都说妙！健康环保，喜乐逍遥。

〔中吕·山坡羊〕游龙山

龙山如柱，丁香无数，石级蜿蜒登峰路。晋阳都，目极舒，神州难老泉涌处，爱恋乡间一片土。昔，常忆汝；今，常见汝。

黄文辛 字化民，别署黄文新，生于1940年，河北乐亭人，曾任海军航空兵某团副政委，山西省总工会干部学校办公室主任、副教授，中华诗词学会、山西诗词学会、山西作协会员，唐槐诗社、黄河散曲社、晋阳工人散曲社顾问。

著有《卧风楼诗稿》《棠棣诗花》《袯庐散曲》《诗书茶禅》等。

〔黄钟·人月圆〕观黄河壶口瀑布

人间胜境谁开辟，禹斧显神威。急匆匆马嘶蹄奋，轰隆隆雷鸣海啸，雾蒙蒙纱罩虹飞。

〔幺〕是驹当驾，是雷当掣，是梦当追。教外贼丧胆，人民吐气，华夏扬眉。

〔中吕·十二月带尧民歌〕王家峪朱德手植红星杨

高山莽莽，老树苍苍。来来往往，浩浩汤汤。当年战将，今日何方。

〔带〕太行山上五星杨，回忆朱德万机忙。当年植树问麻桑，宝剑一挥向豺狼。铿锵，滴答电报长，捷报如歌唱。

〔双调·水仙子〕读杜甫《八阵图》怀古

望长江竟遇乱石滩，观八阵偏登诸葛山。忆烽烟三国英雄汉，入神机妙算湾，当年陆逊回幡。借两声惊涛拍岸，喊一嗓定风波慢，瞻千年诗圣扬帆。

〔仙吕·醉中天〕穿越红叶岭

昨夜秋霜重，层岭净涂红。穿越丛林似火烘，汗水如珠迸。红叶摇摇舞风，飞来相送，落红依旧情浓。

〔双调·折桂令〕长治小伙自行车娶亲记

红气球挂在车头，走在前头，喜在心头，乐满街头。偷着笑新苹红透，搂住腰红粉香幽。骑友们充当助手，新人俩如荡兰舟。省了燃油，碧了金秋，破了俗流，迎了丰收。

杜肇昆

〔仙吕·醉中天〕茶园

枝矮新茸展，雨细雾烟含，一岗青芽到云边。竹篓花衫伴，笑语微风远帆。千滚万烫心无怨，但留香色人间。

〔仙吕·醉扶归〕南雁

千里秋风宕,一字雁行长,浩渺烟波望梦乡。顶雨空云降,月宿江芦甸塘,拂晓飞千嶂。

〔双调·沉醉东风〕碾

林中寨泥墙雾袅,村外坡柳岸溪桥。碾慢行,人勤扫。教人间谨记则条:纵有春秋万里遥,永不离中心半毫。

〔双调·蟾宫曲〕足迹

雾漫漫崎路平天,霞月披身,风雨程兼。足印长长,忽深忽浅,时正时弯。夕阳好哪能无限,长河下落日难圆。千里江湾,苦驾舟帆。同是人生,怎画当年?

〔中吕·醉高歌带红绣鞋〕渡口

山迎一水江帆,阔野风微月浅。成群熙攘常为伴,笛送千里客船。

〔带〕夜冷芦荻落雁,市喧旗酒含烟,奔波南北枕窗眠。天下码头何百万,人生渡口仅几关,大江东不还。

〔般涉调·哨遍〕喝酒(套曲)

高悬日渐西溜,风轻云淡霞初露。办公室电话铃紧稠,须昨日莺朋燕友:有你李小张牛,有你何老王刘,还少不得你洞宾国舅。邀全了三岛十州客,邀全了五局八委侯,今日里聚仙楼。月儿初上东山后,满街灯火不让繁星北斗。一拨溜车儿慢慢停院后,莫在灯下斯留。大厅辉煌好个如白昼,楼上请雅间名曰小仙洲。

〔耍孩儿〕来一个凤凰展翅龙凤斗,来一个苏州狮子滚绣球,来一个南海鲍鱼鱼翅抖,来一个白山黑熊熊掌厚,来一个泰国悬壁燕儿窝带血稠,来一个峨眉东坡肘子肉,来一个广东补脑的活马猴,再加一个百只道口鸡肝油溜透,春江水暖千只鸭舌酱八周。

〔四煞〕一碗共同算是威虎山上接风迎老九,两碗官运亨通更上一层楼,三碗日月财茂盈北斗。哥俩好不忘下周六，六六六发达别忘拉上小弟跟着走。不觉已三瓯，肚圆羞煞八戒，脸红吓煞关侯。

〔三煞〕怎的我迷迷糊糊走西口软软绵绵信天游，怎的我腾云驾雾甘露寺里相亲到荆州，怎的我眼前金星好像挨了揍，怎的我扶墙茅厕墙走我不走。血压顶破了血压计水银满地流，一滴血燃了六日，蚊子叮一口也醉了三秋。

〔二煞〕直喝得落霞孤鹜黄昏后，直喝得晓风残月又下柳梢头，直喝得水暖鸭知柳丝嫩芽黄初透，直喝得雨打新荷莲生藕，直喝得西风紧北雁南飞黄花瘦，直喝得暗香浮动梅雪争春独钓寒江叟，直喝得十八弯长江礁石露，直喝得九曲黄河断了流。

〔一煞〕管他什么穷山穷水穷村穷校山间柳，管他什么下岗下线下工下课断了油，只要你茅台镇上水长流，只要你杏花村里遥指牧童牛，只要你千年古月照泸州。你说你的口，我喝我的酒，风流路上不回头，长征接着走，管他什么月儿弯弯照九州。

〔尾声〕可怜的一个胃穿孔，切三刀肝增厚；一个脑血栓，拄着棍儿一脚蹓；一个高墙铁窗泪双流；一个黄泉路上紧回头。

王茂华 笔名乐群，生于1941年，山西清徐人，曾任清徐县工商局党总支书记、文化局局长等职，中华诗词学会、山西诗词学会、中国楹联学会、山西楹联协会、中国文化促进会会员，中国老年书画家协会、中国楹联学会对联文化研究院研究员，太原楹联协会理事。

〔南吕·干荷叶〕醋都抒怀

家乡好，醋香飘，十里八乡效。百家评，万家挑，东湖水塔老字号，顾客点头笑。

〔南吕·干荷叶〕元宵节素描

背棍巧，彩灯娇，架火真奇妙。踩高跷，鼓锣敲，欢歌笑语闹元宵，盛世人人笑。

〔南吕·四块玉〕清徐架火

架架精,层层景,七彩灯光沸人声,鲜花万朵天空庆。仙女吟,玉帝惊,天地请。

〔仙吕·一半儿〕刘三推车

哥哥打扮巧溜溜,妹妹坐车颤悠悠,眼去眉来情不够。尽风流,一半儿聊来一半儿走。

常玉生 生于1941年,卒于2015年,山西武乡人,中华当代书画艺术研究会名誉教授、山西诗词学会会员。

著有《常玉生诗书选》。

〔正宫·塞鸿秋〕新闻怨

俺孤眠别墅空长候,恨更残衾冷难消受;他藏娇宝厦金莲诱,实花间蝶浪三陪垢。眉山紧锁愁,泪水流如旧,青春悔嫁人皮兽。

王天文 生于1941,山西原平人,原平农民散曲社社员。

〔越调·天净沙〕散曲社

沙田曲韵生芽,根深扎在农家,叶茂技繁隽雅。新诗吟罢,春风笑语奇葩。

王官庆 生于1941年,山西临汾人,中华诗词学会、北京诗词学会、山西诗词学会会员。

作品散见于《当代散曲》《中国当代散曲》,著有《霁月斋杂吟》。

〔双调·雁儿落带得胜令〕《中国当代散曲》创刊漫吟

高歌醉太平,悦耳叨叨令。凝神驻马听,沐浴四边静。

〔带〕曲苑挂铜钲,映烁启明星,踵武关卿圣,情钟好问英。营营,巧手梭穿综;蒸蒸,纵横意来风。

〔双调·殿前欢〕月近中秋

月婀娜，一轮秋影转金波，诗朋面对清光坐，觞咏蟾魄。容颜带酒酡，宾主相酬酢，口占星辰和。姮娥羡煞，羡煞姮娥。

〔越调·小桃红〕春游

春游唱和寄怀编，编写山川恋。恋似衔泥自由燕，燕闲翩，翩寻柳岸梨花眷。眷莺啼啭，啭声迎面，面仰武陵源。

高履成 生于1942年，山西祁县人，中华诗词学会会员、山西诗词学会副会长、山西散曲研究会会长、唐踪诗社社长。

〔中吕·山坡羊〕有寄

曲苑奇俏，曲人一笑，曲坛又展花容貌。起箫韶，顺时潮，春风也凑枝头闹，当代更需新宫调。路，走对了；步，要迈好。

〔双调·折桂令〕曲事（四首）

自琼珠乱打荷花，檀板香帕，歌遍天涯，八百年佳话非夸，羊毫山右，江左琵琶。问天下曲人故家，多笑答槐下闻鸦，纵然是浪迹江湖，也步追芳踪，面仰朝霞。

看咱家散尽芳姿，六分元曲，半部唐诗，更多少折桂当时，虽承启家传，也更赖人痴。正春光万缕千丝，惹不尽碎语闲词，那并州曲苑，又一番处处莺歌，遍地琼枝。

想人老必犯痴呆，运巧时乖，鬼使神差，迷恋上宫调词牌，遥望着月中桂树，忘却了肉体凡胎。破床边敢叫书斋，颠倒黑白，消瘦形骸，梦中叫快把门开，关白郑马客来，老妻骂罢，一声长唉。

华阳巾鹤氅蹁跹,铁笛吹云,竹杖撑天。伴柳怪花妖,麟祥凤瑞,酒圣诗禅。不应举江湖状元,不思凡风月神仙。断简残编,翰墨云烟,香满山川。

乔吉双调折桂令自述,丁酉冬月云中高金生

高金生 字天一,1943年生,辽宁辽阳人,山西书协、中国铁路文联书协、中国老年书画研究会会员,第四届大同书协艺术顾问,作品多次获奖并被收入多部书画集。

多少回彻夜难眠，梦绕魂牵，独坐灯前，为一个句儿字儿，翻烂了碎金辞源。这曲儿果些难编，南宗洪武，北许中原，十八调谱出万千，瘪肚里怎能装全，谁解这苦辣酸甜。

王保玉 生于1942年，山西清徐人，副编审，曾任中小学教师、校长，清徐县委宣传部理论科科长，党校理论教员、主任，清徐县地方志办公室主任。

独立点校清顺治《清源县志》，整理重印《清徐古方志五种》，主编或参编《清徐县志》《清徐法院志》《清徐县财政志》《中高白村志》《集义村志》《太原市志·工业章》《清徐历史人物》《清徐革命斗争纪事》《清徐文史资料·晋商专辑》《清徐文史资料·罗贯中专辑》等。

〔双调·骤雨打新荷〕谒元好问墓

九月廿一，共黄河曲社，采访忻州。主人好客，众曲友喜上眉头。洗尘有霏霏细雨，夹道者依依杨柳。编辑部向元墓献曲，曲意情稠。　野史亭前自问：问人生有几？逝者如流。去年集会，转眼又清秋。看同志飞霜鬓上，活脱脱草木逢秋。算只有道德文章，如日月经天，江河行地，彪炳千秋。

〔正宫·双鸳鸯〕贺清徐白石散曲社成立

葡萄树稠稠，白石水悠悠，浩浩粼粼向东流。撒欢儿投向汾河黄河怀里去，哗啦啦曲风儿荡漾信天游。

桑仁桥 生于1942年，山东菏泽人，曾任教师、校长、教育局干部，山东作协、中华诗词学会、山东诗词学会会员，《中国当代散曲》编委。

在《中华诗词》《中国当代散曲》《中国诗词选刊》《中国诗赋》等60余家报刊发表散曲作品500余首，主编《中华诗人百家精选文库·山东卷》。

〔双调·庆宣和〕读《常箴吾散曲集》

妙笔谁挥绘锦葩？常老曲家。品鉴更识韵味佳，羡煞！羡煞！

〔双调·蟾宫曲〕《当代散曲》创刊5周年贺

喜今朝曲壮人多,浩浩黄河,万里扬波。今日中华,升平四海,总付高歌。忆岁月征程载我,羡歌吟天下争和。曲苑繁华,烂漫春花,红了山河。

王生宁 笔名杜衡,生于1942年,山西五台人,忻州诗词学会会员,遗山诗社、黄河散曲社、原平农民散曲社社员。

〔商调·梧叶儿〕梁祝

相识易,分道难,几度泪潸然。割不断,情意绵,舞翩跹,化彩蝶人间誉满。

〔正宫·叨叨令〕普调一岁

无须交费和开会,不分翁妪儿孙辈。公公道道来支配,人人都要调一岁。点赞的也么哥,反对的也么哥,说成甚也全白费。

王玉民 生于1942年,河北巨鹿人,曾任教师、书店经理、文化馆馆长,邢台作协常务副主席,《散文百家》《清风》副主编、主编,中国作协会员。著有《匆忙间的俯拾》《野风·牛脊·云絮》等。

〔正宫·塞鸿秋〕黄河碛口吟

物流货贸昨集散,旅游参访今璀璨。黄河湫水浮雕岸,虎山龙庙连云栈。一街古色香,五里沧桑叹,时空穿越真如幻。

〔中吕·十二月带尧民歌〕碛口小吃谣

光溜溜长街可耍,美丢丢小吃堪夸。谝招儿师传祖传,抖幌儿侯府王家。直看得眉疲眼花,直尝得口累舌乏。

〔带〕碗托托臊子一刀刀划,红印印饼儿它撒芝麻,牛蹄子馍馍风味特别佳,再配上香香热油茶。哎呀!馋人馋掉了牙,要走心牵挂。

〔仙吕·寄生草〕北武当读山

五里沙五里土五里石级路，春来粉秋来红冬来蜡像图。二十四涧云飞渡，三十六壁犬牙怖，七十二架擎天柱。鬼斧神工一卷道家书，石啸松吟九转人生赋！

〔中吕·朝天子〕杏花村拾趣

柳挲，雨纱，隐约唐诗画。牧童遥指数村家，汾酒名初炸。神井奇葩，清泉无价，新醅更发达。杏花，韵雅，老字号遍知中华。

〔中吕·朝天子〕读潘建业先生《腾飞图》

铁骢，若疯，怒墨凌空横。雄姿贯日气如虹，傲岸崩羁鞒。驹写恢宏，题书情重，松烟励羽宫。比鹏，状龙，一曲狂飙颂！

〔中吕·普天乐〕贺普天乐散曲学会在太原成立

喜辰龙，抬头日，普天乐府，三晋升旗。看芦芽破土，听云鹤清唳，燕赵吟朋真情寄：祝河东曲树注生机！袅吟鞭惊蛰约期，东风沉醉，花满春蹊。

〔大石调·阳关三叠〕为感谢过太原时朱辉、烛焰夜半冒雨接站而作

太原豪雨夜倾盆，四处望举目无亲。落汤心惶悚，四处望举目无亲。落汤情懊恼，四处望举目无亲，落汤时也落魂。

〔幺〕搔白发，定神再做一更等，风云莫测，企盼天晴转好运；搔白发，定神再做一更等，待时谋遁，惊回首涉水踏泥那厢来故人；搔白发，定神再做一更等，惊回首涉水踏泥那厢来故人。

〔双调·步蟾宫〕登悬空寺

意悬悬白发萧萧，步履沉沉，衣袂飘飘。眉挑浮云，目视秋水，耳听风涛。山如画天装地裱，人拜山弓背弯腰。稳踩铺条，漫觑廊桥。一念灵空，朝三圣①瞻仰石雕。

①三圣：指悬空寺一寺三教，对儒释道的始祖皆有供奉。

〔双调·落梅风〕壶口观瀑

山轰响,水发飙,泻黄汤沸锅倾倒,撕峡裂谷走大潦,这阵仗骇星惊曜。

史文山 笔名梁言、耿介,生于1943年,山西沁源人,太原理工大学政法学院副教授,曾参与创立黄河散曲社,中国楹联学会、中华诗词学会会员,山西诗词学会常务理事,《难老泉声》编委,《当代散曲》副主编。

迄今创作小令126首、套曲2套、新散曲28首,作品散见于《中华诗词》《诗词世界》《当代散曲》《中国当代散曲》等刊物。

〔双调·雁儿落带清江引碧玉箫〕惜别

唱军民鱼水情,遇大难雄心更。赴灾区如火急,继昼夜频添劲。

〔带〕抢险救人能拼命,遍地军旗影。操心加累身,流汗又喊声,感动着百姓心酸声噎哽。

〔带〕奉献忠诚,困苦显精兵。不计功名,史册镌征程。众灾民哭泪横,子弟兵热血腾。和泪倾,回撤须听令。行,月色朦胧疲身映。

〔南吕·一枝花〕藏山怀古

长途碧草香,深岫山花艳,流霞迎远客,秀壁漫青烟。天设围屏,翠映苍松彦,风来幽洞坚。论藏孤千古呜咽,聊义气传奇事演。

〔梁州〕两千六春秋逝笺,显忠奸故事流传,惊心动魄阴风旋。想当时夺命,叹赵氏蒙冤。小人乱政,国主轻偏。屠岸贾有意挟嫌,一霎时血染城垣。恨之恨自古来昏君总信谗言,叹之叹自古来忠臣性命难以保全,敬之敬自古来义士舍命轻钱。可谴,可怜,却为何悲烈延绵遍,细想来夺利争权。幽洞藏孤史页镌,赞忠义经天。

〔尾声〕山围翠岭厅堂建,风景清幽空气鲜。新路延,飞鸟旋,寺庙悬,故事连。招引四方游客慕名前,争来访古探幽到盂县。

朱生和 笔名朱和、朱禾，号中国五台山书人，生于1943年，山西五台人，高级工程师，中华诗词文化研究所研究员，山西散曲研究会、山西诗词学会副会长，山西诗书画印艺术家联合会、山西省直机关楹联家协会副主席，中华诗词学会、山西作协、山西书协、山西美协会员，山西诗词学会诗词馆主任，唐明诗社社长，山西农业书画家协会会长，山西天一诗书画艺术院艺术总监。

〔双调·凌波仙〕阁洞穿云

大千翠岭送烟波，十里茹湖水映阁，山城仙洞穿云过。古来庙会多，洞上云飞阁。戏在云头唱，人在云中歌。天南海北往来客，清茶热饭暖心窝，闲看古柳舞婆娑。

〔中吕·喜春来〕家乡（二首）

漫山遍野春笼翠，一缕清泉半壁飞，牧童弄笛鸟声回。此景天难有，我醉启柴扉。

天生地造令人醉，山里人家抱翠微，桃花几处透芳菲。将些陶门客，痴卧忘思归。

〔双调·水仙子〕河边归燕

河边春雪送冬寒，飞燕翩翩次第还，叫开佛国南门看。东流滹沱湾，染群山，草碧花繁。南来雁，过关山，春早人间。

〔越调·天净沙〕走西口

鸡鸣三省人家，荒烟古道飞沙，西口愁肠泪洒。三冬一夏，看咱口外新家。

〔越调·小桃红〕黄花塔山

孤峰高耸上云头，茵缘齐腰厚，黄花香至春风后。望瀛洲，拨开千嶂云苍皱。朝霞染岫，鸿雁啾啾，愁绪卸心头。

王银川　生于 1943 年，山西原平人，原平农民散曲社社员。

〔仙吕·一半儿〕贺新喜

烟花齐放轿车移，迎进新娘赛贵姬，好友亲朋来贺喜。摆桌席，一半儿辛劳一半儿喜。

〔正宫·塞鸿秋〕秋收

勤劳致富阳光路，施肥浇水田园度，贪黑起早炎阳处，迎来五谷农家富。辛劳汗水多，喜望丰收铸，村村净是小康户。

〔双调·殿前欢〕回娘家拜年

快活年，走亲访友艳阳天。梳妆打扮爹娘看，共庆团圆。身穿紫粉衫，头戴黄金冠，脸上红云璨。欢天喜地，喜地欢天。

〔双调·殿前欢〕新春夜景

望东边，新春夜景艳阳天。银花火树光辉灿，五彩斑斓。红灯串串连，点点梅花绽，闪烁星星伴。情牵美景，美景情牵。

〔双调·殿前欢〕颂党恩

喜迎春，枝头喜鹊报佳音。脱贫致富福门进，溢满温馨。人民颂党恩，华夏交红运，天下平安顺。黄金满地，满地黄金。

邢登科　生于 1943 年，山西原平人，山西诗词学会会员，黄河散曲社、原平农民散曲社社员。

〔中吕·喜春来〕曲缘

奇葩朵朵乡农爱，茧手勤疏巧剪裁。一年四季不离开，情似海，沃野曲花开。

〔正宫·白鹤子〕《中国当代散曲》出版

诗坛歌盛世,曲苑尽芳菲。勤奋笔生辉,翰墨扬国粹。

〔正宫·塞鸿秋〕感动中国人物杨善洲

为官廉政清风赞,暮年僻壤功勋建。锹头一把常为伴,一生四季勤流汗。荒山披绿装,林茂招飞雁,晚霞瑰丽名留卷。

〔仙吕·游四门〕原平天涯山

奇峰秀顶绽莲花,碧翠洒天涯。滹沱岸畔风光雅,小艇戏鹅鸭。哇!游客忘归家。

〔仙吕·一半儿〕赞文化大院

歌声阵阵鼓声喧,媳妇姑娘舞旱船,弹唱吹拉情尽欢。乐无边,一半儿开心一半儿闲。

〔正宫·叨叨令〕精播好

精播下种新机器,省工省力新工艺。留苗自定随人意,锄头无用将丢弃。你知道也么哥,你知道也么哥,兴农更要凭科技。

宋高柱 生于1943年,山西原平人,黄河散曲社社员、山西诗词学会会员、原平农民散曲社王家庄分社社长。

〔越调·天净沙〕感悟

山桃野杏茶花,诗书耕种人家,小调村歌趣雅。山川入画,老师教我涂霞。

〔越调·天净沙〕某些基层干部作风

真真假假蒙蒙,随随便便慵慵,看看听听捧捧。迎迎送送,来来去去匆匆。

〔仙吕·醉扶归〕公仆

常下农村走,罕坐办公楼。民事调解在地头,泥垢盈衣袖。愿做犁田拉套牛,不愿图享受。

漫山遍野春笼翠，一缕清泉半壁飞，牧童弄笛鸟声回。此景天难有，我醉启柴扉。

〔中吕·喜春来〕家乡一首，朱生和并书

〔双调·风入松〕农民散曲社

山村几个老农民，人老有童心。举幡邀友齐响应，办曲社自筹资金。打破文坛传统，开通曲进乡村。

〔中吕·山坡羊〕水库即景

高山披翠，原平福地，截流建库兴水利。野风吹，水涟漪，鸟来湖面鱼虾戏，疑是神仙在梦里。观，景最美；听，诗更美。

尚成千 生于1943年，山西原平人，原平农民散曲社薛孤分社社长。

〔正宫·塞鸿秋〕和雅慧《题〈高人隐居图〉》

欲眠欲起难猜度，半读半钓朝和暮。一年四季休闲步，隐姓埋名深山处。晚听溪水流，晨绕轻纱雾，一生来去幽幽路。

段存明 生于1943年，山西原平人，原平农民散曲社社员。

〔双调·落梅风〕心思

心间事，笔底呼，论凉热细说无数。风情万般何谓苦，步从容彩霞薄暮？

郭成喜 生于1943年，山西原平人，原平老年新闻文化学会会员、原平民间艺术研究会理事、原平农民散曲社社员。

〔越调·小桃红〕原平元宵夜

万家灯火闹元宵，十里平安道，灯彩迷人放光耀。喜今宵，一轮明月当空照。公园乐好，歌欢扬笑，舞曲助心潮。

〔中吕·喜春来〕原平滹沱河上公园

丹霞飞落池如画，岸柳丝柔吐绿芽，滹沱水秀世人夸。真是假，池内沐天涯①。

①天涯：即天涯山，在滹沱河东。

马贵峰 生于1943年，山西榆社人，中华诗词学会、山西诗词学会会员，榆社诗词学会副会长。

著有《晚秋》。

〔正宫·塞鸿秋〕云湖赏月

晴空万里残阳照，海金山下吉祥兆，银盘嵌水金光耀，游船荡漾群贤笑。轻抒赏月心，古韵新声调，浪花飞伴鱼虾跳。

〔正宫·塞鸿秋〕阿里山

火车环绕盘山道，青山绿水风光耀，千年古树神奇貌，香茶景醉姑娘俏。一挪三顾思，典故迷心窍。哎呀！兴奋得那哑巴也开腔高唱开花调。

吕荣健 字志强，号毅夫，别号无争斋主人，生于1943年，山东龙口人，中国散曲研究会、中华诗词学会会员，湖南诗词学会理事，潇湘散曲社常务副社长兼秘书长，《湖南古今散曲选》常务副主编，《中国当代散曲大典·山西卷》特聘编审。

著有《无争斋散曲集》。

〔正宫·合欢曲〕网上依一水韵贺曲苑开坛5周年（二首）

太平年，浚诗源，乐府花开紫陌田。引得蜂蝶临水戏，满场人颂盛时篇。

艳阳天，压枝鲜，硕果累累锦绣园。放眼骚坛人踊跃，抱琴呼酒上层巅。

〔中吕·醉高歌带摊破喜春来〕缺席太原曲会赋

魂儿早至并州，急盼重新聚首。相期都是知心旧，万语千言信宿。〔带〕诗翁磨纸华章秀，曲女开腔雅韵幽。听学者骇俗言，探牛子成才路，赏里手贯珠喉。因病守，误俺那风流！

〔南双调·步步娇〕为唐槐诗社入网开版而赋

自古并州多贤士，累累如星次，今朝此谓时。首版开坛，六翮腾翅。拔地展雄姿，叹骚人更几许标青史！

〔南中吕·杏坛三操〕过大同

幽谷隐经幢，相思几度云冈。崖龛十万，雕尽梵释慈航。飞天秀娘，论雄奇，还是那无数佛陀像。旅人来给力祯祥，信徒参大滋其养。

〔南双调·金风曲〕贺晋阳工人散曲社成立（集曲）

四块金并州曲界，又闻添劲旅。汾河乐府，是必谐宫吕。一江风激越尖新处，多少美词舒。时事乘除，敢把真情注。褒扬本正途，挞伐即劝趋，乐得见榔头句。

〔南双调·锁南枝〕为中华曲苑开版7周年而赋

龙头墨，凤尾宣，书成咏时双比联：好曲映尧天，清商飞霞旦。高手多，声韵远；得相知，是唯愿！

张绍民 自号木石散人，生于1944年，广西恭城人，曾任小学教师、校长，现为中国散曲研究会会员，广西散曲学会副秘书长，《中国当代散曲》常务副主编、执行编辑。

与人合编《当代中华诗人词家作品汇编》《古韵新声》等，著有《木石散曲》《华发吟》。

〔中吕·朝天子〕《当代散曲》创刊5周年

一年，五年，字字飞如电。当今独一曲刊鲜，艺海奇葩苑。曲韵涓涓，曲书卷卷，曲香弥九天。志联，手牵，写满神州赤县。

〔双调·折桂令〕北武当山

北游天下奇观,风起石摇,水动琴弹。八戒遭灾,九龙出洞,一象巡山。眼见石龟蛋产,耳闻松海涛翻。望日古猿,朝圣羔羊,总费流连。

〔双调·折桂令〕咏碛口古镇

大河滚滚奔来,湫水相合,浪打台阶。虎啸黄涛,龙吟碛口,客涌商街。曾为繁荣奏凯,曾帮抗战筹财。店铺挨排,水旱交通,今古和谐。

〔仙吕·忆王孙〕则天庙

山清水秀映红墙,供奉中华女帝皇,尚不则天无盛唐。贬何妨?无字丰碑万代长。

〔中吕·迎仙客〕玄中寺

岫霭丝,岫岚丝,雕檐画梁崖上滋。牖盈枝,栏挂枝,灵境参差,绝壁玄中寺。

〔双调·折桂令〕于成龙

于公自号子山,帝赞清端,民颂青天。古代公仆,不谋私利,只顾黎元。常以薄薪救喘,却将青菜当餐。一世真廉,两袖清风,绝后空前。

王默然 生于1943年,山西五台人,中华诗词学会会员。

〔正宫·叨叨令〕治安堪忧

三天两日黑影儿淅深随风晃,深更半夜电话儿促急惊心响,青天白日走路儿喉间提着嗓,碧空朗月睡觉儿枕前立着棒。你说怎也么哥,你说怎也么哥,天天咱惶惶恐恐生怕把奸贼撞!

〔正宫·叨叨令〕文凭工厂

为钱财造假亮闪闪叫红天下,图升迁购买直溜溜高抬身价。镀金人台上高调调想把那民欺诈,厂方头暗里揣票票瞬间能把风波压。你省的也么哥,你省的也么哥，他时时提防只怕真包将他拿下！

〔正宫·叨叨令〕长期综治

如江河之势滚滚你谁能拦阻，如浓霾之态泛泛你谁能独处，如一绳之系紧紧他仍来相护，如毒瘤之显赫赫人实都深恶。你省的也么哥，你省的也么哥，非严惩方能逐步扫净咱心头雾。

陈　锋　生于 1944 年，卒于 2008 年，山西芮城人，中华诗词学会、山西诗词学会、太原诗词学会会员，黄海诗社顾问，桃园诗社秘书长、副主编，唐槐诗社社员。

作品散见于《难老泉声》《江南诗词》《长白山诗词》《唐槐吟苑》《山西日报》等报刊，部分诗词入选《中华新世纪新作大典》《中华诗词联年鉴》《华夏吟友》《中华传世诗词选集》《中华当代诗词家大典》。

〔黄钟·贺圣朝〕山西诗词学会 20 年华诞

二十年，韵海风狂浪掀，柳暗花明扬锦帆。仄敲平推织丽篇，泉水不老清甜，漫步儿汾河中秋赏月圆。

〔正宫·双鸳鸯〕赞轮椅诗人温祥老

雨中来，雪中来，轮椅生涯筑韵台。抱病吟诗歌四海，床头秉笔写情怀。

庞励刚　字霜葆，别署耐哑斋主，生于 1944 年，山西榆次人，曾供职于榆次市郊区公社、教育局、市委办公室，晋中市监察局、纪律检查委员会、物价局等党政机关，山西老年书画研究会理事，晋中老年书画研究会常务副会长兼秘书长，晋商诗书画研究院副院长，晋中三晋文化研究会副会长，晋中民间艺术研究会、晋中诗歌协会常务理事，紫云诗社社长，中国老年书画研究会、山西诗词学会会员。

著有《励耘晚唱》《秋山吟草》。

〔双调·殿前欢〕读李彦乔先生《四季河》（四首）

戏春河，风摇垂柳弄清波。山妞村姐叽喳过，家雀出窝。竹笛逗浣歌，两片香腮热，对岸情哥乐。鸟鸣蓬草，牛卧斜坡。

淌夏河，不知深浅小七哥。秤砣落底没抓握，喊叫叔伯。门前河汊多，莫怪顽儿错，笑看白条过。水流如诉，童趣如歌。

唱秋河，金风十里一支歌。纤夫号子江川阔，棹影逐波。滩急险浪多，老大千斤舵，百舸争流过。草桥何在？岁月如梭。

乐冬河，淘男俏女稚儿多。红靴绿袄参差卧，滚战一坨。滑车不改螺，四脚朝天落，老爸凿冰破。人欢狗闹，鲤跳筐箩。

〔双调·庆宣和〕腊月忙（八首）

过腊八
红豆白莲软米熬，美味佳肴。老俩双双血糖高，算了，算了。

打扫家
扫罢墙裙扫柜梢，捣背捶腰。眼冒金星腿忽摇，累了，累了。

擦窗户
七尺扶梯万仞桥，上下唉哟。不怨人矬怨窗高，笑了，笑了。

祭灶爷
甜蘸麻糖任你挑，赖话别捎。谁料猫偷鼠来叼，坏了，坏了。

做年糕
儿捣妻揉我絮叨，趁热捏糕。老奶揭笼小孙嚼，烫了，烫了。

买年货
逛罢三街逛四郊，不买光瞧。眼饱心足未掏包，赚了，赚了。

写春联

手颤头晕六腑焦,逐字推敲。外女孙男叫声高,错了,错了!

熬年夜

备宴拂尘强挺腰,洗碗刷瓢。守岁祈神夜难熬,困了,困了。

赵黄龙 生于1944年,山西汾西人,曾任中学教师、科委主任,山西诗词学会副秘书长,《唐槐吟苑》主编,唐槐诗社社员,中国楹联学会、中华诗词学会会员。

著有《杏花岭集》。

〔中吕·快活三〕自行车

骑车上下班,善转脑筋弯。回家路上屡闯关,宝马奔驰慢!

〔双调·雁儿落带得胜令〕多思

归来自赋诗,一日闲无事。偶听莺啼序,作文不言利。

〔带〕白发老穷词,意立自为之。物喻多成句,花开高卧枝,多思年迈更志。奔驰,珍惜分秒时。

刘江平 生于1944年,河北乐亭人,曾任西山煤电总公司机关党委副书记、纪委书记,黄河散曲社第一批社委、编委成员,中国散曲研究会、中华诗词学会会员,山西诗词学会理事,中华诗词文化研究所研究员,黄河散曲社副社长,《唐明诗苑》执行主编,《当代散曲》编委。2014年倡议并参与了晋阳工人散曲社的创建,担任第一任社长。

创作小令300多首、套曲20多套,著有《燕南诗稿》《燕南散曲》。

〔双调·折桂令〕登鹳雀楼

效先贤再上名楼,不是王侯,胜似王侯,诗傲王侯。看不厌江山神秀,拦不住沧海横流,饮不够家乡美酒,写不完翰墨风流。人下楼头,日落山头;

亦龙亦象亦虎狮,将舞将腾将翔驰,还云还雾还虹帜。惹来书画惹来诗,任尔唏嘘任尔痴。想春来,长空咤叱!

马柳枝先生双调拨不断冬景即兴(观陈夏富先生《壶口瀑布冰挂图》)散曲一首,丁酉仲冬章心农书于绍兴鉴湖之滨

章心农　1945年生,浙江绍兴人,绍兴书协会员,在全国和多省市书法比赛中获奖30余次。

喜上眉头，志占鳌头。

〔双调·雁儿落带得胜令〕秋思

秋风秋月圆，秋色秋光艳，秋吟秋雨篇，秋画秋收卷。

〔带〕秋叶满山川，秋果满车船，秋雁南飞去，秋虫低唱闲。谈天，人有秋江恋；谈禅，我无秋度缘。

〔正宫·塞鸿秋〕登榆林镇北台

榆林塞外关山路，汉家镇北行军处，千年将士魂无数，狼烟烽火朝夕度。民族平等新，共建家园富，和谐齐迈青云步。

〔双调·折桂令〕网络伪娘

网载孙某曾是安徽某县高考状元，毕业于厦门大学，然而他在网上把自己包装成一个女明星，让宜春市的一男子神魂颠倒，半年就给孙某汇款20多万元。

影绰绰靓丽娇娘，惊倒了张郎，倾倒了王郎，迷倒了萧郎。回头笑莺声回荡，百媚生莲步芬芳。多少人朝思暮想，多少人梦上兰床。欲也猖狂，情也猖狂；人也荒唐，事也荒唐。

〔双调·水仙子〕盼

山前山后几寒鸦，山后山前无野花。西风老树白云下，有贫穷百姓家。叹群童守望天涯，早上问村边雾，晚上问天上霞，何时能见到爹妈？

〔中吕·朝天子〕茶

绿茶，紫砂，美誉传天下。僧家茶道胜诗家，壶小乾坤大。茶女如云，云飘如画，画中人采茶。室雅，趣雅，禅茶一味千秋话。

〔双调·折桂令〕游乐亭滦河遗址公园

切莫夸胜过苏杭，那是因人爱家乡。迷人处水阔天长，浩渺烟波，虹桥月槛，叶翠荷香。画舫里游人对唱，亭榭中情侣成双。古渡茫茫，古树苍苍。

百鸟回翔，云影天光。一半幽燕，一半潇湘。

常成儒 生于 1944 年，山西忻县人，高级经济师，山西作协会员，唐踪诗社秘书长，太原市万柏林区诗词学会、晋源民间文化研究会顾问。

创作诗词曲 1000 多首（套），在《当代散曲》《中华散曲》等报刊发表作品 500 多篇（首），与散曲爱好者合辑《拾霓集》，著有《三井人生》（上下）。

〔大石调·青杏子〕走西口（套曲）

挥手泪汪汪，有奈何谁肯离乡？只因老天不眷养。昨宵炕暖，今晨路凉，此去茫茫。

〔归塞北〕临歧路，扔鞋卜方向。鸡毛小店月洒冷，荒烟古道人履霜，夜夜愁肠。

〔初问口〕虎口风紧，龙潭浪狂，穷人命薄似羔羊。贼如刀，官胜狼。天，口内外没两样。

〔怨别离〕起早贪黑怨日长，春秋累，夏冬忙，一个铜板捏出水，都只为家中老小免吃糠。

〔擂鼓体〕低眉顺眼学经商，受得腌臜，耐得肮膙，练就大肚能容量，只盼有日志气扬。

〔催拍子带赚煞〕买田置地起高堂，都只道晋商辉煌。凭谁能信，孤魂吟唱山冈。

〔带〕双亲老眼望穿，新婚妻独守空房。一声吼尽吐胸中闷，感天动地泪沾裳。

贾清贤 生于 1944 年，山西原平人，原平农民散曲社大牛店分社社长、山西诗词学会会员。

〔正宫·塞鸿秋〕焦裕禄

青松立定风难奈，冬梅秋菊英雄爱。好党员吃苦无旁贷，一心把那陈缘改。拳拳公仆情，功载千秋代，只见那和风细雨家家泰。

〔正宫·塞鸿秋〕赞散曲之乡

诗花花曼妙枝头头俏，曲谱谱丽艳山坡坡笑，风悠悠春暖逗心心闹，齐崭崭跨越阳婆婆照。挥洒翰墨情，追梦康庄道，草根文化辉煌造。

郭申龙 生于1944年，山西原平人，山西诗词学会、原平诗词学会、原平新闻学会会员，原平农民散曲社社员。

〔中吕·山坡羊〕原平新歌

春风涂翠，耕歌吟醉，原平处处呈祥瑞。彩云飞，尽朝晖，全民载舞宏图绘，今日胜昔风景美。朝，扬笑眉；夕，扬笑眉。

〔正宫·塞鸿秋〕清明感怀

茫茫雾聚春晨露，纷纷雨浸衣衫袖。清明始感寒依旧，黄昏寂寞容消瘦。晚云已去无，淡月悠然候，塞鸿结伴终相佑。

高中昌 字恒之，笔名方塘，生于1945年，山西清徐人，中华诗词学会、中国楹联学会会员，山西诗词学会副会长，山西虹巢书画院副院长，太原诗词学会、太原楹联协会、清徐文联副主席，清徐诗词楹联协会、书法协会主席。

著有《拾暇集》《拾暇近咏》《高中昌诗文集》《高中昌书法集》等。

〔双调·清江引〕海啸之后（二首）

沧海平空何一啸，一啸悲多少。车轮儿上树梢，楼影儿随波倒，一时间惊魂万里无从找。

十几万生灵空去了，灾难留多少？心潮儿逐浪高，这地儿情偏好，大捐资将心儿暖得地球小。

〔正宫·塞鸿秋〕豫让桥咏叹

问斜阳可曾记得当年地,斩锦袍桥头千古酬恩记。血斑斑悲歌做了英雄祭,空落得寒溪淌尽春秋泪。悲君吞炭痴,更被赤诚累,真个的几人解得忠贞义。

〔中吕·喜春来〕寄并州蜗居（二首）

并州秋雨君何瘦,白发春风诗满楼。灯前一曲韵悠悠,休歇手,月在柳梢头。

窗前俯仰谁开卷,圈点人生归去篇。云儿淡淡月儿圆,风款款,吟向菊篱边。

〔中吕·红绣鞋〕过千岛湖

比西子容颜更俏,看端庄却又招摇,千重岛影各妖娆。空明里,湖山水转。真教俺,一处一魂销,一路儿叩舷歌浩渺。

〔正宫·叨叨令〕观清徐背棍铁棍（二首）

背棍铁棍,清徐地方艺术之一绝,纤纤其棍巧悬于空中,或由一人背之,或由多人抬之,有扮戏者,踩立其上。随笙歌鼓韵,下则蹈之,上则舞之,绚丽多姿,精彩绝伦,故有"空中舞蹈,无言戏剧"之称。今逢佳节,更颂升平,旋成跃鼓摧金,竞相起舞之势,作以记。

脚尖儿点软春风路,肩头儿踮足人间趣,笑容儿写满承平赋,鼓声儿更把神来助。背起来也么哥,抬起来也么哥,空中潇洒正是撩人处。

春光为曲天为幕,长虹随袖云随步,凤冠儿摇得明星妒,彩裙儿飘得飞霞驻。人醉了也么哥,风醉了也么哥,一街风景偏是黎和庶。

〔双调·折桂令〕则天皇帝

霞衣彩袖媚娘，一代君王，万古鹰扬！任云鬓凝霜，金阶扼腕，玉指批章。谁怕了奸邪庙堂，撇开些儿女愁肠。何计周唐，唯问兴亡，笑任雌黄！

〔双调·折桂令〕狄仁杰

怀仁岂在恩荣，古亦留声，今亦传声。有两殿机衡，三番宠辱，千载丹青。持明镜孤忠自警，叹人间庙谟尤轻。莫问功名，心底民生，掌上民生。

王俊成 生于1945年，湖北襄阳人，高级政工师，曾任连指导员、营教导员，湖北邮电技校政工科科长，湖北移动职工培训综合办公室主任。

创作诗词曲1000多首，部分作品入选《当代诗词三百首》《辛卯开岁联唱集》《春韵满神州》《香港诗词》《诗咏五台山》《天鹅之恋》《冰心颂》《邮电劳动管理与改革》。

〔中吕·普天乐〕杏花村

水源清，山林秀，创新领队，开放牵头。杏树花，汾河酒，雨似当年村非旧，外乡人心爽情投。一路品香，三斤不醉，五次重游。

梁志宏 生于1945年，山西太原人，太原文联副主席，太原作协主席，《城市文学》主编，中国作协、中华诗词学会会员，中国诗歌学会理事，山西诗词学会副会长，太原诗词学会会长。

与人合作任编剧的电视连续剧《矿山人家》《红军东征》先后在央视播出，著有《冶炼太阳》《行走的向日葵》《华夏创世神歌》《太阳下的向日葵：一个正统文人的全息档案》《梁志宏文集》等。

〔正宫·小梁州〕重访万家寨

高峡碧库显峥嵘，巨坝恢宏，犹闻会战爆声隆。山开洞，跨谷走长虹。

〔幺〕甘泉喜向龙城送，让飞流再赴云中。绿浪歌，生民颂。饮水思源，时代念殊功。

〔双调·清江引〕引黄入并

谁牵大河潜晋阳，梦里清波漾。河魂哺晋魂，我伴春风唱，浩歌浅吟天地仰。

〔双调·水仙子〕读《引黄入晋图》

南来省会已经年，北去平城战正酣。一撇一捺引黄线，如神人撑地天，如双龙劲舞山川。神禹若回首，当惊新世间，这引黄巨制鸿篇。

马蕴丽 生于1945年，祖籍山西太原，生于甘肃兰州，《中华散曲论坛》首席版主，中国散曲研究会、中华诗词学会、山西诗词学会、普天乐散曲学会会员，山西瀚海散曲书画院成员。

著有《冰梦集》《马蕴丽诗词集》。

〔中吕·普天乐〕致贺普天乐散曲学会成立

写华章，倾心唱，花开曲苑，正沐春光。好句寻，新词酿，教俺情波掀成浪，晋田绽彩喜芬芳。骚人向往，瑶弦频荡，曲韵悠长。

〔南仙吕·醉罗歌〕妇人怨（集曲）

〔醉扶归〕你呀你个风流汉，夜来夜里哪搭玩？浪子通宵不归还，空害俺愁思伴。〔皂罗袍〕歌厅麻将，可别见天；三回两夜，可别见天，如今那货难听劝。〔排歌〕一腔怨，抹泪眼，损人还惹是非缠？

〔南越调·黑麻令〕雪天人

满眸晃银装素装，恣意舞梨裳羽裳。任铅空棉扬絮扬，闭门谋诗行律行。冻成个足僵手僵，不由叹平房冷房。想梦中建个新窝，偏又教勾起愁肠？

〔南大石调·催拍〕春之喜

醉春天花香色香，览山川禾芳草芳。莺歌燕舞，莺歌燕舞，一幅新图，画里歌扬。欣喜情怀，似入天堂。人人爱贪恋韶光，甜蜜蜜，梦香香。

〔南仙吕入双调·字字双〕某人唱歌

起段歌儿特声高，嗷叫。看他状态好风骚，偷笑。惊人动己耳边吵，走调。喊个停停不听告，还早？

〔双调·山丹花〕惜春

东风送暖诗眼开，书情怀，书情怀。谁知弹指落花衰，笔下愁思揣，愁思揣。

〔正宫·双鸳鸯〕盼君来

盼君来，盼不来，勾走魂儿泪两腮。一日难逢心乱揣，三秋隔断怎能挨！

〔越调·凭栏人〕秋思

首首情诗知寄谁？寂寞凄清奢望稀。无言锁黛眉，黯然偷泪垂。

〔仙吕·忆王孙〕无题

天涯何处觅知音？净把情思弦上吟。怎负红尘追梦人？意沉沉，空使琵琶弹到今。

〔双调·风入松〕感赋

世间满眼奈何人，凡事总挠心。红尘无数伤怀事，任折磨苦度晨昏。休笑庸庸碌碌，可知附雅斯文？

〔仙吕·寄生草〕无题

云边月，枕上人。忧思哪有阿谁问？多情怎断红尘梦？伤魂何计消幽恨？知音难觅自风流，诗笺有寄还求甚。

陈福深 笔名野泉，生于1945年，浙江人。

著有《野谷拾韵》。

嶙峋峭壁伴深渊,殿宇共山岩。神工鬼斧焉能建?几柱可擎天。悬,惊梦坠云烟。

敬录解贞玲仙吕游四门悬空寺,丁酉腊月文叶殊院弘音

周天明 又名周相福,以字行,别署周大明、周汉唐、素坡、弘音等,1946年生,山西原平人,中国楹联学会会员,书法作品先后流入日本、韩国、新加坡、澳大利亚、美国、英国、西班牙等10多个国家,入典《中国当代楹联家大词典》。

〔中吕·普天乐〕贺普天乐散曲学会在太原成立

放歌喉，笙箫奏，河东人瑞，三晋文优。庆贺时，高擎酒，泼墨挥毫淋漓就，曲花香直上层楼。骚人激吭，神州振奋，捷报频收。

〔仙吕·游四门〕读《常箴吾散曲集》步韵洪边剑客感赋

痴迷散曲显深情，舞墨奋终生。日新月异渐精劲，年迈更追程。听，后辈颂贤星！

郭翔臣 字子翊，笔名向晨，生于1945年，山西平定人，曾任山西省总工会处长，现任山西省总工会机关关心下一代工作委员会主任，黄河散曲社社委、创联部部长、副社长、顾问，《当代散曲》编委、责任编辑、副主编，《中华散曲论坛》开版版主，中国散曲研究会、中华诗词学会、山西作协会员，山西诗词学会副会长。

发表有关散曲论文及散曲作品300余篇（首），部分作品入选《山西当代散曲选》《陕西当代散曲选》等，著有《子翊诗曲》、《头白思走云深处》、《诗词入门捷径》、《诗词曲格律讲义》（与唐玉良合著）、《诗词曲入门读本》。

〔仙吕·醉中天〕正月初三观祭天

挤站天穹外，龙虎扇旗排。假辫子臣僚，数也数不来，尽得龙头拜！见罢就离开看台，玉皇休怪，奠酒的是锣锅巷那个男孩。

〔南吕·骂玉郎带感皇恩采茶歌〕哀双难

甲申秋，一日晨至义井，亲见一超载卡车将一环卫女工撞死。卡车未停，前行一二里被人追上。开车人目光痴呆，满眼血丝，自称为老板运煤一日两夜，疲乏至极，撞人尚不知觉。环卫女工则是骨折刚两月，夫病子读，带伤上班，不幸又遇车祸而亡。此亲见亲闻之事使我黯然神伤，哀其一死一囚苦命人，作曲记之。

俺们矿主真神气，土老帽儿住京西。煤山压得咱心碎，你发财，车出规，囚牢羁。

〔带〕行走街衢，扫把笤箕，路桥边，环岛外，大河西。把尘灰扫起，寻一户生机，起晨曦，耽弱体，汗透衣。

〔带〕咱一时迷，恁命归西，问原因几夜未曾眯。老板门庭豪掷喜，这消息，惊得我，老娘啼！

〔中吕·粉蝶儿〕悼亲（套曲）

乍是春痕，起龙头忽听噩讯。满地亲，尽放悲音。怨慈严，怎忍甚，却抛亲近。鹤驾西垠，顾容颜，只留神峻。

〔醉春风〕忆国难显其真，叹家据凭膂奋，恍百团阵里勇其神。诚恳，心悯，顾老惜贫，助残济困，爱花恋槿。

〔迎仙客〕硬骨醇，瘦皮筋，养花茂时甘送人。酒添樽，烟拽新，走坐窗前，笑请民工进。

〔尾声〕繁花碑掩文，还听邻里尊。婿顽要再逗翁愠，只除是架下葡萄忆妻哂。

〔南吕·一枝花〕藏山①怀古思今

山青掩翠松，寺古傍幽洞。径斜花润艳，人诉赵燕情。千古久传承，犹唱高风颂，人间奇事听。俱指认，字铁书铜；绝非是，捕风捉影。

〔梁州第七〕屠岸贾，奸悍佞狞；赵盾门，尸横血凝。脉余侥幸残芽梗，游丝喉绕，烛照临风。鱼翻池腥，百姓殃惊。哭幼稚千户嘤嘤，似秋霜败叶浮萍。电闪频暴雨雷霆，幸遇那高古门生，演这出旷世奇盟。舍骨肉怎夺此情？救幼主甘受嗤名。可憎，有情，苍天不负人中圣，日照倒冰鼎。斧锯奈何树顶鹏？朗日晴空。

〔尾声〕流连绝唱向时径，滴水思源潭见清。肇翁雅，乡贤雄，谋与划。共修得气势如虹，古往今来神人敬。

①藏山：位于山西阳泉盂县，乃春秋晋国藏孤救孤故事之发生地。曲家杜肇昆先生曾任盂县县长，带头修缮古迹。

啜希忱 生于1945年，山西清徐人，山西作协、山西诗词学会、太原作协会员，《心声》副主编，清徐诗词楹联协会顾问，罗贯中研究会副会长，《罗学》副主编，清徐政协文史委员会委员，清徐文联原主席，东湖诗社原社长。

著有《晨曦集》《洗尘集》《东湖诗集》等。

〔越调·天净沙〕南海风光

金沙白鹭蓝天，椰林碧岛游船，水美风清浪卷。天涯海岸，诗情涌上笔端。

〔正宫·合欢曲〕谒海瑞墓

椰风前，墓犹圆，故土琼崖恋先贤。一柱南天声自远，好一个清廉刚正海青天。

石履山 生于1945年，山西清徐人，国家三级美术师，曾任清徐县文化服务中心副经理、电影公司总经理、中国一汽清徐服务站站长，中华诗词学会、山西诗词学会、清徐白石散曲社、太原美协会员，清徐文联秘书长，清徐老年书画协会、诗词楹联协会、美协副主席和顾问。

著有《拾花集》《石履山诗文集》《石履山中国画集》《墨宝传神》。

〔越调·小桃红〕晋祠观菊展

重阳霜菊满园开，醉了黄花寨，百态千姿惹人爱。乐乎哉，三魂七魄游天外。流光溢彩，诗情儿难耐，一支小桃红我信口诌来。

〔越调·寨儿令〕故乡恋

油菜花，四野香，情悠悠梦中还故乡。倒转时光，岁月沧桑，又见那小村庄。绿油油一片流芳，胖乎乎数点牛羊。清泉鸣垄上，哥们跃荷塘。翔，光腚入诗行。

〔南吕·干荷叶〕东湖小景

阁楼耸,雨蒙蒙,翠柳娇莺静。荡风儿轻,碧波儿平,鹅鸭戏水意浓浓,画里荷花映。

〔越调·天净沙〕夏荷(四首)

花红叶绿池塘,楼光榭影霓裳,玉立临风俯仰。粉颜轻晃,蛙声相伴清凉。

湖光倒映群芳,鹅鸭戏水如翔,花蕾风摇韵爽。美如莺唱,红潮十里馨香。

玲珑剔透洁妆,珍珠飞蹿流光,惬意随心共赏。晚风浩荡,青白满目斜阳。

秋风碧浪如搓,花枝叶韵婆娑,四野茫茫雾锁。阵风掠过,荷塘骤雨滂沱。

〔越调·小桃红〕春晓

弯弯晓月挂楼尖,影碎亭台榭。花蕾娇嫣似飞箭,舞翩翩,白鸭戏水红莲艳。风筝旋远,水清鱼见,柳笛儿轻拂赋新篇。

〔越调·小桃红〕夏夜

阁楼夜色笼余晖,嫩柳轻轻坠。阵阵香风弄丹桂,泌芳菲,十里蛙声荷涛脆。渔歌媲美,举杯同醉,载月儿晚舟悠悠归。

林 兖 本名林进赐,生于1945年,福建漳浦人,《中国当代散曲》编委,中国散曲研究会、福建诗词学会会员。

著有《漳江边的笛声》《曲径拾英》等。

〔双调·凌波曲〕移舟江上

汾河堤畔落波仙,更惬伊州飘广原,系舟又见鸿飞院。常叨双塔边,有高人妙曲如泉。栽兰成片,修苑蝶翩,引八郡雏凤啭尧天!

梁　耿　笔名山草，生于1945年，山西介休人，曾任钻工、地质队队长、总经济师，山西诗词学会会员，华北地勘作协副秘书长。

著有《春草情》《春雨情》。

〔正宫·叨叨令〕地质人

情深深受累吃苦无埋怨，雨蒙蒙跋山涉水谁人念？美滋滋储量千亿丰功赞，笑哈哈巨龙展翅流咸汗！习惯了也么哥，顺手了也么哥，今儿个依旧加班干。

〔南吕·四块玉〕乡村留守人

少妇郎，城中闯。娇妻留家务农忙，收工悄悄村头望。未见郎，走路慌，心受伤。

〔越调·天净沙〕汾河

神池西岭源头①，奔腾千里川沟，慈母荣河拽走。征程锦绣，山西数我风流！

①神池西岭源头：最新资料显示，汾河发源于山西神池太平庄乡西岭村，最终在万荣县荣河镇庙前村汇入黄河。

〔仙吕·鹊踏枝〕山村秋收

凉飕飕正秋收，乐悠悠上山丘，镰嚓嚓黍躺田头，雄赳赳肩挑过沟，喜洋洋丰收到手，美滋滋光景真牛。

何然然　生于1945年，山西原平人，原平农民散曲社社员。

〔正宫·塞鸿秋〕包饺子

葱花肉馅油盐拌，揪团白面捏成片，包成饺子排排站，沸腾水里团团转。一锅美味餐，成了家常饭，如今的日子人人赞。

〔正宫·塞鸿秋〕怀念周总理

操劳国事秉公办,廉洁吐握乾坤灿,心装百姓关民愿,鞠躬尽瘁丹心献。高风标九天,地动山河奠,垂香化碧千秋赞。

张玉云 生于1945年,山西原平人,山西诗词学会会员、原平农民散曲社副社长兼楼板寨分社社长。

〔中吕·山坡羊〕农民参加清风杯诗赛

云中河畔,诗花灿烂,八乡邻里诗苗绽。地头边,垄墒间,曲风诗韵锄声伴,唱出和谐时代感。歌,曲韵满;书,美画展。

〔中吕·醉高歌带喜春来〕滹沱河

晶莹玉带长流,润泽田畴甚久。滩涂绿化荷花秀,两岸莺啼岸柳。
〔带〕远闻梨果馨香诱,近赏稻田涌浪稠,园蔬绿色品极优。沱面柔,肩负任千秋。

〔中吕·山坡羊〕天涯山

奇峰拔地,悬崖陡壁,天涯扫雪观光丽。旭莲漪,暮岚霓,石鼓声震云天际,水色山光生态绮。观,心旷怡;抒,景境提。

朱天运 生于1945年,山西永济人,曾任运城学院副教授,北京人文大学文学院院长,中国剧协、中华诗词学会、中国楹联学会会员。

著有《中外文学名作导读》《格律诗欣赏与写作》《唐宋词欣赏与写作》《联律通则讲稿》《运城名胜古迹对联选注》。

〔双调·折桂令〕登鹳雀楼(二首)

问山川何故壮蒲州?久慕名诗,今上层楼。惊了四面青山,千畴绿野,九曲黄流。五千年薰弦①悠悠淳似酒,九万里舜日灿灿照当头。古渡优柔,佛寺风流。旧物土醉倒游人，新容光扮靓神州。

①薰弦：即舜帝弹琴歌唱的《南风歌》。歌曰："南风之薰兮，可以解吾民之愠兮；南风之时兮，可以阜吾民之财兮。"

看大河浊浪惊拍，四面青山，千仞楼台。华岳烟迷，雄关雾锁，大野云埋。数兴亡平添叹慨，对山河啸傲襟怀。天上云来，楼外风来；载酒人来，写梦诗来。这雅会谁个召开？这时日谁个安排？

〔双调·折桂令〕惠州西湖

携秋光共上阁台，山水铺排，图画裁裁。清凌凌湖水烟迷，密层层虹桥柳漾，曲折折竹径花埋。叹青冢朝云墓在，问苏轼可否归来？远处云开，近水风徊。任夕阳染遍楼头，信诗情酿醉心怀。

〔双调·清江引〕一池荷花（二首）

好一池荷花谁做主？风来袅袅凌波步，朝来影倒水生香，晚来雨落盘滴露，恨不得搬来湖岸住！

一池荷花娇欲语，欲题诗却被才华误。你是无穷碧①，他是霓裳曲②，满屋诗也搜不得个别样句！

①无穷碧：南宋杨万里《晓出净慈寺送林子方》："毕竟西湖六月中，风光不与四时同。接天莲叶无穷碧，映日荷花别样红。"

②霓裳曲：南宋杨公远《月下看白莲》："十里荷花带月看，花和月色一般般。只应舞彻霓裳曲，宫女三千下广寒。"

〔仙吕·寄生草〕游五台山

云拥菩萨顶，花香百姓家。携背包来去无牵挂，逾古稀皓首人潇洒，持杖藜指点莲台下。莫笑俺尘缘未尽入俗流，自觉得清风一阵随云化！

暗夜青灯冷华庭,灰云蔽月风啸行。路半程,心难静。晦明山一泄流星,近影孤行鬼魅鸣,乱自凭生人自醒。

刘琼曲双调沉醉东风行夜路,丁酉冬月思贤斋主赵秀芳书于晋阳

赵秀芳 1946年生,中国书协会员,作品入编《当代中国书法艺术大成》等。

〔仙吕·寄生草〕游永济薰衣草庄园

　　红日白云里,青山绿水边。晶盈盈紫花妩媚黄莺啭,醉醺醺清香缥缈蝴蝶乱,美滋滋歌声缭绕游人遍。何必愁,乡关薄暮晚霞红;这里有,河桥老柳农家院。

廉宗颜　生于1945年,山西永济人,中华诗词学会会员、山西诗词学会理事、运城诗词学会常务副会长。

　　著有《诗词联基础》等。

〔正宫·塞鸿秋〕初次体检

　　红灯忽闪忽闪地照,铃声吱啦吱啦地报。医床一转心直跳,暗中盘算糟还妙。老来勤检查,有病及时料,大男儿怯场无须要。

〔中吕·山坡羊〕住院心焦

　　汗珠儿掉,火苗儿冒,满腔心事咱知道。日悬高,地烧焦,微疾大旱谁关要?拔去针头和老汉吵:田,谁去浇;秋,谁去保?

张锁金　生于1945年,山西原平人,山西诗词学会会员、原平农民散曲社社员。

〔正宫·叨叨令〕母亲的希望

　　娇儿本是娘身肉,甘霖芳乳情深厚。养儿育女成人后,劬劳苦度她消瘦。护佑也么哥,养育也么哥,家庭兴旺新苗秀。

〔仙吕·一半儿〕家风

　　言传身教信儿真,起舞鸡鸣劳作勤,行善聚德秉性纯。敬乡邻,一半儿亲情一半儿恩。

贾前明 生于 1945 年，山西原平人，原平农民散曲社社员。

〔正宫·塞鸿秋〕忆老干部贾富耀

青年报国从军傲，南征北战狼烟泡，位高权重平民貌，辛勤朴素光鲜照。手拉旧友谈，礼送村民笑，真情不改家乡调。

〔正宫·叨叨令〕过大年

新衣新裤和新帽，红联红对红鞭炮。拜年声里言欢笑，高歌点赞新春到。扭秧歌也么哥，踩高桥也么哥，喇叭唱响爬山调。

刘兆鹏 字孚风，生于 1945 年，江苏沛县人，郑州诗词学会会员。

〔南吕·干荷叶〕武当

南武当，北武当，险峻真相像。道家邦，大发扬，中华文化远流长，南北风雷荡。

〔南吕·干荷叶〕杏花村

杏花村，酒香醇，杜牧千年韵。雨纷纷，伴游人，牧笛风雅奏阳春，兴致无穷尽。

〔南吕·干荷叶〕武则天

则天梦，女皇尊，红粉声称朕。纳言陈，用良臣，改革科举魄超群，伟绩丰功峻。

〔南吕·干荷叶〕于成龙

字北溟，跨朝翁，一世清廉颂。庙宇中，写丹青，兴农薄敛为民生，正气天惊动。

〔南吕·干荷叶〕碛口

黄河浪，浩泱泱，碛口男儿犟。上西疆，下东江，南来北往互通商，一派繁荣象。

韩志清 生于1946年，山西榆社人，中华诗词学会、山西诗词学会、山西作协会员，黄河散曲社副社长，《当代散曲》编委，晋中诗歌协会副会长，榆社诗词学会会长。

主编《诗咏榆州》《太行红嫂颂》《榆州吟风》，执行编辑《古今诗人咏榆社》，著有《浊漳情丝》《浊漳之歌》《沪上行诗草》《浊漳曲花》《浊漳之声》。

〔正宫·醉太平〕痴翁恋曲

月移树丫，影透窗纱。圈圈点点韵难拿，纸飞几沓。叨叨念念华灯下，平平仄仄来回划。终成一朵曲花花，你看差还不差？

〔中吕·普天乐〕普天乐散曲学会成立志贺

暖风吹，心花放，诗人兴会，曲友盟邦。汾水吟，漳河漾，三晋欢歌同声唱，韵悠悠情满三江。清幽蕴藏，诙谐俗雅，妙语传扬。

〔仙吕·一半儿〕刻石镂金赞贵春

捉刀代笔巧耕耘，一寸艰辛一寸金，栩栩传神罕古今。特开心，一半儿传承一半儿瘾。

〔中吕·普天乐〕喜庆十八大

大江吟，天山唱，同歌盛会，共议鸿章。蓝图众手描，国是群贤酿，锐意勾出小康状，看明天国富民强。旗儿高扬，鼓儿铿锵，昂首东方。

〔中吕·塞鸿秋〕贪官悔

悔不该贪上杯中酿，悔不该总恋鸳鸯帐，悔不该上那黄金当，悔不该常梦乌纱样。人生破浪行，不可偏航向，悔不该自把身儿葬！

孙玉芳　生于1946年，山西榆社人，曾任教师，山西诗词学会、晋中诗歌协会会员，杏花女子诗社社员，榆社诗词学会常务理事。

〔正宫·塞鸿秋〕纪念《在延安文艺座谈会上的讲话》发表70周年

延安宝塔红光放，延川河水欢歌唱，枣园窑洞油灯亮，雄文一卷拨航向。花园百卉芬，文苑芳香漾，征途万里皆通畅。

〔正宫·塞鸿秋〕东河公园晨练

文峰塔下东河畔，明湖秀丽粼波璨，青松翠柏排行站，龙桥飞架仪川岸。身姿送月归，裙袖迎风转，朝霞满地歌声漫。

马　凯　生于1946年，祖籍上海，山西兴县人，中共十八届中央政治局委员、国务院原副总理。

著有《改革、参与和思考》《行中吟》《马凯诗词存稿》《心声集》等。

〔中吕·山坡羊〕红日

拨白破夜，吐红化雪，云开雾散春晖泻。熙相接，绿相偕，东来紫气盈川岳，最是光明洒无界。升，也烨烨；落，也烨烨。

〔中吕·山坡羊〕明月

星空银厦，粼波倒塔，小桥倩影谁描画？皓无瑕，素无华，悄悄来去静无价，只把清辉留天下。来，无牵挂；去，无牵挂。

〔中吕·山坡羊〕自在人

胸中有海，眼底无碍，呼吸宇宙通天脉。伴春来，润花开，只为山河添新彩，试问安能常自在？名，也身外；利，也身外。

〔越调·天净沙〕巴中池园农家

春风云路人家，绯桃白李黄花，小院修竹新瓦。荷塘月下，陶公也想听蛙。

孟润生 笔名常青树，生于1946年，新南诗社编辑。有诗词曲等100余首刊登于《心声》。

〔仙吕·游四门〕苦研修

芦箫音美韵飘柔，演奏乐悠悠。吹长吹短勤独奏，尽力苦研究。抠，冬夏与春秋。

〔双调·庆宣和〕回望（二首）

脚步匆匆又一年，回望开颜。为教芦箫共钻研，自勉！互勉！

学教结合乐悠悠，老幼兼收。恐后争先练不休，不苟！不苟！

李文德 笔名晋忻李、愚夫、枫叶如丹等，生于1946年，山西忻州人，自由撰稿人，乡土剧作家，山西剧协理事，中国戏剧文学学会、山西诗词学会、中华诗词学会、中华诗赋家学会会员，《中华散曲论坛》点评导师，原平农民散曲社副社长。

〔仙吕·醉中天〕倏忽人生

优孟衣袂卸，皇上也非爷。洗罢脂粉脱下靴，汗落心头悦。台上悲欢忘也，兴亡飞越，无人再辨龙蛇。

〔双调·沉醉东风〕即事

蛇吞象牛蝇竞血，胆包天硕鼠盈穴。何日休，几时歇？起惊雷骤雨横斜，风暴咆哮堡垒撅，纵万亿繁华去也。

〔双调·水仙子〕自嘲

苦中寻乐度生涯，水里苟活使劲划。偷生管甚冬和夏，消闲尽玩耍，羡什么富贵荣华。嘻嘻过，碌碌狎，茶酒消乏。

〔双调·水仙子〕嘲吹牛

葡萄架上结黄瓜，玉米田中产大麻，芝麻颗粒篮球大。吹牛不怕砸，任开河信口胡狎。张狂尽，任意夸，臭嘴乌鸦。

〔双调·水仙子带折桂令〕愚人品史

痴愚汉偏爱诗书，细品读每想叹吁。帝王将相功名录，民黎皆粪土，似微尘化作虚无。千秋志，信手涂，一页页荒诞连续。

〔带〕一页页荒诞连续，诳语胡言，笔墨烘炉。掩了真情，沽名钓誉，滥抹丹朱。流氓帝巍然皓祖，众黎民血溅沟渠：成也卑污，败也卑污；亡也凄枯，兴也凄枯。

〔中吕·齐天乐带红衫儿〕多年以后

多年刻意逃躲，毕竟情缘剁。阿哥，我，一对呆鹅，顿分离且自修窝。腾挪，各奔东西，暗吞苦果。痛在心头，忍泪长歌。默默活，纷纷挫，咋奈银河？

〔带〕未料冤家过，肚儿差些破。傻姣娥，泪婆娑，两个真茶货；路颠簸，遇邪魔，怕此生难再火。

〔南南吕·七犯玲珑〕人生如戏（集曲）

〔香罗带〕传奇美丑图，美乎，巧乎，千秋古事择样取。〔梧叶儿〕千百万回呼，水火朝朝暮，好心难浸濡。〔水红花〕世人愚，蜉蝣行旅，孽海飘摇腾跃，俊杰胜蹇驴。〔皂罗袍〕江湖里上下漂浮，火山中汗流浃脯。争强急狠，痴顽劣愚，求成竞比，耍刀弄斧。〔桂枝香〕风雪千年过，山河万卷书。〔排歌〕风雷动，绘彩图，风云雷电瞬间无，〔黄莺儿〕离合又当初。

〔正宫·九转货郎儿〕读史感赋（集曲套）

〔一转〕

〔货郎儿〕速溜溜光阴倏忽，莽苍苍新史旧谱，三皇五帝竞驰驱。风云过，皆江湖，侠客英雄齐作古。

〔二转〕

〔货郎儿〕乱纷纷春秋过了，哗啦啦风云劲扫，七雄争霸巨鼎捞。〔中吕·卖花声〕虎豹嬴秦薄幸骄，鱼龙变幻启新朝。风云雷暴，〔货郎儿〕战火纷飞天下焦。

〔三转〕

〔货郎儿〕轰隆隆秦朝覆破，雨潇潇山川遍火。陈吴刘项血成河，楚项败，拽姣娥。〔中吕·斗鹌鹑〕刘汉成王，收获硕果。世事无常，英雄浪裹，〔货郎儿〕万代千秋感叹多。

〔四转〕

〔货郎儿〕威赫赫掌刀使贵，气咻咻功臣狠劈，兔狐死罢狗难栖。〔中吕·山坡羊〕功高人嫉，才高人废，威风韩信皇权毙。恃权威，任胡为，帝王个个威风势，力尽老牛刀下鬼。呸！权势耻。〔货郎儿〕帝后狰狞齐露底。

〔五转〕

〔货郎儿〕光灿灿玉玺都爱，威凛凛争权路窄，争强斗狠占高台。〔中吕·迎仙客〕莽狠求，帝印揣，毒平帝呜呼哀哉。婿横亡，女泪揩，父女伤怀，摔印情难奈。〔中吕·红绣鞋〕遭遇新朝无赖，贼莽任性安排，回环跌宕又重来。新戏演，再登台，〔货郎儿〕好戏连台重又摆。

〔六转〕

〔货郎儿〕速溜溜风云耍弄，水汪汪神州浪涌，纷飞战火乱哄哄。〔叨叨令〕人人都做君王梦，〔中吕·上小楼〕逐臭蛆蝇，嗜血蚊虫，赴火蚁蜂。才罢东风，又起西风，翻锅倒瓮，乱蓬蓬搜穴寻洞。

〔幺〕两汉崩，魏暂横。两晋穿梭，十六国纷纭，乱世哄哄。六朝更，风促云，山摇河纵，〔货郎儿〕暴雨狂风尘世凶。

〔七转〕

〔货郎儿〕哗啦啦杨隋毁撞，响当当李唐唱响，天骄亮相畅风扬，〔双调·殿前欢〕环球盛世东方降。国力昂藏，升平昶日昌。天钟撞，四海欣欣望，

〔货郎儿〕太久升平灾祸莽。

〔八转〕

〔货郎儿〕闹嚷嚷宋元火过，马啸啸清廷上坡。〔双调·快活年〕花翎冠戴怪形多，康乾兴盛勃，乐呵。〔中吕·尧民歌〕东征西伐领土多，兴盛宽绰过。〔叨叨令〕响铜锣么哥，响铜锣么哥，〔倘秀才〕赞多。〔双调·快活年〕斜阳西归起漩涡，舟船轰然破，日落。〔中吕·尧民歌〕浪激船摇雨又濯，沉没江河堕。〔叨叨令〕中疯魔么哥，中疯魔么哥，〔货郎儿〕破旧陈船波下锁。

〔九转〕

〔货郎儿〕乱纷纷流年走竟，恶狠狠皇家变更，成王败寇戏难停。〔脱布衫〕气咻咻夺肉争羹，泪汪汪苦了生灵，大乎乎天朝画饼，夜茫茫民权淘净。〔醉太平〕乾坤似鼎，长夜难明，兴亡更替任人评，官清政宁。民心似水江河性，舟行舟覆谁拿定，操权理政赖民声，〔货郎儿〕教训千年宜记省。

褚杰生 生于1946年，山西临汾人，《中华诗词论坛》执行坛主兼《西部诗声》首席版主。

〔越调·天净沙〕玄中寺（二首）

峰回路转幽岈，玄津红叶松花，古刹琉璃碧瓦。风光如画，秋容白塔飞霞。

韦驮护寺巡查，阿弥陀佛当家，七佛金装说法。藏经书匣，留存净土精华。

弓香然 生于1946年，山西原平人，原平农民散曲社社员。

〔正宫·塞鸿秋〕农家饭

鱼鱼搓细香菇拌，猫儿朵朵番茄蘸，蒸馍花卷家常饭，清汤豆面舒心宴。米汤营养多，果蔬花样变，油盐限量心身健。

〔双调·沉醉东风〕春归

碧水清波展秀,桃红柳绿风柔。紫燕归,黄鹂逗,杜鹃催春展喉。细柳随风舞态悠,牧羊女山歌亮喉。

王树中 生于1946年,山西原平人,子曰诗社、原平农民散曲社社员。

〔正宫·叨叨令〕农村新潮

农夫晨练拍蛇阵,村姑狂舞呈风韵,管弦和乐相帮衬,淋漓酣畅催人奋。痛快也么哥,自信也么哥,舞出时代春风沁。

〔仙吕·忆王孙〕谋诗

被窝睁眼恋诗葩,苦想冥思酿造它。妻醒轻推问想啥?脸红啊,只为憋那几串花。

赵贵午 生于1946年,山西原平人,原平农民散曲社社员。

〔中吕·醉高歌〕自省

七旬恬淡人生,到老方才梦醒。黄金岁月蹉跎竞,回首已然暮景。

〔双调·步步娇〕小景

绿树环垣天映翠,瓜菜匀排缀。猫狗追,惊起溪间彩蝶飞;惠风吹,黄杏倏然坠。

张六金 生于1947年,山西忻州人,《中国当代散曲》编委、忻州诗词学会副会长。

著有《性灵屋吟稿》。

日短风寒岁暮，梅玉清香时度。絮飞诗句，岂但他能赋。新酿开瓮初，娇娥携玉壶，偎红倚翠，欸欸相温顾。忘却气严凝，春风到草庐。鸿儒，蓬窗数卷书；超俗，真堪入画图。

录明代刘良臣散曲，丁酉冬李顺通

李顺通　1947年生，河北沧州人，曾任山西省政府副秘书长、省劳动保障厅厅长、省人大内司委主任，现任山西书协、三晋文化研究会顾问，山西大众书画院常务副院长兼秘书长，山西中华文化促进会常务副主席兼秘书长。

〔双调·折桂令〕为康海诞辰540周年而作（三首）

文坛领袖

好年华远赴京游，金榜题名，独占鳌头。入翰林门，官封修撰，煞是风流。倡复古一时俪俦，聚诸贤七子同谋。挥斥方遒，尽扫靡柔，摒弃台阁，彪炳千秋！

蒙冤谨党

老娘亲驾鹤仙游，扶柩西归，守制丁忧。未几年间，刘瑾事败，奸党齐揪。遭弹劾袍脱帽丢，气疏豪惹下朝仇。抱负空留，壮志难酬，名士蒙冤，遗恨千秋！

里居关中

每天家唤友闲游，拄杖登山，戏水行舟。广蓄优伶，唱和诗酒，梦里春秋。中山狼流传至今，誉神州杂剧风流。乐府推究，谱志传留，整理秦腔，名响千秋！

〔正宫·醉太平〕天坛公园巧遇王小丫

满头的黑发如云，一双眼秋水传神，西装得体步履均匀，近睹了芳姿秀身。想起那开心周末听题问，难得她诙谐幽默等确认。始终是无拘言笑饱含春，好一个主持人自然率真。

〔双调·折桂令〕自嘲

当年塞外读书，梦想将来，一代鸿儒。雨里拼搏，风中战斗，机缘却总是些许全无。到眼下吟诗作赋，每天价者也之乎。挨过晨昏，蜗在寒庐；人笑迂腐，我自知足。

郑欣淼 生于1947年，陕西澄城人，历任陕西省委研究室副主任、主任，陕西省委副秘书长，中共中央政策研究室文化组组长，青海省副省长，国家文物局党组副书记、副局长，文化部副部长兼故宫博物院院长，政协第十一届全国委员会委员、文史和学习委员会副主任,现任中华诗词学会会长,中国紫禁城学会、中国鲁迅研究学会名誉会长。

著有《雪泥集》《陟高集》《郑欣淼诗词稿》等。

〔双调·水仙子〕原平四咏

同川梨花

岑嘉州笔下雪白茫,李供奉窗前月似霜,谢韬元柳絮从天降。莽梨花飘淡香,看原平沟峁春光。前人句难挥去,新鲜词费思量,搜尽枯肠。

楼板寨乡农民散曲社

声声常伴半天霞,句句难离桑与麻,篇篇都是心中话。蹒跚老大妈,也难能辙韵合押。天籁含情趣,阳春带露花,雅俗一家。

天涯山

风吹石窍鼓声重,日照巉岩莲萼雄,四围秀色春风送。水边草木葱,绕花飞来去蝶蜂。介公庙,早晚钟,魂在其中。

炕围画

香花嘉树四时鲜,英烈佳人千古传,庶民心思一长卷。深藏炕灶间,用心看妙笔堪怜。丹青手,阡陌烟,岁月绵绵。

折殿川 又名折电川,生于1947年,山西清徐人,中国传统文化促进会散曲创作室副主任、中国散曲研究会理事、中国散曲创作研究会顾问、《中国当代散曲》创刊主编之一、原《当代散曲》创刊执行主编、黄河散曲社秘书长、《中华散曲论坛》创栏首版版主、中华诗词文化研究所研究员、山西作协会员、广西散曲学会副会长、江西散曲社首席顾问。

共创作散曲600余首,著有《一水斋散曲吟稿》。

〔中吕·十二月带尧民歌〕当代散曲之歌

开曲坛对对双双,一路上急急忙忙;见友人来来往往,共征途气宇昂昂;

望远处乾坤朗朗,曲园里喜气洋洋。

〔带〕盼曲香今日曲真香,想群芳遍地是群芳。高歌一曲贯三江,欲现高峰继元唐。你狂!我狂!华章,华章曲韵长,千里同声唱。

〔中吕·普天乐〕普天乐散曲学会成立致贺

北花柔,南花秀,东原花绽,西岳花收。春夏前,秋冬后,四季香飘冲天透,看神州韵满金瓯。山峰俊了,江河笑了,乐趣悠悠。

〔中吕·十二月带尧民歌〕致师

忆贤师人和面蔼,为祖国培育良才。这一生耕耘讲台,课堂外另有胸怀。诗词曲鱼游大海,二度梅夕照颜开。

〔带〕见师书很想见师来,离校宅今又拜师宅。开拓曲苑树新栽,一片云霞任君裁。书斋,书斋,今生与尔分不开,共写师生爱。

〔中吕·十二月带尧民歌〕回故乡

回故乡云霞蔼蔼,少年影嬉闹乖乖;田野里高粱摆摆,谷场上打打拍拍;放学后羊鞭甩甩,土炕上谜语猜猜。

〔带〕怕头白忽地就头白,思吾宅就快到吾宅。高楼别墅碧窗开,杏树葡萄院中栽。归来,归来,鬓毛早已衰,沾满思乡爱。

〔中吕·醉高歌带摊破喜春来〕中秋愿

心潮梦里千般,往事胸中注满,唯思曲韵多多段,总忆箫声漫管。

〔带〕行空天马无羁绊,今日中秋心更宽。摘一朵水中莲,蘸一笔瑶池翰,画一幅万家欢。同饮茅台春韵馆,愿天涯朋友共凭栏。

〔双调·折桂令〕登高

望天边缕缕烟霞,岭上神仙,岭下人家。细水鸣涧,轻风戏草,含笑黄花。又一程峰回汗洒,再一程云顶衣加。极目天涯,无限风光,一片繁华。

〔黄钟·昼夜乐〕咏荷

碧水清清映画图,心舒,心舒在一望荷湖。嫩绿叶波中静浮,微风摆开轻莲步,展花容味散香途,醉了吾。景胜杭苏,景胜杭苏,似到了瑶池处。

〔幺〕忘乎忘乎了世俗,仙姑?荷姑?荷姑影似现还无。醉梦里携衣袖舞,凉亭笑谈观玉珠,饮香露共谱诗书。但愿那美景如初,美景如初,四季里侬常驻!

〔双调·天香引〕书香

喜人生乐在书房,幼进学堂,老到庭堂。子曰诗云,风骚唐宋,歌舞宫商。本想是退休后天伦醉梦乡,谁知道等来时路远正风狂。案又生光,院又芬芳,满地黄花,一片书香。

〔双调·水仙子〕元宵节赏清徐背棍

步平脚稳定山河,臂舞肩扛唱颂歌。空中仙女飘飘过,其中故事多。千年都是生活,时光远情依旧。知甚么?笑起长波。

〔双调·雁儿落带得胜令〕雁门关

五一小长假,外出游览雁门关。去时走十八弯故道,尽赏雄姿。返程时更感时代新风,高速路上车如飞箭,穿雄关十里山洞而归。

三千米雁遨,十八弯山道。飘飘岭上云,叠叠山峰貌。

〔带〕古韵展风骚,杀气尽全消。飞箭穿山肚,雄关镇鬼妖。峰高,画满人间俏;天骄,千秋固舜尧。

〔双调·拨不断〕沈园感怀

2017年春节后,有幸赴绍兴游沈园,重读墙上陆游予唐婉题词,返并后依陆游《钗头凤》韵感而记之。

晓风柔,泪痕愁,满园春色梅花瘦。雨送黄昏岁月悠,山盟虽在千年后,锦书依旧!

〔双调·天香引〕同窗少年

忆时空半世年华，少小春光，到老红花。不忘初心，常回童梦，苦菜篱笆。涉小路羞开面纱，望前程共走天涯。山也如霞，水也如霞，一路风尘，丽景如霞！

〔中吕·上小楼〕登庐山

2015 年 9 月 14 日，同江西友人共登庐山。山中风景如画，五老峰、含鄱口、仙人洞、三叠泉、白司马花径……处处怡人。游到庐山会议旧址，思绪万千……

云飞雾来，花鲜山黛。山下溪流，山上松鸣，山顶抒怀。昔日才，昨日裁，情抛云外，望山峰影浮彭帅。

边新民　生于 1947 年，山西五台人，曾任太原市通用机械修造厂办公室主任、工会主席等职。

〔南吕·摘调楚江秋〕思

燕南飞，几时归？朝思暮盼梦中回。情系古城难面会，欲留情味在双眉。

〔仙吕·一半儿〕开发有感

奸商点地算盘声，搅乱家家无地耕，高卖低征真不公。借东风，一半儿蒙来一半儿哄。

王银川　生于 1947 年，山西原平人，黄河散曲社社员、原平农民散曲社观上分社社长。

〔正宫·叨叨令〕俺村浇地不收费

俺村浇地不收费，村民喜悦得实惠。满渠肥水浇田地，禾苗万亩吐新翠。快乐也么哥，快乐也么哥，你瞧：李三乐得满眶眶泪。

〔正宫·叨叨令〕大嫂扭秧歌

瞻前顾后紧赶步,左扭右摆深情注。一霎插队难分顾,专心专注少差误。变队形也么哥,变队形也么哥,张家大嫂撒了醋。

〔正宫·塞鸿秋〕大西高铁

纵横高铁通天路,威风雄壮工程布。飞梁巧设朝天柱,迢迢万里飞车渡。原平八景优,路绕山庄户,金轨架在白云处。

〔正宫·叨叨令〕忆母亲

勤劳处世品行贵,养儿育女心甘累。牵肠挂肚心操碎,谆谆教诲心中沸。辛苦也么哥,劳累也么哥,几回回梦里相思思泪。

〔仙吕·一半儿〕玉皇峁采风

玉皇峁上柏林肥,盛景无边草葳蕤,百鸟枝头声脆鹮。景迷离,一半儿雄奇一半儿美。

王文厚 生于1947年,山西原平人,原平农民散曲社副社长兼山水分社社长。

〔双调·山丹花〕赞纪检干部

征途坎坷风雨兼,吟声传,吟声传。凛然铁面法如山,依法惩贪奸,惩贪奸。

〔双调·山丹花〕清风颂

中华大地红日升,祥和呈,祥和呈。江山稳固盛情腾,秉笔吟华龙,吟华龙。

〔中吕·醉高歌带喜春来〕曲咏原平

苍穹玉镜晴空,碧水蓝天峻岭,清溪点绿林荫景,谷啭莺声浪颖。

〔带〕云中胜景游人颂,圣地天涯展迥风,原平新貌映霞红。歌咏声,晋北耀晶星。

王保升 生于1947年，山西诗词学会、原平诗词学会会员，原平农民散曲社社员。

〔中吕·喜春来〕春盼

何因扰乱原生态？恼怒黄天洒雾霾，但求好雨做钦差。斩尘埃，还我碧空来！

〔中吕·迎仙客〕晨练

披彩虹，沐晨风，步行剑飞雷电匆。刺云天，摇太空，长啸冲穹，惊醒山河梦。

刘开元 生于1947年，山西原平人，山西诗词学会会员、原平农民散曲社社员。

〔仙吕·一半儿〕赞诗曲社

诗词曲赋九州扬，草梗芬芳泥土香，散曲奇葩开四乡。著诗章，一半儿耕耘一半儿赏。

〔中吕·喜春来〕迎龙年

转型跨越描新卷，曲曲山歌唱丰年，梅花朵朵映春兰。抬望眼，龙跃遍人间。

赵富槐 生于1947年，山西原平人，原平农民散曲社北三泉分社社长。

〔中吕·喜春来〕知足

祖屋好似容身罩，低保实为救助包，居安食饱就达标。能到老，常乐不攀高。

〔仙吕·一半儿〕锄田

人家看戏我锄田，面向荒苗背向天，田垄草多锄不完。内心烦，一半儿惊晓梦数竿翠竹，报秋声一叶苍梧。迷茫远近山，浅淡高低树，看空悬泼墨新图。百首诗成酒一壶，人在东楼听雨。

明常伦双调沉醉东风，岁次丁酉雪月 晋中刘宪奇锄来一半儿挽。

刘小云 生于1948年，中国金融作协、山西作协、山西女作家协会、山西散文学会会员，山西诗词学会副会长，杏花诗社副社长。

〔正宫·叨叨令〕无名火

叫云姐姐、叫刘老师，我受用，猛不丁有人叫我老太太，让我想到的是步履蹒跚、举步维艰的老奶奶，心中承受不住，生生跟人家发火，没道理，凑个〔叨叨令〕，作一自嘲吧！

一声老太来脾气，顿时翻脸生嫌隙。平常淑雅全然弃，出言不逊浑无忌。不好意思也么哥，不好意思也么哥，实在是俺痴心依旧沉花季。

〔正宫·塞鸿秋〕《促膝夕阳外》成书

我拍的一张两个老太太当街对坐闲话的照片，众诗友纷纷跟帖，诗词曲竟达163首之多，后结集成书。试作一首〔塞鸿秋〕以记之。

一张闲照诗词至，争相曲赋屏前赐。春风拂面芳心恣，温馨场景家人似。宫商雅韵谐，玉律红笺识，迎来今日书成式。

〔正宫·塞鸿秋〕雪地跌跤

素帷犹挂明窗外，红灯串串年味在。翁婆神往心难耐，长街碎步提心迈。扑腾脚一滑，骨碌人无奈，脑瓜儿着地幸好没摔坏！

解贞玲 笔名皖文、清风斋主，生于1948年，山西太原人，中国作协、中华诗词学会、中国散曲研究会、山西书协会员，中国诗书画研究会、中华诗词文化研究所研究员，中国散文学会理事，山西女作家协会副秘书长，山西诗词学会诗词馆副主任，唐明诗社常务副社长，《唐明诗苑》常务副主编，《当代散曲》编委。

创作散曲200余首，著有《解贞玲诗书选萃》《清风斋咏怀》《贞玲文集》

《皖文集》等。

〔仙吕·游四门〕枫

夕阳斜送晚霞中，秋色染芳容。漫山都是人生梦，一片映山红。红，谁道二月浓？

〔中吕·山坡羊〕一世情缘

携手儿与夫同路，并窗儿与书相慕，好端端惹那群芳妒。共寒庐，入画图，临池泼墨真情赋，抹去了芸芸人世苦。诗，新又古；书，龙凤舞。

〔正宫·白鹤子〕葡苑抒情

婆娑荫满架，藤蔓挂珠圆，如此画中天，好一个葡萄苑。
〔幺〕夜光融美酒，流韵自天然。提笔蘸云烟，小曲儿溢满仙人砚。

〔仙吕·醉中天〕春韵

杨柳东风艳，桃李百花鲜。双蝶群蜂舞憩园，羡煞梁间燕。曲径清香扑面，招人眷恋，几场春梦如烟。

〔仙吕·游四门〕黄山迎客松

云边雾里郁葱葱，龙舞伴长风。涛声飞过仙人洞，回首望群峰。松，影在画图中。

〔双调·水仙子〕扇子舞

丝绸龙骨花穗儿飘，扑蝶身轻雅兴儿高。大秧歌队里英姿儿俏，人娇情更娇，兴高采烈更窈窕。柔身任性儿，轻轻地跳，生怕扭伤了舞伴儿腰。

〔仙吕·寄生草〕诗痴

无大智，不为利。痴心儿笔墨耕耘事，着意儿平仄三千字，何谈梦里苍天赐。案头几首曲诗词，招来窗外春风至。

〔双调·沉醉东风〕学曲

绘新画吟诗作赋，学古今有识鸿儒。雅又俗，邯郸步。路迢迢喜看梨园树，快速涂鸦快习书，翻曲谱梨花漫舞。

〔中吕·十二月带尧民歌〕情

人常说情通海天，我心思情是琴弦。每日里油醋酱盐，少不了针线绒编。多少事情连意连，有亲人更在身边。

〔带〕数前缘儿女是前缘，说齐肩风雨也齐肩，道经年不记是何年，新诗篇续写旧诗篇。甜甜，甜甜的清泉碧泉，写满人生恋。

〔双调·风入松〕登长城有感

长城万里可凭栏，铁壁锁雄关。岭儿高望断南飞雁，忘年华笑语登攀。远看龙腾云瀚，长风曲唱关山。

刘宪奇 生于1948年，山西晋中人，历任晋中地委党校党副校长，灵石县委副书记，晋中日报社副总编，太谷县委书记，晋中市委副秘书长、政法委书记，晋中开发区党工委书记，晋中市人大常委会副主任，中国老年书画研究会会员，山西瀚海散曲书画院、晋中老年书画研究会顾问。

〔中吕·普天乐〕国庆假日

鸟声稠，池边柳，依依风起，软软荑柔①。逢国庆，江南走，今日尝尝龙虾肉。好一个上海滩头：青山树隐，红楼水绕，道是深秋。

①荑柔：《诗经·硕人》有"手如柔荑，肤如凝脂"句。

〔中吕·山坡羊〕节日游雁荡

东瓯城外，青峰如黛，村姑软语山珍卖。翠杉栽，绿花苔，雄奇雁荡声名在，霞客妙文无记载。车，龙阵摆；人，潮似海。

〔中吕·朝天子〕游西湖小记

说老,不老,俺身板儿还俏。只拎着一件小箱包,来看江南貌。柳岸莺桥,潭边绿岛,桂华香暗飘。山高,塔高,登上去把钱塘眺。

〔越调·天净沙〕闲居

剔尖豆腐南瓜,弈棋品酒浇花,一帖八分写罢。日光灯下,新闻微信粗茶。

〔越调·天净沙〕美味羊杂

陈皮八角生姜,肚肝杂碎鲜汤,羊血粉条顺畅。胡椒麻烫,芫荽葱末飘香。

〔双调·殿前欢〕棋枰观战感悟

起狼烟,挺兵跃马炮迎前。可横可纵雄车见,务要争先。看中盘气浪旋,我有三尺剑,何惧风云变!须斩关劈险,方享安闲。

〔仙吕·六幺遍〕骆驼广场群雕感赋

骆驼群像,谁模样?晋家子弟,不畏冰霜。俄蒙外壤,南国水乡,我辈寻常街巷。从商,赚些儿银碎养爹娘。

〔中吕·迎仙客〕听琴

更鼓深,梦难寻,梦逐琴声回故林。起登临,高处吟,奏几曲乡音,当作甘醪饮。

〔双调·步步娇〕弈棋

惬意今生无孤寞,最喜橘中乐。费琢磨,聚会七星智如何?烂斤柯,沽酒松根卧。

〔双调·庆宣和〕作书

六尺阁台展寿宣[①],浓墨频添。湖笔勤爱,肘腕空灵指柔绵。人说道点画须妍,行气须连,俺却是:尚浅!尚浅!

[①]寿宣:宣纸有"千年寿纸"之美誉。

〔正宫·小梁州〕看画

丹青彩笔绘江山,峻岭雄关。更钩出飞燕貂蝉,婀娜态,弱柳步姗姗。

〔幺〕鱼虾鸟尽显斑斓,马牛羊散淡悠闲。美图前,自汗颜。千年长卷,只做眼前看。

〔越调·寨儿令〕读诗

颂雅声,咏哦成,中华宝藏千古情。周集诗经,楚有屈平,五柳醉渊明。太白长歌路难行,边寨传来马蹄腾。东坡嗟缺月,致远叹渔灯。听,片片唱人生。

〔南吕·干荷叶〕论酒

浓香酪,酱香酪,最美谁来定?唤亲朋,饮一瓶,杏花汾酒瓮头青,最美她能称。

〔中吕·满庭芳〕赏花

名花万种,吾家圃内,独此香浓。芳心最可常与共,月月①皆红。熙攘攘青枝簇拥,晃悠悠紫蕊朦胧。西风送,花摇影动,满院俱葱茏。

①月月:月季花别称月月红。

〔中吕·叨叨令〕饮茶

逢春龙井香坊肆,暑来只逛花茶市,立秋就拜观音寺,隆冬普洱何须试。自乐也么哥,自乐也么哥,品茗不误挥毫事。

樊积旺 生于1948年,山西泽州人,中华诗词学会会员、山西诗词学会常务理事、唐槐诗社名誉社长、山西省老区建设促进会副会长兼秘书长。

著有《书生吟草》《稼余吟稿》。

〔仙吕·寄生草〕无题

黄金屋,宝马车,不通文墨之乎者。挖煤倒炭长操作,纵横捭阖多奇策。扬扬得意笑书生,循规蹈矩空穷厄。

〔南仙吕·傍妆台〕无题

满天飞,堂皇冠冕竞崔嵬。刚获精英奖,又捧名人杯;时尚金牌榜,常膺大赛魁。全真事,不是吹,有钱做磨鬼来推。

〔双调·庆东原〕无题

红颜损,白发新,每因闲事添愁闷。中东爆频,江南雨霖,台海风云。人道瞎操心,怎奈偏难禁。

〔正宫·叨叨令〕抗洪(二首)

忽沙沙风卷云层厚,轰隆隆电闪雷声骤,哗啦啦雨下天篷漏,浩汤汤水漫江堤透。急煞人也么哥,急煞人也么哥,这三更半夜如何救!

听喇叭紧响人惊觉,看通明灯火连天照,知险情就是冲锋号,都争先恐后无须告。感动人也么哥,感动人也么哥,一宵奋战传捷报。

〔正宫·叨叨令〕感时

玩牌为做发财梦,唱歌为做风流梦,奉公为做当官梦,却从来不做中国梦。感慨人也么哥,感慨人也么哥,坐牢都因错做了人生梦。

〔正宫·塞鸿秋〕暮归

夕阳西下天将暮,酣游竟忘来时路。牧童遥指知何处,烟岚缥缈遮双目。忽闻汽笛鸣,更有灯光助,归途不远欣无误。

〔中吕·红绣鞋〕乡愁

人老乡愁每重,路遥故里难逢。且开微信视频中:门前花影弄,屋后树荫浓,奈何场院空。

〔黄钟·人月圆〕回乡

乡邻指说当时路,旧事岂模糊?弯环陋巷,羊肠小径,低矮茅屋。
〔幺〕而今重返,旧踪难觅,新貌惊殊:青堂瓦舍,通衢大道,花影扶疏。

李彦斌 生于1949年,山西武乡人,山西诗词学会会员、唐明诗社副社长、晋阳工人散曲社副社长。

作品散见于《中华散曲》《当代散曲》《唐明诗苑》等刊物。

〔正宫·塞鸿秋〕坑下班中餐

头灯光柱交叉照,难分郑李王孙赵。遇凉热气青颅冒,嘴唇上下煤尘掉。白牙饭菜香,黑炭红心笑,班中餐拌凉水还哼情调。

〔正宫·塞鸿秋〕常忆儿时母叨叨

出门在外无人料,闲时莫要游孤庙。姣颜小觑非偷笑,遇人就把叔叔叫。年轻相互帮,年老独行唠,孩儿啊你娘吩咐几句常言调。

〔正宫·塞鸿秋〕李勇冒险救女

姑娘不恋人生道,瞬间一闪汾河跳。转头拽妹怀中抱,水深上下波翻哮。双膝跪按胸,对口呼吸到,舍身忘己人人点赞投您票。

〔正宫·塞鸿秋〕义务植树的老矿工

黄忠老将情豪迈,成天待在风尘外。荒山变绿原生态,飞红叠翠层层盖。严寒雪纷飞,酷暑星犹戴,南山北岭花香鸟语人人爱。

〔正宫·塞鸿秋〕赞沙龙的老师们

看他们无私大爱寻春路,慕他们遥思雅正常空肚,瞧他们高新境界风霜步,赞他们勤于奉献斜阳暮。不交润色钱,常获惊人句,惹得那沙龙挚友来关注。

〔正宫·塞鸿秋〕走进新农村

鱼游鸭戏池中鹭,飘香瓜果摇钱树。百花争艳三回顾,风清气爽徐留步。东西水稻黄,两岸高粱粟,何人画美悠闲处。

〔双调·折桂令〕唯有读书乐

醉四时唯有书房,卷卷含情,页页清香。雨送青苍,暑来气爽,寒往坚红蕉分种天涯，换叶移根，灌水壅沙。娇耐秋风，清宜夜雨，艳若春华。翠袖捧银台绛蜡，绿云封玉灶丹霞。富贵人家，妆点湖山，吃喜窗纱。

元乔吉双调折桂令咏红蕉，丁酉冬月樗子

姚二云，笔名樗子，生于1949年，山西稷山人。曾任山西省展览馆副馆长、馆长，九三学社山西省委主席，十一届山西省人大常委会委员，省政协委员，现任九三学社中央书画院学术委员、九三学社山西书画院院长、山西省大众书画院副院长、三晋文化促进会副会长、莫中书院董事长等职。

刚。暮气沉心声震响，蓬勃兴沐浴阳光。春日寻芳，夏日寻凉，秋日寻粮，冬日木落，笑我诗狂。

〔双调·折桂令〕携孙孙看夜景

看夜景五彩灯花，树上银花，楼壁窗花，地下烟花。爷爷潇洒，腰背娇娃。一会儿追人打马，一会儿头顶哈哈，小手手摸住胡茬。停也由她，走也由她，前后由她，没有一样不由她。

〔双调·折桂令〕早当家

羡李家娶进新娘，锣鼓喧天，喜气洋洋。添张铺挤住平房，三顿餐厨师巧匠，下班后缝补衣裳。大事儿财权会掌，小事儿温顺贤良。米面油粮，自虑茶香，父母心疼，小姑兴的俺嫂嫂速把家当。

侯承璧 生于1949年，山西寿阳人。

〔双调·折桂令〕自述

逢盛世俺变福人，寝食无忧，子孝妻温。避寒暑逐燕迁居，玩山水闻香探桂，跨险峰竹杖撩云。爱练武不争冠军，好写诗无意超群。梅园喧宾，诗苑浮云，武场顽童，家里昏君。

〔越调·凭栏人〕香逸湾

穿越幽林杂草丛，花艳湖澄栖鹭惊。轻轻一阵风，软绵情意浓。

〔中吕·喜春来〕常村雪梨花（二首）

蟾宫玉女翩翩降，嫩面佳人缟素装，芭蕾曼舞粉膊扬。花气爽，香溢上湖梁。

雪飘翻滚白云动，彩蝶翩跹舞蜜蜂，梨花影下水清清。花插顶，梦是常村童。

〔中吕·朝天子〕赠李荣辉

曲高,字娇,项项您皆妙。寿川诗苑闹春潮,您在花更俏。撰史挥毫,推敲编导,旰宵尽倦劳。俊豪,撰描,有个川夫①您可曾知道?

①川夫:即李荣辉。

〔越调·寨儿令〕镜泊湖赏樱

碧水潭,丽樱园,日出雾疏风景鲜。绿水橙船,跃鲤飞鸳,蕊馥满河川。彩廊栈道回旋,樱花似海如烟。清心携妙月,漫步舞花间。旋,游客变蝶仙。

吴玉莲　生于1949年,山西榆社人,中华诗词学会、山西诗词学会、中国女摄影家协会会员,黄河散曲社、杏花女子诗社、唐槐诗社社员。

〔中吕·山坡羊〕赞抗洪战士

惊雷吼叫,江河咆哮,神州几处遭洪涝。雨潇潇,水滔滔,军营吹起冲锋号,迷彩敢将风浪捣。民,有救了;家,保住了。

〔中吕·山坡羊〕早春

阳光明媚,青山浮翠,和风暖暖人陶醉。柳开眉,草盈扉,谁家早树莺声脆?天上纸鸢相媲美。童,嬉戏追;翁,乘兴归。

〔中吕·普天乐〕普天乐散曲学会成立致贺

暖风柔,春光媚,龙腾盛世,情荡心扉。吟曲欢,敲诗醉,琅琅琴音声声脆,望普天乐彩霞飞。琼章荟萃,蓝图点缀,岁月生辉。

〔正宫·塞鸿秋〕赞中国女排

国歌震耳乾坤漫,青春少女娇容灿。英姿飒爽顽强战,盈盈汗水多年伴。更夸铁榔头,沉着加老练,风骚独领五连冠!

〔越调·寨儿令〕农家乐

谷穗儿黄,玉米儿长,门前枣新吐芳。男盖楼房,女亮时装,好一个致富山乡。圪梁梁核桃树成行，山洼洼苹果林喷香。田园盈锦绣，秋色入诗章。锵，梆子戏调儿激昂！

〔双调·折桂令〕打工仔

为养家走出山庄，晨伴星光，夜伴灯光，工地奔忙。每逢佳节，总想爹娘。加班干头昏脑涨，紧操劳汗透衣裳。起了楼房，卷了行囊，穿上新装，又走他乡。

〔双调·水仙子〕平遥

古城雄伟厚砖墙，窄巷深幽片瓦房，耳边隐隐驼铃荡。瞻诚信晋商，闻名四海三江。县衙升帐，梆子绕梁，牛肉飘香。

〔双调·水仙子〕秋韵

秋风秋雨笼城乡，黄叶黄花斗冷霜，枝头鸟雀停歌唱。碧荷朽寒塘，唯柳树依旧垂芳。夜灯下，笔头忙，小曲飞扬。

〔双调·沉醉东风〕晨练

起五更撩开素纱，练三伏漫抹朝霞。挥拳若水柔，舞剑如云咤，身轻似十八娇娃。雨雪风霜难阻咱，两鬓白青春焕发。

〔中吕·普天乐〕摄影

相机携，风光照，江南寻访，北国逍遥。苏堤杨柳娇，双塔牡丹俏。峻岭群山花多少？采灵秀画卷妖娆。心逐浪潮，情牵古道，梦寄渔樵。

王拴喜 笔名一夫，生于1949年，山西和顺人，中国散曲研究会、中华诗词学会、中国老年书画研究会会员，晋中三晋文化研究会、普天乐散曲学会副会长，紫云诗社顾问，山西瀚海散曲书画院副院长。

著有《篱边学吟》。

〔中吕·普天乐〕贺普天乐散曲学会成立（二首）

举龙头，邀曲友，邬城绿苑，再划新筹。弦任揉，槌凭奏，大吕黄钟都来秀，普天乐韵绕并州。黄河携酒，龙城出手，夺定神州！

春正明，柳刚破，那多景致，依旧张罗。雅俗和，普天乐，俺是个六个月的孩儿才学坐，心儿里想些个老蔓新荷。有名家尊者，阿哥师座，哪敢啰唆。

〔双调·骤雨打新荷〕游白洋淀

兴客西来，驾篷舟荡过，千顷烟波。绿蒹排巷，弄水映婆娑。柳下芙蓉玉掌，更雄鹳斗蓑长歌。掷宝鉴①，成全百态，悔彻嫦娥。

〔幺〕时听箫吹鹤唱，但激沉婉挫，曾引思多。迩来清淡，疏解少张罗。意在江南塞北，任足下莽山横河。君不见，西去斜阳恁好，霞染云着。

①掷宝鉴：传说白洋淀为嫦娥仙子怒掷宝镜而成。

〔中吕·醉高歌带朱履曲〕年夜喜降大雪

元筵饮罢云歇，鹤羽飘来梦解。长刀剪絮缤纷谢，片片如席盖野。

〔带〕不是白哥狂写①，分明玉妹拿捏，知时知分释肠节。料红梅欣切切，盼春草润些些，教人儿心儿欢快也。

①不是白哥狂写：李白有"燕山雪花大如席，片片吹落轩辕台"句。

〔越调·绛桃春〕桃花并序（四首）

世之于梅、菊、荷、牡丹者，歌之亦众，赞之亦繁矣，而于桃花则诗词曲赋众家用多而品评不一。今余登山观桃花盛开，当春怒放，漫山遍野，浩浩荡荡。诱人之众逾百千，香影弥散遍四野。游人为之赞叹，文客为之伏吟。其势足以令名香贵色重思另视，因引曲以歌。

菊悔

悔曾归去怨清秋，反教黄花瘦。不见深山武陵后，遍坡沟，春枝尽染胭脂秀。松兄作和，柳郎陪就，此处正风流。

荷妒

金轮难顶罩青袍，怎比春光俏。只怕周文惹人笑，满山瞧，铺红天下凭君告。莺啼燕舞，蜂忙蝶绕，今日数她娇。

梅羡

只说风骨傲悬崖，谁领冰霜耐。映脸红霞天偏爱，盖川栽，春临万木唯君帅。引发俊采，和融气概，索性儿一齐开。

牡丹悟

可怜富贵第一香，几日雍容样。却看娇柔且豪放，响山冈，瑶琴鼓板争相唱。花果共享，身名堪仗，久远是平常。

〔越调·天净沙〕纪念抗战胜利70周年谒左权陵（三首）

太行千里金戈，清漳百尺横波，华北周天怒火。将军平略，收拾指下山河！

春秋卷里雄兵，家国马上平生，星落云凄月冷。将军遗梦，旗红可慰碑青！

海空蛟潜鹰飞，铁军声吼山摧，且笑东倭闹鬼。将军安睡，岛丘待我捎回！

常保玉 生于1949年，山西榆社人，中国民间文艺家协会、中华诗词学会、山西诗词学会、晋中诗歌协会、晋中作协会员，榆社诗词学会副秘书长，榆社作协理事。

著有《太行魂》《心愿》《心声》《心音》。

〔中吕·山坡羊〕故乡山水怡情（六首）

凤凰山、泉水河①

无邪放纵，活泼爱动，凤头岭上藏猫②洞。发山洪，浪峰冲，隆冬忍冻捞鱼弄，亲系故乡回拜家。山，情味浓；河，留梦中。

①凤凰山、泉水河：位于山西榆社南河村北。

②藏猫：为儿童藏猫猫游戏，童年留趣。

八赋岭、浊漳河①

课堂听授,出操踏露,劲松峻岭书声透。戏激流,放歌喉,赵王历史幽悠秀,出校分别心颤抖。山,思念稠;河,缠绕揪。

①八赋岭、浊漳河:分别位于山西榆社社城中学校的西和东,西有八赋岭,东有浊漳河。八赋岭是后赵皇帝石勒的出生地,有系列古迹和传说。

巽山、仪川河①

柳娇草旺,香花映浪,园林起舞歌声亮。塔沧桑,挂朝阳,建居美景心怡旷,水绕山环萦梦想。山,披秀装;河,穿市泱。

①巽山、仪川河:巽山在山西榆社城东,仪川河穿城而过。巽山上有古老的文峰塔,仪川河附近有文峰园、仪川公园,四季有市民休闲娱乐。

海金山、云簇湖①

湖光灿灿,土林列岸,鹳飞鱼跃钓钩探。起风帆,赛江南,金山锁坝拦银汉,恋景情怡人忘返。山,云雾缠;河,三绕弯。

①海金山、云簇湖:位于山西榆社,海金山锁云簇河聚云簇湖,景色独特,兼太行雄姿和江南水乡景,有"太行明珠"之美誉。

雾云山①、云簇河

险峰雄峻,岚烟泡浸,绿茵桃杏苍松劲。秀山青,水温馨,燕鹰起落逐潮汛,游客如织添绣锦。山,腾雾云;河,波闪粼。

①雾云山:位于山西榆社云簇湖畔,呈原始自然生态,植被奇特,河溪缠绕,是天然氧吧。

箕神岭、南屯河①

箕山神庙,云遮雾罩,柏青松翠花繁茂。古村娇,领风骚,小桥流水姑娘俏,传统非遗多技巧。山,标纣朝;河,溯舜尧。

①箕神岭、南屯河:箕神岭位于山西榆社讲堂村西,岭上有殷商太师箕子庙;南屯河位于箕神岭下。

〔正宫·鹦鹉曲〕看央视诗词擂台赛

中华古典心中住,唐宋元朝韵之父。传承今后愈芳香,盛世泽润诗雨。

〔幺〕擂台翘楚百人团,竞速对答来去。掌声激情赞奇才,万紫千红花锦处。

〔中吕·十二月带尧民歌〕榆社诗潮

漳源故乡,诗韵花香。山西获奖,大县荣光。中华表扬,入殿辉煌。

〔带〕耕耘一路绽芬芳,激越燃情赞歌长。出书上报慨而慷,卧虎藏龙写沧桑。痴狂,翻江倒海洋,雅绪真高涨。

〔正宫·塞鸿秋〕赠儿子

勤诚厚善心灵秀,中南大学文凭授,机车制造留成就,夫妻携手和谐奏。买新楼扩亮,娇笑孙①真逗,人生锦上添花绣。

①娇笑孙:孙女幼名笑笑。

申戊科 生于1949年,山西原平人,黄河散曲社社员、原平农民散曲社前池分社社长。

〔仙吕·一半儿〕农民写曲

一身泥土汗一身,几代艰辛几代耕,田籁之歌咱自耘。种诗情,一半儿施肥一半儿勤。

〔双调·步步娇〕贺王银川作品出版

关注民生诗门叩,文采天然厚。曲海游,勤奋耕耘不须愁;写人生,弹筝歌华胄。

〔中吕·喜春来〕诗友欢聚

农民偏把诗词爱,你有工夫我有才,诗朋曲友上歌台。情似海,共唱喜春来。

万千年志守东陲，表里容颜，龙虎天威。秉巨橼谁写芳菲，将军巍峙，高鸟盘飞。隐明珠天公应悔，见雄姿帝女争随。风也迟吹，云也羞回，月也频窥。

双调折桂令龙岩大峡谷，丁酉冬月王拴喜书

〔仙吕·一半儿〕搭礼

礼金逐日往高飞，朋友如今也兑水。礼尚往来论是非？有轮回，一半儿南辕一半儿北。

〔正宫·塞鸿秋〕农民诗曲逢春

能人赞助诗台砌，诗朋曲友八方会。黄河曲社春风沛，吹得咱田间埂上诗花沸。诗苗垄垄堆，曲韵泥馨气，喜逢春雨心儿醉。

张胜利 生于1949年，山西原平人，山西诗词学会会员、原平农民散曲社社员。

〔中吕·山坡羊〕纪检颂

纠风查乱，神州称赞，忠心无愧长城建。反贪官，运筹宽，拥权自律孚民愿，无畏无私当库管。国，财政满；民，心意满。

〔中吕·山坡羊〕石鼓寺

高峰云际，苍山拔地，碧潭映现天涯意。翠亭怡，望云溪，瑞台观景游人醉，曜照沱河莲戏鱼。朝，人自迷；夕，人自迷。

〔仙吕·一半儿〕无题

事无大小有艰难，件件桩桩难办全，无愧无私心地安。待成全，一半儿心寒一半儿暖。

贾金田 生于1949年，山西原平人，山西诗词学会会员、原平农民散曲社社员。

〔越调·天净沙〕赞散曲园地

布衣散曲奇葩，田中绽放诗花，岂管秋冬盛夏。耕耘庄稼，用心浇灌新芽。

〔仙吕·一半儿〕品西瓜

高中毕业返回家,科技兴农学种瓜,品种优良甜又沙。敬爹妈,一半儿尝鲜一半儿夸。

贾润高 生于1949年,山西原平人,原平农民散曲社社员。

〔仙吕·一半儿〕慈母恩

人间难找母恩情,白日辛劳熬夜缝,奉献挂牵无怨声。为安生,一半儿持家一半儿耕。

张全堂 生于1949年,山西原平人,山西诗词学会会员、原平农民散曲社社员。

〔中吕·朝天子〕红线

恶蝇,臭虫,入夏都来劲,你吸我咬比谁凶。有朝一日蛛网碰,昔日称王,今朝丢命,逍遥梦不成。骂名,罪名,红线莫来碰。

〔双调·折桂令〕田园劳作图

休管他世事繁杂,咱只爱点豆安瓜。早迎来晨露飞霞,晚送走燕雀归家。一身尘汗,两袖泥巴。白日里牵牛拽马,睡梦中曲海乘筏,不惧那暴雨狂沙。淡饭粗茶,书画犁耙,耕韵传家。

陈井芳 生于1949年,山西榆社人,中华诗词学会、山西诗词学会会员,榆社诗词学会副秘书长。

〔正宫·塞鸿秋〕贺榆社诗词学会成立5周年

春风又绿漳河畔,千红万紫百花绽,结盟六载芬芳艳,诗书卷卷纷呈现。骚人奏凯歌,乐律声声漫,诗词学会同心建。

〔正宫·塞鸿秋〕游北岳恒山

恒山山远望苍苍茫茫现，层林林翠染葱油油艳，悬崖崖古刹洞天天见，风情情典雅清幽幽面。八方客动心，四海游人恋，美滋滋玉照终身身赞。

张福有 笔名养根斋，生于 1950 年，祖籍辽宁东港，生于吉林集安，曾任吉林省委宣传部副部长、吉林省政协常委等职，中华诗词学会顾问、副会长，中国楹联学会顾问，中国作协、中国书协会员，吉林长白山文化研究会、吉林诗词学会会长，长白山诗社副社长，《长白山诗词》主编，中国摄影家协会理事，吉林摄影家协会终身荣誉主席，吉林省文史研究馆馆员。

〔双调·大德歌〕姚奠中先生百岁寿诞

问谁同，六书通，博学用世功。风猛难吹动，青山不老翁。百年华诞齐称颂，德艺耸高峰。

〔双调·大德歌〕中国吕梁首届当代散曲创作学术论坛志贺

百花香，曲坛芳，群英会吕梁。书面新开创，前程放眼量。孝文碑老应无恙，大韵耀神邦。

魏淑菊 号九峰山里人，生于 1950 年，山西芮城人，中华诗词学会、山西诗词学会、太原诗词学会、太原老年书画研究会会员，九峰山书画院理事，新南诗社副社长，三立书画院副院长。

〔黄钟·人月圆〕谢折老师赠书

经天伏案苦耕种，云骞思绪，翠围珠绕，妙韵众人崇。

〔幺〕欣然相赠，圆了奴家梦，一缕春风。如得至宝，三更嚼品，好一个曲海蛟龙。

〔中吕·卖花声〕蜗居里的温馨

蜗居虽小神仙境，幸喜菊花福报中，往来墨友与文朋。白云堆梦，彩霞涂梦，谁让咱喜诗书相伴与共。

〔中吕·游四门〕诗友采风汾河边

激情有约踏汾东，天好暖融融。高歌吟诵涤心韵，任性乐其中。荣，仰慕颂陶公。

〔仙吕·后庭花〕望春

青藤爬北墙，墙南菜花狂。笑看风搓柳，瞧秋千正荡扬。小儿郎，喜兴儿高上，倩男靓女燕一双。

〔越调·小桃红〕惜福

风雨半生难不停，逆水推舟命，幸喜老结翰墨情。赋心声，骚人墨客赏幽径。花丛月影，翠柳莺鸣，才女伴诗翁。

〔双调·沉醉东风〕美在重阳

九月天秋菊傲霜，俏夕阳赛过仙芳。枫叶红，野花香。美滋滋，心花怒放。翠伞儿高扬点点亮，招招手重阳共赏。

〔双调·庆宣和〕晨曦颂

晨练坚持福祉高，舞剑长跑，地书挥潇乐陶陶。醉了，醉了。

〔双调·天香引〕致友人

看当今国富民强，东海帆扬，南岭松苍，柏翠红梅香。蓦回首，相逢在异乡，敞心扉，互拥共天长。君赐荷香，我赠福康，友谊无疆，乐享夕阳。

〔双调·十棒鼓〕春风得意人不老

杂念全抛最好，东君先到。顺天人应，快乐逍遥。顽童欢笑，欢笑春来到。新莺百啭，谁帮咱运送诗材料。蜂追蝶去，蝶去花红了。春风得意，揣的青春难变老，老也风骚。

韩海莲 生于1950年,山西太原人,中华诗词学会、山西作协会员,山西诗词学会副会长,《难老泉声》副主编。

著有《海梦集》。

〔双调·折桂令〕再忆庐山首届中华女子诗词研讨会

秋深紫桂庐山,游客如云。霜叶如丹,崖上奇松,山溪唱响,半岭云岚。才女吟坛喜聚,花山犹是诗坛。执手凭栏,诗兴如泉,情满江山。

〔仙吕·一半儿〕游子情（三首）

槐花飘散唤飞鸿,游子思乡清泪蒙,多少往事心上冲。醉东风,一半儿辛酸一半儿哽。

望穿秋水野茫茫,思念亲人天一方,冷月凄清人断肠。哭爹娘,一半儿号啕一半儿想。

如今婚嫁礼财多,生子哪如生女和,借债买房漫蹉跎。日难过,一半儿焦心一半儿火。

〔双调·折桂令〕童年趣事

热天正午悠长,老少乘凉,娘总繁忙。黑狗汪汪,黄鸡咕咕,燥热难当。快溜上房顶摘枣,小树枝扯破花裳。费力攀墙,大枣甜香,装满衣囊。

〔双调·庆宣和〕青岛看海

大海茫茫月色新,潮送欢欣,爱侣缠绵语亲亲。热吻,热吻。

邢　晨 字启耕,笔名行尘,号半坡痴翁,生于1950年,山西原平人,中国散曲研究会、中华诗词学会、山西诗词学会会员,中华散曲工委委员,《中国当代散曲》编委,黄河散曲社副社长,原平农民散曲社社长。

〔仙吕·一半儿〕致王文奎老师

先生拽我弄诗弦,恰是甘霖润旱田,我是陀螺君是鞭。靠师牵,一半儿批评一半儿勉。

〔双调·蟾宫曲〕农趣

四十年庄户营生,谷雨种瓜,白露撒葱。春雨秋风,霜临两鬓,傻气犹存。空闲时邀几个咬文嚼字酸先生,净是些爱写爱画醋半瓶。海侃舒心,古韵今声,点水描山,其乐无穷。

〔中吕·山坡羊〕曲苑开版10周年致贺

蓝天如帜,红霞如袂,轻鸿野鹤风云会。念皇羲,九州绥,曲坛十载甘霖沛,老凤新雏齐唱美。山,要唱给;水,也唱给。

〔仙吕·一半儿〕贺袁家庄诗曲分社成立

山庄新调韵悠然,岭作琴台水作弦,田籁乡音涌碧泉。笑声甜,一半儿诗情一半儿缘。

〔仙吕·忆王孙〕甲午闰九月九再往玉皇峁登高

前时九九上高台,花自鹅黄云自白。今润重阳咱又来,我的乖!霜叶呈花依次开。

〔双调·殿前欢〕元宵话月圆

月婆娑,圆时短暂去时多。光阴几度花开落?休叹蹉跎。淡生涯苦张罗,问名利谁参破?到头似驴拉磨。歌中岁月,岁月如歌。

〔双调·大德歌〕采莲

晨风柔,碧溪流。紫气轻笼堤上柳,玉露沾红袖。瞧那些荷叶舟,仙娥飘逸羽衣透,歌声儿又唱水中藕。

〔仙吕·忆王孙〕松柏吟

挺拔松柏意凌然,枝叶参天情淡然,傲骨迎风随自然。更坦然,持守尊严心泰然。

〔黄钟·出队子〕春酒

流霞春酿，醺醺白堕香，满池曲糵醉鸳鸯。枝上红桃噙玉浆，雪底青泥藏杜康。

〔黄钟·人月圆〕情寄元宵

年年不老元宵月，教望断天涯。离人万里，柔肠百转，思绪如麻。
〔幺〕碧辉弄影，酒香醉客，灯火千家。凭栏遥看，门前残雪，山外流霞。

李治旺 生于1950年，山西原平人，原平农民散曲社顾问、黄河散曲社社员。

〔正宫·塞鸿秋〕今日之原平（二首）

路边边瘦女淡妆妆俏，嫩芽芽织辫迎春春耀，闲鸟儿鸣柳甜声声叫，行人儿赏景舒心心笑。洁城花草香，沃野风光茂。今日的原平啊，那是大姑娘坐上花花轿。

满江江春水朝阳阳啸，草根根文化圪梁梁冒，诗花花含露蓝天天耀，曲芽芽出剑万民民笑。你吟反腐歌，他唱和谐调。诗曲之乡啊，耳边边净亮着励志的冲锋号。

〔中吕·山坡羊〕垂钓翁

青山山卧，白云云过，岸边垂钓几翁坐。手没搓，脚没挪，眼珠欲把水穿破，突现霞光银面抹。眸，休去躲；情，已忘我。

〔仙吕·忆王孙〕梨乡采风（二首）

一群诗友笑颜开，十里花香扑面来，千树银花展素采。步儿抬，未入梨园已醉怀。

堕秋声，堕秋声叶落萧庭，暮阳斜照秋桐影，秋在闲亭。孤云秋雁鸣，江岸横秋梗，林壑荒秋磴。秋情似我，我似秋情。

李娴娴双调殿前欢秋吟，敬之书

何桂森　字敬之，1950年生，河北武强人，太原书协副主席、顾问。

诗兄踏步兴文采，诗妹感怀妙笔裁，修女玉洁列队排。景儿乖，仙境风光谁撞开。

〔正宫·塞鸿秋〕山村美景

半坡新舍人人慕，一山栽满层层树。清潭影映云天幕，山歌袅袅飘岚雾。村姑曼舞殊，个个春风步，踏歌迈向小康路。

李千里　生于1950年，山西原平人，原平农民散曲社社员。

〔正宫·塞鸿秋〕好光景

一堆堆玉米盈新院，一坡坡果树花娇艳，一沓沓钞票拳中攥，一张张笑脸阳光灿。耕畴免赋欢，养老遂心愿，美滋滋光景咱初见。

王玉莲　生于1950年，山西诗词学会、原平诗词学会、中国老年书画家协会、忻州书画研究会会员，原平农民散曲社社员。

〔正宫·叨叨令〕原平放歌

祥和瑰丽原平媚，马年创卫称霓瑞，欢歌笑语人儿醉，加鞭快马明珠缀。情沸也么哥，品味也么哥，原平处处芳草翠。

〔仙吕·四季花〕悠悠人生路（二首）

人生能有几春秋，心坦不言愁。春江秋月身边溜，努力去追求。岁悠悠，风光一路笑声稠。

拿支彩笔绘春秋，坎坷路难走。狂风暴雨抛身后，雨过彩虹留。善悠悠，慈悲豁达内心柔。

〔大石调·念奴娇〕观壶口瀑布

黄河骤窄，浪浊秦晋隘。眼观河外，断壁垂直峰浪拽。野马脱笼快，纵贯全省,汹涌气概,此处中华脉。景观壮哉,母亲河汇天籁。

任进才 生于1950年,山西原平人,原平农民散曲社社员。

〔正宫·塞鸿秋〕贺农民散曲社八届年会

蓝天碧水白云淡,山前林畔群英现。诗朋曲友重相见,山歌齐唱伊州遍。心声随燕飞,意志从无倦,承前启后兴文苑。

张柱柱 生于1950年,山西原平人,原平农民散曲社社员。

〔仙吕·忆王孙〕打核桃

夕阳照妹打核桃,边打边哼红纳袄,树下翁姑诗韵聊。鸟吵吵,恰似和卿同探讨。

〔仙吕·一半儿〕题图

新婚刚过六七天,郎要打工去闹钱,妹送阿哥国道边。手相牵,一半儿依依一半儿酸。

郑田红 笔名竹梢,生于1950年,山西原平人,原平农民散曲社薛孤分社副社长。

〔中吕·山坡羊〕歌盛世

风清气正,普天共庆,蓝图绘定中国梦。惠三农,势恢宏,催人奋进扶贫令,共赴小康一路行。行,众志城;拧,一股绳。

〔仙吕·一半儿〕赞才女

田园文化好颠狂,赛曲微博齐赞扬,雅慧梅兰同样忙。大旗扛,一半儿红装一半儿闯。

郑怀田　生于1950年，山西原平人，原平农民散曲社社员。

〔正宫·塞鸿秋〕无题

梦中见母心儿碎，白天劳动阳坡坠，夜间缝补黎明睡，睡前不忘遮儿被。心灵裁嫁衣，手巧人贤惠，养儿育女心甘累。

王有仁　生于1950年，山西原平人，原平农民散曲社社员、原平诗词学会会员。

〔双调·殿前欢〕社长亲临指导

喜盈门，迎来社长到咱村。手拉手儿话难尽，曲友相亲。传经讲妙音，送宝谈诗韵，合力出精品。耕耘努力，努力耕耘。

〔双调·大德歌〕腊八粥

腊八粥，古来留，香甜味道优。入口延年寿，白头岁月悠。闲来再把诗章奏，懒问几春秋。

〔商调·梧叶儿〕赠张汉贤老师

贴吧遇，园地交，诗曲总相邀。雄心壮，志气豪，兴头高，将曲儿同心探讨。

翟存爱　笔名晋阳梅仙、傲雪玫瑰，生于1951年，山西寿阳人，中华诗词学会、山西诗词学会会员，寿阳诗词学会副秘书长，兴安诗社秘书长。

作品散见于《中华女子散曲》《中华女子诗词》《中国当代散曲》《寿川诗苑》等刊物，著有《玫瑰诗集》。

〔中吕·山坡羊〕滨河初夏

城西河畔，疏林莺啭，鲜花绽放群蜂恋。果含羞，蝶翩跹，丁香淡雅清香漫，柳曳柔丝双燕剪。鱼，戏浪穿；蛙，歌唱欢。

〔中吕·喜春来带普天乐〕赏桃觅韵

呢喃紫燕知春到,又见黄莺歌树梢,桃花粉艳淡香飘。相扑鸟,嬉戏唱喧嚣。

〔带〕杏含羞,枝头闹,千娇百媚,格外妖娆。嫩柳柔,清风钓,耳畔常闻游人笑,这方山遍野松涛。多处阁楼,琼台耸庙,觅韵好逍遥!

〔双调·沽美酒带太平令〕神蝠秀美

桃花秀粉容,遍野绿葱茏,古邑方山美画萌。莺歌绕岭,好似人间仙境。

〔带〕更待见万枝红杏,是仙子袅娜娉婷。展媚靥与桃相映,勾墨客人头涌动。唤朋,陡登;览景,觅佳韵写诗词颂。

〔南越调·黑麻令〕全凭师帮友帮

咱虽喜书香墨香,又爱写云章锦章。叹毫端词僵句僵,乱糟糟频惹烦忧。梦魂中牵肠绕肠,幸亏那师帮友帮。落笺上诗芳曲芳,耳畔听字字铿锵,添岁月一抹春光。

〔双调·折桂令〕野菊花

百花残树叶凋殇,绿色稀疏,野菊芬芳。笑沐寒风,盈枝独秀,献瑞呈祥。枝矫健英姿飒爽,花姣好蕊瓣金黄。朵朵清香,香了深秋,美了山乡。

〔双调·折桂令〕自嘲

少心机坦率无忧,常记恩情,忘掉闲愁。安适怡然,童心永驻,万事能兜。累也心平醉酒,苦能胸旷悠悠。喜好胡诌,梦也诗勾。快乐常收,烦恼都丢!

〔双调·水仙子〕咏四君子

梅

暗香缕缕顺风来,冷艳柔柔傲雪开,娇容粉面冰花带。凌寒妍不改,赏梅韵逸心怀。词三阕,酒一杯,醉卧瑶台。

兰

秀容冷艳拒霓裳,倩蕊含羞溢淡香,英姿婀娜娇柔样。端庄又大方,深山隐耐寒霜。琼花雅,翠叶长,惹醉心房。

竹

贞姿翠叶永青春,亮节虚怀励世人,脱俗静谧祥瑞酝。无私献嫩笋,修篁坚骨奇珍。入千户,惠万民,品格如君。

菊

株姿袅娜耐寒侵,花貌娇妍拒淫裉,凌寒不惧香漫沁。坚贞传到今,唯寒梅是知音。知兰意,懂竹心,四友情深。

孙爱晶 生于1951年,山西太原人,山西诗词学会副秘书长、太原诗词学会常务副会长。

创作散曲400余首,著有《爱晶诗集》。

〔正宫·汉东山〕秋思(二首)

秋风荡碧波,秋色上藤萝。秋香共玉娥,好美也么哥,动我秋思乐吟哦。心淡泊,我即佛,乐呵呵。

秋香爱翠娥,秋水恋秋荷。生活是首歌,放喉也么哥,春去秋来怕什么。雁影过,日影挪,兴勃勃。

〔中吕·十二月带尧民歌〕泳池乐逍遥

花泳帽齐头盖脑,绿泳衣刚好收腰。展双臂悠然弄巧,浪花儿朵朵来朝。这眼前波光闪耀,这耳边隐隐喧嚣。

〔带〕扑通通蝶泳娇娇,静悄悄潜泳夭夭。论功夫倒也堪豪,却是桑榆莫细瞧。陶陶,悠悠水上漂,俺把鱼儿效。

〔双调·折桂令〕趣解糊涂

时闻难得糊涂,怎的糊涂,才算糊涂?心境如湖,情怀若谷,大智伴愚。争什么功名贵富,炫什么聪慧高孤。不论赢输,不做轻浮。心澈如初,性善如初。

〔正宫·塞鸿秋〕咏雪(二首)

年前眼见得雪花飘飘,却是空欢喜一场,遂写了一首〔塞鸿秋〕记之。今雨水节令已过,却喜迎雪花造访,再写〔塞鸿秋〕接续年前的逸兴。

悠悠荡荡来天外,飘飘洒洒招人爱。天公欺巧浑无赖,飞花片刻阴霾代。才将捧手中,已化原生态,平添了一段相思债。

为偿一段相思债,违时天道酬君爱。奴家身在凡尘外,冰心无改飞花代。相亲咏絮才,相拥关白①派,东风笑俺天真态。

①关白:即元曲四大家之关汉卿、白朴。

〔中吕·十二月带尧民歌〕夜游巴黎

白日里端庄素雅,夜幕中妖艳荣华。漫步街巷心生叹诧,浪漫巴黎岂是虚夸。喜扑面香风送迓,看教堂倩影笼纱。

〔带〕说闲暇恁地闲暇,想搭茬不敢搭茬。不知咖啡屋里有无茶,不知塞纳河中有无虾。啊呀!累得俺脚疼腿也乏,侧身儿坐在廊檐下。

〔中吕·十二月带尧民歌〕登临阿尔卑斯雪山

真个是皑皑胜景,惊叹这漫漫冰晶。眼望那遥天万顷,踏平这积雪千层。哪顾得唇寒齿冷,忘却了气喘腰疼。

〔带〕远处瑶池碧水盈盈,身边雾云岚气腾腾。恍入丹丘见一派澄明,亲临雪域知天地多情。嗟惊!诗心入画屏,竟这般澄净。

〔正宫·叨叨令带折桂令〕保健品(二首)

卖保健品的姑娘

爷爷奶奶柔柔地叫,亲亲热热甜甜地笑。咱家产品真真地妙,养生理论头头是道。送礼包也么哥，送健康也么哥，便宜划算还包疗效。

〔带〕这闺女真会闲聊，举止娇娇，软语滔滔：看您这血脂超标，血糖不稳，血压偏高。千万别心生懊恼，保健品百病能消。不用心操，不用神劳，一万花销，福寿全包。

买保健品的婆婆

听她满口婆婆叫，心头暖暖阳光照。商家倒比儿孙孝，浑身的病全知道。四大瓶子也么哥，一万多块也么哥，眼都不眨就掏钞票。

〔带〕指望着病痛能消，老寒腿能跑，老花眼能瞧。最是那血压别高，血栓去掉，血脂达标。期盼着越来越好，偏还是病态难逃。气色枯凋，形体疲劳，步履飘摇，怎不心焦！

〔南吕·一枝花〕回乡扫墓记事

萋萋寸草生，树树垂杨绿。草衔长夜露，柳立谒陵区，风也徐徐。只盼着柳瘦春晖恤，却见那枝残逝水涂。向西天望断飞鸿，伏青冢泪如密雨。

〔梁州第七〕伏青冢泪如密雨，叫娘亲泪眼模糊，悠悠往事从何叙。自难忘儿时吐哺，学步搀扶；自难忘少时宠育，启化陪读。记得病床边你暖暖的胸脯，记得晚归时你瑟瑟的身躯。喜欢看你烹炒围炉，喜欢听你唠叨絮语，喜欢和你嬉笑追逐。鹧鸪，杜宇，声声替我柔肠诉。不由人涕泪如注，暗把亲娘一遍遍呼，竟自呜呜。

〔骂玉郎〕知娘亲身去心难去，多少事，待筹谋，可怜我好生无助。缘未尽，天若许，来生聚。

〔尾声〕回归故里忧心堵，追近家门老眼疏。堂上椿萱在何处？痛乎！痛乎！欲孝难能最凄苦。

〔双调·雁儿落带得胜令〕晋南行（二首）

司马温公祠

祖祠林木苍，涑水清波漾。神碑书家墨迹仰，青冢游客心怀怅。

志气轩昂,烈烈轰轰做几场。道是关西夫子,海内英雄,翰苑文章。高名压倒五百行,奎光直透三千丈,铁面如霜。孟嘉词藻,参军不让。

明刘良臣南中吕驻马听赠人,戊戌正月存魁

郭存魁 1951年生,山西和顺人,中国书协、山西作协会员,太原书协顾问、副主席兼秘书长,山西书协理事,山西书画家协会副主席,山西八一书画院副院长,山西茶商书画协会、山西书法教育研究会副会长,山西老年书画家协会常务副主席,太原老年大学、山西医科大学特聘教授。

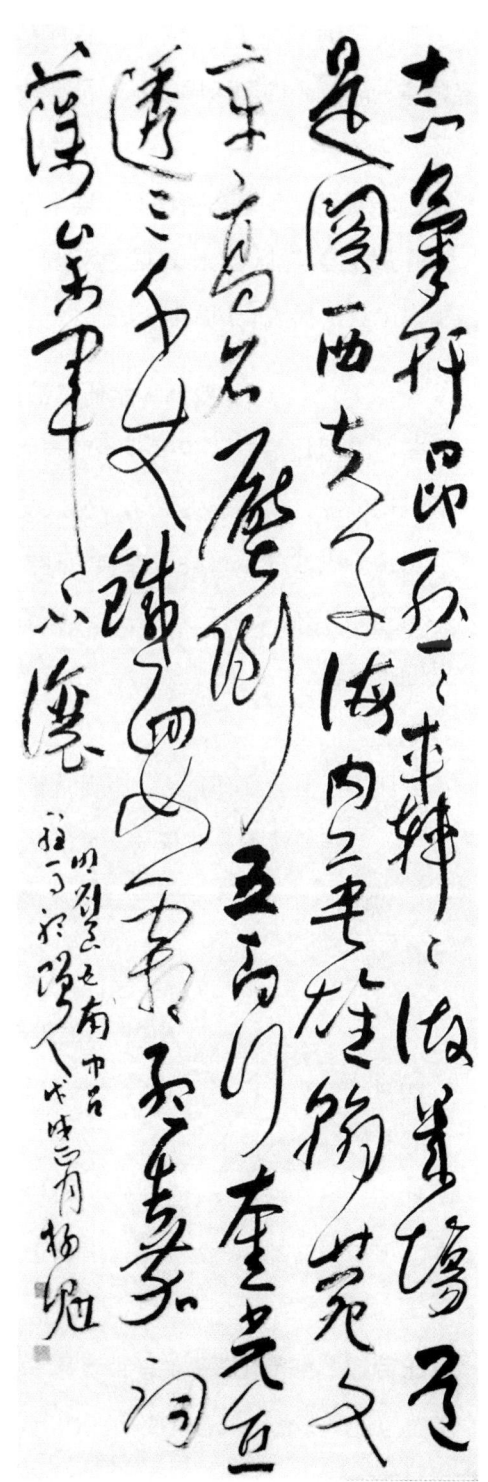

〔带〕谁不晓司马光砸缸,聪明的少年郎;谁不道温国公名望,撰编通鉴辉煌。流芳,粹德峨眉傍;荣昌,清忠漫故乡。

堆云洞

云堆雾绕间,皂角新槐诞。层楼瑞气环,宇殿灵光幻。

〔带〕谁辟妙境依山,谁为家国除奸。信步登高处,寻幽乐忘返。非凡,故事堪惊叹;昌繁,风清民自安。

〔双调·水仙子带折桂令〕登鹳雀楼

曾经梦里几番游,梦里轻吟意未休,牵肠挂肚时机候。依山白日悠悠,翩翩鹳雀来投。恨不能生双翅,携众友,去登楼引吭相酬。

〔带〕兴冲冲今日终上层楼,高处凭栏,放眼蒲州。绿野时风,平波静水,缓缓东流。摘朵白云入袖,张开双臂驰眸。碧霄红日当头,高阁翰墨琳琅,先贤绝唱千秋。

张卯春 生于1951年,山西清徐人,曾任清徐县人民法院副院长。与人合编《清徐县法院志》《清徐历史人物》等,著有《法律在你身边:案例与评析》《清徐史话》《法苑漫笔:一个基层法官眼中的法世界》《新营旧忆》。

〔中吕·山坡羊〕听散曲讲座

2004年10月17日,山西诗词学会主办散曲讲座,与丁、武二志勇,石履山赴并听讲,感慨颇多,直言以记之。

红楼宁静,轻风逸兴,讲台上下相呼应。老精英,小群英,开来继往同堂庆,表里山河都唤醒。人,溢满厅;情,溢满厅。

王劳婵 生于1951年,山西原平人,原平农民散曲社社员。

〔正宫·叨叨令〕老来学曲

夕阳阳照得山川川丽,山沟沟绿化山头头翠,诗苗苗出土心花花醉,咱农民唱出草根根味。用心写也么哥,开心唱也么哥,山歌歌唱出了心中意。

〔仙吕·一半儿〕思

送君深圳去打工,留我一人空守门,夜半闪雷风动门。雨淋淋,叫俺一半儿相思一半儿忍。

任尚礼 生于 1951 年,山西原平人,原平农民散曲社顾问。

〔中吕·朝天子〕问玉米

又秋,歉收,稼穑难研究。精耕细作用心筹,氮钾磷依旧。雨水没愁,风雹绕走,为何栽倒头?少收,价溜,年景难猜透。

〔中吕·朝天子〕咱散曲园地办得好

昼忙,夜忙,忙里偷闲上。未曾谋面嗅其芳,芳把诗情酿。字字核查,词词冥想,似蜂采蜜忙。品尝,赞赏,忙也心欢畅。

〔正宫·鹦鹉曲〕春雪

纷纷玉片无停住,喜坏了稼穑田父。古来春雨贵如油,瑞雪胜如春雨。

〔幺〕果梨农紧锁眉头,郁闷不知来去。世间相矛盾交织,利与害平分两处。

〔正宫·鹦鹉曲〕家乡的变化

千年阳武河边住,辈辈是稼穑田父。种田间收在天中,岁稔全凭甘雨。

〔幺〕现如今井灌如织,旱魑魅驱除去。保丰收高枕无忧,赞好个粮蔬产处。

〔正宫·鹦鹉曲〕情人节感怀

情人节日情难住,可怜咱老叟田父。整一生就顾穷忙,不怕热寒霜雨。

〔幺〕盼情人胜盼甘霖，也几次求神去。奈之何人陋家贫，遇此日仍无耍处。

段自然　生于 1951 年，山西原平人，原平农民散曲社社员。

〔正宫·叨叨令〕婆婆写曲

婆婆写曲迷心窍，丢开饭碗嚼诗道。梦中还在学宫调，老公眯眼来嘲笑。吟诵也么哥，赋曲也么哥，研平究仄开心窍。

〔中吕·醉高歌〕羊年迎春

马驰昨夜长宵，羊领风骚破晓。乘风破浪康庄道，圆梦中华快跑。

柴建民　生于 1951 年，山西榆社人。

〔中吕·山坡羊〕雪中送炭

郊原山壑，寒风凶恶，英明吾党心清澈。赐青稞，送炭车，排除万难民欢乐，田赋不征为庶舍。达，百姓热；明，百姓热。

费自平　生于 1952 年，广西散曲学会副秘书长，江西散曲社顾问，中国诗词协会散曲研究会副会长，《中国当代散曲》《中国当代散曲选粹》副主编，《中华女子散曲》名誉主编、特邀编审。

著有《漓江拾韵》。

〔正宫·塞鸿秋〕赞杏花村

古泉神水流欢畅，杏花酒曲翻新唱。牧笛雅乐随风荡，酒旗高处迎风晃。老村除旧颜，故地添佳酿，杜康李杜齐呼棒。

〔中吕·朝天子〕则天庙有思

树绕，殿老，武后则天庙。颜娇智睿立周朝，凰舞神州傲。薄赋兴农，推贤遏暴，安民边境保。或昭，或嘲，历史凭公道。

〔双调·折桂令〕赞于成龙

曾经破庙官房，孤掌罗城，一振农桑。宦海轻舟，劈波斩浪，稳舵前航。朝暮身为干臣，一生勤政朝纲。廉政无双，人去犹存，千载还香。

陈桂花 字映秋，笔名冷月，生于1952年，山西泽州人，山西作协、中华诗词学会会员，山西文博馆馆员，晋城诗词学会理事、编辑，《吐月》编委。

作品散见于《中华诗词》《难老泉声》《黄河》等刊物，著有《泽州冶底岱庙》《寒潭秋影》。

〔中吕·山坡羊〕赵树理诞辰百年祭

山能不语，水能不诉，怕惊长岭人眠处。清风居，黄花菊，尉迟①未改仍如故，树理炕头情几许。情，牵父母；言，百姓苦。

①尉迟：赵树理故乡山西沁水尉迟村。

〔越调·天净沙〕哭儿

庚辰十月初一，雨雪滂沱，朔风呼啸，吾儿遇害，时年24岁。余痛不欲生，泣血痛哭……不意每句的第二个字竟成藏句"吾儿是星魂"。痛哉！奇哉！叹哉！

悲吾命苦由天，疼儿岁短堪怜。正是青春璀璨，流星猝散，断魂声远含烟。

曾宪纪 生于1952年，辽宁抚顺人。

〔南吕·干荷叶〕武则天

蛾眉巾，帝称尊，广诏周天印。建言陈，举科文，佛前无字走星辰，功过黄河问！

李雁红 笔名泉声，生于1952年，山西盂县人，山西省政协原党组副书记、副主席，山西诗词学会代会长。

著有《赤子情怀》《歌漫山乡路》《泉声集》。

〔双调·寿阳曲〕题原平梨花节

梨花雪,蝴蝶结,梦悠悠爱怜心切,曲歌儿化成白玉蝶,销魂在暖风春月！

王高顺 生于1952年，山西原平人，原平农民散曲社社员。

〔中吕·山坡羊〕悼余旭

余音飞啸，彩烟环绕，巾帼余旭蓝天骛。战云霄，掠山凹，雄鹰失事传噩耗，大地神州披素缟。骄，与日晓；豪，比月皎。

杨素华 生于1952年，山西原平人，山西诗词学会、原平诗词学会会员，黄河散曲社社员，原平农民散曲社副社长。

〔越调·天净沙〕俺村文体广场

广场平坦无边，健身器具新鲜，华丽楼房耀眼。村民锻炼，强身健体延年。

〔正宫·塞鸿秋〕原平地税局廉政文化长廊

长廊竞艳花繁茂，清廉清政清风笑。警钟警示多开窍，一身正气欢声报。光荣业绩多，朵朵青莲耀，人人齐唱和谐调。

〔正宫·塞鸿秋〕农民散曲社办到俺心坎

花开花落年年盼，油盐柴米台台转，裁缝面塑空空叹，冲开云雾寻真卷。锦霞在眼前，一道风光线，写诗制曲花花灿。

〔正宫·塞鸿秋〕流光闪耀情豪迈

流光闪耀情豪迈，田园神韵飞天外。山歌一吼原生态，村姑也上诗台赛。草根入曲牌，沃土出诗帅，泥腿腿也能把那风流卖。

〔正宫·塞鸿秋〕美梦成真

春来寒去年年盼,油盐柴米锅台转。磋跎岁月常空叹,抛开杂念寻真卷。真情在眼前,美梦能实现,写诗作曲还心愿。

冀祥申 生于1952年,山西原平人,原平农民散曲社社员。

〔双调·沉醉东风〕秋景

云淡天高气爽,行行大雁南翔。谷穗长,高粱棒,菜蔬肥水稻橙黄。再看巍巍峻岭苍,景色美凭人赞赏。

王敬仁 笔名井人,生于1952年,山西诗词学会会员、太原诗词学会理事、太原市万柏林区诗词学会副会长、唐踪诗社副社长。

著有《井人诗稿》《井人诗钞》等。

〔正宫·塞鸿秋〕无题

人多事后论成败,人多纸上收关隘,人多局外拍栏碎,人多隔岸言谈快。人成事在天,事与人相碍,春秋笔也难分界。

〔越调·天净沙〕凡人俗理

诗凭曲笔传神,人凭缺陷归真。滴水阳光去尘,小中见大,绕梁三日修成。

〔双调·水仙子〕光阴出让要回难

穿帮散曲没清单,洒脱人生少主编。名声舍却无须挽,光阴出让要回难,残棋隔夜韵当先。杖许三山短,茶烹四海闲,酒醉五州宽。

〔双调·大德歌〕步关汉卿韵夏

曲当家,忘生涯,偷笑老来鞭竹马。曲水流觞下,满座顽云结系他。眼帘不省王维画,雨点分明有落花。

赵义山 生于1953，四川南部人，四川师范大学教授、中国韵文学会副会长、中国散曲研究会会长。

著有《元散曲通论》《明清散曲史》等。

〔双调·折桂令〕常箴吾先生散曲集出版致贺

散曲又盛骚坛，踵武关卿，告慰遗山。秦晋扶风，黄河结社，当代专刊。业未竟鹤发满眼，曲吟成两鬓先斑。语隽情真，笔健律熟，难老痴顽。

〔双调·沉醉东风〕天涯山（三首）

山西原平市郊，越滹沱河而东，有天涯山，峰顶犬牙交错，故又名天牙山，取其形似也。山麓有二绝，一曰石莲花，一曰石棒槌，共天牙而三，天地间奇观也。

峰矗天涯

峰高矗牙排绝顶，齿破云尖利天生。风酸寒露飞，云冻牙根冷，雪纷纷齿尖尤疼。暮卷朝飞铺晚晴，最妩媚滹沱河倒影。

石槌天籁

石棒槌一槌千载，举棒人何处扛来？风停悄无声，风起发天籁，鼓咚咚过客惊呆。金棒银槌迤逦排，总不似天槌出彩。

山涌玉莲

山石涌峰呈祥瑞，玉莲开岭出奇堆。风狂一样开，霜冻从不坠，有晨曦夜月相陪。千载英姿映夕辉，月影里朦胧更美。

〔双调·凌波仙〕忻口战役遗址吊英灵

车停忻口吊国殇，怀我中华好儿郎，当年号角犹然壮。厮杀平寇狂，抛鲜血卫我家邦。黄土埋忠骨，青山愤恶狼，江河泪仇恨深长。

〔双调·凌波仙〕忻州遗山墓园有吊

高才乱世屈求全，玉壶冰心可鉴天，中州千古存文献。赋诗词歌浩然，打新荷曲引新篇。文脉接华夏，忠魂归故园，柏森森苍翠千年。

墙儿外听砧声，好风来分外清，世情翻覆何曾定。存的是志诚，爱的是坦平，更无半点行侥幸。度平生，随缘守正，不是自夸矜。

刘良臣南商调黄莺儿中秋对月自酌，丁酉岁牛贵琥书

牛贵琥 1952年生，原籍山西霍州，山西大学文学院教授、博士生导师，奠中书院副院长。

出版专著10部，获省级以上奖励13项。

刘博如 生于1953年，北京大兴人，中国民间文艺家协会、中华诗词学会会员，中国传统文化促进会散曲创作室主任，北京市大兴区诗词学会会长，水墨丹青书画院常务理事，中国民间文艺家协会婚庆文化专业委员会副秘书长。创作散曲200余首。

〔仙吕·一半儿〕二十四节气

立春

一元复始喜开头，劲舞欢歌难罢休，年复一年争上游。乐悠悠，一半儿浓茶一半儿酒。

雨水

新年快乐暂平息，乍暖还寒春未及，早退冬装何太急。冷凄凄，一半儿冰凌一半儿雨。

惊蛰

樱花开放报春情，始有春雷万物惊，雪化冰消元气升。草青青，一半儿春眠一半儿醒。

春分

风吹和气满幽庭，细雨纷纷滋物生，花草含苞结露凝。雨蒙蒙，一半儿阳春一半儿冷。

清明

阳春日暖沐心怡，脱去冬装游翠堤，悼念亲人含泪眯。两依依，一半儿忧伤一半儿喜。

谷雨

繁花绿草看莺飞，蝶舞蜂忙童趣追，正是一年花正肥。柳垂垂，一半儿春山一半儿水。

立夏

杨花柳絮满天飘，绿水青山逐浪高，十亿神州皆舜尧。乐陶陶，一半儿能工一半儿巧。

小满
田园绿海艳阳天,塞北江南皆盎然,草长莺飞空气甜。美芊芊,一半儿深红一半儿浅。

芒种
金黄一片望无边,麦海香风逐浪翻,三夏农忙时不闲。舞翩翩,一半儿收割一半儿管。

夏至
炎炎夏日汗成河,瓜果新熟鲜味多,消暑纳凉真快活。乐呵呵,一半儿清凉一半儿火。

小暑
清池碧水赏荷莲,一片乌云如墨翻,山雨欲来不见天。乱团团,一半儿惊雷一半儿闪。

大暑
无边热浪烤蝉鸣,酷暑难挨如幻听,躲在阴凉不作声。意平平,一半儿扇凉一半儿影。

立秋
蛩鸣深浅逸蓬蒿,深夜无人不寂寥,远近秋虫声浪高。静悄悄,一半儿倾听一半儿找。

处暑
南瓜滚滚满篱墙,百果将熟风送香,塞北江南一片黄。喜茫茫,一半儿清风一半儿爽。

白露
天高云淡望青山,北雁南飞情意绵,塞北虽佳不胜寒。意连连,一半儿南飞一半儿撵。

秋分
一轮明月挂天中,万户团圆亲乐融,游子难归思意浓。月溶溶,一半儿欢歌一半儿咏。

寒露

香风浅浅夜偏凉，百草低垂披晚霜，风过金秋山半黄。野苍苍，一半儿萧疏一半儿赏。

霜降

忽寒忽暖乱着装，童叟畏寒少女狂，百果香甜粮满仓。喜洋洋，一半儿冬藏一半儿享。

立冬

满山枫叶展红旗，银杏金黄秋色迷，驴友纷纷装备齐。笑嘻嘻，一半儿男生一半儿女。

小雪

红炉微炙雪花飘，素裹银装格外娇，小路弯弯冰尽消。路迢迢，一半儿风吹一半儿扫。

大雪

朔风未至雾难开，瑞雪纷纷天上来，大地苍茫一片白。雪皑皑，一半儿遮天一半儿载。

冬至

残阳冬至转回程，昼短夜长多养生，烹炒煎炸食物精。热腾腾，一半儿花馍一半儿饼。

小寒

闲来无事好搓麻，互敬香烟勤倒茶，俩枣仨瓜不算啥。笑哈哈，一半儿围观一半儿耍。

大寒

梅花冒雪理红装，大地飞歌人健康，物美年丰格外香。亮堂堂，一半儿烟花一半儿响。

刘文波 生于1953年，祖籍安徽临泉，生于太原，普天乐散曲学会会员、山西瀚海散曲书画院成员。

〔仙吕·后庭花〕雁门关外

相约北地游，朔风虎见愁。衣厚身偏冷，冰阳瑞雪留。猛回头，长城绵邈，雁门雄卧楼。

〔中吕·喜春来〕瞻仰武昌起义旧址

烽烟举处皇权朽，先辈挥戈荡九州，伟功丰绩万年留。临暮秋，霞染武昌楼。

段召然 生于1953年，山西原平人，原平农民散曲社社员。

〔正宫·叨叨令〕纪念抗战胜利70周年

文明故土豺狼践，生灵涂炭山河暗。军民共济同心战，云开雾散青天见。亮剑也么哥，痛快也么哥，狼嚎鬼叫倭头断。

〔正宫·塞鸿秋〕新农村

春风阵阵清凉散，骄阳照耀山河灿。虫鸣鸟唱溪流伴，农村换貌群花绽。繁荣硕果香，四野祥和炫，小康喜迈农家院。

刘真孝 生于1953年，江苏徐州人，中国散曲研究会、中华诗词学会会员。

〔仙吕·忆王孙〕陕北幸会常箴吾老师写赠

精神矍铄古年稀，久仰贤名人雅集，曲苑高扬元帅旗。喜联谊，齐向先生来敬礼。

〔商调·望远行〕贺《当代散曲》创刊5周年

韵海飞舟五春秋，晓八极誉九州，主编吟友共歌喉。曲苑花如绣，谁成就？需前路导游，凭时代舵手。施才展艺弄潮头，涵春色笔墨风流，多亏你刊行妙谛相传授。

许凤姣 生于1953年，山西永济人，中华诗词学会、山西诗词学会会员，中华诗词名家交流中心理事，鲁迅文学院学员，唐槐诗社、杏花诗社社员。

著有《晋南人学说普通话》《朗读与朗诵》《诗词吟咏艺术》《凤鸣集》等。

〔黄钟·醉花阴〕走进庞泉沟（套曲）

黄土高坡壮哉美，别有松林绿肥。常梦里痴痴，几度游离，山谷行将履。今日喜徘徊，万类天成都是奇。

〔喜迁莺〕莽苍苍深林翻翠，兴冲冲早登临高塔扬威。噫噫，松亭亭终岁常端正，柏森森满目霜寒玉鸟飞，密匝匝荫日辉，香袅袅葡萄酒味，醉醺醺原始巢归。

〔出对子〕源流何地？山山林木堆，眨眼间天河又要倾云霏，倏忽地道道沟沟如玉池，哎呀呀恰万泉闲情戏水。

〔幺〕高山流翠，犹谁弄竹笛，一股股清泉似漱玉流石，一川川瀑布如垂帘放霓，一滴滴柏露凝成诗也碧。

〔刮地风〕褐马鸡玄黄耀威，雄赳赳武冠扬眉，扑喇喇雕振羽凌空入，悄促促猎物活食。且看那鸬鹚自逸，且听那杜鹃啼醉。一哄地白鹭驰，一地里秃鹫追，威凛凛大英雄气。漫山遍野看禽飞，深林浅水鸟雀集，处处有诗意黄鹂。

〔四门子〕诗中游去画中醉，笑猕猴，频寿礼；云烟草色松声厉，老鹰飞，野獾迷。行行里草兔疾，瑟瑟中青蛇移，昆虫赤狐狼觅食。原麝栖，狍子回，昏那那夜幕降，金钱豹喜。

〔水仙子〕忆忆忆黄土悲，愁愁愁贫瘠荒凉褴褛衣，瞧瞧瞧那里上冈，听听听潺潺水响，清清清瑟瑟风声，乖乖乖鸟兽窥，赞赞赞起伏林，惊惊惊门类天齐，叹叹叹这生物环环链奇，山山山此山恰似金山贵，水水水碧绿绿人醉。

〔尾声〕回看夕阳入山丽，情切切一曲云飞，意绵绵再唱那交城山水。

〔双调·水仙子〕刘姥姥三进荣国府

一进荣国府

乍闻扑脸气喷香，又感晕头目眩光，再瞧甚物咯当响。金陵有酒觞，红楼一现机张。菩萨佑，理素妆，闯入膏粱。

二进荣国府

戴菊对酒骨牌骚，放脚仰天玉榻嘲，宴席调侃哄堂笑。牙牌令现抛，不辜负那佳肴。能机变，会趣聊，恁地诙嘲。

三进荣国府

倭瓜枣子菜蔬新，凤姐平儿贾府恩，村婆乡野干娘认。低而不贱身，野而智慧超群。救闺女，掩密屯，姥姥高人。

〔正宫·叨叨令〕游马来西亚（三首）

坐云顶缆车

谁穿水雾层峦过？谁携云彩高原跃？低头脚下森林掠，伸腰只怕虹撑破。山神护我也么哥，山鬼怜我也么哥，惊天不敢出声和。

夜居云顶

听风听雨听雷电，悬空缥缈蓬莱现。欣观群动千人面，尽欢了却周游愿。看不尽的也么哥，玩不够的也么哥，通宵上下穿如燕。

居妃丽雅木屋

苔痕草色阶前绿，老林原木排排固。松墙松顶松台露，清心洗肺开诗目。啸声妙哉也么哥，啸声古雅也么哥，钟情一枕天然素。

孙文才　生于1953年，河北保定人。

〔仙吕·一半儿〕杏花村

此生常抿老白汾，兴起驱车寻杏村，不枉列朋尊醉神。购千斤，一半儿收藏一半儿饮。

闫云霞 生于1953年，宁夏中卫人，中国散曲研究会、中华诗词学会会员，全球汉诗总会常务理事兼驻宁夏联络处主任，中华诗词学会散曲工委委员，黄河散曲社顾问，《中国当代散曲》编委，宁夏诗书画影艺术研究会常务理事，宁夏诗词学会副会长，西夏散曲社社长，《夏风》副主编。

著有《云霞韵语》《沙坡头咏怀》《在水一方》等。

〔双调·沉醉东风〕读《常箴吾散曲集》致常先生（三首）

沽美酒几回回醉倒，步曲坛一步步都娇。你唱一支点绛唇，我唱一支川拔棹。谁唱寨儿令又兼念奴娇？谁唱骂玉郎披上了红锦袍？月上海棠且唱那哭皇天唱红了端正好。

龙年到来端正好，滚绣球舞狮子恰舞那风骚。锦上花，大石调，俏冤家逗得乐陶陶。难老泉吟老碧玉箫，红芍药花开红纳袄。

昼夜乐呵呵贺圣朝，凭栏人登顶节节高。集贤宾，垂丝钓，闹清徐折桂令再步楚天遥。耍孩儿可真上马娇？梅花引出了古鲍老曲坛人不老。

〔双调·大德歌〕步折老师《过柳州》韵

并州楼，惠风柔，伏虎拿云曲苑侯。腹有诗书秀，引我悠悠曲径游。登山涉水痴如旧，小曲儿唱千秋。

〔双调·雁儿落带得胜令〕贺姚老奠中百岁华诞

刀琢璞玉温，雪濡青松劲。凌霄一鹤引，越岭千军奋。
〔带〕通古史哲文，精艺墨诗金。纵闯迢迢路，总怀赤赤心。思君，像乌金山尽常青树，九峰塔似擎天柱。巍巍绝壁流飞瀑，森森谷豁辅（铺）石路。庵观寺院多，戒恶修行处，天缘宝地神仙妒。

录郭小轩正宫·塞鸿秋游乌金山，戊戌年初春于晋中罗士琦

罗士琦　1952年生，山西介休人，高级经济师，中国老年书画研究会理事，山西书协会员，山西老年书画研究会、山西省煤炭文联副主席，晋中老年书画研究会顾问。

那昆仑峻；吾心，犹如骇浪滚。

宋玉萍 生于1954年，祖籍山西洪洞，生于太原，中华诗词学会、中国电力诗词学会、山西作协、陕西散曲学会会员，鹿鸣诗社理事，女子十二词坊成员。

著有《梅心集》。

〔正宫·叨叨令〕半岁小外孙

忽灵灵圆眼葡萄样，粉嘟嘟嫩脸端然相，咿呀呀黄口发言状，娃哈哈闹人你当歌唱。你莫笑也么哥，你莫笑也么哥，春秋风雨咱全然忘。

〔双调·殿前欢〕敦煌莫高窟

越千年，流沙漠漠隐飞仙。风排楼柳忽然现，别样云天。通经慧语繁，向壁时空转，引梦灵眸盼。汉唐踪迹，丝路渊源。

〔双调·沉醉东风〕咏关汉卿

论世态挥毫若闲，数人情俗笔常关。戏破了天，诗哭了雁。恶风波醉卧东山，权贵前腰也不弯，你就是那铜豌豆砸捶不扁！

〔双调·沉醉东风〕奉题著名画家赵梅生先生画展兼逢米寿

今日里梅花报喜，老仙翁米寿如期。椿庭绿醑宜，尺幅丹青誉，画春芳笔底谁及。雪海流香①惠世矣，好一片儿风光旖旎。

①雪海流香：为画展主题名。

〔双调·水仙子〕长城

溯当初分明关塞砌愁云，苦煞那多少春闺犹梦人。似听说森森白骨堆成阵，恰浇成皇皇华夏魂，傲苍穹千载龙伸。留影儿星图显，固金瓯海外闻，真真叫绝世奇珍！

〔双调·折桂令〕苏州园林

算平生未入姑苏，只落得仰慕天堂，梦会芳坞。好一派篑土台奇，拳石山妙，斗水池殊。恰观得蕉叶雨滴成画图，藕花风吟就诗书。果真是窈窕穹壶，握彩流朱，咫尺乾坤，冠盖仙都。

〔双调·折桂令〕贺嫦娥一号探月成功

驾长风箭影如虹，广宇蒙蒙，玉舸从容。昂首云天，腾飞河汉，翻转星空。舞银练千年梦同，载黄钟九鼎情融。狂草①虬龙，留记明穹，舒袖嫦娥，接引蟾宫。

①狂草：指卫星飞天时在空中留下的酷似草书"天"字的长烟。

〔双调·蟾宫曲〕题《昭君琵琶图》

怨画工更怨皇家，万里征鸿，千载胡笳。回首长安，把爹娘抛下，儿赴天涯。怀凤愿高标映霞，跨雕鞍饮尽尘沙。衣上梅花，怀里琵琶，永世乡愁，百代风华！

〔双调·风入松〕读《常箴吾散曲集》寄赠常先生（二首）

曾因妙语动心弦，梦入水云间。黄钟仙吕谁家院，玉箫醉折桂中天。松下涛声似幻，风前心境如莲。

分明天籁绕窗前，妙曲又联翩。今朝鸿信情何限，异乡梦莫道推年。一炷心香送愿，常吟不老南山。

〔枉凝眉〕仿《红楼梦》曲纪念曹雪芹仙逝250周年

将一把劫火尘沙，演一幕风月繁华。若说假语存，相思血泪梦魂划；若说真事隐，炎凉世态传神画。十载赊酒生涯，半部奇文无价。真个是千秋笔，八斗才在曹家。看古今已有多少醉心人，入红楼竟秋研到冬，春研到夏！

杨吉宽　生于1954年，卒于2011年，山西古县人，曾任中学教师，律师，法院副院长、院长。

〔正宫·小梁州〕和梁伯华律师《齐鲁旅游即兴》

殷殷红叶海天秋，数点翔鸥，碧波万顷荡轮舟。蓬莱秀，草树绿芳洲。
〔幺〕犹听好汉梁山吼，驾长风胜境仙游。上云楼，诗三首，浓如青岛崂山酒，忘了世间愁。

田改建 生于1954年，山西榆社人，中华诗词学会、山西诗词学会、榆社诗词学会会员。

〔中吕·山坡羊〕故乡情（十二首）

我的故乡东湾，是一个以田姓人家为主的自然村，坐落于县城东面一个风景秀丽的小山凹，人丁兴旺，耕读传家，婚丧嫁娶，相扶相助，和睦融融。因县里修路，被整体搬迁。从此，地图上再无"东湾"二字。东湾村没有了，我的故乡也没有了。

故乡

城东百步，悬崖弯处，一排窑洞齐齐筑。夏凉肤，冬温铺，一年四季平安度，世代相传田姓谱。村，和睦图；人，相互扶。

父亲

家庭支柱，撑门立户，男儿有志新房筑。日荷锄，夜翻书，耕读不误牛羊牧，教子成才勤训诂。家，和睦图；人，无恶俗。

母亲

居家主妇，操持家务，一天到晚忙忙碌。种园蔬，养鸡猪，三餐喂饱全家肚，夜晚纺织缝又补。家，和睦图；人，甘做奴。

童年

顽童迟悟，无拘无束，捉鸡撵兔招人怒。采蘑菇，拽葫芦，河边挑水泼一路，碾磨长杆推麦谷。家，和睦图；人，灯下读。

晨牧

鸡啼高处,霜叶带露,牛羊遍野儿童牧。觅青蒲,啃残葫,悠闲自在轻移步,捎带拾柴烤玉黍。心,和睦图;人,归路途。

晚归

苍山日暮,鸦归巢处,吆儿呼女帮家务。圈鸡猪,拎铜壶,父亲回转迎门户,瓜菜杂粮炉上煮。家,和睦图;人,疲倦除。

早春

小村独处,春光早驻,周遭窑顶桃花布。看村姑,喂鸡雏,披肩长发花衣裤,致富还需勤部署。家,和睦图;人,诚做徒。

酷夏

蝉鸣鸟肃,鱼潜蛙住,小村静坐浓荫处。早间锄,午时读,香茶摇椅神仙妒,扑克围棋随处睹。村,和睦图;人,心境舒。

金秋

秋风光顾,新粮吐馥,漫山遍野黄金布。倾家出,囤中储,一年辛苦归门户,灯下拨珠神色舞。家,和睦图;人,清酒酺。

闲冬

山崖围护,寒风难度,半山坡上阳光布。挂长锄,响京胡,东屋诵起诗词赋,嫁女娶媳歌伴舞。村,和睦图;人,齐纳福。

告别

小村无助,铲车光顾,拆迁修路清门户。站高屋,顺风呼,东湾再也无名注,一步三回别故土。家,和睦图;人,心在哭。

怀念

危崖耸矗,红花绿树,如今统统寻无处。梦回屋,恋当初,山村至此心中驻,修路拆迁全作古。心,和睦图;人,归路殊。

〔正宫·塞鸿秋〕游五台山

五台对峙巅峰上,清凉圣境尘埃荡。佛国净土梵音唱,皇家御庙金光放。

菩萨黛顶参,香客晨钟撞,虔诚叩拜求无恙。

〔正宫·塞鸿秋〕雁门关怀古

危关狭隘长风旷,将台校场消声浪。刀光剑影无迹象,城墙垛口游人逛。萧萧古塞天,满目繁华样,农工商贸欢歌唱。

〔正宫·塞鸿秋〕泰山游

朝山览胜心欢畅,岱宗绝顶人潮涨。南天门里天街逛,玉皇顶上晨钟撞。摩崖石刻雄,禅典江山旺,风光无限青云上。

朱佳和 生于1954年,山西五台人,中华诗词学会、山西作协会员,山西诗词学会副秘书长。

著有《山丹丹花儿》《朱佳和诗歌精选》。

〔正宫·塞鸿秋〕世故妙

当今世故添奇妙,双亲不认无人笑。殷勤尽见溜官号,红白喜事精心照。准时贺岁娇,高就消息闹,黄金时段身投靠。

〔正宫·塞鸿秋〕礼炮怨

如今礼炮如开炮,楼摇地动街喧闹。童工装药沾危早,消防施救松魔套。平白逝几人,业主腰包笑,此种礼炮伤天道。

〔双调·步步娇〕侃朋友(三首)

义养友谊人长寿,贫富怀忠厚。驱丑陋,肝胆相映泛心舟;解伤忧,险路争先走。

狗肉火辣难持久,打虎偷缩手。巧掣肘,你不愁时替他愁;听吹牛,惹酒三分臭。

乍暖乍寒移情骤，势利知先秀。点儿稠，贴靠粘连脸皮柔；赛灵猴，捉拿毛滑溜。

郝金梁 生于1954年，山西原平人，中国机械工程学会、中华诗词学会、山西诗词学会会员，唐槐诗社社员，《唐槐吟苑》主编。

与他人合著《六味集》《中华诗词十二家》。

〔双调·水仙子带折桂令〕冼星海成《黄河大合唱》

中华革命竟成书，抗战谁分文武夫？难为星海真情谱。名家原乐儒，延安五线描图。黄河怨，战士呼。可忆当初？

〔带〕战士呼可忆当初，倭寇凶残，华夏荼毒。摒弃前嫌，八年合作，厦倾凭扶。河边曲老乡对语，船夫吟热血捐躯。领袖同谋，战场同鸣；唱遍神州，不朽音符！

〔双调·折桂令〕晋阳秋

看汾湾日挂云闲，色竞田黄，陌伴秋还，紫燕思南，野花绽放，岸柳羞颜。和秋景农家唱晚，盼丰收三晋求安。说什么赵光义灌水城圞，管他个大明朝建邸王藩。享今儿气爽高天，写明儿菊赛春兰。

〔双调·折桂令〕秦淮河

忆金陵自古繁华，虎踞龙盘，名胜人佳。十里珠帘，六朝金粉，乌巷人家。凭楼阁波文浪雅，竞笙歌酒醉言狎。至今闻明月笼沙，朱雀观花。谁还恨商女遗娇，后主弹琶。

〔双调·折桂令〕鹳雀新楼

偶登临可问春秋，往事如烟，鹳雀回眸。古道谁开？黄河依旧，一揽风流。君能见蒲坂故柳？自凭栏白日山收。造了新楼，现了边楼；冠了名楼，赚了诗楼！

〔双调·水仙子带折桂令〕画魂潘玉良

扬州形胜出人才,写意丹青夺九陔。说来一段恓惶债,也为平生命运哀。出青楼籍脱秦淮,入高雅泪洒红腮。

〔带〕入高雅泪洒红腮,墨苑兰亭,生活新阶。夸的是赞化人贤,凭的是仲甫婚言,难的是洪野蒙开。出奇闻裸图上海,入道行异域洋街。艺术天才,世界名排;鹤驾西天,魂竟归来。

〔双调·水仙子带折桂令〕鲁智深大闹五台山

五台山上诵经悠,寡水清汤犯了愁。叫提辖打坐生生受,酒家如何能戒了酒?下山来说甚由头。辣乎乎捣泥蒜,美滋滋吃老酒,香喷喷这狗肉珍馐,今儿个一醉方休。

〔带〕今儿个一醉方休,管他个鸟撞晨钟,鼠盗经楼。忽喇喇撞倒山门,出溜溜掀翻护法,恰似那地塌天收。看僧众弥陀在口,应天星前世禅丘。缘不缘古刹难留,反不反水浒行舟,义不义水泊情投,诚不诚正果终酬。

〔双调·水仙子带折桂令〕南昌起义 90 周年祭

长相忆人民军队手中枪,国共分来自武装。南昌起义今人唱,遍看军旗八一扬,正当时血雨腥殇。谁能料,第一枪起义开张。

〔带〕第一枪起义开张,炮火依稀,九十沧桑。旅社中军,贺龙帷幄,口令周郎。凭军号南昌乍响,看夜空北斗生光。血溅鄱阳各启舟航,朱军长撤在罗霄,毛委员坐镇红冈。割据开头革命成汤,宣言事星火燎原,过来人万古流芳。

孙英才 生于 1954 年,北京大兴人,曾在山西某部服役 4 年,北京民间文艺家协会、北京散曲研究会、北京市大兴区诗词学会会员,北京市大兴区乡贤联谊会会长,北藏村镇关心下一代工委常务副主任,砖楼村党支部书记兼村股份经济合作社董事长。

天机织罢月梭闲,石壁高垂雪练寒。冰丝带雨悬霄汉,几千年晒未干,露华凉人怯衣单。似白虹饮涧,玉龙下山,晴雪飞滩。

元乔吉曲双调水仙子,树文

徐树文　1953年生,山西五台人,曾任太原理工大学《山西煤炭》编辑部主任,山西书画家协会主席、中国书协会员、山西书协副主席、北方草书研究院院长。

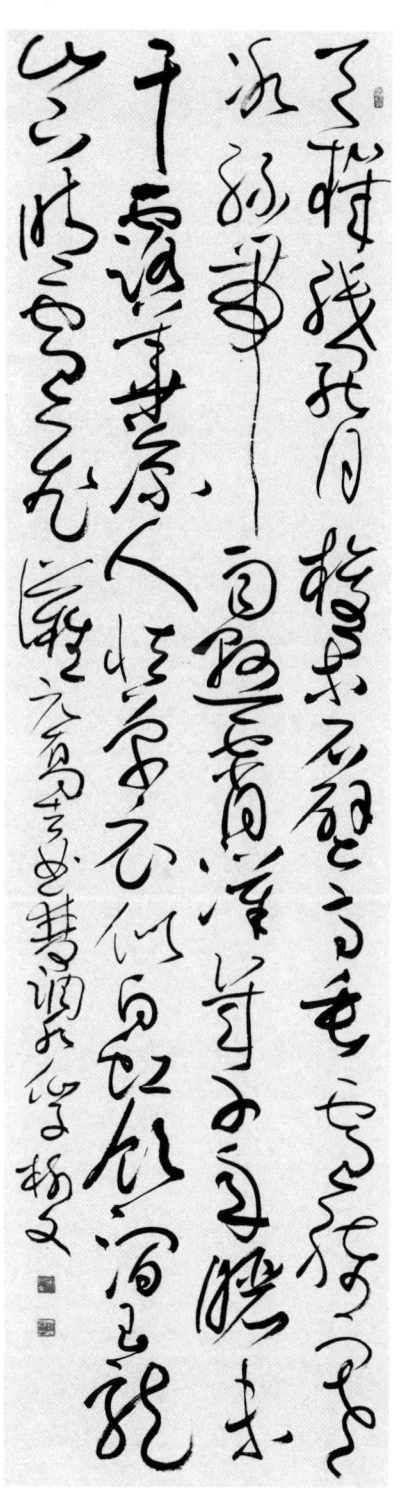

〔双调·落梅风〕老酒吧

茶随意,酒慢咂,小楼中笑谈聊罢。新交旧朋都大雅,故乡情尽抒心话。

〔正宫·叨叨令〕京郊一景

私搭乱建何人助,拆除腾退残垣露。投资偌大成灰炬,村村成了圆明处。莫怨也么哥,莫怨也么哥,携妻带子离京去。

〔越调·天净沙〕圆梦

青藤绿树鲜花,迎新辞旧搬家,路上轿车做马。生活如画,新居民乐无涯。

〔仙吕·一半儿〕无题

搬迁老汉乐潇洒,洋号吹得像喇叭,街舞跳来如伦巴。耄耋娃,一半儿开心一半儿耍。

王焕玲 生于1954年,山西原平人,原平农民散曲社社员。

〔正宫·叨叨令〕草根之花开

蛟龙出海掀波浪,深山凤凰如虹亮。草根曲调声声唱,传承文化冲锋将。我赋也么哥,你诵也么哥,敢将重担挑肩上。

〔正宫·叨叨令〕同学聚会

旧时学友来相会,若狂欣喜如汤沸。四十年后离别泪,今日怀旧嚼滋味。忆旧情也么哥,常牵挂也么哥,同心恭祝前程醉。

余昌文 笔名山月,生于1955年,广西平南人,广西文联副主席,广西政协经委副主任,广西人大第十一、十二届代表,广西政协第七、八、十一届委员,中国散曲研究会常务理事,中华诗词学会散曲工委副主任,《中华辞赋》顾问,中国书协会员,广西散曲学会会长,《中国当代散曲》主编。

著有《诗林》《古韵新声》《瑶山谣》《鹏河谣》等。

〔南吕·金字经〕咏于成龙

卓异合州去，万千黎民从，十里罗城泣送中。穷，四时囊总空。青云路，孝廉盈袖风。

梁伯华 生于1955年，山西太原人，中国散曲研究会、中华诗词学会、山西书协、山西书法教育研究会会员，中国武术家书法协会山西分会副主席，山西瀚海散曲书画院院长兼法定代表人，普天乐散曲学会会长。

主编《普天乐散曲》，著有《舒啸堂曲稿》。

〔双调·殿前欢〕春节聚餐得句

喜春来！相约岁首叙别怀，任无边瑞雪飘窗外，忘却尘埃。墨香袭面来，曲妙招人爱，酒烈扶豪迈。茅台醉我，我醉茅台！

〔双调·秋风第一枝〕国庆64周年回眸感赋

六旬铸就辉煌，曾力拯痍疮，建秩安邦。抗美东洋，平敌西藏，御寇南疆。凭改革咱国家富强，那探云楼儿远胜西洋。飞船在天外翱翔，潜艇到海底巡航。愿公仆拒赃，法律休枉，九万疆防，固若金汤！

〔正宫·叨叨令〕龙年上元日并州赏灯

龙灯挂满龙城道，龙鳞舞动龙头翘，龙人喜伴龙颜笑，龙年始见龙腾貌。你瞧见也么哥，你瞧见也么哥，龙爷架马龙孙瞭！

〔双调·骤雨打新荷〕赴京途中遇雨览胜抒怀

恒岳巍峨，更群峦列嶂，云雾婀娜。穹隆隧道，续百里如灼。阔路凌空坦卧，人伟力，天公惊愕。骤雨过，看江山洗净，万里无浊。

〔幺〕建树人生伟业，且开来继往，奋力拼搏。文明华夏，瑰宝甚其多。书画诗词曲赋，励吾朋，曲海扬波！有道是：日月如梭，切莫蹉跎。

〔双调·湘妃怨〕京城雨驱雾霾

碧空垂下百重纱,灰粉涂平万里霞,湘妃挥泪燕山下。喜天空骤转佳,又阳光洒遍京华。环球甚美,留意护它,它是咱家!

〔正宫·小梁州〕京城又起雾霾

京都日晌复灰蒙,雾锁皇城。低沉意绪怨相生。有奇景,宝马昼开灯!

〔幺〕年来尘雾频超警,冀津京联手制衡。新政府,出新政,劝君莫先牢骚盛,放眼望前程。

〔正宫·塞鸿秋〕长孙诞生十五日,品其美颐有示

容光满面如霞驻,忽觉几缕春风沐,苍天赐俺蟾宫兔,轩昂气宇犹他父。愿孙儿甚爱书,一世里安康度,典籍盈第香如故。

〔双调·天香引〕赏傅山狂草并格律诗有感

蓦然间撞我心弦,惊裂银河,倾泻廖天!见古蔓垂岩,太白舞剑,狂素挥橼。意溯春秋宝翰,气承魏晋书坛。吐汝情渊,慰汝先贤;养我心田,励我扬帆。

〔中吕·谒金门〕读原平农民散曲社《农民散曲》有感并贺

自古,农夫,不甚晓诗词赋。却如今,原平曲社尽鸿儒,曲妙招人慕。兀谁鞭笞贪污,兀谁倡尊老父,兀谁豪情可劲抒。嗟乎!画图!霞蔚云台路。

〔中吕·喜春来〕庚寅腊月初一于京都寓所
隔窗远眺姚家园冬景偶得

苍茫远树浮岚浅,墨色禽巢染杈间,村居野舍恁悠闲。好景短!不日起楼盘。

〔正宫·凌波曲〕参观国家博物馆及古代青铜、石雕展

中华宝殿,气宇超凡,擎天巨柱入云端,穹隆璀璨。雄浑彝鼎神威现,朴拙陶塑魂灵撼。先秦艺术著先鞭,吾辈汗颜。

〔双调·天香引〕黄山松

那苍松好是奇绝,执手天庭,俯瞰尘阶。有云朵依偎,枯藤萦抱,鹰鹞相偕。雪霁英姿玉洁,雨临昂首雷劫。气若豪侠,魂似寒梅,寿比天爷!

〔正宫·叨叨令〕学府公园沐春

骄阳烈烈将咱诱,碧湖漾漾催人遛,迎春①艳艳容光秀,柳丝默默新芽露。你瞧见也么哥,你听见也么哥,雅园舞步歌声又。

①迎春:指迎春花。

〔仙吕·寄生草〕风悟

春岁风儿骤,临空放歌喉。粗沙瓦砾离街走,耸肩眯眼不得瞅,扪胸闭气难开口。且休诅咒莫言愁,劲风吹透枯枝秀,一如阵痛出新幼!

〔双调·大德歌〕悼念国学大家姚奠中先生

甚苍天,这般唤哲贤,痛煞煞吾心万箭穿。呜呼!交替阴阳转,轮回日月旋。贤师远赴蟠桃宴,拜会太白聊。

张梅琴 生于1955年,山西平遥人,曾任山西省委办公厅副巡视员、中华诗词学会理事、山西诗词学会副会长兼组联部主任、杏花诗社社长、山西社科联委员、山西作协会员、山西山右文化研究院常务理事。

辑有《心中有绿洲》,著有《张梅琴短诗集》《朵梅集》《梦梅集》等。

〔仙吕·一半儿〕秋游沙湖

踏沙赤脚脚心舒,戏水环芦鸥鹭浮,身探风情入画图。忘归途,一半儿缘沙一半儿湖。

〔双调·折桂令〕山西农大丁香诗会赏丁香

进芳园万树花开,人未相催,景却相催。紫穗铺霞,亭兰香溢,蜂蝶争来。对此景痴情忘怀,不经意手捧香腮。幽径徘徊,尽洗忧肠,醉入蓬莱。

〔双调·骤雨打新荷〕游开封清明上河园

乍到河园，看清明丽色，绣了新天。亭台楼榭，处处染新鲜。碧水虹桥照影，有画艇波开水面。铃铛过，健儿骏马，踏碎轻烟。

〔幺〕七朝古都胜貌，展良辰美景，超越千年。熙熙攘攘，街市闹喧喧。小食香酥嫩软，喜文明又得绵延。且慢步，听他莺歌声里，谁弄丝弦。

〔双调·骤雨打新荷〕游张家界十里画廊

十里画廊，看峰峦竞秀，境界神奇。寿星迎客，招手笑眯眯。背篓老人采药，正嘻嘻踏云归去。众仙女，望观音而立，光染霞衣。

〔幺〕盘旋海螺高绝，似迎风吹响，惊破晨曦。孤峰一座，两面具清眉。野岭群猴玩耍，伴仙子步下天梯。瞩目处，胸中生了诗意，忘了归期。

〔双调·沉醉东风〕咏春

看春色铺成锦绣，望汾河泛起清流。空中飞鸟鸣，沙岸绿茵就。染朝霞处处新楼，美景招人乘兴游，见一派青杨翠柳。

〔双调·水仙子〕平遥城

平川矗立老城墙，远道飘来牛肉香，游人来往春风荡。日昇昌票号扬，明清街货物琳琅。把旧衙门观赏，把风味饭品尝，领略这古味悠长。

〔双调·庆东原〕雾中观长白山天池

山头雾，岭上松，云池云影云花弄。佳人面蒙，情郎脸红，纱隐烟峰。伸手戏飞虹，做了个仙人梦。

〔双调·水仙子〕咏茶

尖尖细叶出上冈，日月精华散异香，玉芽入水青光亮。清心又洗肠，一杯浸润心房。能开窍，韵味长，涤去惆怅。

〔正宫·鹦鹉曲〕赏春晚归

新区新景河边住，结识得郊外田父。驾春风慢饮诗情，乘兴无云无雨。

〔幺〕望晴空红日高临，群鸽盘旋飞去。晚归来霞染楼层，却正是霓虹影处。

〔中吕·十二月带尧民歌〕赏梅

春风漫飘，花印春潮，喜看这枝枝杏梅，爱这她朵朵窈窕。明媚里迎霞显娇，红又嫩欲上云霄。

〔带〕佳人赏景赞琼瑶，香气氤氲待春宵。自由思绪架金桥，享受温馨话今朝。情高，且把画图描，迎了风儿笑。

〔双调·折桂令〕长江

看长江浩浩汤汤，源发昆仑，意会苍茫。一路飞腾，千年激越，九派回肠。映雪山追求梦想，望未来敞开胸膛。哺育生灵，胜似琼浆；面对阳光，奔向前方。

〔双调·折桂令〕参观东北虎林园

野茫茫空旷无边，草木欣欣，远近安恬。一群虎聚集林间，走来跑去，自在怡然。有几只偶尔咆哮，那吼声动地惊天。叹这人造虎林，引游客访谈，笑对晴川。

〔正宫·小梁州〕贺《当代散曲》创刊10周年

奏响当今散曲弦，十载怡然。传承伟大古前贤，开怀练，声彻云天。

〔幺〕真情荟萃人才现，这时分，力创新篇。唱大风，抒宏愿，高歌华夏，重任在双肩。

〔双调·水仙子〕夏夜游湖

纳凉湖岸画中行，入夜灯辉天地澄，高空玉璧明如镜。更添几颗星，鸟儿息了无声。多少风韵，自是多情，笑上高层。

〔双调·水仙子〕碛口镇观黄河

黄河万里九天来，巨石当头全力排，黄涛卷浪青云外。雪花溅翠崖，惊雷响彻天台。飞起霓彩，画卷铺开，激荡情怀。

王建民 生于1955年，山西原平人，原平农民散曲社社员。

〔正宫·叨叨令〕草原

大草原开放舒怀抱，万千游客争先到。清香奶酒情发酵，蒙古包里开心唠。唱一曲也么哥，唱一曲也么哥，唱一曲民族互爱和谐调。

〔正宫·塞鸿秋〕草原马

草原骏马红花挂，英姿飒爽驰天下。踏平坎坷山川跨，为民甘把轩辕驾。白云朵朵花，千里神骓咤，银蹄踏绘小康画。

李天才 生于1955年，山西原平人，原平农民散曲社社员。

〔仙吕·一半儿〕赞王文奎老师

王公七秩显精神，沥血呕心改诗文，旺盛精力赛后生。夕阳红，一半儿责任一半儿情。

〔仙吕·一半儿〕母亲周年祭

慈母平生够勤劳，节俭持家性格好，祭日周年香火烧。思迢迢，一半儿悲声一半儿叨。

聂香生 生于1955年，山西原平人，原平农民散曲社社员。

〔中吕·十二月带尧民歌〕自感

爱看戏焉图热闹，喜曲文也爱推敲。叹半生风尘渺渺，六十载混世徒劳。〔带〕托余晖何服已老，进曲园愿做微苗。拜师何顾路途遥，仿友能把丽辞抄。枯杨削剪吐新条，败柳蒙霜也娇娆。你瞧，新生分外妖，老友低声笑。

渴来时吃茶，闷了时看花，吟诗饮酒是生涯。谁真谁来假，江湖舟楫无牵挂。寒垣烽火不惊讶，坦途歧路尽由他，田园中戏耍。

明刘良臣北正宫醉太平田园杂兴，刘毓庆书

〔中吕·山坡羊〕曲牌秀

干荷叶瘦,金橙梅秀,红衫儿上双鸳鸯绣。小梁州,塞鸿秋,后庭花艳粉蝶儿逗,沉醉东风滚绣球。她,四换头;咱,沽美酒。

郭玉恩 生于1955年,山西榆社人,中华诗词学会、山西作协、山西诗词学会会员,榆社诗词学会副会长。

〔仙吕·一半儿〕公车私用

公车自驾座当骑,费用开支挥笔批,送礼觅情人不知。有心私,一半儿公来一半儿己。

赵增明 字子镜,号慕水斋主人,生于1956年,卒于2016年,祖籍山西长治,生于太原,中国电力书协、普天乐散曲学会会员。

〔中吕·普天乐〕祝普天乐散曲学会在太原成立

柳条青,花枝秀,远山抹绿,杏蕊含羞。觅旧朋,寻新友,曲苑花坛编金绣,看并州你唱他酬。春风聚贤,笙歌奏贺,有乐无忧。

〔中吕·快活三带朝天子〕端午

登高避世哗,山上艾蒿佳。一心轻淡品新茶,赏景原无价。
〔带〕嫩芽,粉花,秀色全如画。浴兰尝酒不离咱,角黍包金罢。挥动琵琶,不羡人夸,让咱装回淡雅。暮笳,紫砂,抬腿闲云跨。

〔双调·碧玉箫〕苦夏

蝉噪林薄,头上艳阳高。叶卷花焦,帘外火龙娇。浮瓜去暑遥,纱衣避热劳。羽扇邀,意静心情好。摇,又睡个安生觉。

〔越调·小桃红〕无题

风光入柳柳枝新,寒去和风近,灵雨轻轻把春问。觅芳痕,鸭先知暖推波进。信风花漾，绿肥枝嫩，好一个春神。

〔南吕·玉娇枝〕咏菊

清香佳友，疏烟歌寿。白衣伴月篱边瘦，展高怀唱晚秋。层英瘦蕾清韵留，和霜素色风摇秀。幽人做枕，傲霜赏霞陶老后。

〔仙吕·三番玉楼人〕朋友

献赋文交友，赠曲水相酬，君子之交何必酒。文辞秀，意境幽，感情投，诉琴稠。赏佳作箜篌，书缄彩绸，奉茶情厚，知己忘年俦。

〔黄钟·节节高〕书法

凌云垂露，飞毫拂素。蝇头鼠尾，颜筋柳骨。写硬黄，摹虫鸟，点墨猪，临帖还需认祖。

〔南吕·阅金经〕乌鸦

祥禽凌晨噪，林端告瑞年，月落啼霜奏凯旋。填，归飞反哺贤。怀恩眷，长成孝在先。

〔双调·沉醉东风〕篆刻

赏秦玺朱文趣巧，品汉章白字情高。残破狰，粘连俏，印田中自存奇妙。手握乾坤立意高，岂管那云多雾少。

〔正宫·甘草子〕新秋

金风爽，尽览秋香，红叶在崛山上。远山明，汾水亮，寻玉露，踏轻霜。阵阵蝉鸣齐欢唱，喜稻田风卷浪，送暑迎凉把秋景赏，水远天长。

郜桂英 生于1956年，辽宁黑山人，晋阳工人散曲社、唐明诗社副社长。

〔双调·沉醉东风〕矿山初雪

降瑞雪西山更美，裹银装井架生辉。摄影忙，歌声脆。开心笑童叟扬眉，唤友呼朋看蜡梅，写不完新花嫩蕊。

〔双调·水仙子〕汾河孟冬

汾河秋尽叶凝丹，曲径人稀水碧蓝，鸳鸯逐浪平生愿。相随尘世间，依偎笑语颜欢。风还劲，意正酣，恁个缠绵。

〔中吕·山坡羊〕秋思

云湖宁静，荷莲倒映，依依岸柳白帆竞。浪轻轻，水盈盈，一行大雁牵秋梦，飞过重山何处停。思，昨日情；追，明日行。

〔正宫·叨叨令〕矿工

天天挥汗心欢快，年年上榜红花戴。热肠铁骨阿哥帅，白牙黑脸姑娘爱。喜煞人也么哥，爱煞人也么哥，矿山连理新一代。

〔正宫·塞鸿秋〕谒雁丘

西风瑟瑟真情诉，悲歌切切伤心路。泪挥绿柳长堤处，云遮雁影双栖墓。传言百载留，石冢千人顾，谁能拆解情何物。

〔越调·寨儿令〕惜别

望雁行，叙别情，西风送伊秋柳亭。物象凋零，思绪难宁，忆往日情形。那时恰月色清盈，而今却云翳难晴。魂牵心正冷，梦绕总伶仃。惊，秋雨打飘萍。

周宏玮 字诗野，号天滢润，生于1956年，河北承德人，中华诗词学会、山西诗词学会、安徽散曲学会会员，东方诗书画研究院理事，汾水诗社、子曰诗社社员，成蹊诗社秘书长。

创作散曲近百首，作品散见于多家报刊。

〔中吕·朝天子〕夏日饮茶

白茶，绿茶，清雅存声价，流丹浮翠笼农家，胜过红瓢沙。滤去喧嚣，行斟闲暇，色香怡众家。碧芽，雪芽，伴吾消仲夏。

〔双调·驻马听〕乡宁光华生态玫瑰园

踏野追云，岭上凤凰驰神引；寻芳入韵，枝间彩蝶戏香薰。清风入律福声臻，牧童横笛康歌近，生态垦玫瑰绽放光华趁。

〔双调·沽美酒带太平令〕咏光华玫瑰园

玫瑰岭上开，芬郁入襟怀，乡歌一曲拈韵来。乡郊绛采，含情脉脉呈娇态。

〔带〕送一朵姐儿头戴，寄几枝妹子心开。这边恰嫣红流彩，那边恰浅黄悍帅。赏怀、畅怀、忘怀，光华绚馥馨贻爱。

〔中吕·山坡羊〕春归何处

青林花路，飞红无数，徘徊蝶径丹情诉。绿扶疏，紫云浮，黄莺啼问春归处，细雨回君勤布谷。来，绿意呼；归，暖意舒。

〔中吕·朝天子〕雨中游华清池

瀑泉，水莲，踏雨游汤殿。回廊曲阁接岚烟，还忆君王恋。恩泽飞霜，华清凝咽，山盟海誓牵？玉笺，遗篇，小摘存诗绢。

〔南吕·一枝花〕忆春行

吟风野岸行，踏翠桃园径，扁舟摇碧水，柳笛戏黄莺。一曲春歌，彩蝶吻檀杏，蜻蜓点绿萍。寄花笺，将梦织成芬芳；寻雅趣，餐霞醉饮丽景。

〔梁州〕春深处惊鸿掠影，绿荫浓布谷催耕，牛儿俯首田间行。黄鹂啼柳，娇语声声；芙蕖浣水，玉立亭亭。沐春风丝絮含情，倚竹庭玉手弹筝。染眸处欲罢不能，蝶儿乱花光柳影，近池潢一片浮萍。层层，萦萦，晶珠儿滚动依荷袖，锦鲤绕枝兴。细语柔情诉心声，引耳倾听。

〔尾声〕游园再顾闲条凳，不见当年莺燕声，残叶落花漫幽径。枯藤，竹庭，瑟瑟西风远鸿影。

〔仙吕·赏花时〕墨池

君是晋都掣笔郎，瀚海行舟痴若狂。东壁借来余光，心灯点亮，云锦织天章。

〔幺〕荷叶飞舟载酒舫，畅叙幽情品墨香。欢乐荡柔桨，春歌竞爽，沉醉水云乡。

〔赚煞〕柳飞黄，波荡漾，曲颈鹅哦哦吊嗓。争似黄鹂在接唱，好一曲水上霓裳。墨池塘，韵遐扬，书圣遗风继日长。临池醉妆，紫毫恣放，兰亭序万古流芳。

〔南吕·一枝花〕春情

春风拂绿茵，嫩柳垂条浅。黄鹂枝上叫，紫燕半空旋。柳梦含烟，一缕乡情远，三分别绪牵。望白鸥闲伫溪亭，倚石凳空余茂苑。

〔梁州〕潇洒若江汀飞絮，潋滟如岭下清泉，鸣春光小草茵芳甸。浅红千朵，翠绿万枝；水天相映，春山倒悬。放飞鸢绳挽情牵，伴白云燕随风儿旋。绿荷池碧水扬清姿，杨柳岸黄莺儿妙啭，杏花林彩蝶儿翩翩。竹轩，锦园，云儿低语亲巡问，何日故乡见。一段乡愁一段缘，风月无边。

〔尾声〕一池春水风荷恋，两岸青山望欲穿。乡思之情寄云燕，一寸心笺，默默遥传，却看花儿半舒卷。

〔双调·雁儿落带得胜令〕闲适

清波叠翠莲，横笛鸣芳甸。怡情诗墨林，惬意竹菊苑。

〔带〕兴起舞蹁跹，闲处牧砚田。鬓白童心在，丹青雅韵牵。如仙，枕石红尘远；随缘，流云过绿川。

李润开 笔名芙蓉仙子，生于1956年，山西清徐人，中华诗词学会、山西诗词学会、太原诗词学会会员，杏花女子诗社社员，中国诗词研究会、清徐诗词楹联协会、世界汉诗协会网络分会副会长，东湖诗社副社长。

著有《芙蓉情梦》。

〔中吕·山坡羊〕咏春

春随风到,蝶随花绕,三八喜庆江河笑。翠了柳梢,艳了红桃,村前岭后春意闹,半边天空彩霞飘。花,尽妖娆;心,陶醉了。

〔双调·蟾宫曲〕元夜欢

夜荷塘湖面茫茫,拂面春风,山色苍苍,菊蕊初香,晨曦冷月,雁影朝阳。锣鼓队敲来八方,舞秧歌扭出华章。九曲长廊,铁棍龙灯,春满梗阳。

〔南南吕·一剪梅〕情醉桃花节

千树桃花满苑春,红遍乾坤,霞遍乾坤;山青水碧鹊歌晨,乐在山村,美在山村;漫卷彩旗架火缤,风也思君,云也思君;天香国色醉仙魂,情也殷殷,意也殷殷。

〔黄钟·人月圆〕无题

茫茫尘世无边际,友情不分杯。人生如梦,青春年岁,永记心台。南山如砺,汾河如带,等是尘埃。君莫相忘,校园丁香,梦里常开。

〔双调·蟾宫曲〕无题

如流水岁月匆匆,威特相逢,农大归鸿。三曲新词,一壶老酒,满座亲融。忆年少玫瑰梦逢,赞今朝白发英雄。友妹仙踪,诗里芙蓉,醉说情浓。

〔双调·雁儿落带得胜令〕无题

春花闻杜鹃,秋月叹紫燕。同学情意远,时序疾如箭。今赴相玉宴,同入威特园。

〔带〕荒滩起红厦,平地绿成烟。楼前,种几棵樱桃红笑靥;门边,贴几联书法美心田。

〔中吕·普天乐〕无题(二首)

早秋云,芳亭苑,霜飞草地,树减青颜。秋风荷叶寒,暮雨菊花绽。又见南归双飞雁,梦离情山右乡关。闲身易懒,驻京心倦,展翼回还。

暮云天，碧湖岸，霜凝败柳，荷褪朱颜。朔风百卉寒，冷雨黄菊绽。又见南归孤飞雁，望故园魂在乡关。赋诗心懒，传书已晚，倦鸟思还。

〔正宫·小梁州〕隐园秋

鲤鱼游水戏瓜秧，满目秋光。葡萄成串叶中藏，香风荡，飘过竹篱墙。

〔幺〕抬头架下惊叹望，丝瓜乍两米多长。硕果黄，藤枝壮。红菊傲霜，惹来赋千行。

〔中宫·满庭芳〕无题

永胜邀友，隐园聚首，酒热心头。泥炉烧烤红羊肉，鱼蚌珍馐。各色菜肴满金瓯，诵诗挥毫竞相酬。琴箫奏，平添境幽，同道好中秋！

董威威 生于1956年，山西太原人，《火花》编辑，《九州诗文》副主编，山西作协、太原诗词学会、普天乐散曲学会会员，新南诗社副社长兼秘书长。

〔正宫·塞鸿秋〕无题（三首）

汾河两岸观波浪，心花怒放荷花样。中秋赏月诗情荡，并州小调随心唱。衣单就是凉，翘首朝天望，星星也是家乡亮。

小溪流水如吟唱，西山似黛金钗相。秋风染发红黄亮，家乡美景千般样。回村看我娘，临走回头望，青砖碧瓦心舒畅。

崛围红叶多观过，多福寺里多福坐。登临高处惊魂魄，年年美景谁能错？并州美景多，就数西山阔，傅山曾在石窟卧。

〔中吕·普天乐〕我今高唱大风歌

兔年欢，龙年乐，心中老唱，黄土高坡。你也吟，他也和，曲界同仁齐声贺，我今高唱大风歌。大风歌起，吹开塞北，响彻黄河。

雨余梨雪开香玉，风和柳线摇新绿。日融桃锦堆红树，烟迷苔色铺青褥。王维旧画图，杜甫新诗句，怎相逢不饮空归去。

上录元郑光祖词（曲）塞鸿秋，丁酉老铁

张铁锁　笔名半犁、老铁，1954年生，山西曲沃人，曾任山西省委党史办公室主任，中共党史学会、党史人物研究会、中共文献研究会理事，第六、十届山西省政协委员，第十二届山西省人大常委会委员、法制工作委员会副主任，中国书协会员，第六届宣传出版委员会委员，山西书法教育研究会会长，山西应用科技学院美术学院院长，山西大学客座教授、硕士生导师，山西省重点图书评选专家组成员，山西书协第四、五届副主席。

〔正宫·塞鸿秋〕访太原承方科技公司

印刷大厦云中现,路边绿树连成片。今来采访心甘愿,明珠璀璨承方殿。温馨共进餐,有幸能相见,初识武总祥和面。

〔中吕·山坡羊〕新式离婚

钱财挣够,心情糟透,心灰意冷都难受。有情仇,捡情留,双方不愿无情斗,不做夫妻还是友。房,我不守;钱,你带走。

赵彩英 生于1956年,山西榆社人,中华诗词学会会员。

〔南吕·四块玉〕中秋夜

皓月明,抬头望,玉兔偎依桂花旁,嫦娥向往人间降。难断情,离别伤,泉泪汪。

〔正宫·塞鸿秋〕中秋节云簇湖赏月

晴空皓月山川照,云簇湖面银盘俏。鱼虾戏镜穿梭闹,黄龙入水金光道。霓虹倒影栽,景美人欢笑,明珠璀璨中华耀。

〔中吕·迎仙客〕情系榆州演唱会

春满楼,喜眉头,扭起秧歌烦恼丢。小品优,弹唱牛,舞蹈姿柔,岁岁春花秀。

〔正宫·鹦鹉曲〕思父

全家九口山村住,千斤重担压家父。汗淋淋整日无闲,哪管阴晴风雨。〔幺〕忆从前割草滩头,几近赴黄泉去。恨招来肺气肿横灾,受尽了寻医苦处。

〔双调·落梅风〕悼皇浦束玉老先生

惊雷响,驾鹤西,长空传信哀思寄。痛忆八中折桂子,辞林鸿儒名青史。

〔双调·步步娇〕赏梨花

柳色青青春光荡,梨蕊心花放。韵味香,十里传情蜜蜂忙;戏湖光,美卷帷屏上。

〔双调·沉醉东风〕在公园为孙儿拍照

花苑蝶飞鸟鸣,孙儿嬉笑追蜓。选镜头,施巧劲,快门按瞬间恒定。立坐叉腰好秀灵,美而俏深觉异颖。

〔中吕·迎仙客〕学唱歌

师有方,意飞翔,笑脸频频心气爽。病消除,身健康,颜放童光,永葆青春样。

李荣辉 字阳子,号鹿泉牧童,笔名潇河船夫、川夫等,生于1956年,山西寿阳人,中华诗词学会、山西诗词学会会员,晋中诗歌协会副会长,寿阳诗词学会会长。

主编《征诗快报》《寿川诗苑》《鹿泉心语》《灵芝吟》。

〔越调·天净沙〕80年代机关大院劳动图(二首)

微风细柳朝霞,钢锹铁镐铜钗,雅室高楼电话。一声令下,龟儿[①]个个搬家。

①龟儿:指六方形水泥地板砖。

赵钱孙李张王,巾帼稚叟儿郎,两手磨出血浆。安然无恙,建吾美好家乡。

〔双调·寿阳曲〕方山桃花四韵

风中绽,岭上开,报春来放歌边塞。游人似潮花似海,捻红云鬓边儿戴。

风中绽,岭上开,染苍穹彻香天外。桃源[①]盛名千万载,寄情深劲书豪迈。

①桃源:指桃花盛开时的方山。

风中绽,岭上开,傲群雄杏姿梅派。含烟吐霞盈异彩,越章台遍红山寨。

风中绽,岭上开,醉神坪①惹愁思赖②。琴音满怀弦未改,共瑶台任心儿爱。

①醉神坪:方山地名。

②惹愁思赖,出自"无赖春色惹人愁"句。

〔双调·水仙子〕戊午佳人再寄

清和月色杏含羞,雅聚冰妍水带柔。槐荫树下抛红豆,心怡垄上收。村娃不敢凝眸,樱桃口,彩凤头,好个风流。

王粉戎　生于1956年,山西原平人,原平农民散曲社社员。

〔正宫·叨叨令〕母亲

一门心思都为咱光耀,一股脑儿里外全关照。见儿孙进步心中笑,无数辛勤汗水甘心掉。你晓得也么哥,你晓得也么哥,母亲伟大儿孙们需行孝。

邢俊秀　生于1956年,山西原平人,原平农民散曲社社员。

〔南吕·瑶华令带感皇恩采茶歌〕致王文奎老师

雪霜淡淡沾须鬓,年轮转步七旬,一心只为文牍困。晨栉风,夕沐尘,奔乡镇。

〔带〕西寨传吟,东社教文。不知寒,焉为苦,忘餐樽。桃开李盛,硕果丰盈。看农民,懂散曲,共声吟。

〔带〕地头吟,垄中吟,男吟女咏悦吾心。唯有先生真文品,迎来田垄曲声春。

〔双调·雁儿落带得胜令〕农闲

数畴田汗染,几垄苗珠嵌。晨曦露润彩,夕暮红云恋。

〔带〕春日写新篇,秋月贺丰欢。冰雪行人断,情萌文事研。屋间,子集经史常开卷；桌边，书谱兰亭临几番。

杨子炜 生于1956年，辽宁盘锦人，山西诗词学会会员、原平农民散曲社社员。

〔中吕·十二月带尧民歌〕苗圃赞

风飕飕初春乍暖，忙碌碌挥汗田间，翠珊珊青苗渐长，乐陶陶情满田园，喜盈盈丰收再现，客纷纷买卖同欢。

〔带〕辛劳无怨复年年，起早贪黑日炎炎。一生耕作苦也甜，汗水浇得笑开颜。苗鲜，苗全，邀君采在先，试种齐称赞。

〔中吕·满庭芳〕乡居

喧嚣厌倦，闲居山野，更胜桃园。春来播撒心中愿，院绿畦沿，夏伏案依窗把扇，秋收完晾谷尝鲜。秋秸乱，随风漫天，歌舞尽欢颜。

刘 红 笔名寒星，生于1956年，祖籍山西晋中，生于太原，中国散曲研究会、山西作协、山西散曲研究会、山西诗词学会会员，山西成人高等教育协会、山西民办教育协会常务理事，山西集邮协会理事，山西文献集邮研究会会长。

创作散曲近800首，主编《山西文献集邮》，著有《寒星文苑》《寒星曲苑》。

〔正宫·小梁州〕立春赏梅

梅花数点跃宫墙，巧扮新装。岁寒蓬岛傲天霜，严寒荡，枝翘报春忙。

〔幺〕飞絮轻掩娇媚漾，入画墨染浸芬芳。思绪长，意豪放，迎风凌傲，且赏且疏狂。

〔正宫·小梁州〕大同华严寺

上下华严辽金佛，气势巍峨。皇室祖庙护经阁，明宣德，重修此规模。

〔幺〕单檐九脊琉璃鹤，两厢廊院别一格。梵文驳，须弥座，石经楼宇，契丹没史河。

〔正宫·小梁州〕独自荡兰舟

时光流逝负娇柔，霜染寒秋。萋萋芳草山色悠，莫言愁，白了少年头。

〔幺〕诗词歌赋笙歌奏，不绝琴韵曲绕楼。月似钩，湖泊皱，静听夜漏，独自荡兰舟。

郑福太 生于1957年，中国农业银行山西分行晋阳支行行长、中华诗词学会理事、山西诗词学会副会长、虹巢书画院院长。

〔中吕·满庭芳〕秋

乘风览秋，天香一野，枫染西丘。雁鸣人字南飞走，似诉新愁。荣辱三番多苦酒，是非千缕悉鸿沟。逾心厩，桃乡若有，谁肯借渔舟？

〔双调·水仙子〕苦守

原本想清歌一曲动君心，未曾料七道琴弦五断音。到头来香茶隔夜无人饮，北风频袭寒透衾，数遍繁星影难寻。多少回雪消雁临，强忍痛颤书泪吟，恨白云不降甘霖。

胡凤琴 生于1957年，河南信阳人，《中华散曲论坛》版主。

创作散曲480多首，作品散见于《中国诗词月刊》《中国当代散曲》《中华女子散曲》《中华女子诗词》等刊物。

〔中吕·普天乐〕普天乐散曲学会成立志贺

架瑶台，吟天籁，南疆唱罢，北域喉开。乐舞来，歌豪迈，国粹传承新时代，展情怀晋剧连排。俗雅九州，扬芳世界，响彻天涯。

〔中吕·满庭芳〕贺姚奠中先生百岁寿诞

遐龄寿君,功泽三晋,矍铄精神。诗书画印多才俊,集善一身。抗倭寇亲编剧本,爱祖国赤子雄心。博学问,科学育人,令晚辈敬仰钦尊。

〔仙吕·一半儿〕武则天雕像

则天雕像立乾坤,别样巾帼施政勤,称帝治国天下闻。媚强人,一半儿淑媛一半儿狠。

〔中吕·山坡羊〕北武当山之巅观景

香风迎面,祺霞光灿,松涛阵阵弦声颤。览群山,巨龙翻,远苍近黛烟波漫,幽谷峰峦云雾间。人,宛若仙;临,伊甸园。

〔中吕·山坡羊〕北武当山

香炉峰魅,参天松翠,秋红夏绿春冬媚。峻岭霏,怪石威,悬崖峭壁天雕粹,庙宇石碑名气蜚。山,景色美;人,心意美。

〔中吕·山坡羊〕一代廉吏于成龙

德能堪甚,清廉公认,蜚声朝野担纲任。惩贪淫,建功勋,成绩卓异朝中振,清代名臣传后人。心,只为民;廉,天下闻。

〔中吕·山坡羊〕玄中寺

依山而坐,楼阁宏阔,建筑布列雄浑策。殿巍峨,画超脱,飞檐斗拱精雕刻,寺外清泉苍翠柏。禅,仰拜佛;诚,仰拜佛。

〔正宫·叨叨令〕杏花村有感

杏花村里闻佳酿,清香幽雅芬芳降。甘馨爽口难相忘,皆因神井纯晶亮。汾酒醇也么哥,诸酒王也么哥,诗仙酒赋今传唱。

〔正宫·塞鸿秋〕赞碛口

曾经商贾云集地,东西经贸交流地。一街灯火辉煌地,龙吟碛口雄浑地。

船筏满港集，店铺如林地，闻名遐迩商埠地。

牛爱科 生于1957年，山西太原人。

〔南吕·四块玉〕贪人相

小铁窗，斜阳照，远望光明路遥遥，敛财丢掉乌纱帽。犯律条，没处逃，抓住了。

〔仙吕·一半儿〕贪官妻

老公收礼爱胡花，不若娘们亲自拿，天网恢恢人被查。害全家，一半儿糊涂一半儿傻。

〔仙吕·一半儿〕代买官者言

买官唯顾大权抓，只道公家钱好拿，收进腰包谁去查。任由咱，一半儿贪污一半儿耍。

赵文英 生于1957年，山西原平人，原平农民散曲社社员。

〔正宫·叨叨令〕农村新貌

山清水秀蜿蜒道，舒心一片新村貌。村姑结伴秧歌跳，翩翩起舞开心笑。你唱也么哥，我和也么哥，村村齐唱和谐调。

曲长江 字日出，号无念迂叟，笔名曲直，生于1958年，黑龙江五常人，中国散曲研究会会员、《中国当代散曲》编委。

发表散曲1200多首。

〔南吕·翠盘秋〕祝贺原平农民曲社注册成功

炕围画，凤秧歌，古韵农夫作。日出坡，地锄禾，山乡梆子诉传说，月落歌不落。

隔窗遥望雾蒙迷,远树依稀,青山一色比高低。清溪碧,风过起寒漪。初冬偏又生新绿,红衣女偶见田畦。乌雀(鹊)原野逐,素鸽长空戏,朝阳升处,晕淡淡晨曦。

伯华并书

〔仙吕·游四门〕赞农民曲社

咬文嚼字键盘存，不觉月西沉。如今城乡一体地球村，谁说风雅属文人？嗔！上溯三代有几个不是农民？

〔中吕·山坡羊〕赠农民曲社

小楼上下，电灯电话，轿车荫蔽葡萄架。种桑麻，养鸡鸭，吟诗作赋墙围画，俚语俗谣奔儿不打。他，曲味嘎；她，曲味嘎。

〔仙吕·四季花〕题农民曲社

面朝黄土背朝天，犁杖脊梁弯。生息繁衍黄河岸，戏曲育摇篮。醋醇酸，原汁原味在田园。

〔正宫·叨叨令〕祝贺原平农民曲社8周年华诞

农民散曲根植厚，八年陈酿没喝够。乡音俚语红衫袖，田头地垄青毛豆。溢满情也么哥，溢满情也么哥，满园硕果都熟透。

〔双调·沉醉东风〕贺原平喜获"中华散曲之乡"称号

摇钱树东山水果，聚宝盆西岭煤窝。春种植，秋收获，米粮川中部丰和。泥土芳香纵酒歌，扭一场乡村社火。

张春艳 笔名莲子，生于1958年，籍贯辽宁海城，现居武汉，武汉诗词楹联学会散曲研习社常务副社长兼秘书长。

〔越调·小桃红〕贺姚老百岁寿诞

南山哪敢自称高，踮脚夸姚老。大漠胡杨总年少，好风骚。乘波踏浪频频钓，钓蟾画娇，钓诗蕴妙，钓尽海中涛。

岳贵春 生于1958年，山西榆社人，中华诗词学会、山西书协会员，中都印社社员，黄河散曲社副秘书长，《当代散曲》《中国当代散曲·山西卷》

编委,榆社诗词学会常务副会长,榆社漳源散曲社社长。

近年创作诗词曲近千首,其中小令及套曲 300 余首。

〔正宫·塞鸿秋〕拾柴

钩镰扁担麻绳串,深沟远壑悬崖畔。蓬头垢面浑身汗,粗粮糗块山泉蘸。苍山入暮归,所获肩头颤,披星赶路闻娘唤。

〔正宫·塞鸿秋〕习诗抒怀

清临数载吟歌赋,尘封片纸酬情愫。观幽赏景天涯赴,修辞炼字蜗居度。书山得空游,瀚海偷闲顾,寻思造意全凭悟。

〔正宫·鹦鹉曲〕春遇连阴雨遣闷

连阴数日窝家住,约几个靓妹憨父。入歌厅我吼她哼,任你天公风雨。

〔幺〕那词儿句句含情,对唱眼来眉去。意绵绵不觉更深,咋舍这开心耍处。

〔正宫·鹦鹉曲〕发小小聚

前年避暑回村住,混了伙白鬓田父。唠儿时任性贪玩,哪管阴晴风雨。

〔幺〕浪沟坡摘杏敲桃,戏水赤身来去。叹如今满面沧桑,梦总绕曾经耍处。

〔正宫·鹦鹉曲〕杏园写真

栖身老院依园住,树下遇几个林父。瞭枝头大杏金黄,怎奈经风经雨?

〔幺〕忽然间鹊噪车喧,远近客商来去。瞅新钞把把揣兜,也不枉一年苦处。

〔双调·新水令〕回乡避暑(套曲)

在门外饱受烘烧,入蜗居又挨蒸泡。整日天灼地烤,通宵闷热难消。欲避无着,发小来邀,急匆匆踏上回乡道。

〔驻马听〕一群群车马喧嚣,一幕幕峰回路绕。瞅岭上枝头杏闹,入乡间夏麦香飘。村头河坝儿童戏水赤条条,槐荫石榻仨翁抬杠声声妙。仔细瞧,原来都是儿时伙伴老来无事图热闹。

〔乔牌儿〕见乡邻停车驻足,当年娃你搂他抱,相携老院倾情唠,把童年事聊。

〔雁儿落〕忘不了拾柴摸黑开腔壮胆惹狼嚎,忘不了油灯冷炕长宵难耐饥肠搅,忘不了放学回来搭晌锄苗,忘不了周末上树搜梨溜枣。

〔得胜令〕那年头日子难熬,常常是断米没烧。吃的是榆皮红面,烧的是枯叶蓬蒿。辛劳,碌碌求温饱;寻茇,沟坡不长毛。

〔甜水令〕如今故里满目丰饶,村新景新层林环抱。曾经的荒山秃岭浓荫罩,曾经的污渠圐圙旧痕消。游东垴片片清泠柳媚花娇,逛西沟阵阵芳香桃夭李俏。溪边小憩吼了几声开花调,柳下乘凉哼了一段土滩腔,好不逍遥。

〔折桂令〕兴正酣忽听本家大嫂几声吆,约我她家晌午闲聊。给我做了杂面河捞,馋得我口水难消,急得我脚忙心躁,惹得我肚响肠敲。一进门就给我碗盛勺舀,特意为我炒了野蒜青椒。这农家饭远胜过美味佳肴,吃得我汗水如浇,欲起身难把腰猫。

〔离亭宴煞〕天天有左邻右舍登门唠,夜夜有蛙声溪律催眠调,一觉睡到东方破晓。转眼间秋来暑去归期到,舍不得这清风送爽明月照,舍不得这坡梁叠翠祥云绕,舍不得这土炕乡音情未了。直叫人离愁缕缕寄柔毫,别绪悠悠付诗草。

〔南吕·一枝花〕赶会

闲来应友求,兴起回乡遛。途中风景秀,车内笑声柔,不一阵便到村头。回眸路上人潮涌,抬首街旁商铺稠。凑货摊砍价掏兜,入餐棚尝鲜宴友。

〔梁州〕听会场鸣锣放喉,挤人群伸颈凝眸。拼歌弄棍啥都有,看这边村翁劈腿将我心揪,瞅那边山姑走秀把俺魂勾。牧羊汉一嗓开花调韵美腔柔,打工妹一套功夫扇招劲声遒。一曲曲故乡情吼乐了身后山头,一场场流行舞逗羞了溪边绿柳,一段段土滩谣洗尽了心上烦忧。周围是双双醉眸,台上是群群靓妞。袒胸裸膀轮番扭，真叫你消受。这里人儿咋恁牛？实在风流。

〔骂玉郎〕纷呈异彩把神魂诱，忽听场外将我乳名吼。人堆硬挤才把身抽，林荫底下乡邻遘。仔细瞅，一群霜鬓叟，都是儿时友。

〔感皇恩〕结伴青丘，指点坡沟。忆童年，聊趣事，乐难收。清溪拾梦，仄径寻幽。跨崇冈，穿碧壑，画中游。

〔采茶歌〕立崖头，顾村周，平畴千顷绿油油。深巷长街楼对楼，家家门上泊车辀。

〔尾声〕听歌逛景没玩够，发小诚邀摆酒筹。品鲜鲉，尝嫩藕，盏盏含情，声声叙旧，日上东墙不思走。意稠，怎休？恨不得刮肚搜肠赋千首。

赵美林　生于1958年，山西原平人，原平农民散曲社社员。

〔正宫·塞鸿秋〕春节

高门映雪灯笼缀，春联雅韵芳心对。枝头喜鹊连声脆，孙儿放炮爷欣慰。融融四世情，阵阵欢声沸，未曾把盏心先醉。

〔正宫·塞鸿秋〕春

风柔梅放阳婆照，寒冰融化新芽俏。一行鸿雁穿云笑，桃花绽蕊蜂蝶闹。村姑垄上忙，老汉长鞭绕，耕牛一吼将春叫。

贾文明　生于1958年，山西原平人，原平农民散曲社社员。

〔中吕·山坡羊〕心愿

喜迎元旦，羞抒一愿，何时写曲如花艳。爱缠绵，意缠绵，空怀灵感头发汗，左想右思语不鲜。今，将韵粘；明，将梦圆。

〔中吕·山坡羊〕中秋儿女归

谋生惆怅，天涯闯荡，一年在外高薪创。念爹娘，想家乡，归乡游子亲难忘，时逢十五圆梦想。儿，陪上娘；娘，把月赏。

栗文政 笔名闲来，生于 1959 年，山西襄垣人，中华诗词学会会员、山西诗词学会副会长、来福诗社社长。

著有《诗游三晋》。

〔仙吕·一半儿〕年终报告

猴哥奋力扫尘埃，一唱雄鸡天又白，瘦了腰围减了财。好乖乖，一半儿诗来一半儿霾。

〔中吕·普天乐〕贺普天乐散曲学会成立

郑关乔，诸宫调，山坡羊叫，叨叨令叨。才刚回过神，又见寄生草，独木桥通了阳关道，醉了元朝醉了今宵。青哥儿跳，小桃红闹，普天乐更是风骚。

〔双调·折桂令〕纪念苏轼诞辰 980 年再读《赤壁怀古》

大江淘尽英雄，赤壁周公，计锁艨艟，巧借东风，诈降黄盖，烧烂天空。道政客情怀不同，说骚人兴致无穷。诗露峥嵘，词气如虹，文若游龙，谁比坡翁。

〔仙吕·寄生草〕曲人王文奎

抽烟反胃，喝酒难为，打牌更是活遭罪。这一生只爱诗词对，把晚晴吟曲①书集萃，它全都出自心肝肺，婆姨老汉都背。

①晚晴吟曲：王文奎先生散曲集名。

〔中吕·醉高歌〕曲兴

经过曲人们多年不懈的努力，散曲事业终于出现了复兴的曙光。大江南北，长城内外，一片繁荣景象：曲网热热闹闹，曲刊曲书频频出版，散曲进了校园，进了农村……

悠悠元曲难消，漫漫黄河未老。梦中吹响集结号，俺这里精神头正好。

祁 石 生于 1959 年，山西寿阳人，晋中诗歌协会常务副会长、晋商诗书画研究院副院长、祁氏文化研究会会长。

〔双调·水仙子〕贺《中国当代散曲》创刊周年

碧荷雨打醉七仙,古庙书香散朔天。羞说元调民国断,种诗田灌曲园,野史亭前又起波澜。平阳马喊,晋水牛翻,山曲萦川。

〔越调·天净沙〕贺画家赵梅生先生88岁诞辰

谁离孔庙寻仙?坞城学府街边。一夜西风叶乱,香生梅馆,溢出楼外寒天。

〔双调·天香引〕次韵复二曲友

闻二君互唱击弦,源自潇河,推浪拍天。垒万丈悬岩,武当借剑,青主遗椽。虽挥楚骚晋翰,难醒当世文坛。凿者清渊,继者前贤,灌尔千田,织尔新帆。

〔双调·凌波曲〕读常箴吾先生散曲

楼台破旧小轩空,双塔东依老曲翁。山歌领唱春风送,黄河冰已融,欲浇太行千峰。夕阳照,望劲松,正看满天云红。

刘增川 生于1959年,山西诗词学会、原平诗词学会会员,原平农民散曲社社员,红门书院写作营成员。

〔仙吕·一半儿〕咏秋

一篇闲赋写秋怀,十里香山红透腮,百亩稻田镰正开。醉灵台,一半儿金黄一半儿彩。

〔中吕·山坡羊〕中秋节情思

一桌美味,两行热泪,礼花鞭炮无心对。顾及谁?为了谁?牵肠挂肚实实累,盼女想儿何日归!人,寻梦回;情,有爱随!

〔正宫·塞鸿秋〕家乡好风光

田园鸟唱风光媚,塘鱼戏水鸳鸯对,桃红柳嫩舒心肺,天蓝地绿陶人醉。河边燕雀歌,树上枝丫翠,家乡品尽诗情味。

郭秀云 生于1959年,山西原平人,原平农民散曲社社员。

〔越调·天净沙〕玉皇峁风光

山泉山路山花,山松山柳山楂,山峻山高竞雅。山光如画,山中一片飞霞。

赵小平 生于1959年,山西原平人,原平农民散曲社社员。

〔正宫·塞鸿秋〕劝子

人才成栋非容易,八荣八耻心间记。严师教诲思详细,待人诚恳凭和气。盼儿要记牢,忧乐关国计,忠孝传统须承继。

〔正宫·塞鸿秋〕骏马迎春

英姿飞跃披红褂,骅骝开道前辕驾。银蹄腾起神州跨,踩出一卷缤纷画。祥云天上飘,田野迎风飒,五湖四海吟华夏。

王德珍 笔名魔女,生于1959年,山西祁县人,中华诗词学会、山西诗词学会会员,中国诗词研究会、太原诗词学会副会长,杏花女子诗社、晋社副社长,太原市万柏林区诗词学会副会长兼秘书长,太原市万柏林区楹联家协会理事。

作品散见于《中国诗词》《黄河》《难老泉声》《九州诗文》《中华辞赋》《星星诗刊》《安徽散曲》《并州诗汇》《祁县诗词》《山西晚报》等报刊,著有《云梦集》。

〔中吕·山坡羊〕为鬼谷子书院主人题

根雕多帅,兵书人爱,云山深处真情在。绿痕苔,远朋来,南瓜就酒犹成快,明日阴晴今不揣。身,漂四海;心,何壮哉。

〔中吕·山坡羊〕春日别友

江边天暮,轻舟何渡,东风吹乱人前树。望乡都,几踌躇,今宵别后难览金山广袤嵯峨，百里苍茫，秀色颇多。叠瀑飞泉，晨曦映塔，出洞骆驼。望林海高堆翠螺，伴云霞日出红铂。树舞婆娑，群鸟共鸣，引我高歌。

录史文山双调折桂令梦游榆次乌金山，丁酉寒月郭清平书于魏榆

郭清平　1955年生，山西和顺人，晋中书画家协会会员，山西瀚海散曲书画院秘书长。

重聚，执手相看人不语。留，心内苦；回，心内苦。

〔南吕·四块玉〕桃花谷之夜

曲一腔，茶三盏。萤火流光不愁看，满身疲倦风吹散。草树明，水月闲，人自安。

〔南吕·四块玉〕初识京西桃花谷

七彩霞，天边挂。小鸟疏篱绿丝瓜，清风今日犹无价。杨柳纱，野径花，曲漫崖。

王晓丽 生于1959年，山西晋中人，中华诗词学会、山西诗词学会、晋商诗书画研究院会员，晋中诗词学会会长，杏花女子诗社副社长，唐槐诗社社员，紫云诗社顾问。

主编《诗人笔下的生态庄园》，著有《诗路心语》。

〔仙吕·一半儿〕野山花

山沟沟里几丛花，不畏风吹生峭斜，野旷尽开蒸霁霞。任天涯，一半儿狂来一半儿雅。

〔双调·水仙子〕柿子红了

红嘟嘟朱果缀晴川，黄灿灿菊花映碧天，清凌凌溪水飞银练。金风舞柿鲜，喜丰年老少欢颜。入口儿甜心底，掬花儿插鬓间，乐似神仙。

〔双调·水仙子〕观明乐庄园三国古战场实景剧表演

萧萧骏马跃葱茏，猎猎旌旗舞碧空，隆隆号角惊天梦。穿行今古中，仰英名气贯长虹。泼墨可淘东海，挥毫欲拔劲松，今朝再锁苍龙。

〔双调·折桂令〕登红崖大峡谷最高峰

登临太岳高峰，梯入天宫，手触云鹏。曼舞轻纱，飘飘仙乐，似到方蓬。抬眼望群峦尽涌，侧耳听涧水犹倾。丹壁吟松，峡谷飞龙，情满秋山，韵绕苍穹。

〔双调·沉醉东风〕元日夜观焰火得句

色缤纷花开夜空，光璀璨星缀云中。岁启元，人追梦，喜盈盈盘点颇丰。半卷诗书韵味浓，待东风心潮漫涌。

〔正宫·鹦鹉曲〕正月初二观百草坡灯展

红光碧海花灯住，照亮了百草农父。恰繁星炫目斑斓，又见霓虹流雨。

〔幺〕叹青穹月朗风清，梦幻似梭来去。进长龙隧道穿行，却误入银河浅处。

〔黄钟·人月圆〕春分

柳眉轻拂鹅儿缀，看紫燕成双。风柔云淡，莺飞草绿，桃李芬芳。

〔幺〕穿行田野，放怀酣畅，醉恋春光。一犁新雨，平分昼夜，共话耕桑。

〔黄钟·人月圆〕咏木棉花

高擎火炬南天照，树树仰孤标。丰姿妍丽，色明胜日，情染云霄。

〔幺〕攀枝铁骨，不需绿叶，何惧狂飙。颂英雄谱，展凌云志，再卷春潮。

〔双调·雁儿落带得胜令〕咏玉兰花

凌空舞俏衣，点蕊含妩媚。馨香气正弥，玉树姿方丽。

〔带〕素洁露花奇，似雪蝶前飞。淡雅群芳妒，纤尘不染肌。春池，袅袅仙姝会；春晖，婷婷兰草醉。

〔正宫·塞鸿秋〕咏普陀山

金沙瀚海波涛渡，珍珠翡翠群岩布，奇崖怪洞仙翁顾，海天佛境观音住。穿行云水间，静望蓬莱处，心泉澄澈神来赋。

张秀林 笔名张弛，生于1960年，山西寿阳人，湖北诗词学会、寿阳诗词学会会员。

近年创作诗词、故事 1500 余首（篇），作品散见于《湖北诗词》《仙桃诗联》《寿川诗苑》等刊物，著有《秀林诗词选》。

〔双调·寿阳曲〕方山桃花（四首）

迎风笑，斗雪开，守边陲装点山寨。凌寒傲霜惊四海，醉骚人放歌天籁。

丛中笑，满岭开，舞仙姿杏眸梅态。香魂惹得游客爱，嫁东风八方青睐。

东君恋，笑靥裁，绽红腮香飘山外。仙姿玉骨君膜拜，梦中缠醒来失态。

春风吻，红豆栽，巧梳妆粉腮眉黛。香魂玉姿倾宇外，做新娘挽君同拜。

〔中吕·山坡羊〕桃花

春光明媚，松林苍翠，桃仙舞袖群贤醉。赏娇眉，望蝶飞，丹青水墨山头会，你和我歌杯盏推。枝，吐艳蕾；人，追梦美。

〔双调·折桂令〕咏秋

秋风醉吻山乡，阆苑飘香，阡陌飘香。丹桂争妍，金菊竞秀，碧野催黄。遥望天边雁字，常牵梦里刘郎。月下徜徉，溪畔徜徉，垄上徜徉。

〔双调·寿阳曲〕桃花

春光灿，柳扭腰，望桃源彩蝶嬉闹，成群蜜蜂来报到。客流连，尽情欢笑。

〔双调·水仙子〕咏常村梨花

漫山遍野白茫茫，老树新芽溢暗香。春风一缕琼花降，翩翩如蝶翔，帅哥美女徜徉。痴情赏，留影忙，韵满瑶乡。

〔正宫·塞鸿秋〕年近花甲庆六一

喜逢节日琴箫弄，乐寻情趣儿时蹦。我摇花伞童心纵，你敲鼓点师恩颂。不觉夜色临，又把童年梦，嘿嘿一路摔得痛！

〔正宫·塞鸿秋〕欢庆六一

花儿朵朵开心笑,风儿阵阵摇枝俏。男娃伸手铜锣闹,女娃跺脚歌声绕。抱笙梦想飞,吹管荣光耀,七彩童年阳光照。

〔中吕·山坡羊〕抗战胜利70周年感赋

东洋倭寇,侵华禽兽,曾烧杀抢凶残透。血河流,庶心揪,军民挥戟瀛蛮揍,敌忾同仇驱恶狗。昔,百姓忧;今,华夏牛。

常永生 笔名南枝,自号东山客人,生于1960年,山西太原人,山西诗词学会副会长,中国书画研究院山西创作分院、山西瀚海散曲书画院副院长,中华诗词学会、中国楹联家协会、中国老年书画协会会员,太原诗词学会理事,唐槐诗社社长,《中国当代散曲大典·山西卷》副主编。

与他人合辑《拾萃集》《拾霓集》,著有《常永生诗词集》。

〔正宫·塞鸿秋〕西湖十景

苏堤春晓

一条碧带西湖练,千年古道东风健。桃红柳绿烟云漫,莺啼燕舞桥虹炫。春催晓日钟,雾绕青纱缎,婵娟一曲香风艳!

平湖秋月

望湖亭碧波如酿,初秋月玉芽真靓。听蝉儿唱出时尚,随堤儿进来仙帐。一湖天上珠,万籁心中漾,姑娘们活脱脱嫦娥样!

花港观鱼

一池鱼影儿红波乱,双桥柳岸儿白帆灿。花家山映波连花岸,青林园锁澜通青苑。四时花影重,八节松波瀚,人迷碧海心魂儿恋!

曲院风荷

一坛儿老麴风波酿,一池儿新曲莲花放。白云醉卧那平湖浪,黄鹂唱醒这斜阳虹①。花香恋酒香,旧巷接新巷,跨虹桥映不够波心荡!

注:①虹:读作jiàng。

柳浪闻莺

绿枝儿起舞群仙乐,黄莺儿斗嘴一风和。花篱儿引进了青纱垛,情歌儿醉倒了鸳鸯陌。云山三面来,秀水一湖阔,亭台楼阁人潮脉!

三潭映月

一湖春月如心荡,三潭灯玉抛天上。轻风儿吹乱吴刚氅,小船儿搭走嫦娥幌。我心相印亭,片月生沧浪,看人间处处瀛洲状!

断桥残雪

风流一段儿情人会,飘摇满地里雪花媚。有段家故事酒香醉,赏云光水影歌声脆。风来雪月奇,云走雨晴瑞,看船移画影儿琼花缀!

南屏晚钟

一峰独秀西湖岸,万林群舞云烟畔。如屏石壁沧桑鉴,如潮人影悲欢恋。白天香雾飘,夜晚钟声撼,给悠悠岁月祈来几多盼!

雷峰夕照

佛光山色蓬莱逊,画船云影塔峰峻。千年故事风传尽,一湖夕照云摇嫩。浮屠立宇空,美人映金韵,最赏那春涛儿拍醒香云汛!

双峰插云

云峰双映湖光瑞,画船千叠松风翠。洪春桥畔烟霞醉,华光庙里香云汇。溪长曲叠声,磴险步知味,是谁插神笔平添了天堂媚?

弓海亮 生于1960年,山西原平人,山西诗词学会会员、原平农民散曲社副社长兼张村分社社长。

〔正宫·塞鸿秋〕晨锄禾

枝头喜鹊喳喳叫,空中布谷声声闹。田间老汉锄头撂,辣椒地里抒宫调。青川眼底收,碧水身旁绕,诗情画意心花翘。

〔正宫·塞鸿秋〕初夏风景线

麻麻豆豆芽芽露,枝枝叶叶婷婷秀,花花草草芳芳诱,山山水水层层扣。

风光醉碧天，景色涂青釉，莺莺燕燕声声奏。

〔中吕·山坡羊〕买年货

市场绕遍，眼花缭乱，高吆呐喊忙商贩。这边摊，那边摊，瞧来瞧去全瞧遍，两手空空十二点。今，因差钱；明，买个全。

李增田 生于1960年，山西原平人，黄河散曲社、原平农民散曲社社员。

〔仙吕·一半儿〕文化大院

乡村大院展娇姿，锣鼓声中咱赋诗，致富乡贤施巨资。最无私，一半儿乡情一半儿痴。

陈龙宝 生于1960年，山西原平人，山西诗词学会会员，黄河散曲社、原平农民散曲社社员。

〔双调·落梅风〕和谐

风车转，岸柳摇，轻歌曼舞人儿闹。听墙内声声叫好，全村齐唱和谐调。

〔仙吕·一半儿〕科学种田

良田沃土养民生，汗水浇得五谷丰，调产带来钱袋增。看老农，一半儿赞称一半儿捧。

王妙峰 生于1960年，山西原平人，原平农民散曲社社员。

〔仙吕·一半儿〕枣园秋景

百年老枣满沟湾，叶茂枝稠展笑颜，翡翠玛瑙别样天。味儿鲜，一半儿酸来一半儿甜。

〔越调·小桃红〕家乡美

沟崖绿枣杏儿黄，放眼滹沱浪。满地酥梨秋情酿，尽情尝。高粱玉米风中晃，山花吐香。核桃摇荡，绿树映红墙。

刘莲云 生于 1961 年，山西原平人，原平农民散曲社社员。

〔仙吕·一半儿〕夸夸劳模陈银未

劳模自古淡功名，服务人民座右铭，忘己为公一片情。是功臣，一半儿学习一半儿咏。

邢和连 生于 1961 年，山西原平人，山西诗词学会会员、原平农民散曲社社员。

〔越调·天净沙〕友谊

朋朋友友欢欢，言言语语连连，挚挚真真片片。思思念念，和和气气天天。

〔中吕·喜春来〕盛世树功碑

滹沱碧水泉溪汇，万朵红花两岸菲，诗歌放彩映朝晖。如月炜，盛世树功碑。

〔仙吕·一半儿〕祝贺张村散曲分社挂牌

春来曲苑景分明，喜看诗芽垄上行，丢下锄头敲韵声。注真情，一半儿吟来一半儿耕。

赵玉兰 生于 1961 年，山西原平人，山西诗词学会会员、原平农民散曲社社员。

〔越调·凭栏人〕参加原平农民散曲社年会

沐浴清风笑挂腮，脚踏晨溪兴满怀。才疏心不衰，老农攀曲台。

〔正宫·塞鸿秋〕自嘲

生铜脑袋钢铅灌，葫芦心肺蛆虫占。半生围着锅台转，老来才把宫商恋。

重冈已隔红尘断,村落更年丰。移居要就,窗中远岫,舍后长松。十年种木,一年种谷,都付儿童。老夫惟有,醒来明月,醉后清风。

元好问卜居外家东园,赵国柱

赵国柱　1955年生,祖籍山西平遥,生于太原,山西省政府文史馆馆员,曾任全国第三、四、五届中青年书法"百强榜"评委,首届中国书坛"风云榜"评委,全国第一、二、四届硬笔书法大展评委,中国书协会员,山西书协副主席,山西青年书法家协会、中国硬笔书法协会名誉主席,中国楹联学会理事。

仄平彻夜研，韵律三餐伴，乱涂瞎写难遂愿。

马柳枚 笔名正源、八卦教主、曲水瓶梅等，生于1962年，山西太原人，山西法制报社总编、山西作协会员、山西法学会理事、普天乐散曲学会副会长、山西瀚海散曲书画院散曲创作室主任。

作品散见于《当代散曲》《中国当代散曲》等刊物。

〔双调·骤雨打新荷〕解意马致远《秋思》

几绺枯藤，恋疏离老树，抱干攀桠。秃枝顶上，只看见昏鸦。去岁呼朋唤友，咋今日饮风噘沙。问小桥，因啥怕约，流水人家。

〔幺〕伤心休提古道，更西风瘦马，停进由他。夕阳西下，只兀自嗟呀。肠断人凭断肠，把明月和风吞下。揽肃思，归心尽抛，魂放天涯。

〔中吕·山坡羊〕嗜烟图

眉头微蹙，指头微竖，唇间几簇烟花怒。计赢输，费踌躇，晨昏缭绕无穷雾，顾不得伤身和味苦。穷，八块五；通，一万五。

〔中吕·山坡羊〕拈酸图

多姿容貌，多情怀抱，咋忽地莺声翻作嗔声笑。吊眉梢，拧蛮腰，钗飞碟碎胭脂掉，却原来郎心妾意醋瓶倒。她，假意恼；他，端正好。

〔中吕·山坡羊〕醉酒图

三杯巡过，腹中才饿，称兄说弟头发热。量实多，劝还喝，圪台台当作沙发坐，门搭搭偏要对烟火。家，走错了；人，耽误了。

〔中吕·普天乐〕普天乐散曲学会成立致贺

龙年岁首，闻散曲老树又努新芽，遂集数个曲牌名，欣喜而作。

都来在快活年，共尔等迎仙客。得听着蟾宫折桂令，得看着念奴美娇娥。乐翻了倘秀才，急煎煎声声贺。醉太平浑不怕寒冬狂风朔，要学那混江龙搅海扬波。端坐小梁州，遣鱼游戏水，畅颂大德歌。

〔正宫·叨叨令〕无题

蜘蛛惦记飞蛾肉，家鸡为抢蟋蟀斗。阎王哪管精魂瘦，秃鹰反仗鹧鸪佑。下手也么哥，下手也么哥，俺这里司空见惯信不谬！

〔中吕·快活三带朝天子四边静〕祝中国散曲再度崛起

遗山①情未消，把曲问前朝。三分天下乐陶陶，自古凭谁傲！

〔带〕左挑，右挑，独爱诸宫调。雁儿落听骤雨打芭蕉，拨不断红杏枝头闹。沉醉东风，山坡羊叫，耍孩儿端正好。你叨，我叨，小令牵长套。

〔带〕你走的是羊肠山道，人称你匕首投枪小辣椒。生就的风流品貌，惯常的娇嗔嗤笑。如今你再披战袍，俺听你重新吹响冲锋号！

①遗山：指元代诗人元好问，他被誉为中华散曲鼻祖。

〔中吕·卖花声〕怀想散曲大师关汉卿

冤窦娥六月叫寒英下，赵盼儿奇谋把恶棍耍，谭记儿巧施计竟救夫家。胭脂罗刹，风尘蒙化，汉卿公沉醉在石榴下。

〔中吕·满庭芳〕梅赞兼贺国画大师赵梅生先生80寿辰

梅生晋阳，花繁枝茂，香韵绵长。不与百艳争模样，独笑风霜。几曾想风柔水长，更不识秋夏骄阳。迎春放，拼将俺浓妆淡妆，雪沃更芬芳。

〔双调·拨不断〕依韵和徐耿华《消夏曲》

老君炼丹不知疲，后羿弯弓竟迟疑。云娘敢是生闷气？烈日东来烈日西。何处躲藏何处避，随悟空水帘洞去。

〔中吕·卖花声〕藏山①咏古

老天造就石头洞，洞里忠良血气浓，青山无处不猩红。诗来称颂，词来填空，惹得俺曲中人也来寻梦。

①藏山：位于山西阳泉盂县，因春秋时期藏赵氏孤儿而名扬天下，距今已有2600

多年的历史。据《史记》记载，公元前597年，晋国司寇屠岸贾以桃园弑君之恶名强加于上卿赵盾，致使赵家满门抄斩。赵盾之孙赵武在其父好友程婴舍子相救下才得以幸存，后潜逃于盂山藏匿达15个春秋。于是山以史传，史以文传，加载史册，千古流芳。

〔小石调·青杏儿〕太原市郊和《田庄采风》曲

闻说杏林游，任连天阴雨无休，瓜棚豆蔓着实诱。闲来要去，忙来要去，曲径通幽。

〔幺〕居久厌高楼，到乡间墨饱情流，兴来哪怕陈宣厚。咱说是友，他说是友，宝印相留。

〔双调·拨不断〕观陈夏富先生《壶口瀑布冰挂图》

亦龙亦象亦虎狮，将舞将腾将翔驰，还云还雾还虹帜。惹来书画惹来诗，任尔唏嘘任尔痴。想春来，长空咤叱！

〔中吕·喜春来〕题《奔马图》

名骝最怕蹄生锈，自古英雄恨白头，千山万水羡什么子爵侯。得志酬，足下写春秋！

雷秀华 字号听月，生于1962年，祖籍山东平原，生于太原。创作600余首诗词曲。

〔越调·天净沙〕迁徙途中作

并州北上京华，太行烟水红霞，碧野长风策马。巍巍华夏，古今一脉清佳。

〔中吕·山坡羊〕题玄中寺

擎天石壁，飞檐僧迹，溪清柏翠庄严地。世凄迷，往出离，一心感应菩提意，莫让贪嗔邪念起。觉，便是你；佛，便是你。

〔南吕·四块玉〕昭君出塞

紫燕翔，黄沙荡，幽咽琵琶路何长？凄风瘦马堆惆怅。望月光，思故乡，人断肠!

〔南吕·四块玉〕秋

红叶肥,黄花媚,大雁云中正南飞,秋光寂影心儿碎。愁上眉,泪落杯,相诉谁?

〔仙吕·一半儿〕情牵天涯

天涯海角远行人,小妹情牵愁断魂,扼住秋风休浸身。梦中吟,一半儿相思一半儿忍。

〔仙吕·游四门〕梦

阿哥辞妹去匆匆,往事已成空。蓦然回首如一梦,转眼近龙钟。情,还与那时同。

〔南吕·四块玉〕赠曲友(二首)

曲故乡,山歌亮,小调绵绵意长长,余音袅袅山坡儿荡。菊正黄,雁正翔,思绪扬。

曲故乡,山花放,姹紫嫣红满城芳,风情雅韵山坡儿荡。学士商,唱和忙,心志扬。

〔仙吕·一半儿〕贺曲苑在诗词论坛开版周年

中华散曲小娇娃,好像芙蓉出浴花,人见人嘘人竞夸。灿朝霞,一半儿诙谐一半儿雅。

〔仙吕·一半儿〕嫁女

虹门炫彩耀天台,宝马奔驰浩荡来,接走娇娃娘挂怀。泪萦腮,一半儿欢心一半儿哀。

〔中吕·朝天子〕悟

是钱,是权,苦惹人痴恋。伤神费脑累心肝,到了唯一叹。莫要执迷,休得留怨，铅华一缕烟。不贪，不烦，日月星光灿。

牛宝生 生于1962年，山西晋城人，清徐县食品药品监督管理局局长、县文学协会主席。

〔越调·小桃红〕游榆次后沟村

峰回路转老山村，古色多风韵，冷落千秋有谁问。洞藏真，喧嚣已远天然近。青山绿水，桃园世外，无处不销魂。

田晓珍 生于1962年，山西榆社人，中华诗词学会、山西诗词学会、榆社诗词学会会员，紫云诗社社员。

作品散见于《马邑诗词曲》《乡土文学》《当代散曲》等刊物。

〔双调·折桂令〕过家家

忆儿时趣事一沓，装个痴丫，寻个游侠。我扮妈妈，他当爸爸，过起家家。木凳同骑做马，土球伴食当瓜，怀抱泥娃，头裹红纱，策马天涯。

〔双调·折桂令〕踏雪

约诗朋踏雪寻梅，穿件橙衫，系块红围。玉嵌丹霞，山披素袂，履映银辉。觑步期逢冷蕊，回头惊见花魁。俏妹蛾眉，慈姐妍容，胜似娇梅。

〔双调·沉醉东风〕姐妹元夜携游

赏夜景灯繁月朗，逛长街舞劲歌狂。火树燃，银花放，喜相觑玉面流光。絮语绵绵笃意长，道不尽心中念想。

〔越调·寨儿令〕观诗友《赏景图神游板山》

秋渐浓，意更浓，板山览胜黎武东。唤友呼朋，搀媪扶翁，情挚暖融融。唱欢歌韵绕青峰，抒胸臆律醉飞鸿。与君同拾趣，随尔共凝瞳。侬，遣兴仄平中。

〔正宫·塞鸿秋〕参观洋山生态园有吟

双峰对出青如靛,清流一泻明如练,槐花数瓣飘如霰,凫鸭几对游如箭。花芳惹稚蜂,池静垂鱼线,情怡仙境洋山苑。

段翠林 生于1962年,山西原平人,原平农民散曲社社员。

〔双调·山丹花〕云中峻岭溪水潺

大山沟里溪水潺,滋桑田,滋桑田。年丰昌盛万民欢,燕语莺歌篇,莺歌篇。

〔仙吕·一半儿〕抗日战歌

七七事变九州寒,日寇疯狂万物残,热血男儿齐奋先。战凶顽,一半儿枪崩一半儿砍。

赵淑娴 笔名眉月,生于1962年,山西大同人,中华诗词学会、山西诗词学会、大同诗词学会会员。

〔中吕·山坡羊〕鸣沙山、月牙泉

群山宁静,灵泉如境,清波潋滟芦花登。碧云轻,寺钟鸣,驼峰映日平添兴,明澈月牙瑶阙影。沙,入梦境;泉,入梦境。

〔中吕·山坡羊〕九寨沟感吟

清波凝碧,群峰流翠,巍巍雪岭连天际。水依依,影离离,斑斓景致留人醉,飞瀑彩林如画里。山,显壮美;泉,亦静美。

韩守江 笔名韩奋,生于1962年,中华当代文学学会、中华诗词学会、中华辞赋协会、晋中作协会员。

作品散见于《中华诗词》《诗词百家》《诗词世界》等刊物,并多次获奖。

〔越调·天净沙〕中国作家南昌行（二首）

赣江水涌波涛，滕王阁上飘摇，树上归巢万鸟。西山夕照，鸽群飞过石桥。

梧桐夜雨芭蕉，残荷疏柳石桥，野鹤黑鸦乱噪。魂牵梦绕，远行人路迢迢。

〔双调·庆宣和〕南昌行闯江湖

夏意悠悠日暖窗，换下行装。恰是今生好时光，去闯，去闯。

〔中吕·山坡羊〕故乡的古槐

枝儿还翠，花儿还媚，经风沐雨熬年岁。望云飞，任莺啼，躬腰招手街中立，总把人迷得烂醉。身，一个美；心，一个美。

〔越调·小桃红〕文峰夕照

落霞夕照绚晴空，即与青山送，坐看文峰夕阳宠。望村东，榆郊日暝人归众。新园画栋，放声歌咏，回首月明中。

梁大智　生于 1963 年，中国作协、中华诗词学会会员，山西诗词学会理事，吕梁作协副主席。

著有《晋风词韵》《残雪消融》《清河流淌》《清韵雅赋》《踏月寻梦》《疏影沉香》《吕梁词韵》《幽香的苦咖啡》《月下听香》《三晋名胜词韵》等。

〔双调·夜行船〕春思

一夜春风吹杏开，东篱处雪染羞腮。浓露凝岚，云霞临黛，逐香流水珠帘外。

〔乔木查〕见花繁五彩，伴随翠柳摇村寨。细数黄鹂蜂蝶来，溪边芳草青，却几度馨苔。

〔庆宣和〕远望银河素月在，独照楼台。举酒听泉映蓬莱，有几盘小菜，喝出了气概。

不因酒困因诗困,常被吟魂恼醉魂。四时风月一闲身。无用人,诗酒乐天真。

录白朴句,老枯

安兴 笔名老枯,1957年生,资深媒体人,高级编辑,曾任中国广播电影电视社会组织联合会副理事长、中国长江韬奋奖评委,现为山西省书法教育研究会副会长、山西书协会员。

工作之余喜书法,曾为《山西日报·黄河》副刊、《太原日报·文园》副刊题写刊头,发表《功深味厚中华境:姚奠中书法价值漫谈》等数篇文章。

〔落梅风〕相逢一笑,醉满怀。驻窗前画眉鸣唱,把玲珑化将桃源佩戴,妒夕阳落虹豪迈。

〔风入松〕祥云几度漫天涯,薄雾掩轻霾。晨曦一缕迎归雁,荷塘里莲藕新栽。白鹭追鱼陌界,流莺绿岸横排。

〔新水令〕欲寻亭阁入深街,踏清幽见门如柴。闻雅韵,聚文斋。谁是雄才,其实不奇怪。

〔离亭宴煞〕酥雨碧意闲庭拜,寒烟又惹愁无奈。那滚滚红尘几载,路漫漫看前程,风萧萧探远道,晴朗朗游边塞。孤山叠绿踪,瀑水牵云海,最是消闲难买。浅草渡春江,乱花沾夏岭,玉笛传天籁。人生有苦甜,岁月无成败。借得东风散雨,一曲诉衷情,三声赋御带。

〔双调·步步娇〕稻香湖

红果玲珑樱桃树,戴胜东飞去。莲藕粗,菡萏清泉稻香湖;绿遮途,如步入仙宫处。

〔正宫·塞鸿秋〕咏翠湖

曲桥溪水荷塘渡,凭栏观鸟平湖处,晚云芳径寻归鹭,蛙声伴客追风去。临渊赏锦鱼,集沼凝琼树,夕阳映眺远山路。

〔黄钟·贺圣朝〕游七孔桥花海

花海间,紫黄丹青满园,别样瑶池云染仙。伞藏娇容彩袖欢,笑脸更难掩春颜,舞飘飘醉芳菲如画坛。

张甫营 生于1963年,河南汝南人,河南诗词学会、驻马店作协会员,平舆作协副主席。

〔中吕·山坡羊〕北武当山

香炉谁制,龙王谁似,道家理念无为治。翠松枝,样千姿,古猿望日心舒适,石象守山风动石。仙,也颂词;人,也颂词。

赵美萍 生于1963年，中华诗词学会会员、山西诗词学会理事、唐槐诗社社员、杏花女子诗社副社长、《难老泉声》副主编。

〔正宫·摘调端正好〕对月

正中天，婵娟媚，云纤巧谁遣心飞。恍然一梦仙宫醉，兀自飞花泪。

〔正宫·摘调端正好〕读高履成先生《壶口观瀑》

慕高情，惊痴态，观壶口竟自儿泪流腮。激情难捺成深拜，却原来认定咱中华脉！

〔越调·天净沙〕学子叹

从来浪静风平，其实蓄锐藏精，拼搏莘莘瘦影。考场听令，几人疲惫心惊！

〔中吕·山坡羊〕曲歌仙人柱开花

炎凉不避，骄阳独对，伏天九朵真清丽！又琼姿，易成痴，裁来素手娟娟地，雪魄冰魂弥久历。心，止若水；情，宛若水。

〔双调·骤雨打新荷〕咏荷

曲曲风荷，正娉婷水过，流转如歌。宛然凝碧，款款纳凉多。结子清香自苦，却风露凝来因何？节下裹灵根浴泥，不是新波。

〔幺〕从来香柔可可，更清心自许，谁共相和？卷舒开放，真性漫吟哦。莫道丝丝断缕，纵情去，并非消磨。德远播，今休负他君子名科。

〔大石调·念奴娇〕夏夜

沉沉天暮，遍星灯四起，风微云匿。已惯楼台花下憩，为取些些凉意。袅袅弦音，重重童戏，隐隐声听细。风情引动，几多清晰回味。

〔幺〕翻出心底珠玑，连环记忆，邻院顽童几。最是炎凉无顾忌，任我行藏追觅。沟壑人家，星灯挂壁，一瞥无形美。门前槐下，兴唐才女听醉。

王兰琴　笔名寒溪幽兰,生于1963年,河南洛阳人,中国散曲研究会、中华诗词学会、陕西散曲学会会员,《中国当代散曲》编委。

著有《自我幽芳》。

〔双调·折桂令〕敬贺姚奠中先生百岁

赞大师国粹承传,昔著宝山,今赋斋言。学富五车,功泽三晋,仁爱无边。忍寂寞博中觅专,露逸趣笔法端严。鹤舞蹁跹,松绿延绵,东海波潆,百岁神仙。

岳芳珍　生于1963年,陕西洛南人,中华诗词学会会员。

著有《逸凡诗梦》。

〔双调·水仙子带折桂令〕吕梁奇葩颂

吕梁山水个迷人,胜迹奇观皆摄魂。自然娇美添怡韵,提笔情不禁。好风光,梦里常寻。吕梁美,酒更醇,倩影长存。

〔带〕犹记那北武当奇石栩栩传神,受难的石猪,相聚成群;朝圣的石羊,守山的石象,个个憨态逼真。难忘那碛口虎啸惊心动魄山河共振,更难忘酒香飘溢的杏花村,亦有那佛教净土玄中寺蕴递梵音。最敬仰的是百姓爱戴的廉吏成龙,最最了不起的是则天圣母庙文化遗产光耀乾坤。

李永红　生于1964年,祖籍山西阳泉,生于清徐。

〔大石调·初生月儿〕新居

清泉湖畔柳如烟,福瑞山庄锦绣园,桥外风光别有天。绿影前,鸟语甜,是人间还是仙苑?

张华兴　生于1964年,山西作协会员。

作品散见于《诗刊》《黄河》《山西日报》《难老泉声》《漳河文学》等报刊。

〔中吕·山坡羊〕春种

春回栽豆，田归待绣，轻风一缕山歌奏。驾耕牛，望丰收，满怀秋色峰恋秀，家饭野蔬常下酒。身，须侍畴；心，长侍畴。

〔中吕·一半儿〕观 3D 画展

活灵活现可迷真，纸上功夫偏赋神，实实虚虚犹画人。试新春，一半儿清明一半儿隐。

〔南吕·一枝花〕散曲有思

春风世俗诗，秋雨人生传。调儿联韵缓，曲子凭歌弹。满纸云烟，尽将愁欢展，何多苦辣酸。兴高时语笑眉飞，伤感处情凄泪潸。

〔梁州第七〕写不老文坛艺苑，唱正新国运乡篇。恰舒意燕歌莺啭，苍松翠柳，浊水清莲。晨霞暮雨，瑞雪丰年。一风光一页吟笺，一气象一动心弦。说谁是红粉佳人，画伊有黄毛恶犬。便各施妙手书丹，鼓喧砚坚。青山绿溪知深浅，好曲与秋恋。守望着古韵清风元代贤，直叫咱怎个绵延？

〔隔尾〕南音早已随山绕，北曲犹能向水缠。恒岳黄河远声唤，爱怜梦牵，借来大笔英词趣添散。

〔中吕·十二月带尧民歌〕踏春

好一派春光嫩嫩，直是怜新绿茵茵。走河岸和风阵阵，踏田畴爽意欣欣，折管柳枝情润润，吹声乡笛韵频频。

〔带〕说花明水秀在山村，写莺歌意旷最传神。七分青色翠含津，十里峰岚气沾唇。归真，心轻土可亲，语重诗悠酝。

〔仙吕·哪吒令带鹊踏枝寄生草〕襄垣仙堂山有记

蓝莹莹朗天，傍绿油油碧山；绿油油碧山，泛莽苍苍树烟；莽苍苍树烟，听清凌凌响泉；声寂寂寺宇威，笑呵呵慈悲佛，千古说法显真贤。

〔带〕高耸耸入云巅，急哗哗撞河湾，情切切十里如家，馥淡淡一意犹莲，襟带带浊漳水潺，臆幽幽仙气弥漫。

〔带〕野绵绵望林峰秀，意悠悠攀老腿酸，缓绕绕九龙缠舞随风展，度森森八宫端坐依峦建，乐滋滋欢声笑语游人赞，犹念念东归故土染霜年，直感感西行丝路还心愿。

〔双调·雁儿落带清江引〕咏马曲

也曾远征千里云，也曾天下夸神骏。战沙场搏血魂，驰旷野鸣军阵。

〔带〕埋头拉车风驾春，今日辛勤韵。得儿一喝吆，踏雪精神振，好待秋收报来春气蕴。

〔中吕·十二月带尧民歌〕高考曲

耐得住千般苦寒，直上了百仞书山。度一身金针宝典，熬十年铁骨辛酸。想复考儿孙最痛，数忧心父母尤怜。

〔带〕怕分单忽又盼分单，不萦牵怎会不萦牵？新磨难压旧磨难，小华篇续大华篇。云烟，今天尚同班，明日犹分燕。

〔正宫·塞鸿秋〕大雨过后

人心不古天生怪，连绵愁雨淹村寨，莫非是改天换地亏空的债？龙王无道添球坏。元知遇水疏，何苦逢神拜，而今阔步从头迈。

〔正宫·醉太平〕村中大锅饭场七月趣语

起锅大厨，对话农夫，今年可比去年舒？嗨，有赢有输。喜打工千里收新富，叹耕田一载添愁肚，忧挣钱四季做房奴，听春风故土。

李凯丽 生于 1964 年，山西原平人，原平农民散曲社社员。

〔正宫·叨叨令〕诗曲培训

山丹丹绽放山沟沟丽，诗歌歌培训咱牢牢记，朝思思夜想情滔滔聚，农村村一片诗花花驿。诗进农家也么哥，曲进农家也么哥，文明社会诗风继。

〔仙吕·一半儿〕龙年吟龙

农家吟诵话如流,喜庆龙年歌大有,龙字燃诗情意留。细推究,一半儿学习一半儿讴。

赵生明 生于1965年,山西忻州人,山西诗词学会会员、原平农民散曲社社员。

〔中吕·醉高歌带红绣鞋〕春之韵

春风吹绿田园,春雨淋活大川。依依杨柳新枝泛,小草疯狂乱穿。

〔带〕紫燕檐头闲站,桃花枝上舒展,池塘里戏水鸭儿欢。闻香蝶起舞,揽艳鹊欢言,景迷游客眼。

〔双调·水仙子〕当代农民

天边又现火烧云,广场迎来跳舞人。小康社会人滋润,田妞儿来健身,好生活美满温馨。歌声美,舞步匀,当代农民。

〔中吕·山坡羊〕午夜喜雨

银蛇乱窜,响雷陪伴,倾盆大雨从容灌。润庄田,解伏炎,满足百姓心中愿,仁义天公施善脸。民,心内欢;禾,田内欢。

〔中吕·红绣鞋〕金秋图

菊艳枫红柏翠,天高云淡风微,一行大雁向南飞。山如油彩画,水映小舟归,秋光无限美。

〔双调·折桂令〕情切切尽在云笺

情切切尽在云笺,兴冲冲漫步乡间,意深深谱写诗篇,魂悠悠韵律相牵,梦依依朝夕做伴,欣欣然乐在心田。喜今朝诗花遍染,老农民捧起诗刊。也在那曲海扬帆,放歌喉唱咏新潮,把真情写满云天。

〔双调·折桂令〕冬至日飞雪

冷无香柳絮狂飞,遍洒弥天,四野霏霏。一片苍茫,千般倜傥,兀自光辉。玉雕琢山川秀美,粉妆饰柏树葳蕤。天幕低帷,隐现红梅,瑞气芳菲,把酒言欢,等待春归。

〔双调·沉醉东风〕有感于一则打工者出行时的照片

节已过行囊备好,将远行五内烦焦。父母年事高,妻儿身形小,为生计我还得出外修桥①。扛起行装步似逃,不忍见家人泪儿抛。

①修桥:代指打工。

〔越调·小桃红〕春

红桃白杏舞婆娑,燕雀频飞过。陶醉郊游踏青客,不需说,天空必是蓝蓝色。青青草坪,潺潺流水,小鸟在欢歌。

〔仙吕·三番玉楼人〕游云中河公园有感

天上祥云绕,河面野鸭漂,绿树红花两岸娇,河畔还有人垂钓。四方瞧,景妖娆,领风骚,小船水上摇。空中燕噪,水中鱼跳,园中游客乐逍遥。

〔仙吕·三番玉楼人〕雨中的云中河公园

绿树风中俏,菡萏雨中妖,雾气茫茫河面飘,好像神仙到。雨丝潦,野花娇,嫩蒲摇,心清胆气豪。不经一遭,怎知其妙?此景确是不常瞧。

胡 宁 笔名多多,号芳尊阁主,生于1965年,安徽合肥人,中华诗词学会网站执行副主编、培训中心高研班导师,《中国当代散曲》顾问。

〔中吕·普天乐〕致贺普天乐散曲学会成立

紫云升,黄莺闹,春归三晋,花绽唐尧。汾水欢,丘烟袅,信马由缰黄河套,并州人自古出英豪。高粱地头,莲花落中,曲响檀槽。

书法河，激浪多，甲骨金文篆古拙，隶波磔，楷正则，行体柔娴，狂草惊魂魄。

梁伯华中吕迎仙客书，己亥黄钟初四河东刘建朝

刘建朝，1958年生，山西省书法教育研究会副会长，山西书协会员，先后师从姚奠中、张铁锁学习书法。

书法从二王入手，后潜心于颜，对商周金石铭文也有较深研究。书法作品散见于国内多家报刊，多次入展省以上展览并获奖。

〔正宫·端正好〕致贺姚奠中先生百岁

国之师，童儿面，好一位百岁大神仙。三通七略博学现，最喜端州砚。

〔滚绣球〕山镇纸，云染笺，用世归诲人不倦，正己本磊落青天。从义怀，勇决篇，非淫华勤耕实践，难馁势奉德行贤。通儒每问谁人比，美誉当为后世传，仰止峰巅。

〔煞尾〕清风更与殊才便，壮志成酬不老篇。莘莘学子，永永光辉，傲啸东轩，世纪人生漫消遣。

〔正宫·端正好〕吕梁行记（套曲）

辣椒红，山羊壮，窑洞里咱叙家常。你一言，我一语，他东方亮，薄雾青纱帐。

〔滚绣球〕风动石，松傲霜，七十二峰峦叠嶂，葱茏苍翠达百里，峭壁鹰翔。拜香炉，唤龙王，二十四涧深溪唱，雄奇险秀人惊叹，道院钟撞。武当屹立松风劲，落日西回古道长，锦绣难忘。

〔倘秀才〕黄河的水儿黄又黄，碛口的故事长又长，北到南来一镇装。开店铺，会阴阳，最忙。

〔滚绣球〕古庙幽，武氏庄，历千载水环松傍，多少梦尽付高唐。往事匆，泌水长，到如今福泽人旺，不朽也，绝代吾皇。牝鸡送夜星机散，金凤司晨日月双，青史流芳。

〔塞鸿秋〕晨钟暮鼓云崖上，烟松绝壁高猿荡。玄中参破红尘妄，烟煤袅绕教思量。三坛普度痴，梵语精心唱，低眉顺眼真和尚。

〔脱布衫〕至高坡领悟民腔，诉钟情瘦尽愁肠。对青山酒纵情狂，面黄河意豪歌放。

〔小梁州〕细雨纷纷洒三乡，粉杏煌煌。青芜始漫小上冈，高坡上，已嗅酒儿香。

〔幺〕也学那风流杜牧痴模样，杏花村宿醉癫狂。仙井沽，高粱酿，今生有幸，得以慰馋肠。

〔醉太平〕高山钦仰，廉吏流芳，于成龙卓异兴邦，光鲜吕梁。披肝沥胆清风倡，高洁刻苦心胸敞，感天动地史书扬，为官效仿。

〔煞尾〕走西口把新篇唱，地理人文雅四方。一山一水，梦绕魂牵，浩浩泱泱，我倾尽言辞亮一嗓。

〔商调·集贤宾〕太原生态园纪行（套曲）

悠悠见汾河若舞，三晋地仙境罗浮。话沧桑民风朴古，品山水锦绣如初。人为本生态平衡，城市中柳浪烟芜。人杰地须眉丈夫，天地间携友结庐。吟诗读尔雅，沽酒绘宏图。

〔逍遥乐〕汾河凭渡，晚照霞飞，莺声乐谱，鸟岛扶苏。木屋里嬉笑欢愉，碧浪中行舟劲橹，笙簧起跳跃红鱼。鎏金水面，凝重石坊，胜境荣殊。

〔金菊香〕沙滩碧水水凝珠，惯见三贤论机枢，时常唤风呼作雨。任尔虚无，寻常百姓享清福。

〔醋葫芦〕吊雁丘，欢乐无。拼身一死两呜呼，苟且百年终作土。君从容去，我匀面整袖舍头颅。

〔幺〕白玉雕，生命初。九十九块太极图，九九归真真意浮。银河朝暮，地球熠熠划金弧。

〔幺〕雕像高，汾域祖。擒龙伏兽患灾除，扬手抛锤三晋鼓。看欢腾处，汾河儿女好前途。

〔幺〕瞧绿畦，采菜蔬。三牛一碾栅栏粗，五谷丰登居水浒。门前桃树，太阳底下看闲书。

〔浪来里煞〕来太原，品晋俗。莲花落里晓亲疏，捏碗耳朵猫避鼠。纵然有那千般趣，还须贵客动双足。

魏耀鲜 生于1966年，山西汾阳人，中华诗词学会、山西诗词学会、吕梁作协、汾阳诗词楹联学会会员，黄河散曲社社员。

〔越调·小桃红〕学写散曲有感

徜徉曲苑趣浓浓，四季勤吟诵。酌句斟词仄平弄，下深功，名师点化真经送。临屏问计，枕书入梦，沉醉素笺中。

〔越调·小桃红〕喜迎新春

红梅报喜九州欢，雪映窗花灿。锣鼓喧天震霄汉，贴春联，灯笼高挂霓虹炫。笙歌鼎沸，烟花璀璨，举国庆新年。

〔仙吕·一半儿〕赴省城参加诗社年会车误时感叹

龙城赴会最情真，不见车来急煞人，苦等谁知丑到寅。赶时辰，一半儿心焦一半儿忍。

蔡松君 生于1966年，福建人，《金浦报》总编。

创作曲作近3000首，散见于《中华诗词》《中国当代散曲》《中华散曲》《诗词家》《世界汉诗》《榆林诗刊》《安徽吟坛》《马邑诗词曲》《遂宁诗词》等刊物。

〔双调·水仙子〕梦遇常老说曲和常箴吾老《水仙情》

童心鹤发一儒仙，落落虚怀邈旷原。同游畅叙南山院，烹茶炉火边，紫砂冻顶岩泉。醉野花成片，观蛱蝶浪翩，任诗思恣骋云天。

〔双调·骤雨打新荷〕和箴吾老《依韵和李涛先生〈榆林诗刊感赋〉》

溯古观今，叹山河表里，骚客何多！妇孺童叟，开口净成歌。每赏皇天曲作，怦然心动情相和。曲海中，俺也愿驾扁舟一叶，鼓浪扬波。

〔幺〕远去嚣尘挂碍，独羡他菊花吟丈，神匹云鹤。操觚度曲，竭力苦张罗，浑忘老之将至，怎能不叫吾侪泪眼婆娑。莫迟疑，共拓芬芳曲径，颂我山河！

〔中吕·十二月带尧民歌〕和常箴吾老《致丁芒先生》

久仰常老箴吾吟丈曲名，每诵菊花轩主之神曲妙论，赏哭皇天之印味墨情，每每心旷神怡，物我两忘。因依韵和此曲，遥致三晋常老。

美意在心潮滚滚，秋兴起菊苑茵茵，舞龙蛇墨香阵阵，执金刀篆屑纷纷。好一个儒仙隐隐，怀一片愿景殷殷。

〔带〕出豪门立志振豪门，醉元音竭虑倡元音。华章趣语广传闻，至此人生不算贫。销魂，销魂，待咱填一曲促拍令令它瑶台降瑞云，再听咱歌一曲醉春风风过青返吟仙鬓。

李建刚 笔名云鹰，生于1966年，山西清徐人。

〔中吕·山坡羊〕神七飞天

浓云烈焰，离弦利箭，皇哉赤县干云汉。越千年，慰先贤，神舟圆梦飞天愿，酾酒紫垣龙虎胆。国，齐把盏；家，齐把盏。

〔双调·折桂令〕自嘲

学先生鲁迅自嘲，叹华盖运交，枉费辛劳。嘴巴不饕，麻将不打，老伴不妖。抒胸臆吟诗啸傲，享天伦执掌锅瓢。将些许花椒，一股香醋，兑水长勺。

〔正宫·双鸳鸯〕冬天到了

欲出更，九级风，多日阴霾一扫空。戴帽缩头直筒手，才觉四九似穷冬。

詹彩梅 号倚梅，生于1966年，《中国当代散曲》编委，中华诗词学会、全球汉诗总会会员，中华诗词学术研究院名誉副院长。

〔正宫·凌波曲〕贺姚奠中先生百岁华诞

烟霞逸客，江海风怀，梅香竹露涤尘埃。垂华泼彩，银钩铁笔千秋载，禅心鹤骨豪情迈。蟠桃谏果今宵带，贺先生如同翠柏！

〔双调·风入松〕北武当山

悬崖陡壁老爷山,怪石欲登攀,千奇百态林涛瀚。嫩风过,歌语潺潺。半逐云飞轻叹,层峰发梦番番。

〔双调·风入松〕杏花村

骚人笔下起江村,古井酿香醇,重重帘幕春情润。看街道,酒肆人文。最是繁花小镇,轻歌妙舞缤纷。

〔双调·风入松〕则天庙

画梁能记几多难?十五载尘寰,丰碑无字由人撰。殿堂动,四海朝乾。历史长河浩瀚,蛾眉俏影寒寒。

杨爱英 生于 1966 年,山西原平人,原平诗词学会、原平老年新闻学会、忻州诗词学会会员,子曰诗社、原平农民散曲社社员。

〔越调·天净沙〕寒夜

寂室宝卷明灯,月临朱案无声,过往如烟似梦。柔肠翻弄,彩笺独诉衷情。

〔越调·天净沙〕留守儿童

稚儿眼泪含愁,思妈想爸怀忧,只盼相依左右。登高遥望,梦中独语无求。

赵春林 生于 1966 年,山西原平人,原平农民散曲社社员。

〔南越调·黑麻令〕无题

瞧园里红花紫花,看院里梨花果花,望江边涛花浪花,韵心头词语飞花。叹今生霜花雪花,更怀那中华梦华。培育这诗花曲花,韵谱出俏丽鲜花,描绘那奇花妙花。

〔正宫·塞鸿秋〕山乡新貌

弯弯秀水环山绕,排排绿树随风笑,双双紫燕檐前闹,重重峻岭云中峭。

沟中小树摇，坡上山花俏，家家齐步康庄道。

〔双调·十棒鼓〕家乡美

清河翠柳，群山纹秀。云中河畔，美景青畴。稻禾漫漫，水缓鱼畅游，玩童撩逗。青池碧映牵莲藕，玉立含羞，芙蓉娇靓，溪水轻弦奏。家乡独秀，借笔抒情吟几首，尽放歌喉。

〔越调·天净沙〕泥腿情怀

精心执梦攀爬，凝神点墨涂鸦，满腹豪情酷洒。春秋冬夏，颂歌唱醉云霞。

〔商调·梧叶儿〕抒怀

田园汗，曲苑研，笔墨砚锄镰。情融卷，意纳篇，梦香甜，庄户人争荣露脸。

管仲卫 生于1966年，山西原平人，原平农民散曲社社员。

〔越调·寨儿令〕腊八忆亲人

煮腊粥，念亲柔，莲子桂圆香味留。红枣圆溜，绿豆清喉，老酒醉心头。忆儿时快乐无忧，到中年方晓烦愁。思亲难入梦，想母泪花流。酬，挥笔写春秋。

〔仙吕·一半儿〕山水村观山桃花

呼朋唤友进桃山，满目云霓天外悬，涧底残冰脚下寒。两重天，一半儿凡夫一半儿仙。

周丽萍 生于1967年，山西太原人，新南诗社微刊主编和《散曲之声》责任编辑。

〔黄钟·人月圆〕云遮月

冰轮遇雾藏身看，寂寞闷嫦娥。云当纱舞，群星醉梦，别景天河。

〔幺〕华灯依照，俊男靓女，宝马香车。彩虹增色，长街笑满，处处飘歌。

〔双调·新时令〕中秋欢

月圆圆,中秋喜相逢;花绽放,争奇斗长空。嬉闹欢歌,人人笑脸红;月满之时,民安国力雄。儿童玩趣浓,爷孙笑语话天宫。嫦娥捧酒盅,兔儿静候恭。桂树花开,香飘彩漫穹;盛世昌荣,中华更富隆。

〔仙吕·游四门〕亲贤逛客

相邀闺蜜逛亲贤,不去试衣衫,美食尝遍神仙羡,佳味引人馋。鲜,吃个肚儿圆。

〔越调·小桃红〕敬和郑先生《七十咏怀》

郑公福寿再增添,文苑纷纷献,和曲填词祝康健。故宫学创新篇,风尘一路忽如旋。青松翠柏,光阴似箭,更把顶峰攀。

李俊峰 生于 1967 年,山西阳曲人。

〔越调·小桃红〕雪花

银花净是朔风裁,阆苑妆新态。童话琼瑶望中爱,满情怀,欣提木板当舟赛。琅玕韵排,芳梅姿带,如画胜春来。

〔越调·小桃红〕梅花

多情总是盼冬来,铁骨冰心态。练就千年自豪迈,独香台,严寒已惯娇姿在。雪亲即开,风吹不败,高格入文怀。

〔仙吕·寄生草〕赶集

乱声声商家叫,杂嘈嘈戏院敲。有觑衣物街中俏,有吃麻辣摊中要,有摇扇子人中笑。汗淋淋不累只为游人多,湿滋滋无畏方知艳阳照。

〔仙吕·寄生草〕有感于远方亲戚夫妻情

天亮了方知是梦,岁暮了才惜这情。今春同去天津庆,今秋相约五台幸,今冬团聚乡村定。一生伴侣应心同,一时夫妇将情敬。

一声画角樵门，半亭新月黄昏，雪里山前水滨。竹篱茅舍，淡烟衰草孤村。

白朴越调天净沙冬，丁酉年寒月赵炜

赵炜　1958年生，祖籍河南沁阳，山西永济人，山西书协第五、六届理事，书法作品被多家博物馆收藏。

著有《赵炜书法作品集》。

〔正宫·鹦鹉曲〕感恩

农家子女城中住,有智慧靠得贤父。想当年苦力艰辛,忙碌何观风雨。

〔幺〕为孩儿操碎心思,岁月如梭流去。一男三女大专生,日子好光荣享处。

〔正宫·鹦鹉曲〕张师傅

门前常遇街头住,是个做买卖贤父。每天天早晚繁忙,哪论春风秋雨。

〔幺〕几年来汗水长流,一瞬间竟归天去。急匆匆与世长眠,叹子女亲情痛处。

〔双调·驻马听〕无题

中秋节寄意皎皎蟾光,已信天庭有玉娥。泠泠珠露,才知桂影落银河。拨弦素指好携歌,流莺子影难追舵。愁意锁,人间今夜团圆贺。

〔双调·驻马听〕颂恩师

解惑呕心,三尺讲台斟意诚;传经授艺,一支粉笔展文精。成灰蜡炬爱无声,秉心笔管辛添性。观夜影,书山为伴初心劲。

〔黄钟·人月圆〕踏青

朋侪相约郊陬去,春季好风光。桃枝綻蕾,茸茸小草,荠菜成行。

〔幺〕鸳鸯湖水,重重燕影,嫩柳轻扬。一年一度,怡然情醉,处处芬芳。

邱梅兰 生于1967年,山西原平人,山西诗词学会会员、黄河散曲社社员、原平农民散曲社副社长。

〔中吕·迎仙客〕春来了

东垄间,北坡间,归家燕儿初试剪。剪山青,剪水蓝,剪醒花仙,喜扑扑剪下春一片。

〔中吕·迎仙客〕周末与小儿放风筝

一线牵，一丝连，一任轻鸢飞碧天。笑追云，呼放眼，翅展翩然，挽住春一段。

〔中吕·朝天子〕学曲

舞耙，理家，拙手描春夏。闲时侍弄曲花花，愿把身心嫁。朝剪虚枝，夕裁空杈，情如俺那娃。喜她，爱她，常在心中挂。

〔中吕·山坡羊〕祝贺女排夺冠

红旗鲜亮，金牌鲜亮，国歌奏响心潮荡。喜眉扬，赞声扬，闻听捷报齐欢唱，王者归来拎大奖。民，圆梦想；国，圆梦想。

〔仙吕·醉扶归〕雪（三首）

飘逸如蝶恰，坠落似飞花，谁把精灵送万家，成就一幅画。满卷清纯淡雅，巧在人间挂！

风助天兵降，一扫雾霾光，涌入人间种玉粮，是处和谐荡。好个甘霖暗藏，喜把丰浆酿。

玉镜谁织就，一望眼中收，放任飞瑛暗自稠，冬怕闲枝瘦。把盏邀梅对酒，共话千山秀！

吴雅慧 生于1967年，山西原平人，山西诗词学会会员、原平农民散曲社东社镇分社社长。

〔双调·折桂令〕侃家

咱只是本分人家，闹市安家，地道商家，服务千家。一双儿子，欢喜冤家。倔老公孝行顾家，慈老太做主当家。勤俭持家，仪礼传家。左右邻家，艳羡咱家。

〔正宫·塞鸿秋〕祝贺张村散曲分社成立

新苗雨润蟠青翠,瑶琴弦动舒心醉,华章曲韵联珠缀,仄平格调通融会。花开处处香,鸟唱声声脆,农家奋笔扬国粹。

〔仙吕·一半儿〕祝贺播明散曲分社挂牌

挥毫泼墨众贤才,妙笔生花展艺来,韵律音谐随意裁。亮诗台,一半儿白描一半儿彩。

〔双调·殿前欢〕醉在深秋

伴君游,一川庄户惹回眸。风光满目芳香透,硕果悠悠。山河入画楼,碧水笙歌奏,蝶舞金凤逗。欢声笑语,醉在深秋。

〔越调·寨儿令〕冬天来了

绿叶黄,夜风凉,南飞雁儿择路忙。树卸浓妆,瓦挂微霜,梅蕊送清香。红枣穿串吊前窗,稻谷丰收溢粮仓。耆翁学上网,老妇视频长。强,赶上好时光。

张玉武 生于1967年,山西原平人,山西诗词学会会员、原平农民散曲社袁家庄分社社长。

创作诗词曲500余首。

〔双调·折桂令〕思念

为生活她上京州,背井离乡,风雨飘流。我在家中,关儿照女,汗洒田畴。日漫漫何时聚首,夜沉沉想她魂丢。两地情稠,她挂眉头;百种相思,我压心头。

〔双调·折桂令〕尧山梨丰

咱农民辛苦耕园,汗洒容颜。盼个好年,金梦今圆。赞不尽的尧山梨丰光璀璨,品不够的原生态味美香甜,看不厌的人人都是幸福笑脸,听不烦的声声皆为贺政憨言。人也相传,水也相传,山也相传。

〔双调·沉醉东风〕庄户人

晨鸡叫荷锄上峁，昏鸦噪引水禾浇。不惜珠汗抛，方得心欢笑。为生活把地承包，细作精耕效益高，庄户人勤劳就好。

马荃芬 生于1967年，山西原平人，原平农民散曲社社员。

〔仙吕·三番玉楼人〕喜春

小鸟轻鸣奏，小草探出头。放牧儿童笛正悠，山水披纹绣。画中留，惹群鸥，笑憨牛，一犁春雨稠。赋词韵柔，曲声闲逗，我欲醉沙丘。

〔双调·折桂令〕散曲沙龙

势恢宏大展风华，三晋农家，乐韵诗葩。放下锄耙，挥毫泼墨，情寄词花。谁曾想山娃赋雅，曲园里点种甜瓜。画染朝霞，携手同行，心醉天涯。

〔双调·折桂令〕乡梦

念娘亲常蹙眉梢，一曲乡愁，总是频撩。遥望家山，暮云春树，恰似闻箫。回乡路烟波浩渺，想娘亲愁绪飘摇。风也萧萧，雨也凄凄，路也遥遥。

〔中吕·朝天子〕曲进乡村

柳风，惠风，万物逢春令。惹得诗友喜盈盈，妙手纤纤弄。赋曲相争，农家情种，满园香墨浓。曲情，韵情，快了人生梦！

苏宝银 生于1967年，中华诗词学会、山西诗词学会会员。著有《水银月亮》。

〔正宫·塞鸿秋〕贺榆社诗词学会成立7周年

梨花吐韵初春上，云湖醉舞诗涛涨。轻拂新柳和风畅，浓泼笔墨漳源唱。才吟锦绣章，又绘渔乡相，人才代代奇诗创。

韩文元 笔名醉古唐,生于 1968 年,山西太原人。

〔中吕·喜春来〕秋

轻霜疏雨粗豪铸,丹桂黄花高洁扶,如霞红叶艳芳舒。炫耀乎,秀色剪诗图。

〔双调·庆东原〕太山龙泉寺

背倚环山秀,身悬曲水阳,烟霞岫色推纤浪。楼嵯阁芳,钟灵殿昂,佛瑞禅昌。何处觅仙乡,步醉烦冗忘。

〔双调·殿前欢〕崇福寺

妙幽乎,青灯古佛叙尘无,香花火烛言缘故。反见玑珠,皆空广是途。休来妒,凡世荣华富,焉追巨帑,但愿心舒。

〔中吕·山坡羊〕广武长城

重山尚翠,残垣曾魅,边城寥落烽烟碎。剑无飞,镞无追,英雄枕戈空留泪,哀号寒鸦衰败磊。春,可剩悔;秋,可剩悔。

〔中吕·喜春来〕春

丹阳换转除烟霭,紫燕翻飞穿户街,清溪弯曲射楼台。闲步摆,谁问柳眉开!

〔双调·庆宣和〕无语

多日无心寸纸翻,雅爱封关。万丈豪情梦中看,太懒,太懒。

〔越调·凭栏人〕秋日三题

孟秋
疏雨绵绵秋韵调,林静藏烟尘意消。南飞鸿雁遥,别离悲鹊桥。

仲秋
气爽风清丹桂飘,粗淡浮云天际摇。小帘归客撩,团圆承月娇。

季秋

烈烈罡风促雁乔,苦雨连绵添瑟萧。登高何处瞭,别情心泪浇。

〔中吕·醉春风〕无题

看楼前翁妪乐陶陶,羽毛球儿上挑,甩鞭儿飒飒如潮,快活忘老。老,休来笑,跳舞声高,毽儿呼啸,鼓儿欢叫。

〔中吕·普天乐〕无题

喜盈门,甜入觉,穷根渐断,富了锅瓢。休言美酒调,莫语笙歌冒。暗掩愁情谁来报,怕村人多拣逍遥。遗荒稼穑,丢翻质本,负了根苗。

李向荣 生于1968年,山西原平人,山西诗词学会会员、原平农民散曲社副秘书长。

〔正宫·叨叨令〕候车厅

大包小袋身心累,长衣短褂精心配,南腔北调家乡味,东瞧西望神憔悴。正点也么哥,晚点也么哥,城来乡往齐集会。

〔双调·折桂令〕闲冬乡下一瞥

一群人海阔天空,小至身边,大到国情。发点牢骚,泄些怨气,吐个心声。侃土地何时下种,叹医保怎又提升。一阵狂争,一阵开心,一阵安宁。

〔中吕·山坡羊〕娘家小院话中秋

秋虫轻唱,菊花怒放,葫芦上架悠悠荡。果蔬香,马蜂忙,金风送爽丰收望,揣满月光回故乡。爹,笑语扬;娘,饭菜香。

〔中吕·十二月带尧民歌〕春天来了

东坡上牛羊觅青,西崅上冬雪消融。耕田里他叔耙垄,小院里咱婶观蜂。果树枝谁知咋整,自有那科技兴农。

〔带〕河堤边细柳新容,石缝中虫草低鸣。望长空雁字传情,酣唼声声启征程。聆听,聆听,清风处处行,唤醒中国梦。

张新丽 生于1968年,山西原平人,中华诗词学会、山西诗词学会会员,杏花诗社社员,唐明诗社常务副社长,《唐明诗苑》《心声》副主编。

创作诗词曲500余首,作品散见于《唐明诗苑》《麒麟诗刊》等刊物。

〔正宫·叨叨令〕诗社社长赞

解甲离退诗园路,承前启后功勋著,周周上下诗园顾,坚持不懈精神塑。可爱也么哥,可敬也么哥,与时引领诗词赋。

〔中吕·山坡羊〕游平遥古城

新阳初照,烟岚萦绕,寻词采韵平遥到。笑声高,淡云飘,古城百业争相俏,俱兴汇通真面巧。街,转遍了;足,肿胀了。

〔中吕·普天乐〕咏新晋商美锦

咏名商,诗兴旺,龙城吟友,气宇昂扬。慕梗阳,风光亮,美锦辉煌标榜样,挚情腔古韵漫香。新声调放,春秋两度,千首无双。

〔越调·天净沙〕重阳节游碛口古镇

黄河九曲码头,环围古镇登游,龙庙巍峨碛口。探幽拜叩,沧桑商埠痕留。

〔中吕·喜春来〕春来了

五湖四海春光荡,万里河山紫气祥。东君劲兴暖风扬,天旷朗,窗口燕归双。

〔双调·落梅风〕宝贝高考后

杯盘摆,胃口开,俺亲今热情澎湃。虾鱼蟹蛤烧炒快,味喷香满赢喝采。

〔越调·天净沙〕中秋题图

仲秋君在天涯,仙姿弄影琵琶,袖甩轻纱似画。花前月下,弦声美美邀达。

楼外旧青山，林间宿鸟惊，天边月挂团圆镜。村醪漫倾，山肴旋供，旧词新令从头正。坐长更，膝前笑拥，不觉醉酩酊。

刘良臣南商调黄莺儿中秋对月自酌，丁酉寒冬日于并州万柏林怡韵轩主慕白

朱建华　字韵之，号慕白、怡韵轩主人，1958年生，祖籍山西临猗，高级美术师。

〔仙吕·一半儿〕丁酉初秋

嫣红姹紫换新装,阵阵清风孕暗香,笔底醉词情意长。沐秋光,一半儿歌来一半儿徉。

李　忠　生于1968年,山西清徐人,曾长期在报刊和电视台任职。

〔双调·折桂令〕乡愁

天禄堂①咋样风流?满目秋波,独见孤楼。壮美徐川,辉煌再现,游子何求。王掌柜携来玉酒,田大人②一醉方休。思也悠悠,梦也悠悠。挥毫述愿,谁解乡愁?

①天禄堂:我的家乡山西清徐徐沟地处晋中平原,是一座历史悠久的小城。城内曾经有一座声名显赫的王氏宗堂,名唤天禄堂。在儿时的记忆和长辈的描述中,天禄堂规模宏大,气势雄伟,堪比任何一座远近闻名的晋商宅院。或许是缘于人们的急功近利,几乎在一夜之间,天禄堂被"开发"得差不多片瓦不存。堂里发生的那些故事,也渐渐被人淡忘。

②田大人:长篇小说《风雨天禄堂》的问世,令天禄堂及其大东家王启恩这位商界奇才再度进入乡人的视线,却也勾起了大家的一声叹息。小说的作者是在京老乡、军队领导干部田连生先生。为了"圆儿时的一个梦",田先生呕心沥血、历时近三载完成了这部洋洋80万言的鸿篇巨制。

这部小说促成了我和田先生的相识。凑巧的是,我们竟先后就读于设在天禄堂里的学校,那些错落有致的庭院成了我们共同的记忆和话题。

〔越调·小桃红〕京广高铁通车

长龙直下广京间,梦见南飞雁。才过黄河又到珠江岸,未曾拦,人间不被时空限。诗仙逗我,一声兴叹,咋过万重山?

何美星　生于1968年,山西原平人,原平农民散曲社社员。

〔仙吕·忆王孙〕好心妈妈

残儿收养为谁家？救命拉回遗弃娃，碎语闲言何怕它。叫喳喳，劳累甘心当乐妈。

〔正宫·塞鸿秋〕爱意

千针万线牵情意，红花绿叶藏思意。左凰右凤携贞意，朝缝暮绣镶痴意。爱情鞋垫堆，表与郎情意，出双入对圆心意。

唐　玲　生于1968年，山西原平人，原平农民散曲社社员。

〔正宫·叨叨令〕思

勤劳致富人人爱，贪图懒坐家庭败。团结互助人拥戴，争强好胜难安泰。想想也么哥，想想也么哥，八荣八耻传千代。

〔仙吕·一半儿〕打工者

打工在外乐悠悠，酷暑严寒不爱愁，热汗换来多报酬。为家忧，一半儿辛劳一半儿谋。

王　芬　生于1968年，山西榆社人，山西诗词学会、晋中诗歌协会、榆社诗词学会会员。

〔中吕·山坡羊〕八一致抗洪一线官兵

乌云密布，龙王发怒，一时暴雨从天注。水横污，路成湖，洪峰已漫车窗户，无奈行人街上堵。兵，灾险除；民，烦恼无。

〔中吕·山坡羊〕致消防官兵

火光乱窜，浓烟弥漫，千钧一发当机断。抢时间，救伤员，攀爬上下熏成炭，收队回营身架散。兵，急救援；民，身保全。

〔越调·小桃红〕同宇灯展偶感

盛装点缀喜歌飞,大腕群英荟。锣鼓喧天声声醉,显神威,流光溢彩丹青绘。孔雀献媚,金猴献瑞,十里夜生辉。

〔越调·小桃红〕自创军歌

榆州沃土育英才,自古名声在。不忘初心满腔爱,喜春来,自编自创音豪迈。心潮澎湃,歌扬天外,阵阵掌声来。

〔越调·小桃红〕喜贺《榆州吟风》出版

十年汗水一书装,荟萃诗花放。斗艳争奇浊漳唱,露锋芒,再接再厉新台上。乘风破浪,辉煌再创,一路韵飘香。

〔中吕·山坡羊〕欣赏东汇文化节专场晚会有吟

金秋东汇,盛装点缀,名家大腕群英荟。笑声飞,掌声雷,方言小品情歌对,炫舞霓虹呈现美。村,插翅飞;民,心愿遂。

〔中吕·山坡羊〕参观公路有感

人文公路,畅行公路,沿途美景精心布。违章无,乱脏除,旧轮利用安全护,立异标新成就取。车,行自如;人,心畅舒。

刘文英 生于1969年,河南虞城人,中国老子书画院副秘书长、唐明诗社副社长、晋阳工人散曲社秘书长。

作品散见于多家报刊。

〔正宫·叨叨令〕杏花村醉酒

情切切诗朋相会阳城下,美滋滋浓香迎面扑鼻踏,哎哟哟一杯猛饮今喝大,晕乎乎面红耳赤云中跨。涌荡哟也么哥,梦幻哟也么哥,牧童笑俺痴癫辣。

〔正宫·塞鸿秋〕土根

作诗赋曲田间转,家长里短文才献,骚文骚客农家汉,土腔土调真情撰。

激情曲苑燃，自在逍遥伴，神仙也把咱来羡。

〔双调·水仙子〕夜读

读诗习曲到三更，关马苏辛雅韵声，慢学细品心神定。抬头赏月明，忆并州曲友诗朋。歌圆梦，唱振兴，笔下龙腾。

〔南吕·四块玉〕白衣天使

不画眉，天然美，杏眼娇容绽桃绯，扶伤救死歌声脆。病号催，轻启扉，常笑陪。

〔仙吕·后庭花〕情侣

相携滨海边，相携春杏园。忘不了月下香甜语，忘不了花前海誓言。意缠绵，此心此愿，共写人生锦绣篇。

李心刚 生于1969年，山西太原人，普天乐散曲学会会员、山西瀚海散曲书画院成员。

〔正宫·塞鸿秋〕秋情

雁之飞羡煞檐边雀，云之奇酷显西风烈，菊黄烂漫娇之怯，枫红沉淀凝如血。冬春夏美哉，秋韵多情页，游山玩水更把沧桑阅。

〔黄钟·出队子〕小院春色

莺儿轻唱，风柔还旭阳。秋千飘荡蝶双双，一树梨花香又香，满院童声扬又扬。

〔仙吕·一半儿〕情窦初开

青梅竹马两知交，相伴邻村把戏瞧，俯耳戏词将妹儿撩。扭腰腰，一半儿羞羞一半儿恼。

〔正宫·塞鸿秋〕中秋寄情人

冰轮依旧清光泻,深情停在温情夜,相煎老苦时空越,相思遥寄蟾宫乐。心同亦命同,悲切皆悲切,问月老何时翻过这分离页。

〔正宫·塞鸿秋〕无情

风光兴盛有她殷勤献,失财落魄给俺横眉看。掏心难把离心唤,挖肝怎挽姻缘断。誓言真好听,风雨无情见。唉!又去给他人相许白头愿。

〔中吕·山坡羊〕难过美人关

姈人怀抱,英雄浮躁,攻城略地因春曜。媚心娇,醉心谣,卿卿我我乾坤倒,拼尽江山成就好。人,魂掉了;魂,勾去了。

〔黄钟·昼夜乐〕风惊俺美梦

过眼云烟旧时光,常常,常常在梦里登堂。片段过从前幻想:逐浪漫并莲开放,羡鸳鸯地老天荒。也算狂,梦死何妨,梦死何妨,愿永远作千年唱。

〔幺〕梦乡,梦乡俺正香;咣当,门窗,门窗愣敲醒迷茫。可恼那风儿造访,无缘故因何示强,接着续影像情长。奈何烤了香肠,烤了香肠,不愿醒瞅俺沧桑样。

〔中吕·山坡羊〕文身

身龙蛇附,脊鹰抓兔,蛛蝎臂膀弥勒肚。刺扑扑,血糊糊,鲜花美女关公酷,戏水鸳鸯雕屁股。狂,得露图;骚,也露图。

〔正宫·塞鸿秋〕众生相

想着那前程似锦荣华态,羡着那栖身之所黄金盖,梦着那娇颜如玉天天爱,盼着那名垂青史儿孙拜。满腔迎未来,难免跟头待,后牙槽咬烂咱重新再。

〔黄钟·昼夜乐〕望月孤狼

旷野无边谷草荒,茫茫,茫茫远千里追羊,求一饱长征不枉。逢狮虎岂能相抗,舍鲜食腐也充肠。咋个善良?嚼草当粮?嚼草当粮?满地是却无能量。

〔幺〕月光,月光也罩霜;星藏,心凉,心凉那苦涉流亡。对月号凄风伴响,柔情自穿林过冈,可知俺为爱痴狂?空自忧伤,空自忧伤,哪里是新希望?

常立英 笔名兰心,生于1969年,山西晋中人,中华诗词学会、安徽散曲学会、山西诗词学会、晋中诗歌协会会员,晋社社员,榆社诗词学会副会长。

作品散见于《中华诗词》《中华辞赋》《世界汉诗》《安徽吟坛》《安徽散曲》《当代散曲》等刊物。

〔双调·沉醉东风〕云簇湖游记(四首)

相约出行

添雅兴呼朋唤友,喜踏青结伴同俦。才离古邑城,又到山乡岫,醉春风连翘枝头。最是前川景色幽,莫在此闲留太久。

力攀巉岩

遥望处巉岩笔陡,踱足时娇体孱柔。危危绝壁深,暗暗凉风透,悔当初刻意随游。惊悚无边惧未休,却不敢中途放手。

谒庙不值

舒倩影垂绦翠柳,展新姿含黛畦沟。红墙掩碧窗,翠柏荫氪墉,待山门微启轻投。心向莲花叶贝求,虔诚尽佛陀自守。

环湖漫游

醉烟水轻舒玉手,趁河风竞放扁舟。频频玉影真,袅袅仙娥秀,驾云湖酽酽清流。奇景亲临寓目收,钓如许鲜鱼溢篓。

王云飞 生于1969年,山西原平人,中国散曲研究会、中华诗词学会、山西诗词学会会员,黄河散曲社社员,原平农民散曲社常务副社长。

创作散曲近300首,著有《乡音袅袅》《田园诗草》。

〔正宫·叨叨令〕发短信

哥哥学艺居重庆,发条短信他高兴。农民曲社常活动,悠悠曲调情丝弄。哥你知道也么哥,哥你知道也么哥,俺们学会了叨叨令。

〔正宫·塞鸿秋〕惠民春风

一条条富民政策安农户,一座座商销大厦朝天矗,一辆辆豪华小轿驰得酷,一股股长流富水工程布。桩桩策略猷,项项舒心处,一堆堆欢歌笑语盈街铺。

〔正宫·塞鸿秋〕新农村

一排排窗明几净平房建,一片片夕阳似火迎风灿,一盏盏青荷蘸雨河中嵌,一辆辆图书流动村情变。下乡文化来,捷报飞花溅,一股股和风沐雨遂心愿。

〔正宫·叨叨令〕写曲

写诗写曲迷心窍,三餐饱饭承诗教。痴迷夜半研宫调,全家老少都嘲笑。做梦也么哥,睡醒也么哥,酸甜自有心知道。

〔双调·广寒秋〕贺散曲之乡挂牌

农忙时套起犁耙,点豆安瓜,精播桑麻;农闲时伏案翻书,挑灯夜战,培育诗花。山丹花红映云霞争雅,忆多娇抒情感动天涯。育在山洼,种在农家,开遍中华。

〔双调·广寒秋〕写在原平梨花节

正春深雪剪风裁,酥雨徘徊,万树皑皑。放眼梨乡,漫山遍野,玉染双腮。梨花之乡美传四海,天涯风情恰似蓬莱。展歌喉韵飞天外,抒豪情意撞胸怀。花好连开,好景连排,好戏连台。

〔双调·天香引〕贺原平农民散曲社

创先河曲种荒丘,曲洒田畴,曲写春秋,曲进乡村。争流曲水,独占鳌头。

四围高如（有）山，一身轻无官。两间乌兔任循环，天来事不管。养亲不用公卿换，教儿只要耕读惯。闲居惟愿大家安，田园中积攒。

明刘良臣田园杂兴一首，王作忠书

王作忠 1959年生，曾任《火花》杂志社社长兼主编，山西文联委员，山西书协主席团委员、理事，山西诗词学会常务理事，山西作家书画研究院书画家，山西文联赵树理故居陈列馆馆长。

著有《爱河苦渡》《男儿有泪》《沧海正道》等。

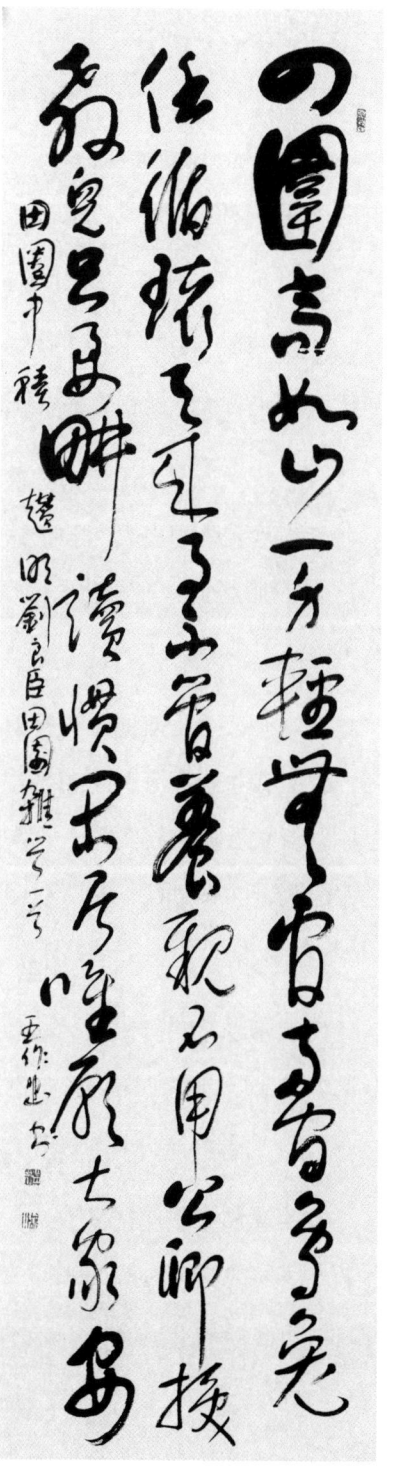

乐悠悠弹响华胄，果颖颖曲挂枝头。曲事同参，曲海同游，曲雨同舟，曲韵同酬。

〔中吕·山坡羊〕深闺怨

帷帘半幅，愁肠满肚，秋风摇曳窗前树。脂难涂，发难梳，水流花落深闺处，梦断楼空人影孤。蛾，烛上舞；人，烛下苦。

〔中吕·山坡羊〕雨前

阴云灰暗，闷雷不断，频频闪电横空串。树折弯，鸟巢掀，不辨东西来回转，屋顶烟随风漫卷。人，使劲赶；牛，使劲喘。

〔正宫·塞鸿秋〕缅怀王文奎先生

急煞煞乘风西去天门叩，情悠悠拓荒撒下相思豆，忙乎乎霜前雨后勤传授，火辣辣扯旗独创一枝秀。田园曲味鲜，汗水来成就，泪涓涓朝思暮想湿衣袖。

〔双调·天香引〕贺农民散曲社成立6周年

喜六载曲苑芬芳，曲起诗狂，曲满城乡。北调南腔，你吟我唱，共咏琼章。一副副贺联贺画风流倜傥，一首首贺诗贺曲雅俗流光。曲韵飘扬，曲撒三江，曲水流淌，曲彩斑斓，曲事辉煌。

〔中吕·山坡羊〕写曲感思

诗山攀赴，曲舟横渡，秋春冬夏披霜露。景难涂，意难抒，为圆心梦刮肠肚，酌字敲词容肺腑。头，发正疏；身，形正枯。

〔正宫·塞鸿秋〕夸咱农民散曲

一篇篇风流佳作抒豪放，一股股农家口味掀心浪，一句句方言俗语随心酿，一字字风情万种撩心帐。浓浓散曲情，缕缕清香荡，一件件惊天喜事年年创。

〔双调·折桂令〕种地

大清早套起犁牛，拉上锄头，绕过山丘，拐进深沟。把青春种在了坡前坡后，把梦想丰收在盛夏金秋。沐新雨奔小康开拓大有，凭科技靠勤劳共展筹谋。百舸争游，富水争流，福满神州，更上层楼。

〔双调·楚天遥带清江引〕初恋情

刚过小河滩，又到林荫径。悠悠朗诵声，唤醒青春梦。几载校园情，忆起心难静。笺上诉衷肠，树下终身定。

〔带〕卅年未见成幻影，害了相思病。依依不了情，总被秋风弄，唯怕鸟鸣惊梦醒。

张见素 生于1969年，山西清徐人，山西作协会员。
著有《十度深秋》。

〔越调·小桃红〕无题

满园桃李竞芳菲，常在丛中醉，忽记吾生似流水。弃是非，休提夙愿躬身退。闲时笑饮，醉时酣睡，醒后看些兴废。

〔中吕·喜春来〕无题

腰缠十万成豪富，官拜扬州好作福，骑鹤天上访仙姑。休羡慕，只半世荣枯。

〔正宫·塞鸿秋〕《红楼梦》感

读书识尽其中味，寻章摘句知兴废。荣华一梦无穷泪，生平无意红楼睡。省却是非心，不为荣辱愧，逍遥自在无拖累。

〔越调·天净沙〕黄河散曲社前辈讲学徐中有感

休说鬓色苍苍，琴棋书画飘香，了断人生战场。斜阳不让，青山正好梳妆。

王润宝 生于1969年，山西原平人，原平农民散曲社社员。

〔正宫·塞鸿秋〕自述

咱本是泥足汗手农家户，咱本是糊涂脑袋铜浇铸，咱本是一瓶不满三勺醋，自组办农民诗社咱拥护。吟诗用脑筋，制曲搜肠肚，填词竟忘朝和暮。

〔正宫·塞鸿秋〕情人节随想

邀来月影成双对，抛开俗世心无愧，删除寂寞痴人偎，且将爱恋随花醉。一笑暖意堆，两眼相思汇，几回梦里常思味

李武卿 笔名松涛泉声，生于1969年，山西原平人，原平农民散曲社社员。

〔双调·水仙子〕秋思白玉沟

层层红叶写春秋，点点灯笼挂玉沟，微微霜降白菊秀，耳闻高瀑流，月圆又涌新愁。舍依旧，背已佝，记在心头。

〔越调·小桃红〕空巢老人

他乡山水渺如烟，拄杖儿郎盼。望断长空数行雁，几时还？团圆梦里难相见。孤灯泪残，一声哀叹，岁月照青衫。

张爱莲 生于1969年，山西原平人，原平农民散曲社社员。

〔正宫·叨叨令〕植树

夕阳映照山村丽，山沟栽树盈天际。新苗吐绿青如碧，桃红柳翠蜂蝶戏。斗艳也么哥，竞绿也么哥，山清水秀多诗意。

〔正宫·叨叨令〕乡村文化赞

小河激起千层浪，歌声唱起丝弦荡。咱们跳舞心舒畅，只缘倡导新时尚。劲歌也么哥，曼舞也么哥，乡村一片和谐相。

张效忠 生于1970年,山西榆社人。

著有《一枝梅诗叶》。

〔仙吕·一半儿〕榆社红白事之现象(二首)

两天聚众吃河捞,一日三餐品菜肴,满院人声香味飘。鼓锣敲,一半儿依风一半儿炒。

红白喜事闹三天,又是糖茶又是烟,累煞主家人是闲。乱花钱,一半儿折腾一半儿煎。

庞继红 生于1970年,山西清徐人。

〔双调·驻马听〕有感徐中成长

凳破桌残,展翅翱翔环境艰。篷窗粗馔,登临绝顶路难攀。学生无奈锁欢颜,先生笔砚空置案。意阑珊,金河无语声声叹。

海运扬澜,要把昔年容貌还。鸣笛开眼,抛锚碇泊弄潮玩。坚贞果敢挽狂澜,披荆斩棘冲天干。力如山,金河低首悄悄看。

淡月勾弦,沥血筹谋不厌烦。义扛重担,青春奉献鬓霜繁。滴滴碧血谱新篇,并州杏园金河灿。志如丹,金河又把涂水扮。

绿竹睢园,学子惜时气不凡。梅兰齐艳,求真笃志不一般。更新教改树新观,教书探索征程漫。坚如磐,金河流淌再扬帆。

〔双调·步步娇〕人生三部曲

绿柳红花春风荡,地阔云天旷。后辈狂,展翅鲲鹏向汪洋。吼一腔,卷起千重浪。

夏叶清荷擎枝望，明月何其亮。意志扬，重任担肩气宇昂。热心肠，写在层楼上。

秋菊红枫金风畅，花老心犹壮。不思量，雪鬓为何又添霜。伴红阳，醉饮陈年酿。

〔越调·寨儿令〕小学聚会有感

憨那娃，俏歪丫，不经意年流载滑。河里鱼蟆，柳岸泥巴，月影弄轻纱。说班中趣事如麻，忆儿时闹剧犹夸。难结为旧话，不了又新花。呀，梦里也飞霞。

〔双调·沉醉东风〕教师的日子

雅韵清词未老，三番五次推敲。乐意陶，思情杳，这欢心快意难描。紫袍金带尽可抛，上去入斟酌尚好。

丁　梦　本名丁萌霞，生于1970年，河南南阳人，《中国当代散曲》编委。

〔中吕·普天乐〕贺姚奠中先生百岁寿诞

水中床，山里枕。诗书画印，哲史经文。都做成，今生韵。治学功高名三晋，燕虽轻也敢凌云。风儿放歌，星儿醉舞，寿与天存。

〔中吕·普天乐〕贺《当代散曲》创刊5周年

水栖歌，山藏梦，南来是客，北往皆朋。诉故情，寻幽径，百草园中秋千幸，万花溪醉了春风。词儿我写，曲儿他唱，当代新声。

〔正宫·醉太平〕惠济寺

心怀宋影，魂寄明清。山门古朴品苍生，观音梦醒。一方自在春秋境，百川俯首繁花盛。千年风雨柳杨青，何须再等！

〔正宫·醉太平〕普济桥

雕龙刻影，戴月披星，南来北往净宾朋。乡村露冷，三生普度痴人梦，百年相守通天径。万花开遍世间屏，春风未醒。

〔中吕·阳春曲〕玄中寺

一方净土千秋颂，十里红尘万代空，清音绕刹百花丛。谁不懂？来去亦匆匆。

〔中吕·阳春曲〕渠家大院

青砖碧瓦高墙隐，游客宫灯柳色新，倾城富贵也相侵？寻上品，三晋四时春。

〔中吕·阳春曲〕平遥古城

一城清韵秋风暖，三里长街夜雨喧，平遥逸梦万家眠。君不管，星月也偷闲。

〔中吕·阳春曲〕王家大院

朱门沉重良田阔，小巷幽深故事多，登高远望洞庭波。花叶果，新岁正如梭。

〔中吕·阳春曲〕刘胡兰纪念馆

茫茫大地春光好，烈烈长空意气高，芊芊女子也英豪。文笔巧，难诉梦心潮。

〔中吕·阳春曲〕贺中国吕梁散曲会议召开

千层诗意青山秀，一曲轻歌绿水羞，吕梁儿女再争优。呼老酒，依旧上高楼。

王建珠 生于1970年，山西原平人，黄河散曲社社员、原平农民散曲社副社长兼南坡分社社长。

〔仙吕·一半儿〕老婆不在我当家

老婆不在我当家,猫狗鸡鸭捎带娃,柴米油盐还种瓜。度年华,一半儿装聋一半儿哑。

〔仙吕·一半儿〕闲情

茶余饭后弄琴音,词海诗园寻赋真,儿女皆婚育幼人。抱孙孙,一半儿舒心一半儿忍。

何桂英 生于1970年,山西原平人,原平农民散曲社社员。

〔仙吕·一半儿〕送亲人远行

耳闻远处汽笛声,遥送亲人去做工,此去何时能返程。眼蒙眬,一半儿酸楚一半儿哽。

张月丽 生于1970年,山西原平人,原平农民散曲社社员。

〔中吕·山坡羊〕玉皇崂

云台绮魅,峰峦叠翠,嶙峋石怪如图绘。九龙随,二猿陪,玉皇静坐痴迷醉,古庙庄严神韵堆。景,别样美;情,挂笑眉。

〔中吕·喜春来〕贺散曲之乡挂牌

群英荟萃诗花绽,古韵新声曲卉丹,芊芊妙语谱新篇。农事闲,妙笔绣田园。

农 宇 生于1970年,广西天等人,中国楹联学会书法艺术研究会会员、广西书协理事、广西散曲学会副秘书长。

〔正宫·叨叨令〕廉吏于成龙

松柏傲岸巍不动,梅竹节骨人争颂。食糠嚼菜生死共,鞠躬尽瘁空街恸。

一条碧带西湖练,千年古道东风健。桃红柳绿烟云漫,莺啼燕舞桥虹炫。春催晓日钟,雾绕青纱缎,婵娟一曲香风艳!

正宫塞鸿秋苏堤春晓,唐槐诗社常永生

治世才也么哥,治世才也么哥,出泥不染民珍重。

〔仙吕·游四门〕则天庙

金銮紫殿月当空,鸣凤和吟龙。钟声夜半秋风送,物是人非中。空,衰盛古今同。

〔中吕·阳春曲〕北武当山

群龙拱卧冲天盼,直上云霄羽化仙,横刀亮剑扼天关。山外山,尊我武当山。

李瑞利 笔名唐一笑,生于1971年,贵州贵定人,中国散曲研究会、中华诗词学会、中国楹联学会、贵州诗词楹联学会会员,中华诗词学会散曲工委委员,乌当诗词楹联学会副会长,黔人散曲研究会会长。

〔仙吕·醉扶归〕贺姚奠中先生百岁华诞

国难奔前线,正己导言传。满腹文章五色笺,字里谁惊叹?仰止高山放眼,百岁还伏案。

〔仙吕·游四门〕读《常箴吾散曲集》

千秋大事故园情,散曲伴余生。虽说力道非刚劲,却扬起了鹏程。听,窗外满天星。

〔中吕·普天乐〕普天乐散曲学会成立致贺

鼓锣敲,英豪笑。龙城不老,晋水多娇。元人音尚飘,散曲捷相报。大吕黄钟新风貌,让神州再起高潮。北国地摇,南疆肉跳,同道魂销。

〔中吕·喜春来〕贺黄河散曲社成立10周年

千人筑就黄河恋,十载凝成新纪帆,精神一种史无前。欣放眼,明日更扬鞭。

〔仙吕·醉扶归〕贺《当代散曲》创刊 10 周年

滚滚黄河水，三晋写丰碑。文笔双峰不尽窥，谁敢单刀会？一剑十年助威，慷慨风中醉。

〔双调·殿前欢〕祝贺《中华散曲论坛》开版 10 周年

似春雷，破冰来势显声威。黄钟大吕元人味，把盏空杯。十年一座碑，掩不住英雄泪，顾盼皆欣慰。金秋兆岁，一束晨辉。

张月英 生于 1971 年，山西清徐人，清徐文学协会、诗词楹联协会副主席，清徐报社记者。

〔中吕·十二月带尧民歌〕看戏

官腔儿长长短短，民调儿断断连连。一阵阵豪庭狂欢，一声声陋室呜咽。锣鼓儿敲得地转，管弦儿奏得天旋。

〔带〕大团圆怎的大团圆，受苦煎还要受熬煎。唱戏的疯子啸喧，看戏的呆在台前。曲尽，人还，人间是戏园，这戏天天见。

牛保林 生于 1971 年，山西清徐人，山西诗词学会会员、清徐诗词楹联协会副主席。

〔双调·骤雨打新荷〕风雨美神州

踏遍神州，望狮龙劲舞，云步团花。几回幽梦，朵朵浪淘沙。多少年来沐雨，引红浪伏魔吹沙。立广厦，东风畅怀，催放新芽。　欣识寒梅绽雪，缀青山写意，春路赢夸。喜逢开放，良策启贫闸。梦已抒胸臆展，慰先到美哉吾家！笑把酒，多情赋诗，贺我中华！

〔正宫·双鸳鸯〕为情所困

着春装，换秋装，暮雨凄风入梦凉。热血横遭霜打冷，温情自护暗封墙。

〔仙吕·后庭花〕无题

伊人莲步轻,晚花香露生。独艳无心赏,云阴更锁晴。敬清风盈盈杯酒,安将幽梦烹。

师红儒 笔名烛焰,生于1971年,山西朔州人,中华诗词学会、山西作协、山西诗词学会会员,中镇诗社、晋社社员。

作品散见于国内多种报刊,主编《马邑诗词曲》,著有《葵窗集》等。

〔双调·折桂令〕听晋剧《屠夫状元》

辨人心老戏奇谭,笑了遍书生,不抵个村憨。倒大乾坤,利缰名锁,雨淡风咸。市井畔原多义胆,朝堂前自古贪婪。附势的儿男,不懂羞惭。死也心甘,愿做胡三。

〔双调·折桂令〕霾事

想天公如此安排,晴也和谐,阴也和谐。几月炎寒,几场雨雪,几阵烟霾。天增岁江山不改,鬓添霜红碧重来。点大尘埃,何必嗟唉。上一阶台,下一阶台。

〔双调·殿前欢〕春雪

舞琼瑶,玉乾坤焉用世心雕。直迷封昨日春风道,音信都消。回茫茫晓梦遥,盖喧喧红尘闹,吟了句丰年兆。楼高住我,我住楼高。

〔双调·殿前欢〕微雨中过武侯祠

柏森森,柏森森祠庙碧烟沉。惠陵一畔老臣心,细雨幽禽。轻风忧患深,长策城池赁,大梦山河枕。瑶琴羽扇,羽扇瑶琴。

〔中吕·普天乐〕父亲节与父亲喝酒

絮聒多,回头重,寒门贫子,劲竹苍松。鬓易衰,风吹动,一笑艰辛如烟纵,管谁家缀锦铺虹。阑珊夜色,家严看我,我看杯空。

〔仙吕·寄生草〕夜市大排档偶作

灯千盏,酒百杯,熏风折向群楼队,市声交混草花味,蟾光照上闲人背。座中几个补天才,日间一段勾营技。

〔双调·碧玉箫〕高速路堵车

前路遥遥,也不是泛槎九云霄;退路迢迢,也不是停车半山腰。倒好像千军奔虎牢,双星隔鹊桥。风正高,踏上阳关道。瞧,反落他人笑。

〔黄钟·人月圆〕中秋望月

中天又见冰轮挂,长照客无眠。谪仙才醉,髯苏已去,留下诗篇。

〔幺〕一年秋半,物华早换,此处如前:桂前莽汉,阶边玉兔,宫锁婵娟。

〔正宫·小梁州〕司马泊村吃鱼宴

城东十里访秋光,木叶飘黄。华灯渐远入村乡,青砖巷,初月挂房梁。

〔幺〕醉人有酒栖身炕,半生过忘了仓皇。山鲊熟,河鱼胖。盘中新味,只作旧时尝。

〔越调·寨儿令〕端午登故乡大甸顶

千道湾,百重山,赏风光路遥云上攀。山下春阑,甸顶花繁,幽境得清寒。眺烟村层绿斑斓,望去途云壑连环。感伤唯别绪,非是在乡关。难,身远梦难还。

王美英 生于1971年,山西原平人,原平农民散曲社社员。

〔越调·天净沙〕逛城

高楼矗立云霄,车驰有序民骄,市场繁荣誉好。人人欢笑,原平兴盛如潮。

〔越调·天净沙〕无题

秋风染就黄花,牛羊富了农家,水秀山清静雅。农村如画,空中片片飞霞。

张秀青 生于1971年,山西原平人,原平农民散曲社社员。

〔仙吕·一半儿〕贺播明分社挂牌

藏龙卧虎净风流,文化为王它最优,曲苑就如镶绣球。绘春秋,一半儿风光一半儿牛。

〔仙吕·忆王孙〕缅怀郝梦龄将军

缅怀英烈敬碑前,大将挥戈歼日顽,昔日雄风今更暄。梦中牵,近在人心远在天。

王泽平 生于1971年,山西原平人,黄河散曲社、原平农民散曲社社员。

〔正宫·叨叨令〕劝

我偕朋友学诗赋,书中情趣无其数。书中自有风光处,书中自有颜如玉。学写诗也么哥,学写诗也么哥,诗歌走进咱农户。

〔中吕·山坡羊〕无题

笛鸣车啸,晨嚣昏噪,何时落个囫囵觉。路坑洼,尿撒抛,灰尘烟雾遮云罩,城里挤得乡里噪。城,栽上草;村,污染了。

杨明丽 生于1972年,中华诗词学会、山西诗词学会、代县作协会员。

〔仙吕·一半儿〕夏日风情

园中枣蕊暗香悠,雨后禾苗青色流,假日顽童光腚游。似泥鳅,一半儿天真一半儿丑。

〔仙吕·一半儿〕记梦

经年渺渺又同窗,谈笑泠泠文苑香,秋雨潇潇惊梦乡。客何方?一半儿平和一半儿慌。

〔仙吕·一半儿〕小聚

雅园携手影依依,弱柳千丝芳草萋,离散总多欢聚时。怨相知,一半儿忧来一半儿喜。

韩俊红 生于1972年，山西寿阳人，中华诗词学会、山西诗词学会、晋中诗歌协会会员，《中国诗歌报》唯美工作室、《寿川诗苑》编辑，晋中中华文化促进会理事，黄河散曲社、杏花女子诗社社员，寿阳作协理事，灵芝诗社社长。

主编《灵芝情怀》《晨读暮诵》《七彩课堂》等，著有《心语·诗缘》。

〔双调·折桂令〕爹娘恩情深似海（六首）

送女

一降生只为添愁，可叹家贫，幼女无粥，后继堪忧。乡邻多子，俊彦旁求。悲切切抱儿半宿，恨绵绵不舍魂丢。赶明儿初涨薪酬，直喊福妞，送女方休。

高烧

那一冬俺突患凶疾，持续高烧，昼夜昏迷。医护摇头，乡邻叹气，亲友怜惜。俺娘亲浑身汗洗，一盆盆冰水敷肌。闻孩儿化险为夷，一屁股坐地休息，哪管他四处狼藉。

跳绳

想当年同伴机灵，飞舞麻绳，上下欢腾。慈母怜儿，弯腰屈腿，践履躬行。汗珠儿啪啪跳影，手臂儿坠坠酸疼。看娇娃铆劲儿学成，直乐得浅笑盈盈，眼眸里爱意柔情。

家书

怪先生布置家书，男也惊呼，女也惊呼。班内宣读，几番失语，感动妍姝。娘细语千叮万嘱，爹惜墨字字玑珠。坐把身伏，掩袖轻哭，暗表决心，发奋攻书。

教诲

好爹娘教导铭心：勤俭持家，正派为人。孝敬公婆，亲和姑嫂，友睦乡邻。育桃李求实务本，读诗词不辨晨昏。桃李争春，遍野芳芬，直讨得二老欢欣。

感恩

养儿知父母深恩,十月怀胎,备受艰辛。学步蹒跚,学舌鹦鹉,惹笑频频。问学业少食废寝,顾起居事必躬亲。周末回村,陪伴双亲,乐享天伦。

〔中吕·迎仙客〕昭君怨(七首)

出世

恋秭归,占花魁,屈原故乡出美眉。弟兄疼,父母陪。习字香闺,丽质如兰蕙。

入宫

皇诏颁,普天征,昭君二八初入宫。美冠群芳,耻贿画工。遭丑绘欺凌,数载凄清梦。

赏亲

大汉昌,北胡凋,单于拜王三入朝。赐宫娥,赏馔肴。去路迢迢,落雁平沙貌。

出塞

辞故乡,拜爹娘,琵琶怨歌哀雁戕。且翻山,又渡江。流寄胡邦,泪下空悲怆。

幽怨

风叩楼,雨浇窗,琵琶欲弹人断肠。守孤灯,思故乡。叩问爹娘,可把昭君忘?

随俗

入北胡,恶婚俗,单于续婚妻后母。弟兄疏,父子夫。朔漠匈奴,堪把卿卿误。

青冢

舍己身,建奇功,异乡断魂孤青冢。后孙延,边境宁。卫霍齐名,争把明妃敬。

冬前冬后几村庄，溪北溪南两履霜，树头树底孤山上。冷风来何处香？忽相逢缟袂绡裳。酒醒寒惊梦，笛凄春断肠，淡月昏黄。

右书元乔吉水仙子诗（曲）一首，岁在丁酉冬月晓梅于并

徐晓梅　1961年生，中国书协会员，山西书协、太原书协、山西青年书协、山西硬笔书协副主席，山西女子书协主席。

韩鲜芬 生于1972年，山西榆社人，山西诗词学会、榆社诗词学会、晋中诗歌协会会员。

〔双调·水仙子〕痴

不施粉黛不披纱，不摆长城不绣花。灵思总把清风驾，时时惦记它，词凝雅韵升华。早粗酿，晚细查，梦里咿呀。

〔双调·水仙子〕环卫工

一天秋叶一肩霜，一盏昏灯一影长，一根扫帚一生亢。晨曦里热汗淌，赤阳中双臂灼伤。雨中战，雪里忙，苦累何妨。

〔双调·水仙子〕夏乐会

荷塘里避暑扇扇凉，花朵朵扶窗间间香，听蛤蟆擂鼓声声亢。金蝉伏树狂，鲤掀莲舞动霓裳。鸳鸯嬉戏，柳辫轻扬，一片和祥。

〔双调·水仙子〕枫叶

秋翁送礼聘新娘，连夜遣风布洞房，红毡铺就心花放。林宴现呈祥，云赐贴雁字排行。山杨禀奏，喜鹊开场，准备拜堂。

〔双调·水仙子〕嫁梅娘

玉皇降旨嫁梅娘，王母精心备嫁妆。嫦娥巧手布婚帐，风姑赶制婚房。冰花贺喜贴窗，梨花绶缠松树，玉带横穿河梁，山野景盛新房。

〔双调·水仙子〕母爱

驱车探望总匆忙，附耳轻叮保健康，家常未唠卷尘漾。蹒跚影上墙，频回望泪盈眶。千山外，万里长，走不出慈母心房。

〔正宫·塞鸿秋〕贺原平散曲社挂牌

乌纱冠顶咱休眷，豪宅敞亮咱休羡，粗茶淡饭咱休怨，雅诗诙曲咱独恋。荷锄日作陪，砚墨星来伴，悠然自在山间转。

〔越调·寨儿令〕老妈的手艺

肉红烧,藕沙煲,豆芽海带氽粉条。嫩嫩青苗,焰焰红椒,香味儿满屋飘。小儿腮满眼翻漂,老爸酒醉肉全消。米饭盛两碗,还有菜汤包。瞧!汗水脸颊飙。

〔越调·寨儿令〕老妈的味道

捞饭团,酱瓜干,南瓜黄绿红薯甜。辣子一坛,野蒜一盘,杂面细尝鲜。外甥他咂嘴垂涎,侄儿他搓手生烟。两碗刚正好,肚子滚溜圆。贪,盼来周末把妈缠。

王金梅 生于1972年,山西原平人,原平农民散曲社社员。

〔中吕·快活三〕心情放歌

凤鸣欢绪梭,瑟弄醉心歌。投身诗社赋诗歌,时光岂让蹉跎过!

赵慧林 生于1972年,山西原平人,原平农民散曲社社员。

〔仙吕·一半儿〕圆梦

农民挥笔论诗坛,谱乐描愁曲味绵,魂醉诗涯心更甜。梦连连,一半儿耕耘一半儿编。

〔正宫·鹦鹉曲〕世外桃源

依山傍水河边住,本是个受苦农父。养鹅鸭酷暑严寒,巧筑棚防风雨。

〔幺〕喜滋滋嬉水漂游,再往那山坡去;乐滔滔鹅摆鸭欢,自赏这人间美处。

宋明生 生于1972年,山西交城人,交城诗词学会会员。

〔正宫·脱布衫带小梁州〕

檐角儿金铃响叮咚,谁陪那可人儿话情浓。意乘皎月寻田垄,又怕扰了那花儿梦。

〔带〕一对金铃儿唱大风,俺陪这可人儿话情浓。垄间花月乐无穷,待有秋波送,当醉倚芳丛。皆言自古情堪重,长河流水曲灵通。但别难逢,只把这心花儿悄悄种,弦歌终老颂相倾。

〔仙吕·一半儿〕迎春曲

频来归燕啭银喉,缱绻双依声自悠,垄上堤边相竞酬。乐前头,一半儿花红一半儿柳。

朱恒芹 生于 1972 年,山西原平人,原平农民散曲社社员。

〔仙吕·一半儿〕读当代散曲

曲声巧体写乡村,万种风情土味醇,散曲刊行格调真。种田人,一半儿耕耘一半儿文。

〔仙吕·一半儿〕劳动

光荣劳动富家园,懒惰空留两废拳,岁月如金需要怜。莫偷闲,一半儿辛劳一半儿欢。

刘果林 生于 1972 年,山西原平人,山西诗词学会、原平诗词学会会员,子曰诗社、杏花女子诗社、原平农民散曲社、太行诗社社员。

〔仙吕·四季花〕乡思

吴侬软语柳风柔,莺燕碧窗啾。一程微雨黄昏后,游子动乡愁。意难休,思情切切乱心头。

〔越调·小桃红〕那年那事

桃花十里又芬芳,犹记天涯上。牵手含羞慢回望,启心窗,清纯一段如佳酿。离时目光,经年不忘,依旧夜来香。

李林军 生于1972年,山西原平人,原平农民散曲社社员。

〔中吕·山坡羊〕滹沱河

滹沱潋滟,微风菡萏,碧波倒影双飞燕。绿杨湾,落花滩,绵绵春水盈河岸,无限真情涂画笺。心,舞自然;情,融自然。

〔越调·寨儿令〕无题

大锦鸡,站花堤,挺胸唱歌红日起。千里云霓,万丈霞衣,滴翠岚山迷。轻轻漫步疏篱,悠悠起舞花畦。将阳春喜报,为盛世长啼。悠哉兮,丽日柳风微。

〔中吕·卖花声〕闲趣

一琴一剑林泉下,世事无常莫管他,朝迎红日暮观霞。浮云名利,青山诗画,乐悠悠好风无价。

陶爱平 生于1972年,山西岚县人,山西诗词学会会员、原平农民散曲社副秘书长。

〔双调·折桂令〕思

望天空点点繁星,身伴残灯,窗外寒冰。思念孩童,眼落幻影,回味无穷。想他们何人护宠,新年到难以相逢。俺在京城,牵挂家中,心意难平。

〔正宫·叨叨令〕打工吟

抛儿别女京城住,为谋生计铺新路。薪资三月无支付,孩童学费知何处?愁煞人也么哥,愁煞人也么哥,农家女子和谁诉?

赵斌田　生于1973年，山西忻州人。

〔正宫·九转货郎儿〕新打神告庙（套曲）

余自幼生长于农家，仰赖祖上耕读传训，遂以点瓜种菜为生。孰料去岁今年，每在丰收定型之际、开园采收之时，俱以冰雹灾之、祸之，无异绝收，以致经济一时间陷于拮据之境。天公不济，龙王作恶，天道无情。一时郁闷，气愤且又无可奈何。权作一曲，聊解心头之怨，稍宽吾心也！

〔一转〕恨起来把龙王狠骂，痛起来把龙王痛打。甚缘由打坏我的瓜？我将你一声声问，你与我一声声答，把你个没良心的天不杀。

〔二转〕每初一供你三凉五热，逢十五供你鲜桃大馍，过节过会两食盒。香蜡灯油概不拖，纸钱元宝历无赊。你真真的龌龊，满桌子供品从没说过多。

〔三转〕也为你修身垒庙，苦了我执锹弄镐。为抹墙我捐出三袋碎麻刀，咿是稀缺货，更无销。我好有千条，你全然忘了；我满腹虔诚，你良心尽抛。这真是烧香烧得鬼到了。

〔四转〕气得我双睛涌泪，打得你歪头断腿，也学学桂英打你恨王魁。你狼心狗肺驴肝猪胃，不识人世真情贵。左边搋，右边擂，石灰揉在你瞳仁内，塞住耳朵缝住嘴。呸！神变鬼，叫你顾了头来难顾尾。

〔五转〕说是你脸皮老厚，说是你模形够丑，半天家打骂不知羞。爪赛鹰，眼如牛，一双角儿扎烂头；尾同鸡，舌似狗，纵是封侯，脱不得禽兽。看你身前身后，一群鳖怪泥鳅，龇牙咧嘴把风抽。个个像开枷怪，破笼囚，你便是妖魔贼祸首。

〔六转〕弄得我手慌脚乱，偏是你安如泰山。你双唇紧闭口无言，我牙关紧咬心头颤。可怜我耙露耕昏，培土植苗，磙地平田。历雨经风，浇水施肥，防虫防旱，日当空整枝招蔓。我细细地观，慢慢地按，将土拍平，将草除根，将蔓掐尖。吃尽了苦几番，受尽了累万般，我心无怨，谁料你一场冰雹绝尽产。

〔七转〕又成了赔钱买卖，都怨你心肠恶歹。从天降下祸人灾，凭空生起绝情债，把俺财路淤塞。读书的两个孩，半月千儿八百；父母经年迈，拿甚银钱将药买?

〔八转〕你勾结上风伯雨父，私约了雷公电母，汹汹气势乱扑扑。好一群恶徒！恶徒！白唰唰冰雹满地铺，打得个田父无藏处。打得枯也么哥，打得枯也么哥，痛哭！瓜瓜菜菜烂秃秃，可怜杀庄户！庄户！一年收成老本输。哭到伤心处，气晕乎也么哥，气晕乎也么哥，枉叫全家白受苦。

〔九转〕我不知天庭法律，却晓得人间道理，人间天上应无区。莫非你仗势凌欺？莫非你任性无拘？莫非是邪神送礼？莫非你贪财争利？纵然百理，不把民欺。我发信息打电话坐神七，天庭告你。我告你玩忽职守当儿戏，拉帮结派奸民意，黎民蒙难受冤屈。定叫你白龙府阖族上下、三亲六故、亲哥热弟、娇妻爱女、奸党同谋、龙子龙孙，一个一个剁手抽筋剥肉皮。

〔中吕·十二月带尧民歌〕春

春风化雨，春草萋萋；春晖万缕，春柳依依；春花艳丽，春色迷迷。

〔带〕弯弯春水绕春堤，座座春山换春衣，双双春燕垒春居，对对春牛拽春犁。春怡，春惜，春勤惠庶黎，春染无穷碧。

〔中吕·山坡羊〕过年

花糕①花俏，钱龙②钱绕，捏只老虎山头跳。小羊羔，大花猫，捏只喜鹊将春报，捏个猴子来献宝。姨，真个巧；年，实在好。

①②花糕、钱龙：均属忻州过年捏的面塑。

〔仙吕·三番玉楼人〕怕它

一阵雷声大，一阵雨声杂，二目圆睁且不眨，怕只怕冰雹下。想一回它，怕一回它，恨一回它，端的又来了它。去年打瓜，今天又下，活叫俺愁煞。

〔双调·水仙子〕争春

一帘春雨破枝芽，一夜春风惊树花，农夫早备犁耧耙。南坡方种瓜，北沟间正打坷垃。儿牵马，女看娃，忙坏农家。

〔商调·望远行〕祖母逝世两周年得梦

重慈谢世两周年，恰时节心似煎。梦中惊醒泣连连，罢了难相见，难相见。思谋你笑颜，勾得我泪眼。坟头彩纸化云烟，空教人望断长天，终究也留下个长思念。

杨冬亮 笔名播种太阳，生于 1974 年，山西寿阳人，中华诗词学会、山西诗词学会、寿阳诗词学会会员，黄河散曲社社员，《中华散曲论坛》版主。作品散见于《寿川诗苑》《晋中日报》《山西日报》《当代散曲》《中国当代散曲》等报刊，著有《暖阳斋诗集》。

〔正宫·塞鸿秋〕梦

童年懵懂无忧梦，少年饥渴求知梦，青年向往清华梦，中年憧憬家乡梦。同期好梦圆，共筑中国梦，神州崛起强国梦。

〔双调·雁儿落带得胜令〕咏春

春江春水追，春野春苗翠，春听春燕飞，春赏春花醉。
〔带〕春草映春晖，春雨伴春雷，春种农夫乐，春耕泥土肥。春回，遍地春光媚；春归，满园春色美。

〔双调·雁儿落带得胜令〕咏秋

秋风秋叶黄，秋雨秋河涨，秋江秋月凉，秋夜秋霜降。
〔带〕秋果满箩筐，秋谷垛粮仓，秋雁南飞去，秋原遍地芳。秋光，秋野情难忘；秋忙，秋收瓜果香。

〔仙吕·一半儿〕赏桃花

方山岭上绽奇葩，片片桃花红若霞，粉面含情萌似娃。忘还家，一半儿痴来一半儿傻。

志气轩昂，烈烈轰轰做几场。道是关西夫子，海内英雄，翰苑文章。高名压倒五百行。奎光直透三千丈。铁面如霜，孟嘉词藻，参军不让。

明刘良臣南中吕驻马听赠人，丁酉岁末二不庐主王志刚书

王志刚　1962年生，字崑石，别署半月轩、二不庐主，祖籍山西定襄，生于太原，中国书协会员，山西书协、中国冶金书协、太原书协副主席，晋阳印社副社长等。

〔正宫·塞鸿秋〕题壶口瀑布

波涛滚滚千重浪，龙吟虎啸声威壮，千军万马豪情荡，狭壶一泻雄姿亮。雷霆十万钧，瀑布三千丈，奔腾咆哮欢歌唱。

〔中吕·山坡羊〕校园红歌赛

红歌嘹亮，热情奔放，校园内外人人唱。忆沧桑，赞国强，激情澎湃声威壮，不忘初心歌颂党。师，也亮嗓；生，也亮嗓。

〔双调·折桂令〕美丽新寿川

看寿川秀美新城，绿掩琼楼，水映山青。遍地园林，环城叠翠，百鸟和鸣。登古阁一方胜景，上层楼万里空晴。五谷盈丰，地下煤丰，学海文丰，人寿年丰。

〔双调·折桂令〕除夕

年三十乡下农家，高挂红灯，纸剪窗花。鞭炮齐鸣，烟花绽放，灿若云霞。孩子们追逐戏耍，长辈们饮酒喝茶。油炸麻花，清炖肥鸭，水煮鲶鱼，馋坏咱娃！

〔双调·沉醉东风〕同学聚会

喜相聚千杯烈饮，庆相逢百首佳音。美酒醇，欢歌劲。最难忘往日情深，鸿雁飞传锦绣文，共祝愿前程似锦。

〔中吕·喜春来〕喜贺原平荣获"中华散曲之乡"称号

桃花红艳枝枝俏，翠柳丝长款款摇，原平春暖曲花娇。杏蕊飘，曲苑涌春潮。

刘小云 生于1974年，山西清徐人。

〔中吕·山坡羊〕寄语高三学子

徐中春到，师生欢笑，桃夭柳嫩呈新貌。草儿摇，韵儿娇，风轻云淡芳园俏，莫把春光辜负了。学，讲技巧；成，酬父老。

〔越调·天净沙〕早春

绿波倒映溪桥,柳芽飞上枝梢,幽径钻出嫩草。梨花儿闹,桃花儿竞风骚。

〔中吕·满庭芳〕言志

甘为老牛,一朝肥瘦,几度春秋。一腔热血丹心透,名利何求。且赢得清风两袖,誓不休壮志千秋。心依旧,一杯曲酒,桃李显风流。

〔仙吕·后庭花〕春思

东风藏暗香,柳丝描碧窗,沙暖鸳鸯戏,风微紫燕翔。立斜阳,疏林如画,思乡人断肠。

〔正宫·小梁州〕祭窦娥

六月飞花掩骨骸,感地惊天。一腔热血练旗悬,冤情现,雪降旱三年。皇天也肯从人愿,祭窦娥灵雨如泉。天地怜,今人奠,空悲嗟怨,掩卷泪涟涟。

〔仙吕·一半儿〕奔月梦圆有感

千年奔月梦终圆,吴质难眠玉兔欢,情寄嫦娥魂梦牵。望云天,一半儿欢欣一半儿甜。

〔双调·驻马听〕望夫礁

山色凄凄,白水漓漓漂橹楫;亭萧寂寂,衰容切切盼归期。浮浮落落涨潮期,晕晕灿灿霞归匿。独蹙眉,迎风飞泪成礁立。

〔双调·春闺怨〕新晴

骤雨初晴,横塘梦醒。露珠点点似辰星,白荷倚水凌波静。闲坐亭,云淡风轻,山色画难成。

赵艳丽 生于1974年,山西原平人,山西诗词学会会员、原平农民散曲社副秘书长。

〔中吕·十二月带尧民歌〕春游天涯山

闲挑个云晴日暖，去赏个柳翠花鲜。乐悠悠丛郊旅览，俏嗖嗖峻岭攀岩。屏气神凝眸远瞻，好一个秀美河川。

〔带〕天涯山耸立千年，启梦原平谱新篇。风擂石鼓奏和弦，雨润莲花佑福绵。流连，春光袅袅欢，盛世融融灿。

〔仙吕·醉扶归〕家乡美

蜂戏枝头蕊，蝶闹杏花飞。溪绕石峰染翠微，燕唱和谐岁。父老乡亲评语堆，情暖归人醉。

〔中吕·山坡羊〕原平散曲一枝花

莺传佳话，燕传佳话，黄钟大吕田园嫁。种诗花，绣心花，花开四处情融洽，天赐东风乘玉槎。诗，一片霞；曲，一片霞。

何培婵 生于 1974 年，山西原平人，原平农民散曲社社员。

〔仙吕·一半儿〕水芙蓉

情扎沃土韵千重，摇曳随波胜夏萍，傍晚风轻香气浓。正繁荣，一半儿纯洁一半儿峥。

〔仙吕·一半儿〕惠农政策

种粮直补到山村，普降甘霖润物馨，一夜春风催靓云。惠农民，一半儿感恩一半儿品。

樊丽萍 生于 1974 年，山西原平人，原平农民散曲社社员。

〔双调·蟾宫曲〕想念母亲

想娘亲痛断肝肠，多少柔情，转瞬成霜。凝目之间，亲情一世，半百之殇。唤慈母疯狂泪淌，叹空谷悲寂苍茫。月冷风凉，岁月悠悠，想念如常。

李娴娴 笔名闲云，号醉云阁主，生于1975年，山西太原人，中国散曲研究会、普天乐散曲学会、中华诗词学会、山西诗词学会会员，山西瀚海散曲书画院副秘书长。

〔仙吕·一半儿〕隐

枕边半卷曲家文，帘外一方山暮云，翠帏斜敧浓醉人。莫言尘，一半儿闲来一半儿隐。

〔双调·折桂令〕悟

笑苍生苦度春秋，江里烟舟，天外沙鸥。一曲功名，几樽花事，半卷绸缪。吟梅鹤不吟怅惘，种松竹不种离愁。倦理云忧，独醉书楼，帘月如钩。

〔双调·殿前欢〕秋吟

堕秋声，堕秋声叶落萧庭，暮阳斜照秋桐影，秋在闲亭。孤云秋雁鸣，江岸横秋梗，林壑荒秋磴。秋情似我，我似秋情。

〔越调·小桃红〕望月

一牙新月照寒窗，醉卧梅云帐，曲体斜敧举眉望。桂如霜，梁园春梦清秋葬。瘦菊叹殇，虞弦悲亢，闲阙赋惆怅。

〔双调·折桂令〕梅情

清幽处隐映寒情，枝上着情，月下添情。萧陌融情，墨云凝梦，满目闲情。多情种鸿雁寄情，痴情种雪海流情。独自酌情，孤影愁情，疏瘦离情。

〔正宫·叨叨令〕相思

相思漫卷青山翠，相思剪落烛花泪，相思吹乱环云髻，相思萦损江妃佩。想你了也么哥，想你了也么哥，断肠旧曲愁怀味。

〔正宫·醉太平〕闺怨

半杯曲瞒,半盏清欢,残痕瘦影醉窗耑,一帘楚酸。当时凤去箫音断,几番归雁秋心乱,几番孤月枕烟峦,戚嗟春梦短。

〔中吕·满庭芳〕赞榆次区机关事务管理局众诗友

罗兰紫娆,芙蓉素宛,月朵纯娇。枝疏叶落萧秋老,梅立寒梢。醉花阴诗梦萦绕,画楼外溪雁枫桥。林间鸟,裁云淡描,闲将世俗抛。

〔越调·天净沙〕无题

西风落叶黄花,斜阳寒雀篱笆,一枕春痕翠瓦。雁书司马,愁波梦影窗纱。

〔越调·小桃红〕贺折殿川老师 70 华诞

一泓秋水绕东篱,生梦西风驿。阑尽清浊傲霜桧,乐诗醅,半壶素月沧江碧。云帆影稀,黄花笑对,老树醉今夕。

〔双调·拨不断〕哭姚莫中先生

举瑶觥,寄苍穹,涕零遥睇槔庐送。栖凤归云枯叶桐,蓬蒿横野荒丘冢,雁哀风恸。

〔仙吕·一半儿〕叹红颜

赏花方晓落花残,枝瘦难堪苦御寒,枯叶凋零敲碎栏。叹红颜,一半儿闲愁一半儿懒。

〔正宫·甘草子〕游龙山分韵赋曲得"石"字

轻徐陟,古道松阴,野谷日熏幽寂。捻桃珠,折梅蕊,环曲径,卧苔石,酌梦寻芳人微醉,风帘闲亭倦倚。惆怅香消春已逝,愁字重题。

〔双调·庆东原〕无题

潇潇雨,片片梨,郁云泣解相思意。临风瘦影,沾痕素衣,啼翠孤鹂。春去最伤心,花落柔肠碎。

山水含情似美人,风姿风韵好风熏。楼亭正倚逻思远,牵俺田园陌野魂。何处鸟觅知音?柳摇花艳舞蝶勤。迎眸秀景何言绘?处处生机喜煞春。

马蕴丽先生南仙吕鹧鸪天山水情,丁酉年冬月冀卫东书

冀卫东 1962年生,祖籍山西忻州,生于太原,中国书协会员、山西书协副主席、人民画报书画院副秘书长、中国收藏家协会文房四宝基金会副秘书长。

何美江 生于1976年,山西原平人,原平农民散曲社社员。

〔正宫·叨叨令〕写诗乐

收工下地一条道,茶余饭后胡闲唠,抽烟喝酒还一套,精神乏味情单调。好无聊也么哥,好无聊也么哥,写诗赋曲开心笑。

傅　莉 生于1978年,山西寿阳人,中华诗词学会会员。

〔正宫·叨叨令〕日寇罪孽

吸力力刀枪炮火金陵暗,血淋淋河渠巷陌残尸乱,恶歆歆屠奸抢骗全都干,笑阴阴剖剜剐烙一旁看。气煞我也么哥,气煞我也么哥,这般罪孽谁曾见?

弓志芳 生于1978年,中华诗词学会、山西诗词学会、原平诗词学会会员,杏花女子诗社社员,原平农民散曲社副秘书长。

〔中吕·喜春来〕春

山泉溪水传天籁,紫燕黄莺入柳怀,梨云杏雨醉香腮。谁画彩?一夜暖风裁。

〔越调·小桃红〕春游

绯红点点绽枝头,花蕾娇容露。纤指轻轻探来嗅,淡香流,蓦然竟把诗情逗。寻花问柳,低吟漫瞅,春韵笔中收。

〔中吕·迎仙客〕题立春图

红蕊娇,绿枝摇,滢滢碧波云袅袅。纸鸢飞,思绪飘。漫步河郊,难耐春心闹。

〔中吕·山坡羊〕卖玉米感怀

田间挥汗,家中细算,一年辛苦白白干。汗能干,泪难干,孩儿学费如何办?患病老妈眉不展。难,不种难;难,种亦难。

〔双调·阿纳忽〕相思

想你心揪，念你神游。拿起手机频瞅，不见你魂丢！

〔双调·水仙子〕农民散曲

一支彩笔绘桑麻，半纸新诗映月华。乡音土语家常话，诙谐还带雅，乐呵呵曲进农家。随他笑，只自夸，兑墨当茶。

张新宇 生于 1979 年，山西榆社人，榆社诗词学会会员。

〔仙吕·寄生草〕远行

冷冷长亭破，凄凄古道凉。红颜夜寂相思唱，尊亲岁老凄寒傍，娇儿目黯归途望。孤身只影走天涯，阴风晦雨添惆怅。

〔仙吕·寄生草〕毕业季

光阴短，友谊长。缤纷卡片真情酿，温馨光影笑容漾，流金岁月悲欢唱。感恩师长授经纶，放飞学子搏风浪。

〔正宫·塞鸿秋〕幼儿学步

棉花脚踩身摇晃，半斤小酒周遭撞。东瞧西看寻依傍，摔跤倒地哭声亮。全家吓掉魂，父母惊慌样，破涕为笑咿呀唱。

付晓霞 笔名清筠，生于 1983 年，山西寿阳人，中华诗词学会、山西诗词学会会员，潇河诗社社长。

〔中吕·山坡羊〕西庄湾伏击战

雪飞如素，风号如怒，我军领命急行路。至中途，设埋伏，摧得铁轨将车住，天皇外甥都做俘虏。听，日寇辱；观，百姓舞！

〔中吕·普天乐〕记卷儿岭战斗

舞蹁跹，歌清悦，军民共庆，乐享佳节。贼人又举兵，惊破元宵夜。挥起刀枪仇敌怯，似神兵壮怀激烈。丹心似血，浑身似铁，此战奇绝！

〔商调·秦楼月〕访松塔境烈士纪念碑

今重顾，昔时战火弥漫处。弥漫处，村安民富，繁花绿树。

〔幺〕三军苦战日寇除，捐躯埋骨他乡路。他乡路，丰碑矗立，名垂千古。

〔双调·拨不断〕送别红军

起秋风，动离情，潇潇秋雨湿花径，叶落枝残萧索景。又闻君走须相送，愿长珍重。

〔双调·得胜令〕长征会师

越过万重山，经历水波寒。弹雨枪林后，终得丽日悬。欢欣，百姓歌声灿；明朝，条条去路宽。

吴鹏程 生于1983年，山西万荣人，山西诗词学会、太原诗词学会会员，唐槐诗社、唐踪诗社社员，太原市晋源区诗联学会常务理事。

合著有《拾吟集》。

〔仙吕·醉中天〕感悟

休问青云路，唯看圣贤书。阅尽江山美画图，挥笔飞龙舞。爱梦东湖烟雨，泊舟深处，醉东坡痛饮蓬壶。

〔黄钟·节节高〕天龙山秋韵

菊花香遍，满山红叶，松衣解带，秋风醉月。一善心，三更梦，岂少些？怕是多情又别。

刘 琼 生于1983年，山西太原人，普天乐散曲学会会员，山西瀚海散曲书画院成员。

〔越调·天净沙〕春夜

寒山望月狸猫，断屋槐印枯坳。败叶残枝雀鸟，东风来报，旧桃花落新巢。

〔双调·碧玉箫〕雪夜

静木铮铮，暮雪步匆匆。枯叶嘭嘭，苍狗携风势汹汹。四顾来时踪难明，青烟细雪累云重。橙路灯，慢慢轻灵境。行，人世路喧繁似梦。

〔双调·沉醉东风〕行夜路

暗夜青灯冷华庭，灰云蔽月风啸行。路半程，心难静。晦明山一泄流星，近影孤行鬼魅鸣，乱自凭生人自醒。

〔双调·风入松〕残夏

东边几片醉霞烟，夕日半遮羞颜。恨知了唱声声咽，却道夜风如颂月秀如莲。桂雀轻歌山花绚烂，再把青云画中添。

〔南吕·感皇恩〕流云

半壁流云倾，无寄无凭。任风挟，随雨歇，半生清泠。流云逸迸，无倦无形。醉溪岭，挨东涧，半世飘零。

〔仙吕·四季花〕忆毕业送别

觅新柳枝怎续春迅，同枝四季今离分。醉眼间重忆旧训，晨曦不能寻。送诸君，怎再相聚叙晨昏？

〔仙吕·后庭花〕榆次景独好

长云城更深，风徐平仄嗔。满院诗词趣，怎寻得这乐文？漫庭春，新诗人争韵，槐榆夏景润。

〔中吕·满庭芳〕静春

寒晨露滚，老槐肃寂，诱嫩枝迎春。窗边喧泄声声闷，怅怅青阳昏。剪下细雨焙醉椿，却云朵来制云吞。汲春汛，叫桃妖绘锦纶，枯林隙显柳烟焚。

〔正宫·甘草子〕游山寺

流云静,道道纹金,半掩进青空境。看凤城,龙泉净。室佛圣,道同清。翠意喷盈山泉涌磬,庄儒佛老共瓴,汇萃评说释世景,共续魂英。

孔长河 字令之,号行洎子,别号从心斋主,生于1983年,山西阳城人,中华诗词学会会员、晋城诗词学会理事、常青藤诗社创作辅导员、《南太行》编辑。

作品散见于《中国旅游文化》《黄河》《太行日报》等报刊,著有《长河行吟》。

〔双调·殿前欢〕嫁高郎

占高房,真真不胜占高郎。才华满腹精神棒,待些时光。莫嫌他破烂房,明日里居人上,千万样全能享。高房算甚,嫁个高郎。

〔中吕·朝天子〕自况

耍车,读书,病酒村中住。文凭一纸困前途,没个安排处。弄锅河鱼,整碗山蔬,得吟诗朝与暮。扛锄,喂猪,甘做平常主。

〔双调·庆东原〕蝉

飞千里,鸣万村,蜗居初出精神振。喜的是甘来苦尽,想的是乘风驾云,坏的是贪嘴时人。片刻柳梢头,咫尺光明近。

〔商调·梧叶儿〕答友

岁岁怜罗隐,朝朝羡右军,夜夜梦文君。不善求凰技,并非高卧身,净是郑家孙,奈何这才华似粪。

〔双调·拨不断〕村居

雪飞迷,趁闲机,烹茶备盏邀兄弟。把酒围炉炖土鸡,赋诗吟曲谈情谊,醉来也欢喜!

晁金泉　生于1984年,河南济源人,《中华散曲论坛》管理委员。作品散见于《当代散曲百家》《中华诗词》等刊物。

〔双调·凌波仙〕贺姚奠中老先生百岁寿辰

中原危乱起刀兵,斯文顿扫势微轻。先生奋起冲天兴,负笈囊海内行,育新苗文脉传承。一肩担道义,百世留高名,堪羡堪旌!

徐明华　生于1985年,山东枣庄人。在各类报刊发表诗词曲作品约400首。

〔南吕·干荷叶〕北武当（三首）

龙王山,有天梯,览尽雄奇丽。望蛇龟,感神栖。常时云逸鸟追曦,迎客鸳鸯松翠。

玄元子,北方神,羽化除妖尽。驾祥云,历游巡。群山雄踞险奇存,指点高峰峻。

遥思着,吕梁中,数晋名山众。道仙宗,武当峰。玄天宏殿耸云穹,朝拜千年奉。

〔南吕·四块玉〕杏花村

一首诗,传奇井,永载千年美名赢,仙来醉了人欢庆。香遍街,生世情,酒是杏花琼。

王美玉　山西太原人,中华诗词文化研究所研究员,中华诗词学会、中国散曲研究会、中国诗歌学会、山西作协会员,唐明诗社副社长,普天乐散曲学会副会长。

〔正宫·醉太平〕人生如茶

人生似茶，丝缕如花，入杯上下一团麻。轻嚼细咂，可知道苦甜酸辣。会沉浮休言惊怕，敢前行漫步天涯，攀云看霞。

〔越调·小桃红〕嘲官瘾者

功名利禄似昙花，一现风光罢。多少俗人渴求那，肉酥麻。哈腰谄媚真低下，官袍系身，钱包缠胯，忘了网中枷？

〔小石调·青杏儿〕田庄摘杏

夏至去农家，雾如烟细雨飞花。轻摇杏树丹青画，香甜满口，田庄几处？醉了云霞。

〔幺〕时令菜三洼，品山珍兴意犹发。曲家泼墨真情洒，歌抒致富，瓜田李下，再现奇葩！

〔黄钟·人月圆〕观雪有感

推门见雪花飘落，抬脚就留窝。人皆过客，直曲是非，自有评说。

〔幺〕冰清洁玉，凌寒忘我，高尚风格。漫天潇洒，银装素裹，甚是超脱。

〔双调·落雁儿带得胜令〕耕耘

骄阳洒碧天，热浪袭青岸。轻风吹画帘，麻雀鸣幽院。

〔带〕窗外绿如烟，屋内著新篇。秃笔挥胸意，临屏敲键盘。楼前，且看花枝秀；心田，再将翰墨传。

〔双调·雁儿落带得胜令〕秋景

雨频天气凉，风起莲湖漾。枝头叶欲黄，岭上秋将盎。

〔带〕蟾阙易流光，桐树显苍茫。心意随时去，神情入梦乡。当窗，且看菊花放；何芳，但闻诗韵香。

〔中吕·快活三带朝天子四边静〕迎春花

风催幽梦残，雪里报春还。梅园欣与共为先，再赋云霞漫。

微雨送新凉,夏木阴阴护草堂。听银筝一曲,换羽移商。日月呵笑尔奔忙,天壤间由咱豪放。昼长高卧东山上,衡一味痛饮清狂。

明常伦南黄钟画眉序,戊戌开岁学文书

赵学文　1963年生,山西文水人,山西三晋报刊传媒集团董事长。2011年获山西省直工委五一劳动奖章,2015年获山西省宣传文化系统"四个一批"人才奖,2017年获第四届中国出版政府奖优秀出版人物奖。

〔带〕近前，远观，弱影柔枝现。不择山地与平川，不与花争艳。身在凡尘，多经磨炼，纤纤独影单。履艰，历难，始有清香暗。

〔带〕心生何愿？料峭春寒辞旧年。霓虹锦幔，乡村河畔，人家万间，已是黄花绽。

〔中吕·醉高歌带喜春来〕流年

蹉跎莫怨流年，又是春风送暖。小园且看翩翩燕，四季轮回上演。

〔带〕人生有梦难如愿，岁月无情恰似烟，琼楼玉宇遍人寰。抬望眼，急欲写新篇。

〔中吕·十二月带尧民歌〕姚奠中大师百岁华诞有寄

都羡你春秋百度，有谁知几步尘途？喜的是胸怀日月，笑谈中佳句如珠。抬眼望蛟龙飞舞，却原来腕下丹书。

〔带〕红灯笼已挂姚屋，高寿翁斟酒一壶。国学弟子俱吹烛，气贯长虹数鸿儒。突出！突出！同声贺幸福，皓首童颜驻。

〔正宫·小梁州〕哭散曲家萧自熙先生

仰天长啸悲声喧，你可安眠？千呼万唤泪如帘，焚香奠，曲苑尽呜咽。

〔幺〕萧老救曲酬心愿，激情燃，再续新篇。巴蜀掀，黄河溅。几多年后，妙曲九州旋。

马卯连　山西原平人。

〔正宫·叨叨令〕绿化曲

山坡坡栽树一排排队，绿茵茵合了民心心意，雨丝丝滋润圪梁梁地，桃红红染了槐花花味。爱树也么哥，绿化也么哥，青山醉了心窝窝醉。

王妙川　山西原平人。

〔中吕·喜春来〕夸姐出书

女中豪杰家中秀，花甲之年绘晚秋。春风吹梦荡诗舟，曾记否？书刚念了五春秋。

王凤英 山西原平人，原平农民散曲社社员。

〔正宫·塞鸿秋〕田野

蓝天莺燕阳光灿，诗朋曲友田间看。上冈翠绿牛羊窜，满坡花朵好鲜艳。心神惬意醉，景色斑斓灿，风光片片藏诗卷。

王武川 山西原平人，原平农民散曲社社员。

〔越调·天净沙〕乡医王云飞

跑村入寨回回，扶伤救死谁谁，戴月披星每每。精神贵贵，鲜花一路菲菲。

王鹏程 山西原平人。

〔双调·寿阳曲〕讨工钱

雨潇潇，树叶敲，坐灯下顿生心燥。到明日何方去讨？打工钱甚时能了？

王鹏慧 山西原平人。

〔越调·天净沙〕秋思

晨星晓月秋风，早霜秋菊诗翁，想起那年泪涌。恨离别痛，引出无数来鸿。

申勤学 山西潞城人。

〔中吕·山坡羊〕潞城风光

卢山松茂，漳河水啸，习习微子清风袅。宝塔豪，牡丹娇，丰碑矗立神头笑，东邑园林苹果好。留，游兴高；归，心乐陶。

〔中吕·山坡羊〕辛安泉镇风光

飞虹桥巧，青龙塔俏，辛安泉起佛寺妙。墓群豪，浊漳滔，潞川之战声名噪，民烈流芳荷蕊笑。游，情愫潇；回，诗意饶。

〔中吕·山坡羊〕雄山风光

卧龙松茂，灵龟远眺，公婆书院声名俏。酒窝昭，映龙蛟，八仙树庙神工造，峰剪裁云奇且妙。游，石景饶；归，诗兴高。

邓心泉　山西太原人。

〔仙吕·后庭花〕壶口

夹流耸巨峰，惊涛卷太空。壶口千重曲，黄河万里龙。仰长风，瀑流飞溅，豪情贯彩虹。

〔仙吕·后庭花〕暗香荷韵

河塘里风韵儿柔，幽静中暗香儿悠。娇滴滴点点含情露，玉婷婷处处妩媚流。荡心舟，绿波红秀，轻风儿醉了万家楼。

何春然　山西原平人，原平农民散曲社社员。

〔正宫·叨叨令〕登芦芽山

秋高气爽芽山看，群山叠嶂云中嵌。苍松翠柏花浪漫，山巅云绕山沟涧。你知道也么哥，你去过也么哥，旅游宁武转一转。

〔越调·天净沙〕秋收

穰穰五谷浪翻，金秋田野开镰，车水马龙如灌。丰收迷恋，咱农民喜悦连连。

何美坚 山西原平人,原平农民散曲社社员。

〔仙吕·一半儿〕学写曲

曲门一入荡胸怀,仿古效今妙句摘,刮肚搜肠发变白。意徘徊,一半儿写来一半儿改。

何春娥 山西原平人,原平农民散曲社社员。

〔双调·沉醉东风〕暮春随吟

杏蕾绽娇颜胜梅,柳絮飘与燕齐飞。朝露轻,烟霞醉,唤桑麻布谷频催。静立檐前听闷雷,几丝雨惊飞画眉。

闫培和 山西原平人。

〔仙吕·一半儿〕贺散曲之乡挂牌

田间地里蕴诗才,巷尾街头笑展怀,饭后茶余随意来。上诗台,一半儿痴迷一半儿呆。

李文龙 山西原平人,原平农民散曲社社员。

〔正宫·叨叨令〕当村官的烦恼

早出晚归忙村务,婆娘常唠家难顾,村民破骂无答复,一腔苦水难倾诉。冤枉煞也么哥,委屈煞也么哥,自食的苦果酸酸的醋。

李增荣 山西原平人,原平农民散曲社社员。

〔正宫·塞鸿秋〕游上海世博园

百年博览华沪会,庚寅共聚观瑰丽。地球村里笑声脆,都夸华夏精神贵。通衢地铁长,外客交通易,能源转化呈祥瑞。

陈美平　山西原平人,原平农民散曲社社员。

〔正宫·叨叨令〕云中山景

秋高气爽斜阳照,群山迭迭云中笑,柏芊松桦涛声啸,悬泉瀑布涧溪闹。你高兴也么哥,我高兴也么哥,壮观奇景心神乐。

陈绪根　山西原平人,原平农民散曲社社员。

〔中吕·喜春来〕新中国60年感赋

神州喜庆六十诞,地覆天翻气势酣,山欢水笑舞婵娟。喜春天,同唱幸福篇。

赵凤英　山西原平人,原平农民散曲社社员。

〔越调·天净沙〕喜庆

红装粉面桃花,新人挽手回家。龙唱凤飞喜雅,幸福如画,笑眉绽放红霞。

赵宏斌　山西原平人。

〔双调·得胜乐〕获金剪刀奖

八月俏飞鸿报,金剪奖出乎意料。赴京都艺友夸耀,我思绪眺看明朝。

〔双调·得胜乐〕获剪纸全国大奖

展风采剪刀赛,试投稿天天期待。奖书来名次登载,承传统展雄才。

傅秀莲　山西太原人。

〔中吕·山坡羊〕开个公司当老板

空拳平步,终成商户,艰辛迈向阳光路。有谁扶?自沉浮,五年甘苦何其数,敢忘频频催战鼓!赔,自做主;赢,更鼓舞。

〔中吕·山坡羊〕老人买房累

奔忙一辈,终于离退,临完还为窝儿累。住房挤,买房疑,腾挪房款心憔悴,又怕房商玩甚鬼。花,咱不悔;钱,怕漂水。

孙　凯　山西临汾人。

〔双调·清江引〕壶口观瀑

追风惊涛滚滚来,气势真豪迈。激流儿雷声落地排,水花儿紫气飘虹彩,仿佛是雄狮动威惊四海。

段岐山　山西忻州人。

〔中吕·喜春来〕无题

原汁原味原生态,妙曲声声天上裁。如今社会畅心怀,情似海,齐唱喜春来。

郭双文　山西原平人,原平农民散曲社社员。

〔越调·天净沙〕无题(二首)

繁荣开放农家,诗朋共赏百花,论曲吟诗风雅。人生如画,甘甜醉入云霞。

人间天上良缘,牛郎织女月圆,玉燕双飞剪剪。人生如愿,春光满面笑颜。

郭爱云　山西原平人。

〔越调·天净沙〕思恋

中秋蟾乐情缘,手机可递缠绵。织女牛郎爱恋,情人思念,芳心不变娟娟。

郭新兰　山西原平人,原平农民散曲社社员。

〔双调·山丹花〕冬闲

严冬凛凛三九天,筝音弹,声绵绵。山歌山曲响山川,曲进农家喧,农家喧。

〔双调·山丹花〕山水村风光

松涛阵阵堆满沟,莺声啾,氤氲稠;山溪山涧竞争流,马叫黄牛哞,黄牛哞。

张　宁　其余不详。

〔双调·殿前欢〕登天涯山

上涯山,参差错落倚栏杆,滹沱铺翠香两岸。介子神仙,古祠庙会喧。瓣瓣莲花灿,十里香飘散。芳姿气魄,迷醉人间。

阎红平　山西原平人,原平农民散曲社社员。

〔越调·天净沙〕诗社赞

三春三夏三秋,年年月月周周,曲苑描描绣绣。诗门敢叩,琼花朵朵风流。

李　桃　山西山阴人,山西诗词学会会员。作品散见于《火花》《朔州日报》《朔州诗雨》等报刊。

〔正宫·塞鸿秋〕叹清照

暗香盈袖黄昏后,梧桐侵雨销金兽,鱼潜雁隐眉频皱,西楼寂寞听更漏。风欺烛影乱,雨打黄花瘦,可怜清照闲愁逗。

〔越调·凭栏人〕闲愁

柳絮多情染鬓霜,鸿雁无端书信藏。燕归栖画梁,举觞消夜长。

〔双调·水仙子〕生活巨变

才尝温室果蔬鲜,又赏西山松柏芊,亲身见证城乡变。细说着昨日艰,飞帘轻罩着羞岩貌，顽石悬挂起狂流啸，曲折跳奏着悠然调，落差激荡起烟虹照。和着瑰丽景，长恋春秋妙，咕咚起汇作惊魂浩。

右录李心刚正官塞鸿秋咏德天瀑布，岁次丁酉冬月于古城并州响山庐主刘刚

刘刚　1963年生，山西太原人，山西作协会员，山西佛教协会、山西书协理事，太原书协副主席，晋阳印社副社长。

观赏着今日华妍。一路风光恋，一行笑语喧，爱我家园。

〔中吕·迎仙客〕松

迎客松，沐霜风，直立千年云海中。世评说，声誉隆。直逼苍穹，淡看红尘梦。

〔双调·折桂令〕西山森林公园

西山万里霞云，杨柳婀娜，桃李缤纷。昔日荒山，今朝乐土，十载辛勤。涌翠浪青松岁新，吐芬芳蕙芷香魂。燕舞蝶殷，阆苑花前，共醉浓醇。

创作者·新散曲

温　祥

训驴

老农赶驴上路，嚼烂田边窝铺，又啃了村头苗圃。被抽，哭诉；心疼，安抚。你不该忘了百姓苦，走一路吃一路。别以为自己是什么国家干部！

武应基　生于1930年，山西汾阳人。

油价（节选）

油价，油价，为啥居高不下？莫非是产量太少？或许是需求过大？不！不！不！不是供求关系起了变化，也不是欧佩克故意涨价，只因为那位大人发了话：这地球是我的，资源当然也应该由我来独霸。唔！说错了，说错了！不是独霸，是买下买下！

赵鼎新

饮酒赞

李白百篇仗斗酒，陶潜先生醉五柳，论英雄巧饰惊雷吼。纣王池、刘伶墓、纪家叟、醉翁亭、孔融杯、文君垆，一个个千载名不朽。到而今，人际关系稠，商场官场频应酬，谁个肯落古人后。祝寿筵、开幕式、会亲友、庆婚嫁，拉关系，泯怨尤，逢年过节不离酒，镜花缘四关它居首。何曾到九泉，一醉解千愁。一人敢走青杀口，上下通气不咳嗽。既能作天下文章，又能交天下朋友，端的是，万事不如杯在手！

酒厂老板善绸缪，作计周，拉几个死人来引诱：刘罗锅、武乡侯、孔圣人、刘皇叔，一窝蜂都往荧屏凑，把酒的文化宣扬够。一年耗粮百亿斤，醉生梦死乐悠悠。君不见，大都市小山沟、酒店、酒馆、酒吧、酒家、酒楼处处有。直喝得官商肥黎民瘦，党风败国运危，原则丧政策扭；直喝得身儿歪、步儿斜、软了嘴、昏了头，把许多肮脏的交易都成就；直喝得犯了罪出了丑，翻了船栽了沟，丢了官做了囚，一身臊满面羞。这才知，枉作了天下文章，没脸见天下朋友。

曹效法

退休情怀

减去心中负，卸掉肩上担。入诗社如登船一瓣，交文友似挂帆一片，轻松诗海泛。

掉他十斤肉，流他一桶汗。任他春残秋暮霜鬓现，把那诗山词海都游遍，花儿脸上绽。

吟得诗一首，填就词一片。少写些风花雪月儿女怨，多描那先进人物英雄汉，谁个不爱看？

王文才

熊猫外交（节选）

俺头圆腰圆尾巴短，一身黑白相间。白头上两块黑木耳，八字两撇黑眼圈，墨染鼻头一点点。就凭这罕见模样，荣登国宝堂殿。自打进了动物园，朝夕与人相伴。因此上常常接到国外邀请函电，请俺去与他们的游人相见。解密的外交档案，记录了俺为中国外交做出的贡献。

武正国

为黄河散曲歌一曲

中华文化九州辉，一片芳园百卉奇。诗词曲，三花粹；诗词热，已兴起。怎奈何偏偏冷落了曲老弟！

北国山西，一群老醯，眼睁睁怎能服气。这儿本是散曲的发祥地，出过那关郑白乔大手笔。元代戏台留遗迹，咱不登台更待谁？趁着春光明媚，凭着倔强脾气，兴冲冲首创黄河曲社园地，呼啦啦树起当代散曲大旗。

老醯此举，绝非冒昧，人常说文艺为大众，散曲是大众的文艺。非喜忧乐，抒的是百姓情理；说笑讽讥，用的是民间话语。篇章长短不拘，字句多少随意，韵脚平仄交替，音调儿恢谐俗俚。饭后茶余，端给老百姓品味；街头巷尾，增添些百姓欢娱。

祝愿个中诸位，尽职齐心协力。多为小康建设加油打气，多为好人好事伸张正义。抨击假恶丑，弘扬真善美。吼一声霹雳驱赶阴霾，发一分光热烘托朝晖。

尹昶发

某官三部曲并序

2005年前后，余作为一名律师先后接触了一些贪腐案件。根据党的十六大、十七大反腐倡廉精神，发表了《某官三笑》《某官三怨》和《三哭某官》新散曲，以鞭笞邪恶，警示后人。我们欣喜地看到，党的十八大以来，而今已是朗朗乾坤，风清气正，人们无不拍手称快。

某官三笑之官运通

不曾想我捡柴拾粪的穷后生，如今一步把天登。当了局长当厅长，看来还要往上升。你别看我没文化，有钱会送才是真水平；你别怕我没文凭，混个证书就算大学生。官儿越大越好当，秘书干事前后拥。只要领导动动嘴，文字资料都现成。群众大会做报告，照着讲稿往下崩。处理公文有讲究，画个圈圈效便生。出了事故要瞒报，有点成绩往大撑。上面来了检查团，要像服侍灶君上天庭。逢年过节把礼送，别开着小车往里蹭。商贸场上讲公关，官场不讲也不行。人事部里你打听，后备干部有咱名。我这经验你不信？哈哈……要想打赌咱准赢！

某官三笑之财运通

人说一通百事通，大路朝天一溜风。当了官，有了权，财源滚滚如潮生。抓钱敛财有诀窍，硬要蛮抓会招风。卖官买官别明干，索贿受贿要变通。廉政大会唱高调，反腐文章报刊登。有人行贿要申斥，公开曝光别留情。处理下级手要狠，廉洁自律要大嗡。只要树起好形象，上下一片赞扬声。盖大楼，收回扣，只要工头不漏风，有人举报没人听；上项目，货公款，盈盈亏亏说不清，趁乱把钱抓手中，神不觉来鬼不惊。有钱别学胡长青，要学就学赖昌星。即使将来犯了事，警察一扑一个空。哈哈……咱念的就是这本经。

某官三笑之花运通

权钱本是身外物，不图享受皆是空。原配夫妻有情意，人老珠黄厌烦生。也是咱的花运通，邂逅一女在歌厅。回头一笑百媚生，燕舞莺啼乱心旌。购得豪宅深巷里，金屋藏娇喜气盈。颠鸾倒凤夏复冬，似卧巫山一梦中。老妻哭骂寻常事，儿女怨恨各西东。人生得意须尽欢，哪管他人吹冷风。哈哈，我的宝贝呀，活脱脱个迷人精。

某官三怨之怨老妻

僵卧囚室泪如丝，思前想后怨老妻。我的妻呀，当初不该听你的，枕头风吹得我发了迷，稀里糊涂收了人家的黑东西。你说有权不用要作废，又说有钱不拿是蠢驴。你背后怂恿还罢了，为啥还打着我的旗号乱搅局？你真是头发长见识短，只盯着鼻尖一点小利益。咋还说你是贤内助，呸！一助把我助到这黑咕隆咚的地狱里。

千里秋风宕，一字雁行长，浩渺烟波望梦乡。顶雨空云降，月宿（江）芦甸塘，拂晓飞千嶂。

杜肇昆词（曲）南雁，熊晋书

熊晋 1964年生，中国书协会员、山西书协副主席、中国农工党山西省文化艺术委员会主任、山西经济管理干部学院特聘教授。

曾获全球华侨华人书画大赛金获、世界华人艺术精品展日本东京展金奖、中国书画艺术欧洲巡回展金奖。

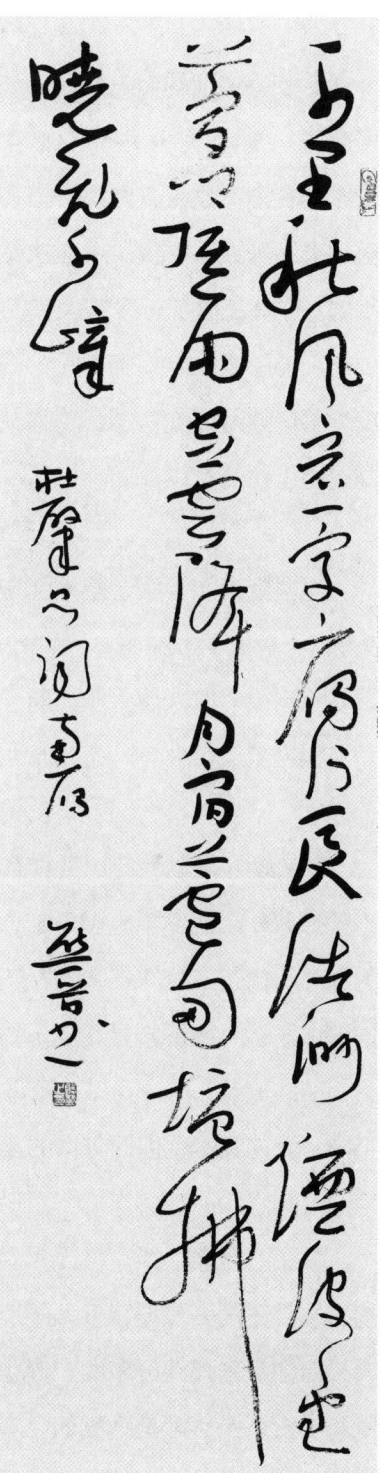

某官三怨之怨下级

你把脑袋削得尖尖的，到处钻营拉关系。为你爬上高位子，搬出了糖弹当武器，打得我心迷眼晃没主意。你第一次来家办公事，却带了金表金戒指。我左推右推不收受，你说一点小意思，不算违纪怕咋的？第二次你专程到家里，十万美钞手中提。第三次来家送钥匙，说有座别墅在郊区，全套家具加小蜜。你真是放了长线钓大鱼，一旦鱼儿上了钩，你狮子张口把我逼，要官、要这、要那……要啥都得听你的。人常说纸里包不住火，没有不透风的厚墙皮。事情败露你吃官司，为啥胡供乱咬把我扯进去？咋忘了咱俩还有个攻守同盟的小秘密？

某官三怨之怨自己

怨罢老妻怨下级，怨来怨去还是怨自己。只怨自己没出息，金钱面前把头低，石榴裙下把腿屈。可叹我枉读十年书，却为何不辨是与非。白受党教育，贪婪不自律。做人没骨气，断了脊梁坏了骶。叹如今，丢了乌纱丢名誉，断了前程进了狱，眼看一命要归西。我真悔呀悔呀悔，可悔前容易悔后迟。

三哭某官之老婆哭

死鬼啊！从前我整天咒你死，只恨你丧了良心忘了妻，夜不归宿恋小蜜。不承想你一跤跌倒再也爬不起，犯了死罪命归西。而今你两腿一蹬双眼闭，看哪个妖精还来给你烧寒衣？还是咱结发夫妻有情意，年年到你坟前哭啼啼。谁让你蛇吞大象不知足，敛下钱财万千计，何曾带到阴曹地府里？可叹你黄粱美梦终成虚，可怜我孤儿寡母好惨凄，走到人前把头低，丢人现眼受委屈。呜呼，我的我呀，你的苦命的妻！

三哭某官之下属哭

哭了一声老上级，趁天黑我才敢到你坟头看看你。你卖给我的这把金交椅，屁股还没坐热哩，千万不能让人发现咱俩的黑关系。下属为了报答你，今天给你带来几件好东西，你也好在阴间再过纸醉金迷的好日子。轿车、别墅和小蜜，虽然都是纸糊的，本来就是哄鬼哩，也算下属一点小意思。惟伏尚飨，呼噓！

三哭某官之上司哭

下属哭罢上司啼，哭来哭去都是为自己。老弟呀，只因你溜须拍马有本事，坐地分赃讲义气，也是我慧眼识珠看中了你，一步步拉扯你登上了高位子。不承想你胆子太大性太急，恨不得一口吞下个金马驹。你可别怪我不保你，我也是泥菩萨过河成了一摊烂稀泥，怕只怕东窗事发吃官司，难免断头台上挨刀子。一旦老兄出了事，还望老弟在阴间为老兄找个好位子，咱哥俩阴间还是狼狈为奸的老伙计。千万，千万，噫唏！

朱　萍

模范煤矿发生重大事故

模范煤矿起灾难，怎个模范？怎起灾难？模范久了易自满，管理欠严，安全欠检。模范也许有自谦，常找差距，查来缺点。血的教训记心间，不忘灾难，再创新篇。

王东满　笔名漳柳、高扬，生于1941年，山西长治人，黄河散曲社顾问。著有《大梦醒来迟》《风流父子》《柳大翠一家的故事》《王东满文集》等。

靓姐自描

脚蹬松糕，头竖红毛，脊梁儿背个A字包，杏眼儿描一对黑地窖，樱口儿刚啃过死羊羔，唧哝哝哼的爱你调，贴定腮搂个老板腰，一字步拧得圆腚儿叫，鸡腿裤绷得前后开了槽。啥子哟？傻帽？懂勿懂啥叫性感新潮！你道俺是屎壳郎坐轿，俺说你是擀面杖吹灶。爱笑你自管笑！爱瞧你尽管瞧！只要俺感觉良好，款爷儿们乐意把俺的手机呼叫，哪管他是人是妖。

李金玉

到平遥品鲜

爽清清难得风吹面，黄澄澄尽享丰收恋。别望那汾云散远，快进这晋邑城垣。绕不完的民宅肉铺香萦袖牵，喜煞俺老头老太掏呀掏子儿还心愿。哪管他就什么杏花醇酒洪洞白莲，快呀快来品品鲜。"掌柜的，来两盘！"尝一口呀，肉芬齿颊余味回旋，怪不得平遥云集了这么多四海宾朋五洲仙！

赵　愚

感吟岁月

想当年，糠菜充饥苦度青黄不接日；思旧岁，爹娘奔命偏遭悲惨避风期。春夏秋冬，顶风冒雨；东南西北，踏雪蹚泥。携儿女，躲山里，吃舅姨。饥寒交迫谁能济？夜瞻北斗星，美梦藏心里。

高履成

《拾枫集》代序（套曲）

〔楔子〕四泽三江一壶浇，九曲红梅雾中飘。七杯饮罢六欲消，拭双目拾枫完稿。研五色秋毫蘸饱，管什么词儿寻罢句儿剽。

〔新水令〕沉瓜浮李暑难消，躲脱些闹喧烦躁。余晖宜弄色，斜阳风采调，檀板轻敲，禁不住魂牵梦绕。

〔驻马听〕表里河山大好，五千年碧水酿佳醪，三万册青史美名标。望不断太行山峰峭，听不尽壶口浪滔滔，鹳雀楼登再望高。

〔川拨棹〕天龙山翠叶娇，崛围山红叶烧。黄水滔滔，汾水浩浩，晋水迢迢。借窗外雨如瓢，把砚池灌饱，又一番抓起紫狼毫。

〔前腔〕怎忍得杂音儿乱了箫韶，怎忍得呕哑声搅了雅调，怎忍得南山草茂伤豆苗，怎忍得子陵浪恶惊垂钓，俺笑他南郭敢扬招，俺笑他东施闪断腰，把惊堂木狠狠敲，识迷途回头早。

〔前腔〕借天时时乖运巧，腾腾腾跨步九霄，顾不得铺炕青毡，顾不得颜遮破帽，顾不得曲肘束腰，纵然是人迹板桥，风雪霸桥，已盼得喜字上眉梢。

〔新腔〕果信的江山如画好，果信的人老心不老，早损了潘鬓沈腰，莫笑是残花衰草，染春光一样俏。

〔新腔〕赏牡丹踏破洛阳桥，游曲江挤断咸阳道，听弦调松涛，话耕读渔樵，看咱啊！朱点墨批兴偏高，管什么昆明湖垂钓，怎敢把大好时机耽误了。

〔新腔〕猛抬头万里遥，咱唐踪非是百里挑，纵然声声慢，也敢步步高。借少陵儒庄，右承禅意，太白道豪，将乱枝残叶一径扫。

〔新腔〕莫笑咱笔尖儿褪毛，莫笑咱丝弦儿受潮，京昆杂乱风雪搅，自珍的是敝家帚，将山松野草带花桃。

〔新腔〕似春光依然山河笑，看天涯秋色更好，凭诗情画意总相邀，遍四海文朋韵友找。

〔十煞〕这律严韵稳意亦豪，春夏秋冬依次描，人颠倒时序不颠倒，写不尽风光大好。

〔九煞〕这曲新调雅语随潮，冰川椰林处处描，频拭目更需步履矫，遍天涯美景看饱。

〔八煞〕这淳朴厚实境却高，侠风武德韵中描，诗书中铺出路一条，闻鸡声起舞待晓。

〔七煞〕这倚声度曲不辞劳，万里河山着意描，步匆匆不怕路途遥，更喜见处处芳草。

〔六煞〕这诗坛槛海大名标，把人生旅程重彩描，夕阳笛吹过又笙箫，早乱了子丑寅卯。

〔五煞〕这陷入诗坛敢弄潮，晋阳胜景一一描，惊乱露水踏荒郊，探幽径山高月小。

〔四煞〕这东风着意艳红桃，把新蕾嫩枝细细描，两鬓霜胜过粉笔屑，似云中白鹤飞到老。

〔三煞〕这懒耐闲情自寻牢，把二十四史信手描，如椽笔虽秃兴却高，程门积雪厚多少？

〔二煞〕这点烛夜读弄推敲，把一撇一捺用心描，龙生九子虎生彪，寻险路丛蒿踏倒。

〔一煞〕这老来总难耐无聊，把词谱诗韵反复描，咏过江阳唱萧豪，甩腔儿余音三日梁上绕。

〔幺〕泪珠儿非因伤心掉，掩帘儿不怕他人笑，关窗儿难挡高声叫，天地间何有这秋韵豪。看山林胜多少春光茂，这唐踪破帚胜珍宝。

〔幺〕杏花儿比不得艳桃夭，楼外楼方识得红日高，山外山方识得景更娇，年复年方识得韵兴豪，借余晖再把那长笛吹到晓。

〔尾声〕这楔子念罢把家门报，开锣声过后帘儿挑，正角儿亮相定叫好，比不得花退残红青杏小，怕什么多情却被无情恼，杏花春雨江南杳，白马秋风塞霜早，肩上担总需有人挑，狗尾花比不得武陵桃，寻船儿归路再找。

岳中先

痛悼诗友任锦翚

忽闻任公乘鹤游，泪如泉涌两腮流。想当年，老兄你驰骋疆场为国忧；到后来，解甲归田建高楼；离退时，壮心不已把学求。老兄你，书山墨海苦作舟。常言说，铁杵磨针费工夫，老兄你不达目的不罢休。十几载，练就笔下生花美名留。登讲台，你诲人不倦人品优。古稀年，你诗、书、画、印大丰收。为唐渊，你东奔西跑壮志酬。谁料想，不测灾祸降兄头，车撞骨折病难丢。老兄你，面对厄运雄赳赳，早把生死置之度外不言愁。仔细想，人生能有几春秋。老兄你，潇潇洒洒、风风火火、坦坦荡荡、多才多艺，堪称诗坛画苑辛勤耕耘的一老牛。我这里，越思越想泪珠儿不断心儿揪。盼只盼，老兄你一路顺风到瀛洲。

诗狂悲壮,杯深豪放,恍然醉眼千峰上。意悠扬,气轩昂,天风鹤背三千丈,浮生大都空自忙。功,也是谎;名,也是谎。

元刘时中与邸明谷孤山游饮,奇林

刘奇林　1966年生,山西书协理事、中国新闻摄影协会、山西省直书画协会常务理事。多次参加国家、省市书画展,2015年受邀参加美国罗利国际艺术展。

著有《刘奇林书法集》。

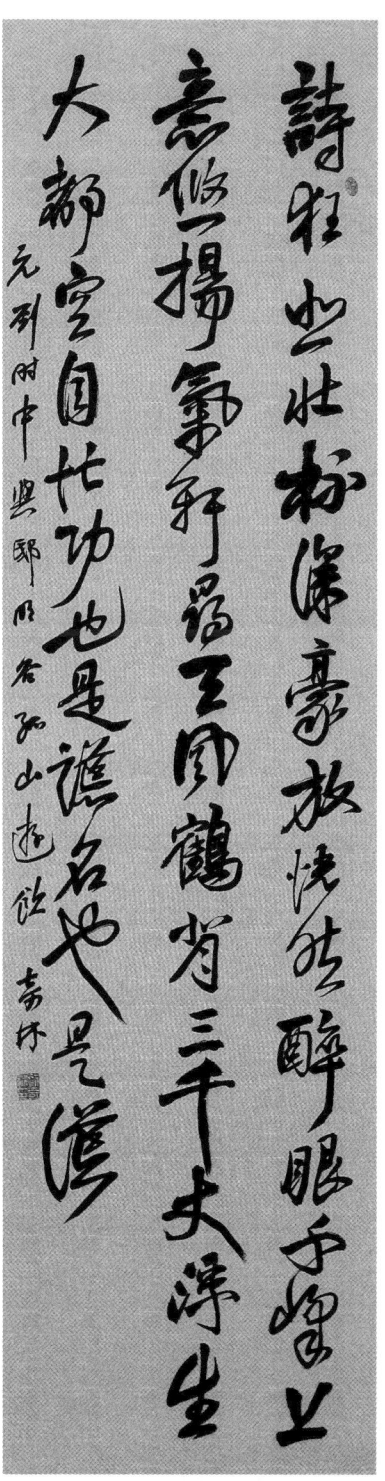

史文山

听丁芒先生讲课

这先生身材高大面清癯,奇思妙想多智慧,诗词曲文堪称最。此来山西多快意,文秘中心诗人济,聆听先生阐发观点授技艺。

论汉字,真有趣,多形多音多意义。诗词曲,音调美,格律过严何足畏。从诗到词是进步,感人动听是音韵味。词谱曲律定型化,不合谱律遭异议。现而今谁还会唱菩萨蛮、后庭花,为何要束缚思想难抒胸中意。

民族化,是主流,趋古之风路狭矣!旧诗体、新诗体,各有优点自爱惜,各有缺点须摈弃。诗词走向大众化,两体融合交会是定局。自由曲是桥梁,得心应手不拘泥,一韵到底能贯通胸中气。春华秋月等闲度,大题小事都可用意象现虹霓。

山西曲界真争气,犹如雄鸡一声啼,唤醒黎明使人佩。同一心,勤努力,改革路上须当再接加再厉。

石履山

焰火迎春

轰隆隆,平地响春雷;唰唰唰,怎就花团簇簇月边儿飞;呜啾啾,群鸟凌空起;圪扭扭,鱼尾漫天追。银河系里,粉了蔷薇,红了蜡梅,吱溜溜连株紧相随;凌霄殿外,玫瑰云中绽开,酥柳天际横垂。金波彩带,哨声劲吹。哗哗哗,喷泉瀑布洒下来,铺天盖地好宏恢;呼啦啦,滋润了神州大地,洗尽了世上尘埃。好个狗岁吉祥,犬年如意;真个是天上人间,茫茫浩瀚凝辉。

啜希忱

北戴河海滨

绿树、碧海、白帆、蓝天,白浪滔滔后涌前,东临碣石谱新篇。美似仙境，还在人间。不是桃源，胜似桃源，忘却了忧烦恩怨，又醉了心田。看苍苍茫茫一片，天海相连。到水中嬉水畅游，还我童年。乘飞艇劈风斩浪，大海无边，乐也无边。望洋而兴叹，试问宇间何其大？不是海，不是天，广阔胸怀容万千。

郭翔臣

岁岁菊花黄（套曲）

〔楔子〕咱不言五帝又三皇，更不表尧舜续成汤。翻过那五千载古华夏典籍茫茫，单说这九十五载、六十六年，辉煌跌宕。

〔前夜雨〕兴业里搅动了天地玄黄，南湖船驶向了宇宙洪荒。雨花台几多烈碧血流淌，长征路三军过弹雨泥浆。百团战灭杀那东瀛恶狼，三战役奠定这铁壁铜墙。都说天上夭桃盛，云中杏蕊芳，怎比这历严霜经风雨，秋来金菊黄。

〔菊花黄〕国开旗舞定边疆，神清气正会盟邦。奋勇卫国保家乡，雪域云开见阳光。三反、五反祛顽疮，津门枪怒镇腐脏。人民代表莅厅堂，宪法条条议正忙。

〔万花镜〕旱魃三载猖狂，友朋逼还旧账。喇嘛要当皇上，邻居过院拆墙。海岛痴人梦想，何不复辟回乡。环顾四方，铁幕安装。舰队煌煌，导弹琳琅。大话狂妄，口水流淌，恰似那狂犬吠日忙。一声巨响，巨蘑权当炮仗！

〔流光误〕也有殚精竭虑为国忙，也有抢班夺位费思量，也有为国找油跳泥浆，也有鼠窃狗偷结派帮。终究是，邪气怕阳光，梦萦成幻想。匡扶大业，国有好儿郎。

〔重抂缰〕国门大开放，知识最芳香。努力驭风浪，留心学万邦。好似那雄鹰舒翅膀，好似那骏马放绳缰，好似那涅槃金凤凰，好似那蛟龙入海洋。华夏万家舒意畅，神州百业建新章。卫星绕月翔，舰队远行航。急起直追，建咱好时光。

〔尾声〕经过了风雨沧桑，喜见了国泰民康。回首这百年图强，不由人荡气回肠，更欣喜年年见那菊花黄！

郭　魁

庙会

新搭的戏台张灯结彩，村内外，路旁的树杆全刷白，婆姨们赶置了新穿戴。老妈把姑娘女婿全唤来，甥侄给姨舅姑妈把好酒筛，老爹把亲朋好友款待。

村里把省里剧团写来，街两旁杂货摊摆开，打饼子的小擀杖有节奏地拍，卖衣裳的琳琅满目用汽车载，摊主们笑眯眯钱往怀里揣。熙熙攘攘，往往来来。风拂柳，霞抹彩，林隐长街。

汽灯开，多气派，树影儿筛。锣鼓声中出场门跑出个笑弥来，打诨插科装醉态，直笑得婆姨们东倒西歪，老汉们顾不得咬烟袋，娃娃们高兴得把跟头栽，后生们使劲儿挤前台，啊哟哟，谁家的妮子丢了鞋。

王忠武　山西太原人，唐风诗社社长。

食品喊冤（节选）

人道是，民以食为天；俺觉得，食以安为先。食字怎么写？大写的人，良心的良，合起来就是俺。猪羊一口菜，果蔬四时鲜。供养全人类，功劳万万千。如今，俺这是招谁了？惹谁了？无良商把市场搅了个底朝天。俺这里受了气！喊了冤！怎奈弱势群体有理无钱难见官。

折殿川

思念

五月的红杏甜在舌尖，想你的歌声绕在耳边；圣洁的云儿飘在眼前，牵挂的短信写在蓝天；体贴的语言暖在心间，美好的回忆犹在当年。

寻故园何时到故园，思婵娟梦中见婵娟。看了一眼又一眼，相对无言胜有言。心甜，心甜，神游会天仙，犹如见君面。

梁伯华

赴津理案途中抒怀

2006年3月13日，赴天津代理案件途中，晨见沃野千里，意象频频，诗情蔚然，遂速记之。

麦苗儿青哟，柳芽儿抽，草尖儿不甘寂寞争探头，喜鹊儿枝头亮歌喉，银雁儿犁破碧空绸，轻风儿把一湖寒水吹皱。千里春雪笼田畴，瑞气兆丰秋。

仿《红楼梦》曲

思不透陋室间腾云驾雾，赏不休荧屏内涌玉堆珠。观不尽丽曲中龙翔凤翥，叹不迭清词里电闪风鸣。忙不停斩棘披荆筑路，阻不断孤山茫野疾呼。舍不下曲坛闻鸡著述，忘不了菊圃踏月扶锄。嗟呼！脱不净书生一介铮铮铁骨，道不完乐府百年赫赫鸿儒。

朱天运

夜宿普救寺

信一场暮雨洒遥天，雨丝风片，绿摇红乱。残梦醒来何处？人立蒲东寺院。翠莹莹青山如染，朦胧胧黄河如练。镇古渡卧几个铁牛，过清空飞两行秋雁。倦听了梵钟法鼓，推开了青灯黄卷，照西厢月明一轮，待玉人门开户半。嘎！这就是传说中的梨花深院？

战兢兢树影簌，怯咻咻花枝颤，都道是庄严佛寺戒律多，谁晓得清净禅房蜂蝶乱。你笑那趣事偏巧出僧林，我羡这情人终久成属眷。一曲西厢记，爱的说"是世人心声"，骂的说"是谁家杜撰！"

高爱辰 山西忻州人。

反腐

健全制度，发扬民主，严惩贪污，加强监督，政策法律，一点不误。只担心，权力握腐君手，法律又怕被奸污，民意更被视作无！想反腐，独立难支又怕遭遇窝子狗，叫你瞻前顾不了后，最后落得个打雁不成反被雁儿啄了眼珠珠。

李泰来 太原诗词学会、唐渊诗社顾问。

一心一意奔小康

神州处处春潮涌，全民小康。家宝筹谋，温暖沐浴万里疆。勇往直前莫惧险，迎着朝阳，胡公导航，妙计涛涛出锦囊。

张卯春

睡美人

娇滴滴几时出闺下翠绯？绝了烟炊，远了是非。梦悠悠轻轻一觉，但见得尘寰寒暑频移，佳丽化神奇。玉容映月满，香息吐风微，倩影儿依偎斜晖。我乃云中娇客，心仪自为媒。路迢迢来者何急，扶汝醒赴涟漪。滇池碧水，洗却困倦，把手重画蛾眉。美人赠我酒一杯，耳语声低："有情何必总相随，且把诗题，胜的相依！"和泪辞，不与归。意殷殷春心儿徘徊，刚刚醉了又醉。回首间，一枕青山还睡。

张梅琴

咏梨花

踏春赏景来，临风敞胸怀。何处清香扑鼻来？却原是万亩梨花乘兴开。呀，远远近近一片白，煞似雪飞来，惊动那黄莺醉徘徊。

碧空清，月光明，净手焚香慢抚筝。无限情思弹不尽，风吹余韵伴秋声。

赵增明正宫双鸳鸯赏中秋，袁建谊

袁建谊　1975年生，辽宁铁岭人，山西书协会员。

徐　实

梦游天府

秋高月明，夜深人静。魂灵儿出窍，乎悠悠飘到星空。登云去，远凡尘，入钟灵，徐风儿送我上了天庭。金碧辉煌，歌舞升平，楼亭宇榭，绿柳成荫。天上确是好，怎比得这答答人间仙境。

我向玉皇老儿打问，毛老一班人，上天作何委任？玉皇笑语作答，毛刘周朱邓，全都是下凡行天命。整贪官，清污吏，去恶行，当朝铺佐施新政。再问那四奸佞，统统的现了原形，林为白眼狼，江是狐狸精，都关进地牢受了酷刑。回家告世人，若违民命，一个个定罚不留情。

兴冲冲欲返程，乐呵呵王母问："你魂既然来，还有啥要问？我看你星宿儿正，待来世想转甚？"脱口开腔告王母："多想转个红歌星，光闪闪人间最富有，亮堂堂名气最走红。如若难转人，转个宠物叭儿狗也还成！"凌霄宝殿溢笑声，原来是一场南柯梦。

姚润生

减负

减负、减负，崭新的书包撑破肚。作业本一堆，辅导书几部。不管他有用与无用，也不管来源出处，满满一书包，压弯小树。减负、减负，周六集体学奥数。解几道难题，提一些进度，不管他是不是奥数，也不管你理解程度。你强行拔高，我挣点补助。减负、减负，周日来把书法光顾。携几张麻纸，带一把扫帚，不管他是钟王颜柳，也不管是行草隶书，你照猫画虎，我闲庭散步。减负、减负，假日孩子无去处。交点补课费，游于黑网处，不管他是否合章法，也不管他收效何如，双方都得益，苦了小小树。

金 兰

哭灵

阿婆棺中躺,长长队伍送葬。儿子儿媳四双护两旁,领头哭灵的放开嗓。妈呀妈呀娘呀娘,有声无泪拖哭腔。听声儿不亲也不熟,不热还不凉,不悲更不畅。众人细端详,原来是雇来的邻村俩哭灵专业户嘴对着话筒嘶喊忙。真混账,生前不孝顺,死后还要骗你娘。假若老娘重生,定会把心伤,悔当初生了这堆孽障。

魏淑菊

老姐妹欢聚一堂庆三八节

三月八,柳抽芽,春风浩荡映朝霞。六十正茂风华,巾帼群雄聚一家。唱歌跳舞,赋诗作画,挥毫泼墨,人人潇洒。天命、古稀、耄耋、花甲,个个都像十七八。太平盛世少年狂,这全靠党把光辉雨露洒。哎嗨哟哩格啷,老姐妹呀!大步向前跨,振兴中华靠大家,重上层楼,胜似女娲。

于建军

买房(套曲)

〔屌丝篇〕起意买房,细数钱囊,唯有硬币响叮当。求遍三姑与六舅,脸若冰霜。痛下心肠,卖给银行,按揭贷款度时光。从此喝粥穿破袄,俺那亲娘!

〔贪官篇〕何须购房!不动钱囊,自有豪宅送手上。别墅赠予二奶住,再拉围墙。贪官强梁,蛇蝎心肠,哪管穷人泪千行!银铛入狱总有时,一枕黄粱!

〔赘婿篇〕村姑买房,赘婿解囊,讲明要买城里房。着实愁煞爹和娘,咋当新郎?砸锅卖铁,借遍三乡,新房结彩迎嫁忙。添个孙子随别姓,老泪四行!

陈美德

汤圆

粉粉团,滚滚圆,皮薄个大馅儿鲜,撩得人嘴馋。咬一口,蜜汁溅,头上冒细汗,齿颊留余甜。吃在嘴里,美在心间。

刘毓庆

题《骑驴看唱本图》

走着瞧,唱着摇,马背上怎有这逍遥。看他驰奔汉宫道,转眼间颠入路边草,哪如我好!

题《众望所归图》

生无人相,衣冠学人样。最了得攀缘工夫,媚人伎俩。贪桃儿献出媚态百状,到手了便翻脸不认账,摆出一副公事公办的官模样。这德行怎得归众望?只缘他,高高在上,高高在上。

题《现代人图》

坠而啼哭,立而学步,才会走便匆匆上了路。问前途,道是个光明的好去处。有颜如玉,有金筑屋,说不尽的荣华任君取。劲一鼓,再加速,飞毛腿儿不含糊。一溜烟儿跑下去,原来是一片墓,这是何苦!

题《骑牛顶篓图》

精神上俺是老黄牛,工作上君做牛马走。官民分工有职守,但都是兄弟朋友。俺居君上,是革命工作这般要求。岂敢私自骑在民头?头顶篓,不丢手,名之曰与民同忧。

题《招领文图》

散会后，人如流，王老五手捧红心大声吼："是何人将心丢在门口？"看那物，肉乎乎，红彤彤，光溜溜。二狗说："定非俺家物件，俺那物漆黑无窦。"三蛋说："也非俺家货色，俺那货早已烂透。"四鸡说："人皆说俺那物背在脊背后。"五猪说："人皆说俺那物被狗叼走。"麻六说："那玩意俺生来就没有。"秃七说："俺那物冷似冰，硬似铁，何有这般温柔！"

王老汉仰天长长叹口气："唉，偌大会怎没个良心人在里头？"

王拴喜

山头风·李彦乔长篇小说《天怒》人物之一县委书记周兆麟

〔五味瓶〕电话那头催得急！心儿里扑腾腾：莫不是这里头有问题？唉，说起来还是怪自己。堂堂一个大书记，倒成了人家任意揉捏的团团泥。人家需要方——咱就得有棱有角有骨气；人家需要圆——咱就得上下滑溜、里外滋润，不能耍脾气。就这等还是不称意，哼哼哈哈，直教本官浑身抽冷气。唉呀呀——好我的大老板，好我的你，你，你！我是一头老婆一头娘——中间受着夹板气。

〔当时壮〕怎不记——为了你，我瞒了上级压下级；为了你，我使了调虎离山计；为了你，我拿了江山拍马屁；为了你，我丢了祖宗全不记。

〔悔断肠〕到如今——耳边倒是无杂音，只是人们不吭气，情绪都在眼神里。往日里，弟兄们挺义气；现于今，一个个都作鸟兽去，工作全得搞交易。冰雪之下暗流涌动难顶抵。催的催，逼的逼，我纵有三头六臂怎调理。浑身上下超高压，头胀胸憋不透气。我，我，我——整日价热锅上头爬蚂蚁，提心加吊胆，丢东又落西。

〔拾掇调〕什么是搬起石头自砸脚，什么是众者叛来亲者离。醒了——误了！现在说甚也来不及。罢，罢，罢！接起电话拿主意，该收拾的收拾起，落一个囫囵尸首也算的。

陈桂花

故乡掠影

窗下，一练轻纱，萦藤绕瓜。远亦烟霞，近亦水花。河畔人家，闲聊茶话，忙理桑麻，插段篱笆续片画。半山崖，松风云影彩虹挂。

马柳枚

纪念曹雪芹诞辰 250 年

享不尽荣华富贵难描画，填不完旧曲新词对晚霞，猜不透前情后事真与假，想不明镜月与水花，绕不过奇石怪玉锁疙瘩，止不住江水东流倾大厦。唤不回的琵琶，留不住的仙葩。呀！叹只叹割不断的情丝难扦，梦不够的红楼嗟呀。

读常箴吾散曲感赋

说不尽玲珑意趣谁猜透，道不完清词佳句尽风流，拔不断情丝缕缕磨人瘦，绕不开芳草萋萋曲径幽，掩不住娇嗔俏洒添逗，横不知暮想朝思索求，喝不够家乡杏花汾酒，唱不休故里曲语狂游。呀！舍不得元乔关马前与后，抹不消夕阳西下万古愁。

李娴娴

纪念曹雪芹先生

挨不尽茅椽蓬牖沧桑味，受不尽瓦灶绳床枉自悲，道不尽山愁水恨痴心悴，剔不尽昏烛对瘦眉，写不尽雪月风花柳絮飞，滴不尽红楼幻梦绝魂泪。望断了荒凉池，穷尽了诗云笔。唉！却未了春尽香埋孤情隐隐，人散曲终醉影凄凄。

登太岳清风入沟,赏红石碧水鸣秋。秋叶黄,山峰岫,兴冲冲汗流衣透。岭上花红有点羞,摘一朵重阳送友。

折殿川先生曲双调沉醉东风牛角鞍,丁酉季冬望日于古城晋阳汾水之滨舍得居灯下,荆霄鹏恭录

荆霄鹏 1976年生,曾任清华美院书法高研班特聘书法教师,山西书协、山西硬笔书协、山西书法教育研究会常务理事,山西青年书协理事,山西楹联协会副秘书长,国标书法教材(晋人版)副主编,《写字》教材范字书写者。其书法在全国书法赛事中多次获奖,担任全国书法赛事评委,在全国开展书法专题讲座数十场,被中国书协评为"书法进万家先进个人",被中国硬笔书协评为"当代硬笔书坛最具影响力书法家",出版600余种字帖。

孙俊平

游张壁古堡

借星星做城堡，爱怜她秀丽娇小；伫立在绵山角，仰慕她绝世孤傲。赏不尽的端庄精巧，品不够的芳姿静好。莫停脚，走近她神秘古道，穿行在蜿蜒万米旧岗哨。长洞微光照，侧耳鼓声绕，闭目粮车跑，兵马噪。霎时云烟扫，震天厮杀一瞬杳，剩悄悄。定神舒气朝前瞭，满眼繁华貌。你看那，贾家巷的核桃枣；再看那，永春楼的寿星老；更有那，可汗的神殿真武庙。惊的是，北堡门前槐柳抱；赞的是，兴隆寺双碑琉璃造。张壁好，谁去谁知晓。题不完的隶篆行草，数不清的张王李赵，名家争访好热闹。噫吁嚱，红尘俗世多纷扰，君莫恼，没啥大不了。福地何处找，介休城外千年堡。

徐中诚 生于1928年，山西五台人，《烹调知识》杂志副总编，桃园诗社顾问，中华诗词学会、山西作协会员，九九文学社社长。

为小泉画像

小泉参神社，拜鬼认祖宗。传承法西斯，甘当军国虫。二战教训不记取，和平声浪他耳聋。天生一副无赖相，妄想冒充大英雄。东山再起南柯梦，机关算尽一场空，到那时：千古留笑柄，英雄变狗熊。

元乐新令

梁伯华

〔中吕·山坡羊〕新春小聚

梁伯华（当代）填曲
刘崇德（当代）译谱

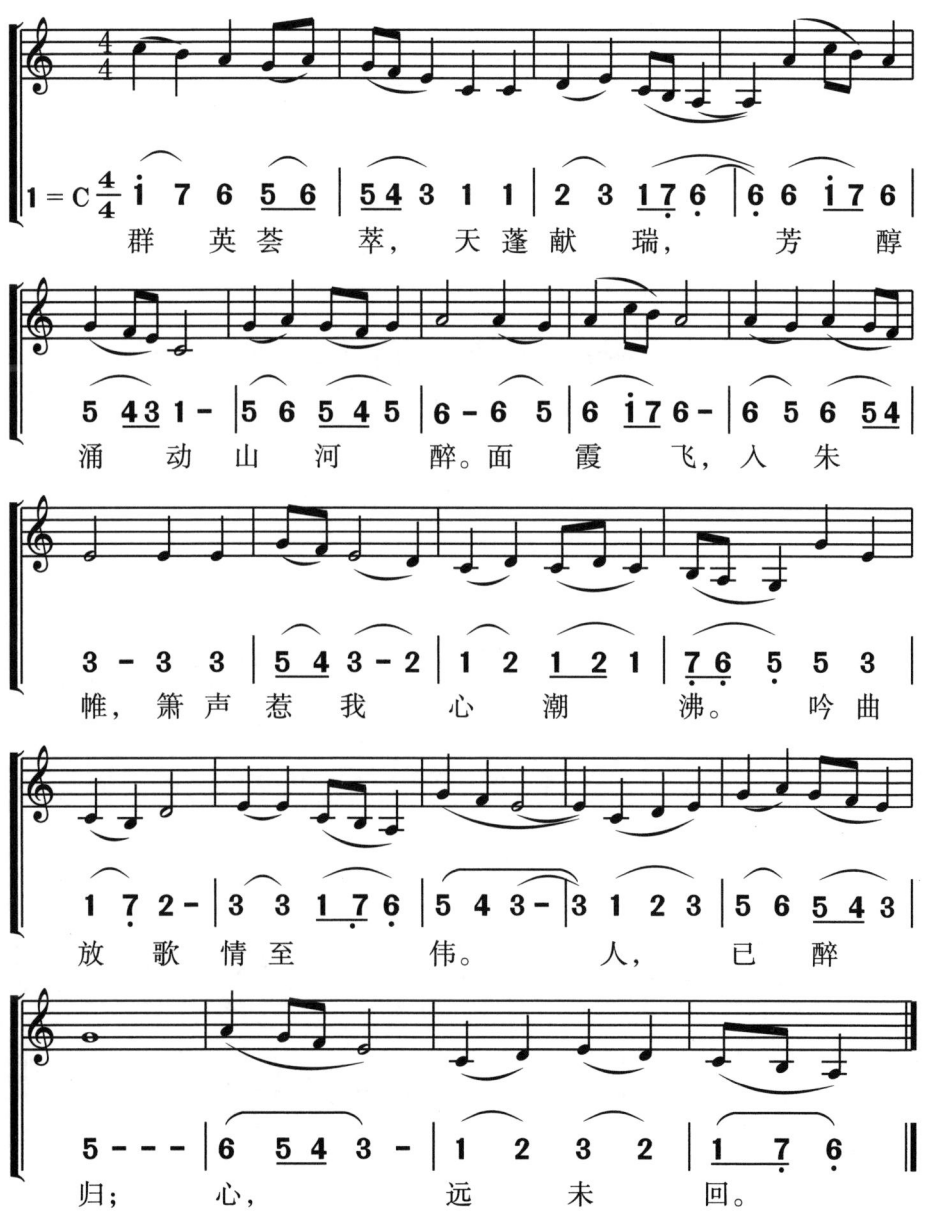

尹昶发

〔黄钟·节节高〕赵梅生老85大寿

尹昶发（当代）填曲
刘崇德（当代）译谱

张梅琴

〔双调·庆东原〕雾中观长白山天池

张梅琴（当代）填曲
刘崇德（当代）译谱

山头雾， 岭上 松，

云池 云影 云花

弄。 佳人 面蒙，

情郎 脸红， 纱隐

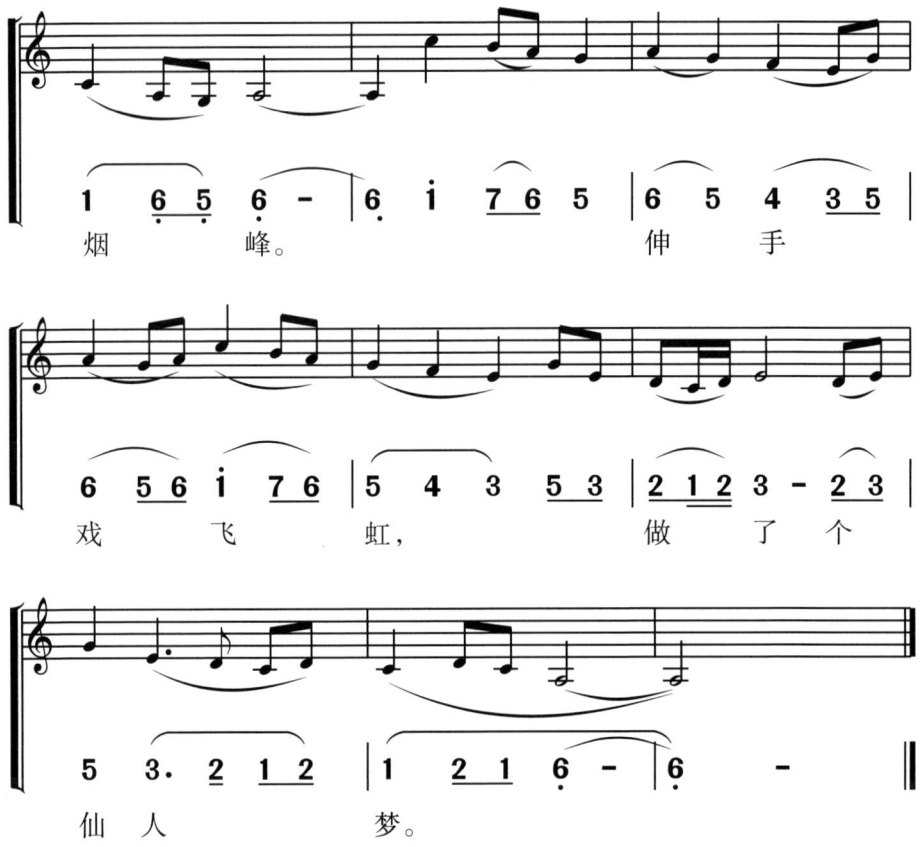

史文山

〔南吕·一枝花〕藏山怀古

史文山（当代）填曲
刘崇德（当代）译谱

长途碧草香，

深岫山花艳，

流霞迎远客，

秀壁漫青

烟。天设围屏，翠映

苍松彦，风来幽洞坚。论藏孤千古呜咽，聊义气传奇事演。

马柳枚

〔正宫·叨叨令〕无题

马柳枚（当代）填曲
刘崇德（当代）译谱

常箴吾

〔越调·天净沙〕访马致远故里

常箴吾（当代）填曲
刘崇德（当代）译谱

折殿川

〔中吕·快活三〕广西三宝山

折殿川（当代）填曲
刘崇德（当代）译谱

刘宪奇

〔正宫·叨叨令〕饮茶

刘宪奇（当代）填曲
刘崇德（当代）译谱

刘博如

〔中吕·醉高歌〕梅兰竹菊四君子

刘博如（当代）填曲
刘崇德（当代）译谱

胡 宁

〔越调·小桃红〕巴马长寿之乡

胡　宁（当代）填曲
刘崇德（当代）译谱

余昌文

〔正宫·脱布衫带小梁州〕平淡生活

余昌文（当代）填曲
刘崇德（当代）译谱

徐人健

〔双调·新水令〕印军入侵不战自退

徐人健（当代）填曲
刘崇德（当代）译谱

闫云霞

〔越调·凭栏人〕曲波

闫云霞（当代）填曲
刘崇德（当代）译谱

李娴娴

〔正宫·醉太平〕闺怨

李娴娴（当代）填曲
刘崇德（当代）译谱

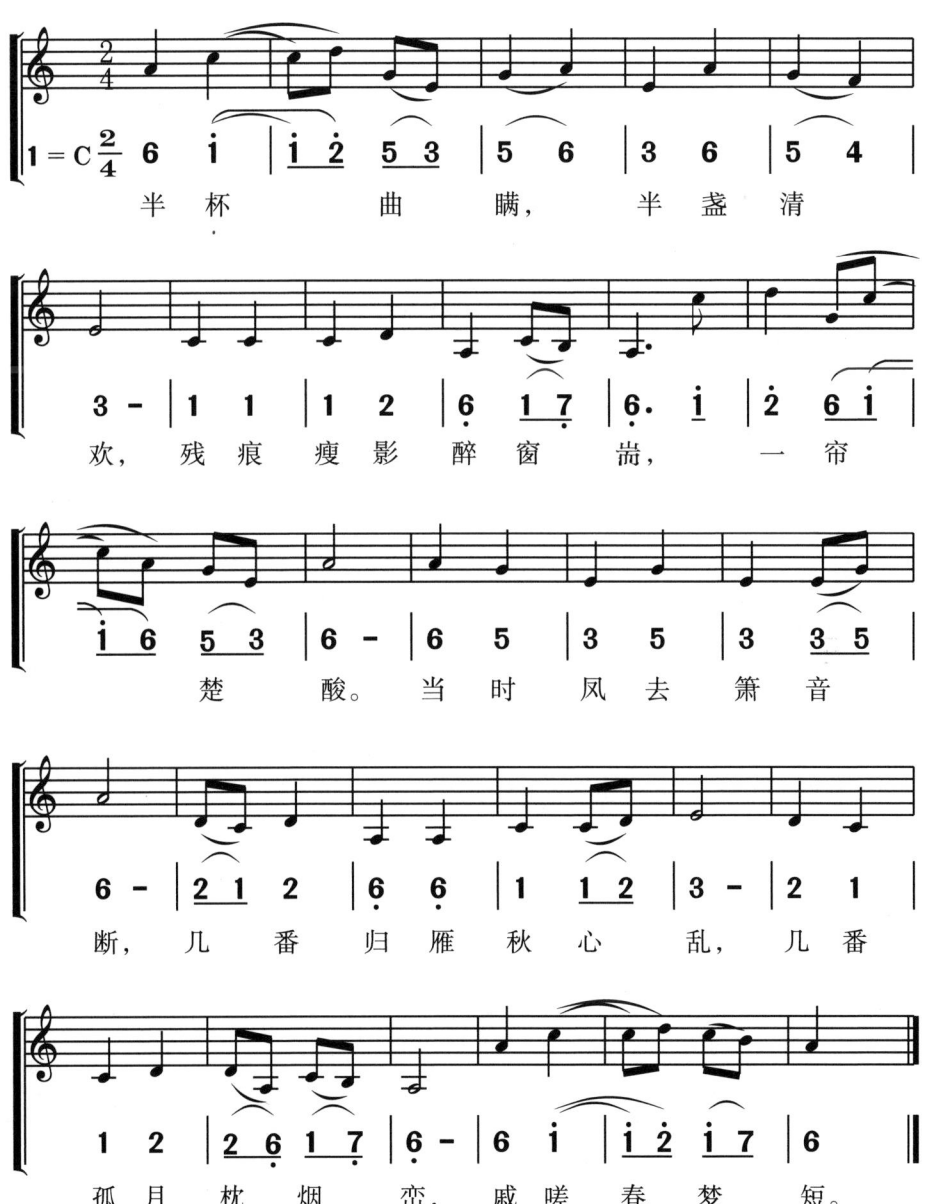

王拴喜

〔正宫·鹦鹉曲（黑漆弩）〕醉得

王拴喜（当代）填曲
刘崇德（当代）译谱

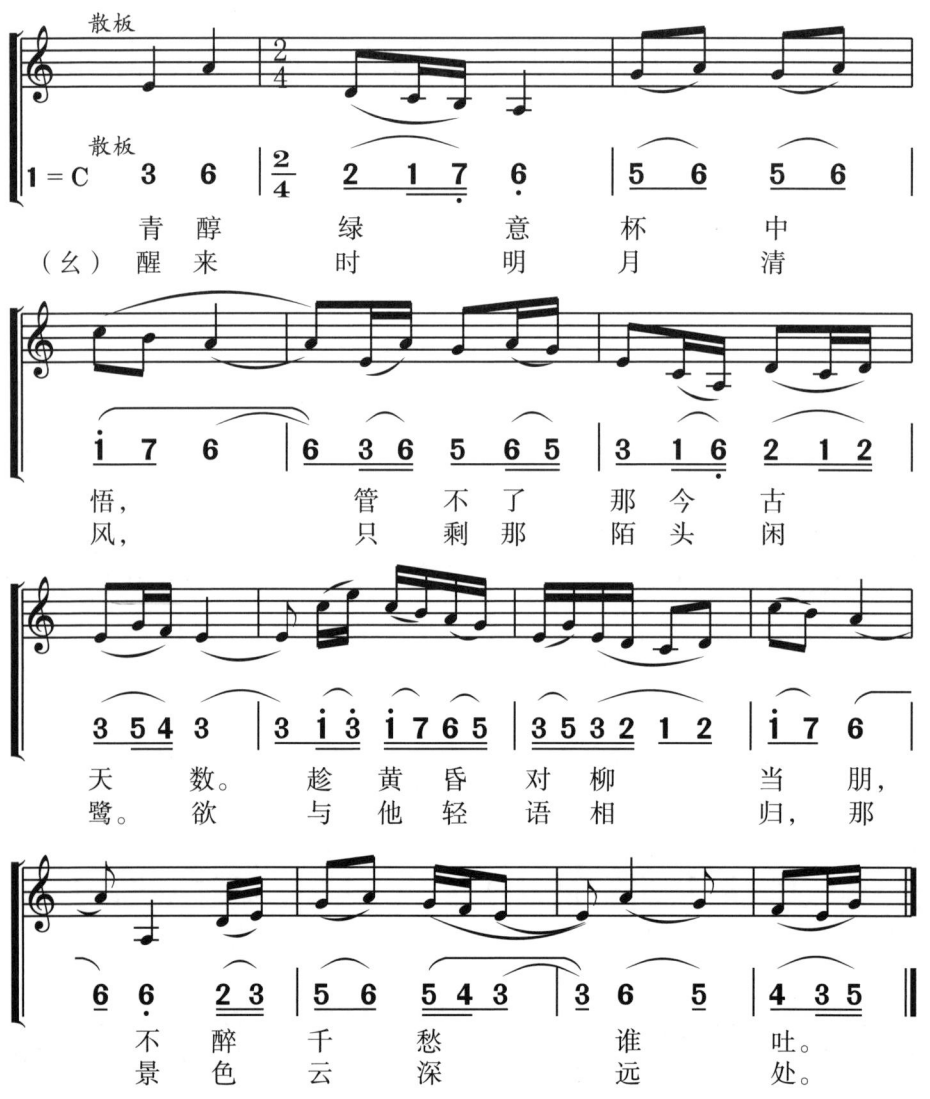

刘 琼

〔正宫·双鸳鸯〕晨梦

刘　琼（当代）填曲
刘崇德（当代）译谱

逸闻轶事

让曲与诗词并茂

本期在"诗美探索"栏中刊载了常箴吾的《美哉，散曲》一文，值得我们认真思考。律绝、词和曲是格律诗的三种不同诗体，唐诗、宋词、元曲代表三种诗体发展的高峰。曲既有作为格律诗的共同本质，也有其自身的特色和艺术美感。关于这一方面，常箴吾文章中已有较为精当的评述。现在的问题是既然曲具有如此完美的艺术特色，为何在诗词已走向振兴和日趋繁荣的进程中却受到冷落。当代传统诗坛，诗人接踵摩肩，作品汗牛充栋，但曲作者却寥若晨星，曲作品凤毛麟角。究其原因，是否可能是：第一，通常认为"诗庄词媚曲俗"，当代诗人大多重雅而轻俗，重含蓄而轻直露，对写曲缺乏激情和兴趣。第二，曲的格律要求比诗和词更为严格，押韵要求密韵，几乎句句押韵，且一韵到底；尤其是声调不但要区分平仄，而且要区分上去，这就增加了作曲的难度。清黄周星《制曲枝语》说，"诗律宽而词律严，若曲，则倍严矣"，"三仄更须分上去，两平还要辨阴阳"，信然。第三，曲有南曲、北曲之分。时人作曲遵元，而现存元曲中除《琵琶记》外，均为北曲。北曲声韵遵周德清的《中原音韵》，该韵依照北方实际语音系统，取消了入声，而诗词创作所依的声韵为《平水韵》和《词林正韵》，不但韵部划分与《中原音韵》不同，且有入声。当代诗人习惯于用《平水韵》和《词林正韵》，对于采用《中原音韵》甚感不便。但这些问题也是完全可以解决的。"重雅轻俗"是认识上的偏差。中华诗词学会提出的方针是"适应时代，深入生活，走向大众"。要深入生活，走向大众就不能避俗。作品应当是有雅有俗，雅能通俗，俗中出雅，而以雅俗共赏作为我们的终极目标。"重含蓄而轻直露"也存在着认识上的片面性，不符合各种艺术风格兼收并蓄的方针。曲的格律的确很严，但对已经熟练掌握诗词格律的作者而言，作曲虽非驾轻就熟，亦易于触类旁通，不应形成大碍。而且我们要看到，作曲虽有其难处，亦有其易处。易者为何？黄周星说："可用衬字衬语，一也；一折之中，韵可重押，二也；方言俚语，皆可驱使，三也。是三者，皆诗文所无，而曲所有也。"

至于诗词与曲所依声韵虽有不同，但也并非鸿沟，不可逾越。尤其是，随着声韵改革，此一问题将得到彻底解决。《中原音韵》本来就来自北方实际语音系统，与现代汉语一脉相通，虽数百年来语音有所变化，但差别不大。以现代汉语为依据的新声新韵既可用于诗词，当更可用于作曲，使诗词曲声韵实现完全统一。总之，曲是中国传统诗歌领域的一朵奇葩，在振兴中华诗词事业的进程中，应当得到与其他诗体同等的关注。本刊去年12期"刺玫瑰"专栏曾发表两位作者的10首曲，今年第一期更编发了"时曲新声"专栏，集中推出6位曲作者的作品，可看出本刊在这方面的努力，也得到读者的好评。我们希望有更多的当代诗人在钟情创作诗词作品的同时，也积极从事曲的创作，写出心系民族兴衰、反映民生苦乐的佳作，使这一民族文化奇葩更加光彩夺目。

（摘自《中华诗词》2005年第3期卷首语）

美哉，散曲
常箴吾

中国是诗的国度，而唐诗、宋词、元曲则是这个泱泱诗国发展史上三座无与伦比的艺术高峰。三座高峰，三足鼎立，相互辉映，各臻其美。有人把唐诗之美，比作端庄艳丽的牡丹；把宋词之美，比作高雅隽秀的水仙；而把元曲之美，比作山野里盛开的谐俗多姿的菊花。也有人把唐诗比作颜真卿的凝重楷书，把宋词比作王羲之流动的行书，而把散曲比作郑板桥的风搅雪的六分半。中国的文艺批评，与中国的文艺作品一样，无不生发着民族审美品位的万千气象。美哉，唐诗！美哉，宋词！美哉，元曲！

的确，散曲是菊花：开在山野，生于民间，活在下层，属于大众；散曲是板桥书法：它是篆隶行楷的混血儿，是秦汉唐宋，兼收并蓄的多元组合。还是让我们先品味一首王实甫的不朽曲作〔中吕·十二月带尧民歌〕《别情》，去领略一下散曲艺术的诱人风采："自别后遥山隐隐，更哪堪远水粼粼。见杨柳飞绵滚滚，对桃花醉脸醺醺。透内阁香风阵阵，掩重门暮雨纷纷。

怕黄昏忽地又黄昏,不销魂怎地不销魂?新啼痕压旧啼痕,断肠人忆断肠人。今春,香肌瘦几分,搂带宽三寸。"散曲几行,溢美无边。此中有律诗连续对仗的整齐美,有词的长短参差的错落美,也有《诗经》中早已启用的联绵词的重叠美。一唱三叹,一气呵成,语若玑珠,自然天成。散曲确实是中国传统诗歌的非常完美的继承,应该说它是集历代诗词美学经验之大成,融会贯通,创造的别一类独具艺术优势的文学品牌。不难看出,散曲中有古体诗的自然纯真,有近体诗的平仄韵律,有长短句(词)的句式幻化,有各民族音乐语言的吸收融合,有民众口语的大胆纳入……老实讲,它是中国诗歌审美理想极为生动的空前显现。再读一首曹雪芹在《红楼梦》中嵌入的散曲:"滴不尽相思血泪抛红豆,开不完春柳春花满画楼,睡不稳纱窗风雪黄昏后,忘不了新愁与旧愁,咽不下玉粒金波噎满喉,照不尽菱花镜里形容瘦。展不开的眉头,挨不明的更漏。呀!恰便是遮不住的青山隐隐,流不断的绿水悠悠。"《红楼梦》中像这样的美曲,并非只此一首,几乎曲曲皆精。曹雪芹的文笔美,散曲之美更为《红楼梦》妙笔生辉,令人梦绕魂牵,叹为观止。如果用律诗或者长短句来写像曹雪芹所写的这样一类题材内容,绝不会产生如此"剪不断,理还乱"的缠绵悱恻的艺术效果。

上面所列两支曲子,字里行间,诗情似水,通篇显现着无限的清柔之美。而当散曲触及社会黑暗、抨击时弊、反映民间疾苦时,格调则别开生面,正如元曲中所写"柔情莫过溪涧水,到了不平地上也高声!"曲短音促,落地铿锵,别是一番风味。且看一首张可久的〔卖花声〕《怀古》:"美人自刎乌江岸,战火曾烧赤壁山,将军空老玉门关。伤心秦汉,生民涂炭,读书人一声长叹!"名曲一支,朗朗上口,直写其情,耐人寻味,营造出一种简约之美、阳刚之美、嘲讽之美、悲剧之美的氛围与境界。《元曲选》《元人散曲选》《元曲三百首》中这类作品俯拾即是,不平之声,不绝于耳。

散曲之美,融会诸美,独具其美。初略勾勒,似可归结为如下三美:

(一)音乐美。音乐美是散曲的天然属性,它的产生与发展,皆源于音乐，赖于音乐。散曲本来是供演唱的：元杂剧在舞台上表演，散曲在歌台上清唱，都和音乐融为一体。而当它成为案头文学之后，音乐性依然存活、流动在曲魂中。首先，它保留了稠密的韵脚，几乎句句押韵。这种现象在诗词中是难以见到的。前面所列几首散曲，之所以旋律起伏余音不绝，撩人意趣，其主要原因即在于密韵音符的共振效应。散曲的韵律成果得益于《中原音韵》。周德清编写的这部韵书，将诗韵106部合并简化为19部。这就大大地扩展了散曲的音域，拓宽了选取韵脚的天地，解放了作者，也解放了读者。再加上散曲自身的宽容，可以平仄同押，不忌重韵（诗词中不允许出现重韵字）。选韵的广度获得空前的自由，用韵的密度几乎达到极限，连不须押韵的地方，还可以增韵，真是韵满散曲，韵味十足啊！

  散曲的音乐美，除音韵之美外，尚有平仄交替的声律美，以及它独具声色的节奏美。散曲的句型排列组合突破了刻板的程序，而呈参差错落的变幻形态：一字句、双字句、三字句、六字句、八字句乃至十几字句，犬牙交错，疏密相济，节奏灵活而多样。再加上衬字的调节，愈显得浪花翻滚，一泻千里。即便是继承唐诗中的律句和对仗，也发展出新的体式。四、三结构有之，三、四结构有之，一字和不同字数的结构也有之，双句对有之，鼎足对有之，多句对、隔句对、首尾对也有之。异彩纷呈，像戏曲中的花腔，板式灵活，旋律荡漾。难怪有人如是说，散曲写起来顺手，读起来上口，听起来像一种民族唱法、通俗唱法、戏曲唱法编织而成的美丽的流行歌曲。

  （二）语言美。散曲用语，是传统诗歌中最富民族性、时代性，最具大众化、口语化的多维语言，具有通俗美、自然美、幽默美和修辞格式美的艺术个性。且读一首无名氏的〔北仙吕·寄生草〕《圈儿信》："相思欲寄从何寄，画个圈儿替。话在圈儿外，心在圈儿里，我密密加圈你须密密知侬意：单圈儿是我，双圈儿是你；整圈儿是团圆，破圈儿是别离，还有那说不尽的相思把一路圈儿圈到底。"俗话连篇，趣语连篇，无一字生僻，无一语费解。明白如话，顺畅如流，连环套式的圈儿，画尽了无尽的相思。

衬字与增句，是散曲对古典诗词定格模式的大胆突破。一般说小令中可以少量添加，套曲中则大量使用，甚至超过主体用字。衬字、增句的注入，既补充了曲意未尽的空缺，同时又极大地激发了曲语的张力与活力，鲜活、生动、俏皮、夸张乃至荒诞。语态之丰盈，勾人魂魄，为散曲之美平添了多姿的艺术风采。

（三）风格美。音乐美与语言美也许均属于风格的范畴，但这里所说的风格，仅指散曲敢于离经叛道、另辟蹊径，追求个性解放、雅俗共赏，而创造的贴近生活的平民化诗风，即曲不忌直、广抒胸怀的敢越雷池的谋篇取向；谐趣为美，俚语入曲的兼收并蓄的全新风貌。且读一首张养浩的〔中吕·山坡羊〕《潼关怀古》："峰峦如聚，波涛如怒，山河表里潼关路。望西都，意踯躅，伤心秦汉经行处，宫阙万间都做了土。兴，百姓苦；亡，百姓苦。"快人快语，直表心曲，嬉笑怒骂，皆成散曲。一位美学家曾说"美是生活"，另一位美学家又说"这一个"才是艺术的风格。散曲正是如此，于生活的深处，找到了灵感，这便是曲味的美好体验，这便是散曲艺术的独有风格。

国学大师王国维称散曲是"最自然的文学"，胡适称之为"活文学"，郑振铎称其为"俗文学"。他们从不同方位道出了散曲的美之所在。统而言之，散曲之美，当是大俗、大雅之大美，是野花发而幽香的菊花之奇美。美哉，散曲！

黄河散曲社成立的背景

武正国任山西诗词学会会长后，山西诗界活跃非凡，诗词组织的创建逐渐增多。只太原市区，以"唐"字命名的就有五个：唐槐诗社、唐明诗社、唐风诗社、唐踪诗社、唐渊诗社，还有桃园诗社等。全省各地相继有诗词组织成立。

在这种传统文化发展的大好形势下，太原市的几位退休老先生，看在眼里，急在心中，他们主要是散曲爱好者高履成、蔡德湖、常箴吾等。他们认为"一部唐诗半三晋，十分元曲六河东"，诗词现已活跃起来，为什么元曲却不见呢？元曲更是我们山西的特产啊，作为山西人，有责任和义务把元曲传承下去！于是他们便宣传、联络有关人员，在山西诗词学会的支持下，于2004年9月23日成立了黄河散曲社。

由于组成人员都是退休人员，没有行政职务，为了提高知名度，他们请求山西诗词学会领导参与黄河散曲社的工作。山西诗词学会认为，散曲组织在全国仅此一个，应是山西的一个亮点，应大力支持，所以山西诗词学会打破"省学会领导不兼任下级组织的职务"的规定，兼任了黄河散曲社的一些领导职务。

丁芒致函赞《当代散曲》

山西诗词曲友：你们好！

接电话后，就写了一首欢庆山西成立散曲研究会并且出版曲刊的散曲，并写成一张书法，供你们创刊时择用。另外，抄了一些近来写的曲作，其中元旦写的小桃红三首，可能过去已经抄写过，如重复，就删去。

你们能出版一个曲的刊物，这又是全国的第一家，太令人兴奋了。你们此举一定会在全国产生重大影响。我们搞曲，是走向新体诗歌的第一步，目标最终在推动中国的诗向前走！你们敢登台，挂先锋印，并且还创出刊物，辟战场，这勇气和信心、决心，令人钦佩，令人振奋，令人对前景更有了希望！这是惊天动地之举，是历史性的动作。可以想见，会有人反对，有人怀疑，有人吹冷风，有人会妒忌、会排斥，你们要有心理承受准备，我行我素毫不动摇。千秋大业，拓荒性的工作，值得倾身倾力以殉以赴。我可惜遥隔千里，不能亲自参与工作，只能挥旗助威。

并将贺作抄写如下：

〔南吕·玉娇枝带四块玉〕诗山词海，见曲涌新霞一派。蕴今茹古进"当代"，引骚坛春再来。太行山上声澎湃，奋戈不怕吃螃蟹。庆吟腔依然叱咤，更振锋笑看天外。〔带〕星斗转，韵徘徊，时代先锋敢登台，千军万马跟上来，云霞谖云逮,山也畅怀,海也快哉!

2005 年 5 月

丁芒致温祥信函(节选)

温祥吾弟:

很想念您和山西许多了解我的朋友,包括许多尚未谋面的朋友。……接连接到《当代散曲》创刊号及《唐风新韵》第三期,真是琳琅满目,让我这曲的"老饕"饱餐一顿。如此集中地发表曲作,可谓空前,必将影响全国。我立即送了一本给《江海诗词》编辑部钟陵主编,请他在编辑部中传阅,并向几家报刊寄了拙作和小序(附小序原稿一份给你们一阅)。有不少外地作者的作品,可见山西将成为全国散曲开发的中心。我在与诗友、学生们通信中,也常鼓励他们写曲,并与你们联系。山西不愧为散曲的故乡,高手如云,有些作品不让元曲,赵鼎新、常箴吾、时新、郭述鲁、折殿川、李旦初、史文山……许多名字都带着各自的奇思妙语,一拥而入我的书斋,令我拍案叫绝,大呼快哉。因此,山西打头成立曲社有基础,有"本钱",时代因此也赋予山西诗人一个天然的责任,要他们面向全国,为我国诗歌总体的发展打头阵。我有信心:山西足堪此重任。我也将努力联络各地诗友,一起助阵。……

丁芒
2006 年

丁芒致常箴吾的信

常主编:您好!

感谢你们为传统诗坛填补了当代散曲之空白。你们的卓识、你们的胸怀、你们的辛劳及至你们的奉献精神,不仅为业内人士称道,而且会载入吟坛史册。是你们拯救了一门濒临绝迹的传统文学,是你们创办的《当代散曲》又激活了一批爱好者的神经,为他们提供了发表园地。不要说经费筹措的艰难,就是稿源就成难题,巧妇难为无米之炊呀,曲稿匮乏,可以想见你们的诸多难处。能坚持实属不易，我非常敬佩你们，更相信你们会星星之火，终成燎原之势。

《中华散曲论坛》创建始末

山西《当代散曲》的创刊，引起了全国曲友的关注。2006年的一天，辽宁曲友王冼尘给《当代散曲》编辑部折殿川打来电话，除表示对《当代散曲》创刊的祝贺外，并建议开办一个散曲创作的网络论坛。当时《当代散曲》编辑部的工作人员对网络运作还不熟练，办论坛更是无从谈起。王冼尘答应帮助办理并与有关网站沟通。几天之后，中华诗词网站长张驰打来电话，介绍了有关开办论坛的情况，并说论坛现有诗版和词版，还没有曲版，如开设了曲版，唐诗、宋词、元曲就全了，希望山西尽快加入。《当代散曲》主编常箴吾当即表示，这是件很好的事，我们有了曲友交流的纸质平台《当代散曲》杂志，如能办起论坛，将是曲友交流的网络平台，它将使散曲传播得更快更广，散曲的复兴速度也将大大加快。

经过王冼尘、张驰及网友的前期准备工作，《当代散曲》编辑部与中华诗词网站共同开设的国内第一家《中华散曲论坛》，于2006年11月12日正式开版。

《中华散曲论坛》的建立，为散曲创作的发展开辟了一个新园地，开创了当今散曲网络创作、宣传、研究的先河。

《中华散曲论坛》起初名为《曲苑论坛》，经过一段时间的运行，根据广大曲友的建议，后改为现名。因元曲大项中包含两个子项散曲与戏曲，散曲为案头文学，论坛主要是以文学的表现形式来相互交流，而戏曲是通过舞台演出欣赏的，所以《曲苑论坛》改为《中华散曲论坛》更为准确。

《中华散曲论坛》最初由《当代散曲》编辑部主办，2010年后由中国传统文化促进会散曲创作室、《中国当代散曲》编辑部主办。

10多年来，论坛由小到大，风风雨雨，无不体现了广大曲友对散曲事业热爱。

"中华散曲第一刊"的来历

时任中国散曲研究会会长赵义山在《湖湘古今散曲选》序言中写道:"散曲复兴,其表现有三:其一,有一个全国性的学术组织——中国散曲研究会,这个组织在中国韵文学会领导下,经过 20 年发展,凝聚了一批曲学精英,一同为散曲的研究和创作贡献才智,使散曲的理论研究和创作实践紧密结合,其发展前景,未可限量;其二,有一份专门的散曲创作刊物——《当代散曲》,这份由山西黄河散曲社的朋友们创办的刊物,虽然只有 5 年的刊龄,但作为中华散曲第一刊,却已经具有了全国的影响,由这份刊物,凝聚了全国各地的吟坛曲友,发表了不少可以传世的佳作,她的未来,当是无限光明的。其三,有一个又一个散曲研究和创作的地方组织不断诞生,如 2005 年山西黄河散曲社率先成立,2008 年湖南潇湘散曲社宣告诞生,2009 年陕西省散曲学会隆重揭牌,5 年间,从黄河两岸,到三湘大地,掀起了一个前所未有的散曲创作和研究的热潮。这些地方组织的工作成效显著,贡献巨大,真是功不可没。"

(摘自《湖湘古今散曲选》序言,2010 年 3 月 12 日)

《民国散曲概论》首举概说大旗

门岿先生在第十一届中国散曲学术研究会结束时发言说:"第十一届中国散曲学术研讨会就要结束,这当中山西《当代散曲》编辑部同志为宣传这次会议做出了很大努力,我们这里对他们的工作也表示深深感谢。……近当代散曲研究者一向寥寥,常筬吾、折殿川的《民国散曲概论》则是首举概说大旗。……"

(摘自《中国散曲研究信息》第 15 期)

《中国当代散曲》的诞生

自 21 世纪初黄河散曲社创办《当代散曲》杂志,在大江南北播下了散曲之种,到 2010 年时散曲之花已开遍祖国大地。在此期间,曲友纷纷提出成立全国性的散曲创作组织、创办全国性的散曲杂志。常箴吾认为，在这种发展形势下，《当代散曲》杂志已远远不能满足日益发展的创作队伍和作品数量的现状，于是向当时唯一的全国散曲组织——中国散曲研究会反映了全国曲友的心声。中国散曲研究会于2008年榆林会议中，决定成立散曲创作中心，为散曲创作搭建一个全国性的创作平台，进一步推动全国散曲创作的进程，然而由于一些因素，创作中心未能如期设立。

但广大曲友仍为成立全国性的创作组织而积极努力，2010年六七月间，梁伯华首先提出申请创办《中国当代散曲》，并积极和北京的多位友人联系，后在刘博如的努力下，与中国传统文化促进会取得了联系，中国传统文化促进会愿同力合作与支持，共振散曲事业。常箴吾、折殿川遂于2010年8月赴京，经与中国传统文化促进会会长杨丽丽两次商谈，在中国散曲研究会会长赵义山和广西交通投资集团董事长余昌文的大力支持下，中国传统文化促进会散曲创作工作室于2010年10月在北京正式成立。随之，我国有史以来、当今唯一的全国性散曲杂志——《中国当代散曲》于2011年初正式创刊，填补了我国文学史上的一项空白。

董振邦大力支持散曲复兴

董振邦，山西清徐人，徐沟中学校长，山西省优秀教师，山西省青年教育专家，清徐县第十四、十五届人大代表，县人大常委会委员，太原市第十三、十四届人大代表。

在《当代散曲》遇到出版困难时，董振邦毫不犹豫地给予大力支持，使散曲走向四面八方及海外，对传统文化的第三座高峰——散曲的再崛起，起到了顶梁柱的作用。

中华诗词学会散曲工委赴原平农民散曲社考察

2016年3月15日、16日，中华诗词学会散曲工委顾问李旦初，副主任徐耿华、周成村、南广勋、张四喜等一行12人赴原平农民散曲社实地考察发展状况。

他们走访了 10 个"乡村文化故事名村"中的 3 个村，观看了《一半儿吟诗一半儿耕》的短剧，欣赏了 20 位农民朋友的自创作品吟诵，听取了社长邢晨的汇报。

参加天津会议

2016 年 7 月 17 日，中国传统文化促进会散曲创作室副主任、《中国当代散曲》主编折殿川，应邀参加了《中国当代散曲大典·天津卷》的编写座谈会和天津散曲研究会成立会议，并在座谈会上发言，为与会者介绍了散曲在 21 世纪以来的发展状况，并被聘为天津散曲研究会顾问。

《中国当代散曲大典》主编门岿看望高履成

2017 年 7 月 20 日，中国散曲研究会名誉会长、《中国当代散曲大典》主编门岿为编写《中国当代散曲大典》，专程看望了在山西祁县乡村居住的高履成，一同前去的还有田同旭、郭翔臣、李景生。

门岿来太原指导《中国当代散曲大典·山西卷》编写工作

2017 年 7 月 21 日，门岿为编《中国当代散曲大典》亲赴山西太原，在武警宾馆会见了《中国当代散曲大典·山西卷》的编写人员梁伯华、孟繁仁、常箴吾、折殿川等。

黄河散曲社轶事

1. 在 2010 年陕西府谷"黄河杯·曲咏三秦"征文活动中，黄河散曲社郭翔臣、梁伯华、栗文政、张六金的作品获奖。

2. 在黄河散曲社的支持下，2010 年第 4 期《诗词月刊》还开辟《原平散曲》专栏，刊发了 17 位农民作者的 30 首散曲作品，同一时期刚刚出版的《中国当代散曲》创刊号又集中刊发了 7 位原平农民的 11 首散曲作品。

3. 黄河散曲社社委刘江平的曲作〔双调·折桂令〕《登鹳雀楼》，在

2012年8月获中国·永济首届鹳雀楼诗歌文化节"鹳雀楼杯"诗歌大赛古体诗一等奖，奖金1万元，并被制成诗匾悬挂在鹳雀楼上。

4.2012年11月23日，由中国韵文学会、中国散曲研究会举办，四川师范大学、西南民族大学、四川职业技术学院、乐山师范学院等单位具体承办的第十二届中国散曲及相关文体学术研讨会在四川成都召开。黄河散曲社代表张四喜、郭翔臣、杜肇昆应邀参加了会议。李旦初当选为中国散曲研究会顾问，田同旭当选为副会长，常箴吾当选为名誉常务理事，张四喜当选为理事。张四喜、郭翔臣、田同旭、杜肇昆在会上分别发言。

5.2012年12月8日，为纪念有"曲学巨子"之称的羊春秋诞辰90周年，《羊春秋散曲集》首发式暨学术研讨会在湖南长沙举行，中国散曲研究会会长赵义山及省内外80多位专家学者聚集，追思先人，并就散曲创作进行了学术探讨。《当代散曲》副主编原振华参加了会议。

6.2014年8月31日，中国（西安）第二届当代散曲创作学术论坛暨"曲咏太白山"活动举行。黄河散曲社代表7人参加，并提交论文9篇。

7.2015年4月26日，赵义山莅临黄河散曲社并会见了中国散曲研究会顾问李旦初，张四喜、郭翔臣、李玉平、原振华等陪同参观榆次常家庄园。

8.2015年11月17日，张四喜、李玉平参加中华诗词学会散曲工委揭牌仪式，黄河散曲社副社长张四喜当选为散曲工委副主任。

9.散曲申遗太原首战告捷。由于社会变迁等原因，散曲文化曾一度衰落，而古代散曲文化的深厚积淀，又使三晋大地成为散曲创作持续发展的沃土，新时期散曲复兴的号角首先在山西吹响。黄河散曲社社长李旦初，副社长张四喜、郭翔臣、原振华及刘江平、常永生等人的散曲作品，先后在全国多次获奖，集中展示了山西散曲创作的实绩，也标志着一支老中青结合、完全能够传承创新曲文化的创作和研究队伍已经在太原地区形成。

2015年5月，黄河散曲社社长李旦初提出散曲不仅是中华民族极具文化艺术价值的历史文化遗产，而且也是世界非物质文化遗产的重要组成部分，传承散曲文化是黄河散曲社的责任，为此黄河散曲社组织人员准备文字、影像资料，参加了太原市非物质文化遗产申报。经过有关专家评审，2016年1月18日，太原市公布第五批市级非物质文化遗产保护名录，由黄河散曲社申报的散曲榜上有名，散曲申报非物质文化遗产首战告捷。

10.2016年元宵节，太原市美术馆举办"印象老太原"文艺演出，散曲作为优秀非物质文化遗产代表性项目应邀参加展演，黄河散曲社选送了李旦初的散曲作品《太原街头题照》，由黄文辛、朱建华参加演出。

11.2016年5月30日至5月31日，由山西诗词学会副会长张梅琴、常永生，副秘书长孙爱晶等组成的学会考察组一行赴原平，就原平申报"中华散曲之乡"的工作进行考察调研。

12.2017年3月12日，中华诗词学会散曲工委第一次全体委员会在西安召开。中华诗词学会顾问、陕西省委原书记张勃兴，中华诗词学会会长、散曲工委主任郑欣淼以及各地委员、代表40人出席了会议。

全国首家"中华散曲之乡"——山西原平的代表在会上介绍了原平的经验。会议根据学会决定，拟增补李玉平、邢晨等6人为工委委员，报请学会批准。

13.2017年6月3日，黄河散曲社微信公众号上线。

14.2017年7月，由黄河散曲社主编的散曲集《父母情》出版。

15.2017年8月28日，内蒙古五原举行"中华诗词之乡"授牌仪式。中华诗词学会常务副会长李文朝出席授牌仪式，黄河散曲社李玉平、原振华应邀参加。

16.2017年11月28日，中华诗词学会在江苏镇江召开全国诗教工作会议。中华诗词学会会长郑欣淼主持并致开幕词，中华诗词学会领导和全国各省市区诗词学会负责人、港澳诗词学会、全国诗教模范人物、诗教先进单位、诗教先进个人等150余人参加了会议。

山西原平荣获"全国诗教先进单位"称号，原平市委宣传部副部长杨丽娟在大会做经验交流发言,中华诗词学会散曲工委会副主任、山西诗词学会副会长张四喜参加了会议。

17.2017年12月23日至12月24日,由中华诗词学会散曲工委主办的《人世情·父母情》全国散曲征稿审稿工作会议在太原举行。复审评委有周成村(湖南)、徐耿华(陕西)、南广勋(北京)、张四喜(山西),黄河散曲社李玉平、原振华也参加了评审。经过两天的紧张复评,从388位投稿作者中选出250余位入选作者。

《中华散曲论坛》备忘录

开版时间:2006年11月12日。

开版网址:中华诗词网。

主办:中国传统文化促进会散曲创作室、《中国当代散曲》编辑部。

开版首席版主:一水(折殿川·山西)。

开版版主:一水、耿介(史文山·山西)、子翊(郭翔臣·山西)、八卦教主(马柳枚·山西)。

2006年12月20日,版主玉堂风(台湾)、半溪梅影(张莲凤·新疆),点评导师杏花疏影(陈旭·辽宁)。

2007年3月3日,版主沧桑居士(俞德传·安徽)。

2007年4月3日,版主惜玉斋主人(李殿君·辽宁)。

2007年6月16日,版主尘色依旧(沈双健·江苏)。

2007年9月18日,版主秋叶飞红(刘灵芝·北京)。

2007年10月26日,版主李泽润、三天(朱耀军·上海)。

2007年11月18日,第二届首席版主水瓶人氏(马柳枚·山西)。

2008年1月15日,版主虔青草(刘荣青·江西)、一醉解千愁(丁才生·湖南)。

2008年2月28日,第三届首席版主王洗尘(辽宁)。

2008年4月,第四届首席版主一水。

2008年4月30日，顾问惜玉斋主人、木石散人（张绍民·广西）、渔樵叟（俞德传·安徽），版主女神（王珉·黑龙江）、邓焕亭（河南）。

2008年6月5日，顾问团成员水瓶人氏、惜玉斋主人、渔樵叟、木石散人。

2008年6月17日，顾问尘色依旧、杜肇昆（山西）、程菊仙（湖北）、挚殊（詹彩梅·广东）、楚成（涂运桥·湖北），版主蟾宫醉客（刘真孝·江苏）。

2008年7月6日，顾问三天、山月（余昌文·广西），版主宗振龙（陕西）。

2008年9月9日，首席版主助理惜玉斋主人。

2008年9月10日，版主天沙静（邓晋运·陕西）。

2008年9月30日，顾问六也（刘橙和·台湾）。

2008年12月6日，版主楚山孤云（朱辉·江苏）。

2009年2月10日，首席版主助理蟾宫醉客。

2009年10月4日，版主缥缈烟痕（王兴一·陕西）。

2009年11月4日，版主兔喜雨（张甫营·河南）。

2009年11月12日，创作与点评导师楚山孤云，首席版主助理女神。

2009年12月10日，版主逸凡（岳芳珍·陕西）。

2010年，版主野谷山人（陈福深·浙江）。

2011年3月7日，版主夜雨晨露（王裕禄·江苏）、林习之（广西），首席版主助理虔青草、叶秋（王俊成·湖北）。

2011年6月25日，第五届首席版主虔青草，版主冰心（马蕴丽·山西）。

2011年8月5日，版主曲语（胡凤琴·河南）。

2011年8月16日，首席版主助理夜雨晨露。

2011年9月27日，版主秋夜雨（陈恩信·贵州）。

2011年10月28日，顾问芙蓉园（吕荣健·湖南）。

2012年1月28日，版主湄潭翠芽（王良昌·贵州）、四方闲客（李乃富·北京)。

2012年3月9日,特约评论员龙山牧童(郭军民·湖南)。

2012年10月25日,版主五龙蛰人(晁金泉·海南)。

2013年4月29日,版主坐数寒星(李英俊·辽宁)、飞燕临江(胡海燕·江西)。

2013年6月9日,第六届首席版主一水。

2013年6月30日,顾问惜玉斋主人、喜乐神(刘博如·北京)、芙蓉园、木石散人、长堤老树(南广勋·北京),点评导师杏花疏影(陈旭·辽宁)、烟雨一梦(郑永钤·安徽)、长堤老树、非子若云(费自平·广西),版主土烟斗(曲长江·黑龙江)、我欲醉眠芳草(周棣·安徽)、草堂散客(邢晨·山西)、阿尼陀佛(陈海华·海南)、开心王子(邹正国·贵州)、南柯太守(侯安成·辽宁)。

2013年7月16日,组成顾问团,团长芙蓉园,顾问惜玉斋主人、喜乐神、芙蓉园、木石散人、长堤老树、女神。

2013年11月7日,常务管理员冰心、五龙蛰人。

2014年3月15日,版主剑气非关月(王留铸·内蒙古)。

2014年5月18日,版主细语呢喃(刘艳琴·陕西)。

2014年6月28日,版主和乐(徐人健·江西)。

2014年7月20日,版主苍山如海(寇宣红·湖南)。

2015年2月5日,第七届首席版主冰心,版主梦醒红尘(张小红·陕西),常务管理土烟斗。

2015年3月4日,版主诸葛文竹(姜佩军·黑龙江)。

2015年3月20日,版主烟锁池塘柳(彭小础·广西),版主木石轩主人(江振洋·江苏)。

2015年3月26日,特邀嘉宾燕南(刘江平·山西)、滢滢溪水(于娟·河北)、晋忻李(李文德·山西)、瑞德寒叟(熊成德·湖北)、梦梅生墨(邱梅兰·山西）。

2015年5月29日，版主寒烟（刘海玲·河南）。

2015年9月12日，版主晋阳梅仙（翟存爱·山西）。

2016年3月7日，常务管理诸葛文竹。

2016年6月18日，版主松骨梅魂。

2017年1月13日，版主播种太阳。

2017年2月13日，首席版主土烟斗，常务管理员晋阳梅仙。

2017年2月13日，版主瑞德寒叟。

2017年2月24日，版主刘永成（黑龙江）。

2017年3月2日，常务管理员松骨梅魂。

2017年3月7日，首席版主助理诸葛文竹。

2017年3月13日，版主深山秋林（陶柏林·安徽）。

2017年3月23日，版主渔夫赶海158（周旭章·浙江）。

2017年5月13日，版主九里山石（尚爱民·江苏）。

2017年5月17日，版主黄朝寅（广西）。

2017年6月10日，《中华散曲论坛》管理委员会成立

2017年8月21日，常务管理员深山秋林。

后 记

当这本装帧精美、古朴典雅的样书放在我面前的时候，除了反复端详、审视之外，我并没有通常人们所说的那种轻松、欣慰之感，因为在我接手这项任务后的最初规划设计时，脑海里就曾有过一个总的构思，她本来就应该是这个样子。说起来似乎很轻松，但实际上她却是非常来之不易的，值得很好地回顾、总结与记录。

由于工程浩大，从2017年5月征稿，到现在成书，竟然用了两年零七个月。期间，从征稿、遴选、初审、反馈，到复审、增删、调整、两次勘校样书，每前进一步都倾注了每一位在列编辑、编审和责编的精力与心血，可谓煞费苦心，终成正果。

从中华人民共和国成立以来的70年间，山西省散曲作者的曲作当以数万计。本书共辑入散曲研究者16人、创作者344人、作品1570首，基本上涵盖了70年来山西省散曲发展的概貌与成果。另外，本书还收录了以元明清和当代曲人的曲作为内容的书法作品43幅、依元曲古乐谱填入当代曲人的作品16首。可以说，书法与散曲、元曲古乐谱与当代散曲的结合，是本书的一大亮点。对于传承我国散曲古代诗歌文化，使其能够更好地为人民大众的文化生活服务，提高其审美素养都有一定的作用。

本书能有目前品质，是与诸多专家、学者的大力支持和曲人的合力打造密不可分的。山西诗词学会老会长武正国欣然为本书题写了书名，老副会长李旦初教授在疗病初愈就为本书专门书写了书法作品，95岁高龄的著名画家赵梅生、已年逾九旬的著名书法家林鹏及著名学者刘毓庆也为本书题写了书名并创作了书法作品。《中国当代散曲大典》总编门岿先生专门莅晋指导，并为本书作序。山西省文联原党组书记李太阳也为本书写了序言。山西省人大卫文教委副主任尹天五也曾给予多方支持。除在列编辑的通力合作支持外，在组稿和初审中，郭翔臣、折殿川、常永生、孙爱晶、马柳枚、岳贵春、王云飞则投入了很多时间和精力，解决了许多烦琐而又具体的问题。田同旭教授数次下临汾等地组织研究者与成果的稿件。尹昶发、王拴喜、刘宪奇、李娴娴更是经年累月、不辞辛苦，在三校和对两次样书的勘校中，更是以吹毛求疵、精益求精的态度对书稿进行了审读。李娴娴还承担了本书所有的打字、增删、调整等工作。马蕴丽女士在卧床疗病的状态下还为本书审稿。我省43位书法大家、名家为本书精心创作了山西籍古代或当代曲人曲作的书法作品。满庭芳装裱行的装裱师梁建伟为本书的全部书法作品及时予以"托心"支持。摄影师郭玉朝承担了本书所有书法作品的拍摄工作。河北大学文学院田玉琪教授得知本书拟设《元乐新令》栏目后，无偿寄来了其导师刘崇德老教授译谱的《元曲古乐谱百首》，使得元曲古乐与当代散曲完成了跨越750余年的首次会晤，此乃当代散曲之大幸。山西人民出版社的责编吕绘元女士除对本书的质量给予近乎苛刻的把关外，还提出了不少中肯的建设性意见。正是由于诸多专家、学者、曲人的多方支持、通力合作、全力打造，才使得本书能圆满收官。值此机会，我向他们以及幕后为本书做过贡献的所有同好、友人致以诚挚的谢意！

纵观古往今来之历史，做任何一件事情都难以达到尽善尽美。书稿虽多方征集，但由于某些主客观因素，也难免挂一漏万，仍会有个别作者与作品未能收入。也由于水平有限，难免还有舛错与不足之处，祈望专家、学者、读者不吝赐教，以便再版时予以更正。

梁伯华

2019年12月于舒啸堂